Bertram Münker

An Sieg und Rhein

Ungewöhnliche Geschichten

Rediroma-Verlag

Bibliografische Information der Deutschen Nationalbibliothek:
Die Deutsche Nationalbibliothek verzeichnet diese Publikation in der Deutschen Nationalbibliografie; detaillierte bibliografische Daten sind im Internet über http://portal.dnb.de abrufbar.

ISBN 978-3-98527-826-8

Umschlagillustration:
Altstadt von Freudenberg - der „Alte Flecken“
(Pixabay)

www.rediroma-verlag.de
15,95 Euro (D)

Zum Buch

Meistens kommt es anders – und oft kommt das Beste zum Schluss. So erfährt der Leser vom „Schrecken überm Alten Flecken", in „Verfolgt" erlebt er einen Schrecken, der nicht abzuschütteln ist, ein „Anruf genügt" und verändert das ganze Leben, in größter Not erfolgt „Die wundersame Rettung", der „Alcher Postverkehr" schildert einen besonderen Kundenservice, „Künstlerpech" zeigt die Folgen von Trunkenheit am Pinsel, „Wohl dem", der ein treues Gefährt hat, ebenso einen „Freund in der Not", wer es auch sei, und es hätte „Am Rhein so schön" sein können, wäre es kein Zwangsaufenthalt gewesen. All dies ereignet sich überwiegend „An Sieg und Rhein" – neun ungewöhnliche, ja unglaubliche Geschichten, wie sie eigentlich nur das Leben schreibt.

Eigentlich. Denn ich muss gestehen: Ich habe Erlebtes und Erfundenes kunterbunt gemischt. Hoffentlich zur Herausforderung und zum Vergnügen der Leser, die nun herausfinden mögen, was echt ist und was erdichtet. Etwa an der persönlichen Sammlung von Pleiten, Pech und Pannen. Denke ich heute an all die kleinen Fettnäpfchen und manche Riesenfettnäpfe, in die ich aus lauter Übermut, aus jugendlichem Leichtsinn, manchmal auch ungewollt hineingetrampelt bin, kann ich nur mehr den Kopf schütteln. Aber inzwischen zum Glück auch darüber lachen. Denn des einen Leid, des anderen Freud: Was dem blamierten Erzähler zum Leid, wird dem amüsierten Leser zur Freud, zur ungetrübten Lesefreude, vielleicht auch genüsslichen Schadenfreude. Und am Ende wird sich vielleicht so mancher Leser und so manche Leserin belustigt und erleichtert zugleich sagen: Wie gut, dass all dies nicht *mir* passiert ist!

Zum Autor

Ich glaube, ich wäre lieber im Warmen geblieben, aber die neun Monate waren nun mal herum, und so wurde ich am 17.2.1956 in den kältesten Monat des 20. Jahrhunderts hineingeboren und mit minus 23 Grad obendrein in die kälteste Nacht. Aber niemals gibt es ein Zurück – einmal auf der Welt, muss man notgedrungen mit den widrigen Umständen des Lebens zurechtkommen. Als ängstlicher und schüchterner Junge kam ich allerdings weniger gut mit ihnen zurecht, blieb eher für mich und fand früh in der Natur, vor allem im Wald gleich hinterm Elternhaus, meine Zuflucht, meine Freude und meinen Trost in einer für mich schwierigen Kindheit.

Schon während der Schulzeit schrieb und fotografierte ich für Zeitungen und Zeitschriften, und während der späteren zehn freiberuflichen Jahre entstanden eine Reihe von Bildbänden, Kunst- und Landschaftsführern, Naturbüchern und Fotoreportagen. Es war eine interessante und aufregende, aber auch aufreibende und zunehmend einsame Zeit, und so kehrte ich schließlich zur Post zurück, bei der ich bereits in den Semesterferien gearbeitet hatte, und fand hier ein berufliches Zuhause, wie ich es mir immer gewünscht hatte.

Als dann mehrere lebensbedrohliche Erkrankungen hintereinander für viele Jahre meinen Alltag bestimmten, halfen mir nicht nur meine Frau, die Familie und Freunde, sondern auch meine Postkollegen über diese schweren Zeiten hinweg. Immer dann, wenn mein Leben mal wieder auf der Kippe stand, war es fraglich, ob ich überhaupt das Rentenalter erleben würde. Aber siehe da: Seit kurzem erlebe ich es. Und genieße es. Und empfinde jeden neuen Tag als Geschenk!

Für
Ursel

Inhalt

Schrecken überm Alten Flecken

Ich hatte vom Leiter des Fremdenverkehrsbüros den Auftrag bekommen, für einen neuen Stadtprospekt Aufnahmen von Freudenberg zu machen, in der Hauptsache vom Alten Flecken mit seinen Fachwerkhäusern, dem berühmten Aushängeschild der Stadt. Weil nirgendwo sonst ein vergleichbarer historischer Stadtkern existiert, gilt er als Baudenkmal von internationaler Bedeutung. Mein eigener Anspruch war es, nur wirklich gute Bilder abzuliefern, und gut waren damals für mich allein solche, die von ungewöhnlichen Standorten aus gemacht worden waren, also ausgefallene Bilder, die altbekannte Motive in einem völlig neuen Licht zeigten. Die klassische Ansicht vom Kurpark, obschon Abertausende Male fotografiert und veröffentlicht, stand aber natürlich ganz oben auf der Motivliste, ein absolutes Muss, um das ich nicht herumkommen konnte - und auch nicht wollte, gefiel mir dieses Schwarzweißbild doch selber bei jedem Besuch aufs Neue ausgesprochen gut.

An einem späten Freitagvormittag fuhr ich wegen einiger Innenaufnahmen zur Evangelischen Kirche auf den Schlossberg über der Altstadt. Ich hatte mir vom Küster den Schlüssel zum Portal geholt, damit ich ungestört arbeiten konnte, Zuschauer sind mir nämlich ein Gräuel. Wie es meine Gewohnheit war, stellte ich erstmal die Kameraausrüstung beiseite, um ein wenig umherzugehen und mich in Ruhe umzuschauen.

Wie lange bin ich nicht mehr hier gewesen, ging es mir durch den Kopf. Waren es fünfzehn Jahre? Oder gar zwanzig?

Mein Blick wanderte über das grünliche Kirchengestühl und den kahlen Altarplatz, die mächtigen marmorierten

Holzsäulen hinauf, über die Empore und die Orgel, dann den mit Blumenornamenten geschmückten Rundbogen entlang zur Kanzel mit ihrem verzierten Schalldeckel – bis er schließlich an einer Gedenktafel hängenblieb. Sie galt der Erinnerung an den verheerenden Brand von 1666, der die gesamte Altstadt, mit Ausnahme eines einzigen Hauses, in Schutt und Asche gelegt hatte, wobei auch die Kirche völlig ausgebrannt war.

Ich ging näher an die Gedenktafel heran und begann zu lesen:

Als man zählt‘ Sechszehnhundert Jahr
Samt sechzig sechs war groß Gefahr.
Den neunten Tag August ich sag:
Da war gros Jammer, Noth und Klag.
Da zürnte GOTT, der Himmel knallt,
Des Donners Stimm in Lüften schallt,
Es blitzte und gab Feuerstrahln
Als sonst geschehen war niemahln.
Der Mensch erschrak, Niemand umkam.
Eine unversehne Feuers Flamm
Entstand vom Wetter sehr grausam,
Fuhr in den Fleck‘n, brand ab die Kirch,
Pfarr- und Rath-Hauß zu Grunde richt.
Ein einig Hauß blieb unversehrt,
Die andre all das Feur verzehrt.
All Menschen Macht war viel zu g’ring
zu steuren diesem großen Ding.

Nun GOTT sei Dank! der Mitteln gab,
Und segnet unser übrig Haab.
Ein jeder widrum hat gebaut
Wie's jetzt dasteht und jeder schaut.

Dies Bet-Hauß stund sechzig neun Jahr,
Eh's durch den Brand verderbet war.
Nunmehr es aufgerichtet ist
Durch GOTTES Hülf zu dieser Frist.
Mildreiche Steur in großem Maas
Die Printzen gab'n ohn Unterlas.
Das Löwen muthig Fürsten-Blut
Bei GOTTES Hauß das beste thut.
Johann Mouriz Nassau zu gut,
Halt GOTT in steter Macht und Huth.
Den Flecken und das ganze Land
Bewahre GOTT für Feur und Brand.
Für Jammer und betrübter Zeit
Schütz uns die lieb' Dreyeinigkeit.

Während des Lesens hatte ich gemerkt, dass mir der Text stellenweise bekannt vorkam; ich konnte mich erinnern, dass ich ihn bereits als Schulkind bei einigen Kirchenbesuchen gelesen und er mich nachhaltig beschäftigt hatte. Eine Frage war mir zu jener Zeit nicht aus dem Sinn gegangen: Hatte Gott selbst das Feuer vom Himmel geschickt? Der Text auf der Gedenktafel gab keine eindeutige Antwort; es hieß zwar, die „unversehne Feuers Flamm entstand vom Wetter", aber die Ursache, die überhaupt zu Gewitter und Blitzeinschlag geführt hatte, war doch offensichtlich Gottes Zorn gewesen.

Ich beschloss, meine Großmutter zu fragen, die sich in der Bibel und in Kirchensachen gut auskannte.

„Als der Flecken damals abbrannte", begann ich, „hat da wirklich der liebe Gott das Feuer vom Himmel geschickt?"

Großmutter sah mich durch ihre dicken Brillengläser hindurch an und nickte langsam. „Wenn Gott grollt, der Donner rollt – das weißt du doch, Jungchen. Und manchmal schickt er eben auch Blitz und Feuer mit nach unten."

„Dann wäre er ja ein ..." Ich stockte, weil mir die Schlussfolgerung einfach zu gewagt erschien.

„Na, was wäre er denn deiner Meinung nach?", fragte Großmutter.

Ein Feuerteufel, dachte ich, aber das konnte ich ja schlecht sagen. „Also … ich meine … er wäre dann …"

„Ja?"

„Ein … Brandstifter ...?"

„Aber Jungchen – um Himmels Willen!" Großmutter stand das Entsetzen ins Gesicht geschrieben. „Was ist denn das für ein schlimmes Wort!?"

„Ein Brandstifter ist jemand, der absichtlich was anzündet, eine Scheune oder ein Haus", erklärte ich.

„Jaja, das weiß ich auch."

„Und wenn ein Mensch mit seinem Feuerzeug ein Haus ansteckt, dann kommt er ins Gefängnis", fuhr ich fort. „Aber wenn nun der liebe Gott mit seinem Blitz eine ganze Stadt ansteckt, dann …"

„Dann macht er das sicher nicht zu seinem Vergnügen, sondern weil er die bösen Sünder bestrafen will", donnerte Großmutter dazwischen. „Dazu reicht manchmal schon ein Donnerschlag aus, manchmal auch nicht, dann schickt er halt seine feurigen Engel, damit die sich um die Bestrafung kümmern."

„Sind die Menschen im Flecken denn damals alle böse gewesen?", wollte ich wissen.

„Offensichtlich ja."

„Und warum ist das eine Haus verschont geblieben?"

„Die Bewohner waren dem lieben Gott wohl fromm genug, nehme ich an."

„Wieso denn?"

„Wahrscheinlich haben sie nicht so viele dumme Fragen gestellt." Großmutter hob die Hand und wies mit ihrem gichtigen Zeigefinger nach oben, ich folgte ihrer Bewegung unwillkürlich und erschrak: An der Zimmerdecke, schräg über uns, saß eine große braune Spinne, eine Hauswinkelspinne, wie ich gleich erkannte. Und da sagte Großmutter: „Mein ist die Rache, spricht der Herr – das merk dir, Jungchen!"

Ich hatte es mir, immerzu das Bild der Spinne vor Augen, tatsächlich gemerkt, der Satz war über Jahrzehnte hinweg haftengeblieben, wie ich jetzt feststellen musste, denn während ich mich in der Kirche umschaute, kam er mir, ich weiß nicht warum, wieder und wieder in den Sinn.

Zwischendurch tauchten aber auch andere Erinnerungen auf, beispielsweise fiel mir ein, dass ich mir als Kind lange Zeit gewünscht hatte, einmal selber auf der Kanzel zu stehen. Ich wusste nicht mehr, wie ich auf diesen verrückten Einfall überhaupt gekommen war; die Vorstellung jedenfalls, von dort oben auf alle anderen herabsehen zu können, hatte damals etwas ungemein Verlockendes für mich, ständig sann ich darüber nach, und als mich diese fixe Idee nicht mehr losließ, fragte ich eines Tages wieder meine Großmutter um Rat.

„Auf die Kanzel willst du? Aber Jungchen, um Gottes Willen", wehrte sie erschrocken ab, „versündige dich nicht!"

„Wieso?", fragte ich. „Was wäre denn dabei?"

„Ein Frevel wär's, ein unerhörter Frevel."

„Ein was?"

„Ein … ein …" Großmutter wusste anscheinend nicht, wie sie es anders erklären sollte. „Ein Frevel halt, eine Gotteslästerung."

„Ich will ja gar nicht lästern, ich will doch bloß mal da rauf, einfach so."

„Das darf man aber nicht, das darf niemand außer dem Pastor."

„Wieso?"

„Ach, Jungchen, du machst mich noch ganz dammlich mit deiner Fragerei. Es ist nun mal so, wie's ist – das war schon immer so."

Diese eigentümliche Logik der Erwachsenen hatte mich noch nie so recht überzeugen können. „Und wenn ich's doch mal mache?", fragte ich deshalb nach.

„Was mache?"

„Auf die Kanzel steigen, irgendwann mal, wenn's keiner sieht."

„Gott sieht alles, das weißt du doch."

Genau weiß ich es eben nicht, dachte ich, es käme eigentlich mal auf einen Versuch an.

Als hätte Großmutter meine Gedanken erraten, sagte sie ernst: „Der liebe Gott würde sich so was nicht gefallen lassen, das glaub mal nur."

„Was würde denn passieren?", wollte ich wissen.

„Etwas ganz Fürchterliches!", fuhr Großmutter mich an.

Ich erschrak ein wenig, fragte aber: „Und was?"

„Mensch, Jungchen, dann …"

„Dann?"

„Dann wird der liebe Gott dich strafen, das wird er!"

„Und wie?"

Großmutter seufzte. „Was weiß ich?! Vielleicht …"

„Vielleicht was?"

„Himmeldonnerwetter! Vielleicht wird dich …"

„Ja?"

„Der Schlag treffen!", brauste Großmutter auf und haute mit der flachen Hand auf den Tisch. „Vielleicht schickt dir der liebe Gott einen richtigen Donnerschlag. Und einen gut gezielten Blitz hinterher … Und dann, dann wird am Ende nur noch ein Häufchen Asche übrigbleiben von dir."

„Aber eigentlich ist es doch umgekehrt", gab ich zu bedenken.

„Was ist umgekehrt'?"

„Normalerweise kommt der Donner doch immer erst *nach* dem Blitz, oder?"

„Bei Gott ist kein Ding unmöglich, damit du's nur weißt." Durch ihre dicken Brillengläser sah Großmutter mich an. „Denk dran, Jungchen, was ich dir schon mal gesagt habe: Mein ist die Rache, spricht der Herr."

Ich nickte ergeben – und da ich als Kind außer meiner unersättlichen Neugier leider auch ein überaus ängstliches Gemüt besaß, ließ ich den Plan für meine heimliche Kanzelbesteigung zunächst einmal fallen. Sicherheitshalber. Später, vertröstete ich mich, würde ich ihn bei Gelegenheit immer noch in die Tat umsetzen können.

Jetzt war die Gelegenheit gekommen; der längst vergessene Wunsch, jahrzehntelang aus dem Gedächtnis verschwunden, auf einmal war er wieder da. Und schon stieg ich, von einer seltsamen Versuchung förmlich emporgezogen, die drei Steinstufen zum Altarplatz und weiter die hölzernen Treppenstufen zur Kanzel hoch.

War es dieser unerfüllt gebliebene Wunsch aus Kindertagen, war es eine verspätete Trotzreaktion? Oder war es einfach die Lust an etwas Verbotenem, zumindest Ungehörigem, die mich unversehens gepackt hatte?

Jedenfalls, sei es, wie es wollte, stieg ich Stufe um Stufe langsam höher und betrat zu guter Letzt die Kanzel. Nachdem ich sie als Kind immer nur in meiner Fantasie betreten hatte, betrat ich sie nun wirklich und wahrhaftig. Aber um ehrlich zu sein: Ganz wohl war mir nicht dabei.

Leicht nervös, als hätte ich wie früher Angst, ich könnte bei einer Mutprobe erwischt werden, schaute ich erst zur Tür, ob nicht der Küster hereinkäme, um nach dem Rechten zu sehen, dann – ich schäme mich fast, es zu gestehen – sah ich einen Moment lang verstohlen zur Decke, ob nicht in der nächsten Sekunde Blitz und Donner dreinschlügen, um meinem frevelhaften Tun, wie von Großmutter geweissagt, ein vorzeitiges Ende zu bereiten.

Aber das himmlische Strafgericht blieb aus, und auch das weltliche Strafgericht in Gestalt des Küsters ließ sich zum Glück nicht blicken. Womit für mich mal wieder bewiesen war, dass auch der sogenannte liebe Gott die kleinen Sünden eben doch nicht sofort bestraft. Was man, dachte ich im selben Atemzug, vom „Wiedehopf“ nicht hätte sagen können

Friedrich Wilhelm Wiedenkopf, wegen seiner langen, krummen Nase meist Wiedehopf, wegen seiner leichten Reizbarkeit manchmal auch Wütekopf genannt, war in der Volksschule vier Jahre lang unser Religionslehrer gewesen, ein Pädagoge mit frommer Gesinnung und eisernen Grundsätzen. „Wen der Herr liebt, den züchtigt er“, lautete sein oft zitierter Leitspruch, wobei er ebenso oft hinzufügte: „Und wenn er es nicht tut, dann tue ich es eben in seinem Namen, Amen!“

Worauf er dann jeweils seine gefürchteten Strafarbeiten verteilte.

Eine dieser „zusätzlichen Hausaufgaben“, wie er sie nannte, war auch mir im Gedächtnis geblieben. Zwei, drei Tage, nachdem damals die Nordseeküste Mitte Februar von einer schweren Sturmflut heimgesucht worden war, las Wiedehopf uns sinnigerweise gleich die Geschichte von Noah und seiner Arche vor. Als er fertig war, erhob er sich langsam, legte die Bibel vor sich aufs Pult, und nachdem er gewissermaßen eine Gedenkminute lang geschwiegen hatte, fragte er mit einem prüfenden Blick in die Runde: „Nun, liebe Kinder, wie hat euch denn die Geschichte gefallen?"

„Och, ganz gut", fanden einige. „Ging so", wagten andere zu antworten, manche hoben nur unschlüssig die Schultern, ich saß schmollend da und sah zum Fenster hinaus.

Unserem Religionslehrer war meine verschlossene Miene nicht verborgen geblieben. „Und was meint unser kleiner Skeptiker dazu?", fragte er mit gespielter Freundlichkeit. „Hat er wieder mal an Gottes Wort was auszusetzen? Oder ist ihm vielleicht einfach nur langweilig?"

Obwohl ich merkte, dass ich einen roten Kopf bekommen hatte, sagte ich so fest wie möglich: „Ich glaub das nicht."

„Was glaubst du nicht?"

„Das mit dem alten Noah und der Arche und den Tieren. Das alles."

„So so, das alles."

„Jawohl", sagte ich. „Von allen Tieren überall auf der ganzen Welt immer ein Paar einfangen, das hätte Noah ja in seinem ganzen Leben nicht schaffen können."

„Deiner mangelhaften Aufmerksamkeit ist anscheinend entgangen, dass er eine Frau und Söhne und Schwiegertöchter hatte, die ihm sicher geholfen haben."

„Auch dann nicht."

„Und warum nicht, wenn ich fragen darf."

„Na, überlegen Sie doch mal selbst, Herr Wiedenkopf. Diese vielen, vielen Tiere … wie sollen die denn ... ich meine ... all die Elefanten und Nashörner und Giraffen und Löwen aus Afrika und dann aus den anderen Erdteilen die Kängurus und Bären und Bisons und Wölfe ... und die Affen und Schlangen ..."

„Und Goldhamster“, rief einer dazwischen. „Und Meerschweinchen“, meinte ein anderer. „Und Wiedehopfe“, kicherte es im Hintergrund. „Und Schäferhunde.“ „Und Seehunde.“

„Nun haltet ma1 die Luft an, Kinder! Was redet ihr denn da für einen Unsinn?!“ Unser Religionslehrer klopfte mit der großen Schere aufs Pult, und augenblicklich war es still im Klassenraum. „Schäferhunde hat es ja damals noch gar nicht gegeben“, erklärte er, „und die Seehunde konnten schließlich im Wasser überleben. Oder denkt ihr etwa, Noah hätte vielleicht sogar Walfische mit an Bord genommen?“

„Wale sind doch gar keine Fische“, meldete ich mich.

„Trotzdem leben sie im Meer, du Schlauberger.“

„Ja schon, natürlich. Aber was ist mit all den anderen Tieren? Das sind doch Tausende und Hunderttausende und noch viel mehr gewesen. Wie hätte Noah die denn alle kriegen sollen?“

„Die meisten Tiere werden wohl freiwillig zur Arche gekommen sein“, meinte Wiedehopf.

„Von überallher? Aus der ganzen Welt? Und über die Ozeane?“

„Warum nicht? Gott wird ihnen schon den richtigen Weg gewiesen haben.“

„Aber wie denn?“, fragte ich weiter.

„Das braucht dich nicht zu interessieren!“

„Es interessiert mich aber“, entgegnete ich. „Wie soll er‘s denn gemacht haben?“

„Gott ist nun mal allmächtig, das schreib dir endlich hinter die Ohren!“

„Und ich glaub‘s trotzdem nicht!“, sagte ich trotzig.

Wiedehopf sah mich mitleidig an und schüttelte den Kopf. „Mit deinem Glauben ist es ja ohnehin nicht weit her, das hat mir vor kurzem noch Pastor Sandorf berichtet, und ich konnte ihm nur zustimmen. Sei froh, dass du nicht im Mittelalter gelebt hast, da wäre mit solchen Zweiflern wie dir kurzer Prozess gemacht worden. Ein vorlautes Wort und ruckzuck hätte man dir die Zunge durchbohrt. Oder aber ganz abgeschnitten, für Gotteslästerer damals die gewöhnliche Strafe." Er nahm die Schere vom Pult und kam damit langsam auf mich zu.

„Oh Gott!", rief ich erschrocken und hielt mir die Hand vor den Mund.

„Eine sehr gute Idee", meinte unser Religionslehrer daraufhin, „das Beste, was du tun kannst: den Mund halten und stillsein. Und bereuen", fügte er noch hinzu, „sonst wird es mit dir früher oder später mal ein böses Ende nehmen." Er stellte sich vor mich hin, schnippte ein paarmal mit der Schere in der Luft herum und sah mit seinem süßlichen Lächeln auf mich herab. „Und damit dem Herrn Zweifler das Bereuen nicht allzu schwerfällt, bekommt er von mir eine kleine Hilfe, nämlich eine zusätzliche Hausaufgabe, die ..."

„Aber ich ..."

„Nichts aber! Du wirst bis morgen die Geschichte Noahs und seiner Arche aus der Bibel abschreiben, und zwar dreimal, wenn ich bitten darf, fein säuberlich, in Schönschrift, verstanden?"

Ich wusste nicht, was ich sagen sollte, und starrte vor mich auf die Schulbank.

„Möchte der Herr Zweifler es sich erst in Ruhe beim Nachsitzen überlegen oder hat er mich auch so verstanden, frage ich nochmal."

Da ergab ich mich sozusagen und nickte stumm. Was wäre mir auch anderes übriggeblieben?

Dass die Bibel als Vorlage für Strafarbeiten herhalten

musste, das hatte es, soweit ich mich erinnern konnte, nicht einmal im Konfirmandenunterricht gegeben (wo wir stattdessen, was auch nicht gerade nach unserem Geschmack war, ellenlange Abschnitte aus dem Kleinen Katechismus oder Lieder aus dem Gesangbuch auswendig lernen mussten).

In jener Zeit hatte ich ebenfalls einige denkwürdige Streitgespräche vom Zaun gebrochen und hatte Pastor Sandorf mit meiner Fragelust ein paarmal zur Verzweiflung gebracht, weil ich meine ewigen Zweifel einfach nicht für mich behalten konnte und weil ich anfangs noch geglaubt hatte, der Pastor würde meine Fragen weit besser beantworten können als etwa Großmutter oder Wiedehopf.

Dass jedoch auch diese Hoffnung vergebens war, erfuhr ich schneller, als mir lieb war.

In einer der ersten Unterrichtsstunden ging es um die sogenannte „Opferung Isaaks", 1. Moses 22, 1-13. „Gott versucht Abraham" hatte damals an der Tafel gestanden, und Pastor Sandorf hatte uns mit seiner feuchten Aussprache nochmals die Geschichte vorgelesen, die wir schon aus der Sonntagsschule kannten und die uns so schaurig wie unfassbar vorgekommen war: Da befiehlt Gott eines Tages dem alten Abraham, er soll seinen einzigen Sohn Isaak nehmen und mit ihm auf einen Berg gehen. Dort oben, so lautet der Befehl weiter, soll er Isaak eigenhändig opfern, und das bedeutet: mit dem Schlachtermesser abstechen und anschließend verbrennen, wie es für eine richtige Opferung Vorschrift ist. In seinem blinden Glauben macht sich Abraham tatsächlich daran, diesen ungeheuerlichen Befehl auszuführen, im letzten Moment jedoch erscheint der Engel des Herrn und spricht: „Verschone den Knaben, denn ich weiß nun, dass du Gott fürchtest, und du hast deinen einzigen Sohnes nicht verschont um meinetwillen."

Pastor Sandorf wollte noch weitererzählen, da hatte ich mich schon gemeldet. „Und wenn der Engel nun zu spät gekommen wäre?", fragte ich erregt.

„Er kam aber nicht zu spät, wie du gehört hast."

„Aber wenn", beharrte ich, „wenn er sich aus irgendeinem Grund verspätet hätte?"

„Ja, und?"

„Dann … dann hätte Abraham seinen eigenen Sohn umgebracht?"

„Ja, mein Sohn, dann hätte es Gott eben so gewollt."

„Aber warum denn nur? Bloß um ihn zu testen?"

„Er wollte ihn prüfen, jawohl."

„Aber das ... das wäre ja ... Mord gewesen."

„Unsinn", sagte Pastor Sandorf, „ein Opfer hätte er Gott dargebracht und ..."

„Aber das ist doch ... das ist doch … richtig gemein ist das!", rief ich aufgebracht. „Wie konnte denn der liebe Gott so was verlangen? Und wie konnte Abraham diesen ... diesen Wahnsinn befolgen? Den eigenen Sohn umbringen wollen, pfui Teufel!"

Pastor Sandorf schnappte hörbar nach Luft. „Ich hab mich wohl verhört!", schrie er und vergaß dabei seine feuchte Aussprache, sodass die Spucke wie ein feiner Sprühregen auf mich herabrieselte. „Willst du dich etwa hier als Richter aufspielen?"

„Nein, ich ... ich denke nur …"

„Der Mensch denkt, und Gott lenkt!", spuckte er weiter. „Und was Gott tut, das ist wohlgetan – merk dir das gefälligst!"

„Aber versetzen Sie sich doch mal in Isaaks Lage, Herr Pastor. Wie wäre Ihnen denn zumute gewesen, wenn Ihr

Vater ...“

„Man muss Gott mehr gehorchen als den Menschen, also auch mehr als dem eigenen Vater!“, sprühte es auf mich herab.

„Auch mehr als Ihnen?“

„Jetzt reicht es!“ Pastor Sandorf haute den Kleinen Katechismus aufs Pult, dass es knallte. „Du glaubst wohl, du kannst dir alles erlauben, was?!“ Er faltete die Hände und senkte die Stimme, worauf auch der Sprühregen nachließ. „Wahrlich, ich sage dir, mein Sohn: Jedem von uns schlägt einmal die Stunde, und dem Ungläubigen und Zweifler schlägt sie vielleicht eher, als er sich träumen lässt ...“

Alle diese Erinnerungen und Bilder waren mir, während ich von der Kanzel aus gedankenverloren das Innere der Kirche betrachtet hatte, nach und nach wieder in den Sinn gekommen.

So langsam müsste ich mich eigentlich an die Arbeit machen, dachte ich nun und wollte gerade die Kanzel verlassen, da vernahm ich auf einmal ein metallenes Geräusch und sah, wie sich der Türgriff des Kirchenportals einige Male auf und ab bewegte.

Schon klopfte es.

Eilig stieg ich von der Kanzel, ging zum Portal und schloss auf.

Draußen stand Herr Kindermann, der Küster. „Warum haben Sie denn abgeschlossen?“, war seine erste Frage.

„Ich ... weil ... ich bei der Arbeit nicht gestört werden wollte.“

„Wer sollte Sie denn hier stören?“

„Ja, wer? Ich weiß nicht ... zum Beispiel ... keine Ahnung.“

„Sie werden doch wohl keine Dummheiten gemacht haben?“, fragte Herr Kindermann und musterte mich mit einem merkwürdigen Blick.

„Nein, nein, ich bitte Sie!“

„Na ja, schon gut“, meinte er und kam herein. „Eigentlich hab ich gar keine Zeit. Wollte nur mal sehen, was Sie so fotografieren.“ Er sah meine abgestellte Fototasche. „Ach, Sie haben bereits zusammengepackt?“, fragte er. „Sind Sie denn schon fertig?“

„Nein“, sagte ich, „noch nicht so ganz.“

„Na, dann machen Sie mal schön weiter. Und bitte keine Dummheiten – das ist schließlich ein heiliger Ort hier.“

„Ich weiß.“

„Und steigen Sie mir nicht auf den Turm rauf, nicht um diese Zeit, Sie verstehen?“

Ich verstand gar nichts, nickte aber und wandte mich meiner Fotoausrüstung zu.

„Dann noch ein gutes Gelingen!“, rief Herr Kindermann im Weggehen, und bevor ich etwas erwidern konnte, fiel das Portal ins Schloss und er war draußen.

Seltsam, dachte ich. Nicht auf den Turm soll ich steigen? Nicht um diese Zeit? Was hat der Küster damit gemeint? Ich konnte mir keinen Reim auf seine Warnung machen. Aber mit der Erwähnung des Turms hatte er mich auf eine Idee gebracht. Vom Turm aus, stellte ich mir vor, konnte man die Freudenberger Altstadt fotografieren, wie sie noch nie fotografiert worden war, aus einer ganz neuen Perspektive; denn nirgendwo hatte ich jemals Bilder gesehen, die von diesem ungewöhnlichen Standort aus gemacht worden waren. Welch eine Entdeckung!

Einen Moment lang stand ich jedoch noch unschlüssig da und dachte an die seltsame Mahnung des Küsters.

Aber was gab es jetzt noch zu überlegen? Warum zögern? Durfte man eine solche Chance ungenutzt lassen?

Der Küster würde es ja nicht erfahren, beruhigte ich meine aufkommenden Bedenken. Allerdings kamen mir auch wieder die warnenden Worte meiner Großmutter in den Sinn, ebenso die düsteren Prophezeiungen von Lehrer Wiedenkopf und Pastor Sandorf. Und was mir erst jetzt einfiel: Es war Freitag der dreizehnte ... Auch das noch!

Sollte ich es also wirklich tun? Oder es besser lassen? Ach was, wer wagt, gewinnt, sagte ich mir schließlich, die Gelegenheit ist da, jetzt gilt es!

Ich packte Kameratasche und Stativ, hängte mir das Blitzgerät um den Hals und ging, wenn nicht gerade mit festen, so doch mit halbwegs festen Schritten zur Treppe. Wie immer hatte ich keine Uhr bei mir, ich schätzte jedoch, dass es einige Zeit nach Mittag sein musste. Oh je, dachte ich, Freitag der dreizehnte, kurz vor dreizehn Uhr! Und obwohl ich nicht abergläubisch bin, brauchte ich komischerweise doch ein wenig Überwindung, um weiterzugehen; auch war mir nicht ganz geheuer zumute, als ich über die letzte steile Stiege zum obersten Raum des Kirchturms gelangte und über eine schiefe Schwelle die düstere Glockenstube betrat.

Durch die Ritzen der Fensterluken drang nur wenig Licht in die Dunkelheit. Langsam und vorsichtig, um mit der teuren Kameraausrüstung nicht zu stolpern, tastete ich mich an den Pfosten und Streben der schweren Balkenkonstruktion entlang, die nahezu den gesamten Raum einnahm; in ihrer Mitte, nur schemenhaft erkennbar, hing die anderthalb Meter hohe und über anderthalb Tonnen schwere Glocke. Ich fühlte, dass die Eichenbalken fingerdick mit feinem Staub bedeckt waren; an manchen Stellen türmten sich Haufen von Taubenmist, der zusammen mit dem Staub einen muffigen Geruch verbreitete.

Gespannt öffnete ich eine der Luken, streckte den Kopf

hinaus und sah hinunter auf die Altstadt. Die Aussicht war überraschend und enttäuschend zugleich, die Perspektive zwar ungewöhnlich, aber das bekannte malerische Bild der dicht an dicht stehenden Fachwerkfassaden musste ich nun eintauschen gegen den Anblick regennasser Schieferdächer. Für den Stadtprospekt kam diese Ansicht also sicher nicht in Frage. Da ich jedoch nun mal hier oben war, wollte ich trotzdem ein paar Aufnahmen machen; vielleicht würde ich sie ja gelegentlich für einen anderen Zweck gebrauchen können.

Ich nahm eine meiner Kameras aus der Tasche und eines der Weitwinkelobjektive. Als ich während des Objektivwechsels für einen Moment zufällig zur Decke blickte, wäre mir fast vor Schreck die Kamera aus der Hand gefallen; genau über mir, an einem längeren Faden, hing nämlich eine dicke Spinne.

Sofort kam mir wieder das Bild in den Sinn, das ich als Kind in Großmutters Küche vor Augen gehabt hatte. Und die Worte meiner Großmutter klangen mir ebenfalls wieder im Ohr: „Mein ist die Rache, spricht der Herr."

Sollte die Spinne etwa ein böses Omen bedeuten?

Ach was, mach dich nicht lächerlich, sagte ich zu mir selber und wechselte mit einigen energischen Handgriffen die Filter, wobei ich die Spinne über mir mehr schlecht als recht zu ignorieren versuchte.

Erneut zwängte ich meinen Oberkörper aus der engen Luke und sah mich um. Über dem Stadtwald hatten sich schwarze Wolken aufgetürmt, Gewitterwolken, wie es schien, denn in der Ferne donnerte es bereits. Ich musste mich also beeilen, für die Innenaufnahmen in der Kirche konnte ich mir ja nachher Zeit nehmen.

Ich suchte mir nun die interessanteste Häusergruppe heraus, konzentrierte mich auf den besten Bildausschnitt und wollte gerade auf den Auslöser drücken – da passierte es ...

Urplötzlich wurde die Stille von einer ungeheuren Detonation zerrissen, einem ohrenbetäubenden, trommelfellzerfetzenden Knall, dessen Schallwelle wie eine unsichtbare Bombe durch mich hindurchschlug, und noch in derselben Sekunde wusste ich: jetzt ist es aus mit mir ... aus ... tot ... vom Schlag getroffen ... Freitag der dreizehnte ... böses Ende ... die Rache ist mein ... Großmutter und Lehrer und Pastor hatten also recht behalten.

Dann … musste ich für kurze Zeit das Bewusstsein verloren haben ...

Als ich wieder zu mir kam, stand ich eine Zeitlang reglos und benommen da, das heißt, ich hing mehr, als dass ich stand, hing wie ein nasser Sack in der Luke, wunderte mich und begriff einfach überhaupt nichts, bis ... ja, bis ich auf einmal dachte, wie seltsam, ich bin ja gar nicht tot, ich lebe ja noch. Würde sonst mein Körper vibrieren? Würden meine Knie schlottern und würde mein Herz rasen?

Aber was, was um Himmels Willen, war denn eigentlich mit mir passiert?

Vorsichtig machte ich einen Schritt rückwärts, konnte mich jedoch nicht auf den Beinen halten und stürzte in einer Wolke aus Staub, Federn und Taubenmist zu Boden. Halb auf der Seite liegend, starrte ich vor mich ins Dunkel, sah die schemenhaften Umrisse der schweren Balkenkonstruktion – und bei ihrem Anblick fand ich langsam meine Fassung wieder, es kehrten nach und nach meine Gedanken zurück, und nun verstand ich auch, nun begriff ich endlich, was passiert war: Das elektrische Schlagwerk an der großen Glocke hatte soeben ein Uhr geschlagen.

Verfolgt

Es war Mitte Dezember. Auf den Höhen des Siegerlandes und noch mehr den Bergen des Sauerlandes hatte es schon geschneit, in den Tälern dagegen lag noch kein Schnee, sodass wir unsere seit Langem geplante Skitour auf Januar oder Februar verschieben mussten. Da sich aber alle auf eine schöne vorweihnachtliche Winterwanderung gefreut hatten und niemand sie gerne ausfallen lassen wollte, beschlossen wir kurzerhand, uns am Wochenende trotzdem auf den Weg zu machen – ohne Skier. Ziel unserer Wanderung sollte das Alpenhaus auf dem Härdler sein, 650 Meter hoch, eine mit Schiefer beschlagene Berghütte, einsam und versteckt im Fichtenwald gelegen, kilometerweit entfernt vom nächsten Ort.

Das Wetter war herrlich. Von einem fast wolkenlosen Himmel schien seit Tagen die Sonne, die Luft war klar und kalt, das Thermometer zeigte wenige Grade über Null.

Wir hatten uns um die Mittagszeit in Altenhundem verabredet, vor Schneider-Bickmanns Wirtschaft, in der wir sonst unseren Stammtisch abhielten. Einige von uns, Helmut, Jörg und Michael, denen das Warten auf die Nachzügler zu lang wurde, hatten sich in die warme Gaststube verzogen und bei dieser Gelegenheit schon mal vorsorglich mit ein paar Bieren und Schnäpsen auf die bevorstehende Wanderung angestoßen.

Gegen dreizehn Uhr konnten wir endlich losziehen, nachdem sich alle versammelt und, wie üblich in allerletzter Minute, sich auch Walter und Ulli eingefunden hatten. Mit ihrem altbekannten Spruch „die Letzten werden die Ersten sein!“ begrüßten sie uns, Walter verkündete sogleich: „Mir nach, ich bin der Führer!“ und ging voraus.

„Welch begnadete Führernatur“, bemerkte Helmut und wies mit dem Daumen in die entgegengesetzte Richtung. „Zum Härdler geht‘s allerdings da lang.“

Alle lachten, Walter wurde puterrot im Gesicht, und Michael meinte grinsend: „Anscheinend werden heute mal die Letzten ausnahmsweise auch die Letzten bleiben!“

„Kann sein“, sagte Gaby. „Also los.“

Über die Hauptstraße und quer über den kleinen Marktplatz, an Kirche und Schule vorbei, führte der Weg zunächst durch einige enge Gassen, dann ging es über ausgetretene Steintreppen und gepflasterte Nebenstraßen einen steilen Hang hinauf.

„Hallo, ihr da!“, rief plötzlich jemand von einem Balkon herab. Wir schauten nach oben und sahen, dass es Michaels Schwester Regina war, die hier am Ortsrand von Altenhundem mit Mann und Kindern in einem kleinen Fachwerkhaus wohnte.

„Was gibt‘s denn?“, wollte Michael wissen.

„Haltet mal kurz an!“

„Wir haben eigentlich keine Zeit“, rief Michael.

„Nur eine Minute“, sagte Regina, „ich hab nämlich was für dich.“ Sie verschwand für einen Augenblick im Haus und erschien mit einem Päckchen in der Hand wieder auf dem Balkon. „Eigentlich solltest du es erst zu Weihnachten bekommen, aber während der Feiertage sind wir ja nicht da.“

„Dann gib‘s mir doch hinterher.“

Regina schüttelte den Kopf. „Ich denke, du kannst es vielleicht jetzt schon gebrauchen ... auf eurer Wanderung zum Beispiel.“

„Wenn du meinst ...“

„Ganz bestimmt.“ Sie warf das Päckchen herunter, und Michael fing es auf – ein etwa handgroßes, weiches Päckchen, eingewickelt in buntes Geschenkpapier mit aufgedruckten grünen Tannenzweigen, goldenen Weihnachtsglöckchen und roten Kerzen, verziert mit einer rosa Schleife. „Ist eine Überraschung", rief Regina hinterher.

„Die Art Überraschung kenne ich", flüsterte Michael uns zu und verdrehte die Augen. „Garantiert wieder irgendwas Gestricktes, fühlt sich an wie ne Mütze." Er nahm den Rucksack ab und stopfte das Päckchen hinein.

Regina machte ein langes Gesicht. „Willst du's denn gar nicht auspacken?"

„Später", winkte Michael ab. „Wir wollen doch jetzt weitergehen."

Als hätte sie den letzten Satz nicht gehört, fragte Regina: „Ob's dir wohl passen wird?"

Michael zuckte die Schultern: „Werde ich dann ja sehen."

„Ist nämlich was Selbstgemachtes", fuhr Regina fort.

„Ach ja?"

„Ja, aber diesmal habe ich …"

„Bitte, Regina, wir wollen weiter", sagte Michael und setzte seufzend seinen Rucksack wieder auf.

„Habt ihr's denn so eilig heute?"

„Das nicht gerade, aber …"

„Zum Wandern sollte man sich eigentlich Zeit lassen, find ich."

„Ja, natürlich, tun wir ja auch normalerweise, nur …"

„Meinst du denn, dass es dir gefallen wird?", unterbrach ihn Regina.

„Was gefallen?"

„Mein Geschenk, mein Selbstgemachtes." Regina deutete vielsagend auf ihren Kopf.

„Ach so, ja, bestimmt."

„Hoffentlich gefällt dir auch …"

„Ja doch, mir gefällt alles, was du machst!“, rief Michael gereizt und wandte sich erneut zum Gehen.

Regina machte einen letzten Versuch: „Ich wollte dich bloß wegen der Überraschung …“

„Jaja, schon gut, vielen Dank auch. Bis bald mal.“

Damit ging er nun.

Wir anderen verabschiedeten uns ebenfalls.

„Dann gebt acht, dass ihr keine Blasen kriegt!“, rief Regina uns nach. „Und trinkt nicht zu viel, ihr könntet sonst vom richtigen Weg abkommen! Und passt auf mein Bruderherz auf, damit er sich nicht im Wald verläuft!“

„Wir haben ja einen Führer“, lachte Helmut, wobei er heimlich auf Walter zeigte, „es kann also gar nichts schiefgehen.“

Eine ganze Weile noch winkte Regina von ihrem Balkon aus hinter uns her (wie es schien, mit einem Topflappen in der Hand), einige von uns sahen sich kurz um und winkten zurück, Michael jedoch marschierte stur geradeaus. „Bloß nicht umdrehn“, brummte er mit zusammengebissenen Zähnen vor sich hin, „bloß nicht umdrehn – sonst erstarre ich hier noch zur genervten Salzsäule.“

„Nun hab dich nicht so“, sagte Walter und legte dem Freund den Arm um die Schulter. „Deine Schwester mag ja manchmal etwas nervig sein, im Grunde ist sie doch ganz nett, oder?!“

„Eine Plage ist sie, eine einzige Plage“, stöhnte Michael. „Eine pausenlos plappernde und strickende Familienplage.“

„Dann ist es wohl besser, wir reden von etwas andrem“, meinte Walter, „damit nicht auch noch unsere Wanderung für dich zu einer Plage wird.“

„Ich fürchte“, sagte Michael langsam. „sie könnte es trotzdem werden.“

Wir sahen ihn verwundert an, und Walter fragte: „Wie kommst du darauf?“

„Erzähl ich euch vielleicht nachher“, war seine knappe Antwort, mit der wir uns, da trotz allen Nachfragens nicht mehr aus ihm herauszubekommen war, fürs Erste zufriedengeben mussten. Wir taten es denn auch und setzten unsere Wanderung frohgemut fort.

Hinter Altenhundem führte der Weg auf den ersten Kilometern stetig bergan, bis zum Kirchberg ging es über große Strecken durch dunkle Fichtenwälder, in denen nur selten einmal eine Schneise oder eine niedrige Schonung den Ausblick ins Tal freigab. Je höher wir kamen, desto milder wurde es; das kleine Thermometer an Gabys Rucksack zeigte sieben Grad. Trotzdem lag auf dem Kamm zwischen Ilberg und Kahleberg eine geschlossene Schneedecke, zur großen Freude der Kinder, die nun endlich zu ihrer lang ersehnten Schneeballschlacht kamen. Wir Erwachsenen wärmten uns derweil auf weniger anstrengende Weise. Fast jeder von uns hatte eine Thermosflasche mit Glühwein im Rucksack, Ulrike hatte eine große Dose selbstgebackener Weihnachtsplätzchen mitgeschleppt, andere hatten Käsebrötchen und Schinkenbrote, Spekulatius und Christstollen dabei. Kein Wunder also, dass wir öfter rasteten, als es eigentlich notwendig gewesen wäre, und dass unsere Stimmung von Rast zu Rast immer fröhlicher und ausgelassener wurde.

Einen gab es allerdings, der von dieser Stimmung kein bisschen angesteckt wurde, der sich eher absonderte, um allein vor sich hin zu trotten, der weder am Essen noch am Glühwein, ja nicht einmal an seiner selbstgedrehten Zigarette Geschmack fand, und das war – Michael. Er hatte sich, was er uns erst nach und nach gestand, am Vortag den Magen verdorben, sich wahrscheinlich an Gabys Kartoffelsalat überfressen (der schon mehrere Tage alt gewesen war), vielleicht hatte er sich auch eine Magen-Darm-Grippe eingefangen - jedenfalls hatte er die letzte Nacht häufiger auf der Toilette gesessen als im Bett gelegen. Bier und Schnaps in Schneider-Bickmanns Wirtschaft waren ihm ebenfalls schlecht bekommen. Auch während unserer Wanderung wurde er mehrfach von den Attacken seiner beschleunigten Verdauung heimgesucht, worauf er jeweils in großen Sätzen hinter den nächststehenden Fichten verschwand und erst nach geraumer Zeit mit noch blasserem Gesicht wieder zum Vorschein kam. Wie er selbst zugeben musste, wäre er an diesem Tag wohl besser zu Hause geblieben und hätte sich mit einer heißen Wärmflasche und einem schönen Buch ins Bett gelegt. Aber weil auch er sich auf unsere gemeinsame Wanderung gefreut hatte, war er eben, gegen alle Vernunft, lieber mit uns mitgegangen.

Gerade als die Sonne glutrot hinter den Bergen versank, kamen wir am Alpenhaus an. In der urigen Gaststube verbrachten wir einen gemütlichen, unterhaltsamen Abend, aßen „Himmel und Hölle" (einen Eintopf aus Äpfeln und Kartoffeln), tranken Bier und Alster und wieder Glühwein, bevor wir uns, mehr oder weniger beschwipst, gegen Mitternacht auf den Heimweg machten. Zum Glück hatten Helmut, Walter und Ulli in kluger Voraussicht Petroleumlampen mitgenommen; es lag also eine romantische und für die Kinder ein wenig abenteuerliche Nachtwanderung vor uns.

Schon bald, nachdem wir losgegangen waren, zog sich unsere Wandergruppe wieder mal ziemlich schnell auseinander; es bildeten sich drei kleinere Gruppen, jede um eine Petroleumlampe geschart, und so wanderten wir denn wie vielleicht vor langer, langer Zeit einmal die Wichtelmännchen durch den nächtlichen Winterwald.

Fast eine Stunde waren wir unterwegs, als der ersten Gruppe bereits das Petroleum und damit das Licht ausging. Es wurde eine kurze Verschnaufpause eingelegt, wir warteten, bis auch die Letzten zu uns aufgeschlossen hatten, teilten noch rasch den restlichen Glühwein und den restlichen Proviant untereinander, dann marschierten wir gutgelaunt weiter.

Anderthalb Stunden später kamen wir in das kleine Dorf Milchenbach, das um diese Uhrzeit wie ausgestorben schien. Kein Mensch war zu sehen, kein Laut zu hören; nur ein einsamer Hund irgendwo zwischen den Gehöften bellte heiser den Mond an.

Unter der ersten Straßenlaterne versammelten wir uns. „Ich glaube, es sind alle da", sagte Helmut nach einem Blick in die Runde. „Also auf zur letzten Etappe!"

Doch dann hörten wir Gaby fragen: „Aber wo ist denn Michael?"

Keine Antwort.

Wir sahen einander an – Michael fehlte tatsächlich ... Zum Glück fehlt keines der Kinder, Michael ist erwachsen, ihm wird schon nichts passiert sein, trösteten wir uns, wunderten uns aber dennoch von Minute zu Minute mehr darüber, dass er nicht kam.

Wo blieb er nur? Hockte er mal wieder unfreiwillig hinter einem Baum? War ihm unterwegs vielleicht schlechtgeworden, weil er im Alpenhaus trotz seiner Magenbeschwerden doch wieder zu viel Bier getrunken hatte?

Schließlich fragte jemand: „Hat Michael überhaupt mitbekommen, dass wir über Milchenbach zurückwandern wollten?"

„Als wir beim Aufbruch drüber sprachen, saß er gerade auf dem stillen Örtchen", wusste Helmut. „Aber ich hab ihm natürlich Bescheid gesagt."

„Gut, dass jemand dran gedacht hat", bemerkte Walter.

Helmut kratzte sich seine von Kälte und Glühwein gerötete Nase. „Das heißt ... ich meine ... genaugenommen hab ich nur dem Wirt Bescheid gesagt."

„Und dieser Dussel hat bestimmt vergessen, es Michael weiterzugeben", folgerte Ulli.

„Oder er hat ihn verpasst", tippte Walter.

Mit seiner Vermutung sollte Walter recht behalten (was sich allerdings erst am nächsten Nachmittag herausstellte, als wir uns alle bei Schneider-Bickmanns zum Kaffee trafen und Michael berichten konnte, wie es ihm in der Nacht ergangen war). Um uns nämlich nach seiner Sitzung möglichst schnell einzuholen, hatte Michael sich im Flur seinen Rucksack geschnappt und gleich den Hinterausgang benutzt; er war also dem Wirt gar nicht mehr begegnet und hatte daher – nicht ahnend, dass wir in Richtung Milchenbach unterwegs waren – prompt den falschen Weg eingeschlagen.

Damit, so erfuhren wir nun, hatte sein einsamer Rückmarsch durch den finsteren Wald begonnen ...

Die ersten Kilometer kam er noch recht flott voran (trotz zweier verdauungsbedingter Zwangspausen). Noch konnte er im fahlen Mondschein den schmalen Waldweg erkennen und noch war er in dem tröstlichen Glauben, er müsste uns jeden Augenblick eingeholt haben. Aber so sehr er sich auch beeilte, so sehr er mit immer nervöserem Blick den vor ihm liegenden Weg absuchte – er fand uns nicht. Als er beim Galgenbaum angelangt war, einer abgestorbenen Fichte mit nur noch einem einzigen Ast, blieb er stehen und horchte angestrengt ins Dunkel, ob nicht wenigstens von irgendwoher unsere Stimmen zu hören waren; dann gab er es auf und tappte beklommen weiter.

Das Schweigen im Walde – zum ersten Mal war es ihm nicht geheuer. Auf sommerlichen Spaziergängen und Wanderungen mit Freunden, an sonnigen Tagen mit Insektengesumm und Vogelgezwitscher hatte er die Stille immer als wohltuend und beruhigend empfunden. Jetzt dagegen war es auf einmal ganz anders, jetzt spürte er (auch wenn er es zunächst nicht wahrhaben wollte), wie ihm die kalte, schwarze Lautlosigkeit zunehmend unheimlich wurde.

Michael war im Grunde kein ängstlicher Mensch; zumindest im Kreis seiner Freunde gab er sich recht furchtlos und draufgängerisch und pflegte seinen Ruf als verwegener Bergsteiger. Im letzten Sommer, kurz vor seinem fünfunddreißigsten Geburtstag, hatte er mit seinem Seilgefährten Walter die berühmt-berüchtigte Piz-Badile-Nordostwand durchstiegen, eine neunhundert Meter hohe, fast senkrechte Granitwand in den Bergeller Alpen, und mehr noch als Walter genoss er die Bewunderung, die ihm diese schwere Klettertour bei Freunden und Bekannten eingebracht hatte. Die Fotos vom Gipfel, sie hingen als Poster vergrößert und in rahmenlosen Haltern an der Wohnzimmerwand, zeigten ihn in typischer Pose: mit nacktem Oberkörper lässig an einen Felsen gelehnt, in der einen Hand eine Feldflasche, im Mundwinkel wie üblich eine selbstgedrehte Zigarette, als Stirnband eine bunte Reepschnur um die vom Wind zerzausten Haare – zusammen mit dem Fünf-Tage-Bart und dem überlegenen Lächeln das Bild eines Mannes, den der herbe Duft von Freiheit und Abenteuer umweht, den nichts und niemand schrecken kann, weil er sich allen Gefahren gewachsen fühlt (sogar den Gefahren einer Eiger-Nordwand-Durchsteigung, die für den kommenden Sommer geplant war).

Aber der große Kletterer, man muss es an dieser Stelle

erwähnen, hatte auch seine schwache Seite: sein gespanntes oder besser gesagt zwiespältiges Verhältnis zu Frauen, zu Frauen im Allgemeinen und selbstbewussten Frauen im Besonderen. Kam beispielsweise in geselliger Runde ein Gespräch auf das Thema Gleichberechtigung, so pflegte er jeweils mit ernster Miene zu erklären: „Ich hab nichts gegen die Frauenbewegung, ganz und gar nicht." Um nach kurzer Pause grinsend hinzuzufügen: „Aber `Macho Macho´ von Reinhard Fendrich bleibt trotzdem mein Lieblingslied."

Mit derartigen Äußerungen (die so manche Frau zur Weißglut brachte) kehrte er gern den starken Mann heraus; und er tat es immer wieder, fast zwanghaft, so oft sich die Gelegenheit dazu bot. Blickte man tiefer, galt allerdings auch für ihn: In seiner rauen Schale steckte in Wirklichkeit ein weicher Kern, hinter seinen lockeren Sprüchen verbarg sich nichts anderes als Unsicherheit und die ständige Befürchtung, dass seine Männlichkeitsmaske doch durchschaut werden könnte.

Im Grunde gab es nur wenige Frauen, in deren Gegenwart er sich, wenn auch nicht unbedingt wohl, so doch halbwegs sicher fühlte, und zwar nicht etwa, weil sie ihn angezogen hätten, sondern ihn im Gegenteil völlig kaltließen. Allen voran seine Schwester Regina. Durch sie, diese harmlos-naive Landpomeranze, wie er sie nannte, hatte er sich noch nie im Leben verunsichert, geschweige denn in seiner Männlichkeit bedroht gefühlt. Dafür fühlte er sich durch ihre einfältige Art recht schnell gelangweilt und genervt, vor allem, wenn es um ihr liebstes Hobby ging, das Stricken. Bei Familienfeiern flüchtete er inzwischen regelmäßig, sobald sie nach dem Kaffeetrinken ihre neuesten Handarbeiten hervorholte und dann bis zum Abendessen fast nur noch über Kreuzanschläge, Randmaschen, Lochmuster und Zopfstreifen redete.

Schon als kleines Mädchen war Regina eine geschickte und

einfallsreiche Bastlerin gewesen. Mit sechs Jahren hatte sie bereits die ersten einfachen Kleider für ihre Puppen geschneidert, bald darauf auch für sich selbst. Ihrem Bruder hatte sie einmal ein richtiges Indianerkostüm genäht, mit Mokassins aus altem Fensterleder und einem Kopfschmuck aus Hühner- und Fasanenfedern, und Michael, welch seltene Güte, hatte sich tatsächlich dazu herabgelassen, es anzuprobieren. Als Dank hatte Regina seine junge Sklavin spielen dürfen, deren erste Aufgabe darin bestand, ihm mit Wasserfarben eine Kriegsbemalung ins Gesicht zu zeichnen. Wagemutig wie ein Irokese war er daraufhin in die Krone der riesigen Hoflinde und von dort aufs Scheunendach geklettert, war über den First balanciert und am Dachrinnenfallrohr wie an einer Kletterstange wieder nach unten gerutscht, während Regina nur dagestanden und ihm die ganze Zeit über in kindlicher Bewunderung zugesehen hatte.

In späteren Jahren war ihre Bewunderung noch gewachsen, als Michael immer öfter in die weite Welt hinaus zum Bergsteigen und Klettern fuhr und von immer kühneren Unternehmungen berichten konnte, in denen es ständig um Gefahr und Bewährung, um Entschlossenheit und Mut, nicht selten sogar um Leben und Tod ging. Ihr eigenes Dasein in ihrer kleinen Welt im Sauerland hingegen drehte sich jahraus, jahrein um so banale Dinge wie Einkaufen und Abwaschen, Kochen und Backen, Putzen und Fegen; außer der Familie und der ehrenamtlichen Gemeindearbeit blieb für sie selbst eigentlich nur das Stricken, das ihr eine gewisse Bestätigung und ein wenig Abwechslung in den eintönigen Alltag brachte – und ihren Bruder schier zur Verzweiflung bringen konnte, wenn sie auf dieses Thema zu sprechen kam.

Während Michael in jener Winternacht allein im Wald unterwegs war, gab es allerdings Momente – sicherlich zum ersten Mal in seinem Leben –, in denen er Regina liebend gern an seiner Seite gehabt hätte. Besser noch diese strickende Nervensäge als überhaupt niemanden neben sich, besser diese plappernde Familienplage ertragen, als schweigend durch die Dunkelheit zu ziehen, mutterseelenallein, von allen verlassen.

An der Hexenbuche blieb er erneut stehen und lauschte, ob nicht doch von irgendwoher ein Laut zu ihm drang. Aber nichts, absolut nichts war um ihn herum, nur Stille und Finsternis.

Ob er sich irgendwie bemerkbar machen sollte? Ich könnte rufen, laut schreien, vielleicht hört mich ja jemand, überlegte er, doch war ihm die Kehle wie zugeschnürt. So blieb er stumm, schritt zaghaft weiter, unsicher am Wegrand entlangtappend, ständig in der Angst, sich an niedrigen Fichtenästen das Gesicht zu zerkratzen oder ein Auge auszustechen. Mehrmals stolperte er über Wurzeln und Steine und rutschte auf gefrorenen Pfützen aus; einmal stürzte er über einen abgebrochenen Ast, den er gleich aufhob, um fortan mit ihm, wie ein Blinder mit seinem Stock, vor sich den Weg abzutasten.

Auf diese Weise ging es eine Zeitlang leidlich voran, bis er auf eine Lichtung kam, auf der sich der Weg gabelte, und Michael erinnerte sich, dass er die linke Abzweigung nehmen musste, weil die nach Altenhundem, die rechte dagegen nach Milchenbach führte.

Der Hochwald am Rande des verschneiten Kahlschlags sah aus wie eine tiefschwarze Wand, drohend und unheimlich. Das Beste wäre, ich bliebe einfach hier stehen, ging es ihm durch den Kopf, mitten auf der Lichtung, bis zum Morgengrauen, um dann im Hellen in aller Ruhe nach Hause zu wandern. Aber die Vorstellung, stundenlang in Kälte und

Dunkelheit am selben Fleck auszuharren, war ihm schließlich noch unangenehmer als der Gedanke an den weiteren Rückweg.

Hätte ich wenigstens einen Hund dabei, dachte er, und wäre es auch nur ein ganz kleiner, ein Dackel vielleicht oder ein Zwergschnauzer. Besser wäre natürlich ein großer Hund gewesen, ein Riesenschnauzer oder eine Dogge. Am besten beides. Und einen Freund dazu, ganz gleich, wen. Oder aber irgendeinen Bekannten. Oder zumindest Regina.

Aber er, er hatte nichts und niemanden – keinen, der ihn hätte beschützen können, nichts, mit dem er sich selbst schützen konnte; nicht einmal sein Taschenmesser hatte er dabei, wie er nach einem Griff in seine Hosentasche erschrocken feststellen musste.

Unschlüssig trat er von einem Fuß auf den anderen, dann gab er sich einen Ruck und ging weiter, tauchte widerwillig ein in den düsteren Wald, wobei ihn das beklemmende Gefühl überkam, die Finsternis würde sich wie eine riesige schwarze Nebelschwade langsam um ihn legen, würde dichter und dichter werden und ihn ganz allmählich ersticken.

Aber das ist ja bloß Einbildung, versuchte er sich zu beruhigen, ein Hirngespinst, weiter nichts. Schwer atmend hielt er wieder inne, um sich erst einmal eine Zigarette zu drehen, es misslang jedoch; Tabak und Papier zerkrümelten und zerknitterten in seinen zittrigen Fingern.

„Dann eben nicht!“, sagte er wie zum Trotz. „Mit dem Rauchen wollte ich ja sowieso aufhören.“

Ein Knacken und ein gellendes „Kuwitt!“ aus den Wipfeln über ihm ließen ihn im selben Moment zusammenfahren. Das war nun keine Einbildung, kein Hirngespinst, er hatte den Schrei deutlich gehört, das war ... das war ... der Totenvogel, dachte er auf einmal mit Schaudern – auch wenn sein

Verstand ihm sagte, dass es nichts anderes gewesen sein konnte als eine Eule, sicherlich ein Waldkauz. Aber waren Eule und Totenvogel nicht ein und dasselbe? Den Ruf „kuwitt", fiel ihm ein, hatte seine Großmutter jedenfalls immer als „komm mit" gedeutet, als Aufforderung aus dem Jenseits, mit der ein dem Tode Geweihter in die Ewigkeit abberufen würde ...

Aberglaube, nichts als Aberglaube, sagte sein Verstand, und trotzdem lief ihm eine Gänsehaut über den Rücken und der kalte Schweiß trat ihm auf die Stirn.

Fröstelnd nahm er seinen Rucksack ab, öffnete hastig den Reißverschluss und tastete nach Schal und Handschuhen. Dabei berührte er auch das Päckchen, das er von Regina bekommen hatte, sein Weihnachtsgeschenk. Er holte es hervor, riss das Papier auf und holte etwas Wollenes heraus. Er fühlte sofort, dass es eine Mütze war. Natürlich wieder was Gestricktes, wusste ich's doch, dachte er missmutig. Aber ihn fror, deshalb kam ihm die Mütze jetzt gerade recht. Und mit einem Mal wusste er auch, was er tun würde, sobald er aus dem verdammten Wald und der verdammten Dunkelheit heraus war: Er würde schnurstracks zu seiner Schwester gehen und sie, auch wenn es mittlerweile schon weit nach Mitternacht war, kurzerhand aus dem Bett klingeln; er würde im Gästezimmer schlafen und sich morgens von Regina nach Hause fahren lassen. Zuallererst jedoch, das nahm er sich fest vor, wollte er sich bei seiner Schwester für sein etwas barsches Benehmen vom Mittag entschuldigen und sich nochmals (diesmal herzlicher) für sein Weihnachtsgeschenk bedanken. Überhaupt wollte er sich ihr gegenüber in Zukunft nur noch von seiner freundlichen Seite zeigen. Er gelobte sich sogar, während er die Mütze aufsetzte: „Wenn ich heil zu Regina komme, werde ich nie wieder ein böses Wort zu ihr sagen." Und als hätte ihn sein eigenes Versprechen nun mit ein wenig Zuversicht erfüllt, fasste er seinen Stock fester und marschierte los.

Kaum war er jedoch drei, vier Schritte gegangen, hörte er hinter sich etwas, das ihn vor Entsetzen erstarren ließ. Reglos lauschte er in die Finsternis – nichts. Nur sein Herz schlug wie wild.

Vorsichtig ging er weiter. Und erstarrte von neuem. Kein Zweifel, er hatte das Klingen eines Glöckchens gehört, ganz deutlich und ganz nah.

Fieberhaft überlegte er. Gab es in der Nähe eine Kirche? Gab es hier im Wald eine Kapelle? Er wusste es nicht genau. Aber selbst, wenn es eine gab, wer um Himmels willen sollte dort um diese Zeit das Glöckchen läuten? Ein nächtlicher Besucher? Ein Verirrter?

Vielleicht hat ja der Wind das Glöckchen in Bewegung gesetzt, dachte er, schon halb erleichtert, da fiel ihm auf: Es war absolut windstill, es war – totenstill.

„Oh Gott – das Totenglöckchen ..." sagte er plötzlich zu sich selbst und erschrak vor seiner zitternden Stimme.

War auch das Aberglaube, wenn man das Totenglöckchen hörte?

„Ohgottohgottohgott, jetzt nur nicht die Nerven verlieren", redete er sich zähneklappernd zu, weil er spürte, wie er von Panik erfasst wurde, wie sich sein Magen zusammenkrampfte und ihm erneut der Schweiß ausbrach. Denn das helle Glöckchenläuten konnte nur ihm gelten, wem sonst, es war ja niemand anderes da, folglich rief das Totenglöckchen ihn. Ihn allein.

Michael war so sehr mit seinen sich überstürzenden Gedanken und der aufkommenden Panik beschäftigt, dass er erst jetzt, buchstäblich in höchster Not, zwischen den schwarzen

Fichtenstämmen hindurch in der Ferne etwas Helles schimmern sah. Er brauchte eine Weile, um zu begreifen, dass es weder Irrlichter noch Friedhofslichter waren, sondern nur die Lichter von Altenhundem sein konnten.

In diesem Moment hörte er wieder ein lautes „Kuwitt!" über sich, er schrie auf, warf seinen Stock beiseite und rannte los, rannte, so schnell er konnte, rannte um sein Leben. In halsbrecherischem Tempo stürzte er den Waldweg entlang, dann die breitere Forststraße hinunter ins Tal. Das Totenglöckchen schien ihn die ganze Zeit zu verfolgen, ja einzuholen. Michael drehte sich einmal kurz um, weil er sich einbildete, es wäre dicht hinter ihm, und im nächsten Augenblick stolperte er über einen Stein und schlug der Länge nach auf die gefrorene Schotterdecke. Sofort rappelte er sich wieder hoch und rannte weiter, jetzt schon die ersten Häuser und Straßenlaternen vor Augen. Um abzukürzen rutschte er eine steile Böschung hinab, lief quer über die menschenleere Straße auf das Haus seiner Schwester zu, übersprang mit einem gewaltigen Satz den Jägerzaun, stürmte die Treppe hoch, drückte mehrmals auf die Schelle und trommelte mit den Fäusten gegen die Haustür.

Bange Sekunden später ging endlich im Flur das Licht an, die Haustür öffnete sich einen Spaltbreit, und Michaels Schwager fragte ebenso erschreckt und überrascht wie verschlafen: „Was willst du denn hier um diese Zeit?"

Ohne eine Antwort drückte Michael die Tür auf und drängte sich an seinem Schwager vorbei in den Flur. Er war gerettet.

Durch den Lärm aufgeweckt, kam nun auch Regina, ein geblümtes Nachthemd an und gestrickte Socken an den Füßen, die Treppe herunter, während ihr Mann, kopfschüttelnd und Unverständliches murmelnd, erst einmal wieder nach oben ging, um nachzusehen, ob nicht auch die Kinder wachgeworden waren.

„Du siehst ja aus, als wäre der Leibhaftige hinter dir her gewesen'", sagte Regina mit einer Mischung aus Mitgefühl und Verwunderung. „Was ist denn überhaupt los? Was machst du hier?"

Michael tappte mit kreidebleichem Gesicht in die Küche. „Lass mich ... ich muss erst mal zu Atem kommen", keuchte er. Er nahm seinen Rucksack ab und ließ sich erschöpft auf einen Stuhl sinken. Mit zittrigen Fingern zog er Handschuhe und Jacke aus, nahm Schal und Mütze ab und warf die Sachen neben sich auf die Eckbank. Unwillkürlich zuckte er zusammen; ihm war, als hätte er selbst hier in der Küche noch den Klang des Totenglöckchens in den Ohren.

„Na, dann koche ich uns wohl am besten mal einen Kaffee", schlug Regina vor, „danach kannst du ja in Ruhe erzählen, was passiert ist."

Michael reagierte nicht. Geistesabwesend sah er vor sich auf die gemusterte Tischdecke.

Regina öffnete den Küchenschrank und holte Kaffeedose, Kanne und Filterpapier hervor. „Willst du ihn stark?", fragte sie.

Langsam schaute Michael auf. „Was?"

„Ob du ihn stark willst?"

„Wen?"

„Na, den Kaffee."

„Ach so, ja ja."

„Mit Milch und Zucker?"

Michael nickte schwach.

„Wie ich sehe, hast du die neue Mütze von mir schon eingeweiht", bemerkte Regina, während sie das Kaffeewasser einlaufen ließ. „Passt sie denn?"

„Tut sie“, sagte Michael.

„Hält sie schön warm?“

„Jaja, auch das.“

„Und gefällt sie dir?“

„Ja, Schwesterherz, sie gefällt mir, vielen Dank nochmal.“

„Da bin ich aber froh“, sagte Regina mit einem zufriedenen Lächeln. Sie nahm zwei große Tassen vom Küchenbord und stellte sie auf den Tisch. „Und hat dir auch das lustige Anhängsel gefallen?“

Michael runzelte die Stirn. „Anhängsel?“ fragte er verwundert. „Was für ein Anhängsel meinst du?“

„Ja, was meine ich wohl?“, fragte Regina zurück.

„Ja, was denn?“

Regina beugte sich über den Tisch, ergriff die auf der Eckbank liegende Mütze und schwenkte sie zwischen Daumen und Zeigefinger hin und her.

Wieder zuckte Michael zusammen.

„Ich meine natürlich das kleine Glöckchen, das ich hier hinten angenäht habe, was sonst?“ Sie legte die Mütze zurück und sah Michael erwartungsvoll an. „Nun guck doch nicht so seltsam“, sagte sie. „Ich will doch bloß wissen, ob es dir gefallen hat.“

Anruf genügt

Mitten in Deutschland – Siegen – Provinz voller Leben.

So lautet ein bekannter Werbeslogan unserer Kreisstadt. Und gleich bei meiner Einschulung im Gymnasium Am Löhrtor erfuhr ich als Zehnjähriger mit kindlichem Erstaunen, dass Siegen und Rom in einem Atemzug genannt wurden, sind sie doch beide, wie unser künftiger Klassenlehrer stolz erklärte, auf sieben Hügeln erbaut worden. Außer dem Kapitol konnte ich mir die Hügel Roms nie merken, die Siegener dagegen kannte ich schnell auswendig: Fischbacherberg, Rosterberg, Häusling, Siegberg, Lindenberg, Giersberg und Wellersberg. In dieser oder der umgekehrten Reihenfolge werden die Hügel, die im Gegensatz zu den römischen schon eher Berge sind, beim Seven-Summit-Lauf als Höhepunkte auf einem abwechslungsreichen Rundkurs bewältigt. Der schnellste Läufer schafft die etwa 24 Kilometer und 760 Höhenmeter in knapp eindreiviertel Stunden.

Ich erwähne dieses Ereignis nur deshalb, weil ich vor kurzem einen befreundeten ehemaligen Postkollegen besucht habe, an dessen Haus vorbei die Laufstrecke führt, so dass die dreihundert Läufer, während wir uns unterhielten, nach und nach von der Terrasse aus zu sehen waren – vor dem fernen Hintergrund mit der Nikolaikirche, auf deren Turmspitze das „Krönchen“ prangt, das Wahrzeichen der Stadt.

Ich kannte Hans von unserer langjährigen gemeinsamen Arbeit im Briefzentrum 57, er war mir in guter Erinnerung geblieben, ein immer fröhlicher und optimistischer Kollege, allseits beliebt wie der geduldige Rainer Hartmann, der verständnisvolle Jörg Linde, der lustige Holger Heider und andere mehr. Er hatte, wie man so sagt, den Schalk im Nacken, aber hätte man ihm dieses Kompliment gemacht, hätte er in seiner Schlagfertigkeit wahrscheinlich geantwortet: „Nein, ich habe nicht Schalke im Nacken, sondern nichts als Fußball im Kopf!“ Wie in dem bekannten Lied war Fußball tatsächlich sein Leben, er selbst war in Kindheit und Jugend ein begeisterter Spieler gewesen, inzwischen ein wandelndes Fußballlexikon mit einem über Jahrzehnte zusammengetragenen Archiv aus der Geschichte von Bundesliga und Weltmeisterschaften. Ich freute mich zu erfahren, wie es ihm in den vielen Jahren ergangen war, die wir uns nicht mehr gesehen hatten. Nur dass er umgezogen war, wusste ich. Natürlich hatte ich nichts anderes erwartet, als dass ich zuerst die Neuigkeiten über mich ergehen lassen musste, die es von der Bundesliga zu erfahren gab. Aber dann, nachdem er uns einen Kaffee gekocht und dazu passend einen „Sejerlänner Riewekooche“, also einen Siegerländer Reibekuchen, angeschnitten hatte, lehnte er sich bequem in seinen Polstersessel zurück und begann zu erzählen.

Es ging in seinem Bericht um nur einen Tag, genauer einen einzigen Nachmittag. Aber dieser Nachmittag, erfuhr ich in der nächsten halben Stunde, hatte es in sich gehabt, weil er völlig anders verlaufen war als geplant und sein ganzes Leben verändern sollte.

Es war nämlich so gewesen: Nachdem er den Küchentisch abgeräumt, das Geschirr gespült und abgetrocknet hatte, ging er, um sich ein bestimmtes Buch zu holen, leise ins Wohnzimmer. Leise war er deshalb, weil er seine Frau nicht wecken wollte, die nach dem Essen regelmäßig ihr Mittagsschläfchen hielt. Aber Olga saß, ein Kissen im Nacken, die dicken Beine hochgelegt, auf dem Sofa und stickte. Neben ihr, auf dem Wohnzimmertisch, stand eine angebrochene Flasche und ein halbvolles Glas Eierlikör sowie eine große Schachtel Pralinen, die zur Hälfte fast leergegessen war.

„Du schläfst ja gar nicht“, sagte er, „bist du denn heute nicht müde?“

„Kümmere dich lieber um deine Küchenarbeit!“, erwiderte sie mürrisch.

„Aber ich bin ja fertig.“

„Mit allem?“

Er nickte.

„Hast du auch die Töpfe abgewaschen?“

„Hab ich.“

„Und die Pfanne?“

„Auch die.“

„Und hast du den Herd geputzt?“

„Ja doch“, sagte er und ging geradewegs zum Bücherregal.

„Und was ist mit der Wäsche?“, bohrte sie weiter. „Hast du sie aufgehängt?“

„Oh, ... ich ...“

„Na bitte, wusst‘ ich‘s doch. Möchte bloß mal wissen, wo du eigentlich in letzter Zeit mit den Gedanken bist.“

Im Badezimmer nahm er die feuchte Wäsche aus der Maschine, legte sie in den Korb und ging nach draußen in den Garten zur Wäschespinne.

Es war ein wunderschöner Maitag. Die Sonne schien warm von einem wolkenlosen Himmel, sodass sich selbst Minka, Olgas fette Angorakatze, ausnahmsweise nach draußen bequemt und auf der Holzbank zum Schlafen niedergelassen hatte. Flieder, Glyzine und Geisblatt verströmten einen betörenden Duft, Schmetterlinge gaukelten über die Blumenbeete, Hummeln und Bienen summten umher, im Kirschbaum sangen Amsel und Buchfink wie um die Wette, aus der Weißdornhecke ließ ein Zaunkönig sein Lied erklingen, und auf der Mauer zum Nachbargrundstück balzte ein Gartenrotschwanz sein auserwähltes Weibchen an.

Und während Hans nun in aller Ruhe Olgas Nachthemden und Schlüpfer, ihre Büstenhalter, Strümpfe und Socken auf die Leine hängte, dachte er voller Vorfreude an den Nachmittag, dachte an sie, an Susi, pfiff leise und vergnügt ein Lied vor sich hin, und dichtete in Gedanken spontan hinzu: Ach Susi, du mein Gspusi ...

Immer wieder hielt er Ausschau nach dem Gartenrotschwanz. Das muntere Kerlchen hatte es ihm irgendwie angetan, obwohl er nicht genau hätte sagen können, warum. Vielleicht, weil ihm ganz einfach seine Balz gefiel, bei der er unablässig knickste und sein rostrotes Schwänzchen erregt auf- und abwippte. Im Grunde ging es dem kleinen Vogel sicher nicht anders als dem großen Menschen: Auch er war nach langer Zeit endlich wieder verliebt und gab deshalb seiner neuen Flamme ein feuriges Ständchen. Wie gut er ihn verstehen konnte!

Frohgemut hing er das letzte Wäschestück auf, einen von Olgas monströsen Wollschlüpfern, nahm den Wäschekorb unter den Arm und schlenderte an den Blumenbeeten entlang zum Haus.

Plötzlich – schrilles Gezeter!

Erschrocken drehte er sich um und sah gerade noch, wie Minka mit dem zappelnden Gartenrotschwanz in der Schnauze um die Hausecke verschwand. Er ließ den Korb fallen und rannte hinter ihr her, konnte sie jedoch nicht mehr erwischen, und als er sie schließlich einige Zeit danach unter dem Fliederstrauch entdeckte, war es zu spät: Das verdammte Katzenvieh hatte dem armen Vogel den Kopf abgebissen und den Rest, bis auf einige Federn, aufgefressen.

Wütend ging er ins Haus. Als er ins Wohnzimmer kam, sah ihn seine Frau über ihren Stickrahmen hinweg ungehalten an. „Das hat ja mal wieder gedauert“, maulte sie.

Ihren Vorwurf überhörte er diesmal. Stattdessen sagte er: „Deine Katze hat einen Gartenrotschwanz gefangen."

Olga hob die Schultern. „Na und? Soll sie doch!"

„Sie sollte eigentlich Mäuse fangen und keine Singvögel."

„Sind Vögel etwa was Besseres als Mäuse?"

„Nein, das nicht, nur ..."

„Was nur?"

„Mäuse gibt's genug, Singvögel sind viel seltener."

„Dann dürfen sie sich eben nicht fangen lassen."

„Das sagst du so, aber Minka ..."

„Hör mal zu, mein Lieber: Minka frisst, was ihr passt, ob es nun eine Maus ist oder so ein roter Gartenschwanz ..."

„Gartenrotschwanz", verbesserte er unwillkürlich, ohne daran zu denken, dass Olga leicht ungemütlich wurde, wenn ein anderer sie korrigierte.

„Ist mir doch völlig egal, wie dieser dämliche Vogel heißt. Jedenfalls hat er nicht aufgepasst, und nun ist der Schwanz halt ab."

„Der Kopf leider auch", sagte er so ruhig er konnte.

„Ist doch nicht dein Kopf, oder?"

„Nein, natürlich nicht, aber ..."

„Aber was?", fragte sie drohend.

„Ach, nichts, schon gut", winkte er ab, denn er wusste: Noch weiter zu diskutieren, hätte ja doch keinen Zweck gehabt. Wie ihre Freundin Nicola musste Olga nämlich immer und überall recht behalten, immer das letzte Wort haben, und wer es wagte, eine abweichende oder gar gegenteilige Meinung zu äußern, wurde von ihr lautstark angeschnauzt und zusammengestaucht und fortan für Tage oder Wochen mit Herablassung und Nichtachtung bestraft. Also schluckte er wie so oft in den letzten Jahren seinen Ärger herunter, um seine Frau nicht noch mehr zu reizen und sich die Vorfreude auf den Nachmittag nicht weiter vermiesen zu lassen. Ohne ein Wort ging er deshalb zum Bücherregal, aus dem er sich wie zufällig den großen Bildband über die Alpen herausnahm. Schweigend setzte er sich Olga schräg gegenüber in einen Sessel, stellte den Bildband halb aufgerichtet auf seinen Schoß und schlug ihn auf, schlug ihn mit Bedacht so auf, dass seine Frau nur die Vorderseite und Rückseite des Schutzumschlags sehen konnte.

Dann begann er langsam zu blättern, Seite für Seite, ohne diesmal jedoch sonderlich auf die einzelnen Abbildungen zu achten, und je weiter er blätterte und je näher er der Seite 64 kam, desto aufgeregter und kribbeliger wurde er, denn was da zwischen den Seiten 64 und 65 lag, verborgen in einem perfekten Versteck, war ein Foto von ihr, von Susi. In Gedanken summte er wieder sein Lied, das ihm seit vorhin nicht mehr aus dem Sinn ging.

Ach ja, Susi, dachte er sehnsuchtsvoll und sah verstohlen zur Wanduhr.

Vor einigen Wochen erst hatten beide sich kennengelernt, als sie bei einer Lesung zufällig nebeneinandersaßen. Sie waren sich auf Anhieb sympathisch gewesen, waren gleich ins Gespräch gekommen und hatten recht bald ein gemeinsames Interesse an Büchern und schönen Bildbänden entdeckt, für die seine Frau noch nie einen Sinn gehabt hatte. Und irgendwann im Laufe des Abends hatte es dann gefunkt zwischen ihnen. Bereits eine Woche später, Anfang April, hatten sie sich wiedergesehen, am 6.4., weswegen er auch das Foto, das Susi ihm später schenkte, nach Seite 64 in sein Lieblingsbuch eingelegt hatte. Da würde es Olga niemals finden.

Was war er doch für ein Glückspilz, dass er mit über vierzig noch eine solche Frau kennengelernt hatte. Da kam nicht mal der Gewinn der Fußballweltmeisterschaft heran, und das wollte was heißen! Susi war Anfang dreißig, hatte lange blonde Haare und blaue Augen, einen sinnlichen Mund und eine erregende Figur, deren Maße er schon während der Pause bei der Lesung auf 90-70-90 geschätzt hatte, während er die Maße oder vielmehr die Masse seiner Frau im günstigsten Fall auf 100-130-160 geschätzt hätte.

Einige Male schon hatten Susi und er sich heimlich getroffen, meist in einem Café in der Oberstadt, dann waren sie sogar einmal im Siegerlandmuseum gewesen und Hand in Hand durch den Park vom Oberen Schloss gebummelt. Letzte Woche, kaum dass Olga zu ihrem Samstag-Nachmittag-Kaffeekränzchen aufgebrochen war, hatte Susi ihn sogar mit dem Auto abgeholt, und sie waren im Tiergarten spazieren gegangen. Und nicht nur das … Und jetzt, jetzt war wieder Samstagnachmittag. Aber diesmal, das stand fest, diesmal würden sie nicht ins Café oder den Schlosspark oder den Wald gehen! Erneut schielte er auf die Uhr: In einer halben Stunde würde Olga zu ihrem Kaffeekränzchen aufbrechen, in genau vierzig Minuten, so war es sicherheitshalber abgemacht, würde Susi anrufen – und zehn Minuten später würden sie sich in die Arme fallen können. Endlich wieder. Und dann, ja dann würden sie gut zwei, drei Stunden Zeit haben, Zeit und Gelegenheit ...

„Guckst du dir mal wieder deine Hügel an?“, fragte plötzlich Olga.

Er zuckte zusammen. „Was ... was meinst du?“

„Ob du dir deine ach so lieblichen Hügel und Berge mal wieder anguckst, wollte ich wissen.“

Er nickte kurz. Und genoss weiter die Aussicht auf die herrlichsten Formen und Erhebungen und, fürwahr, die lieblichsten Hügel, die es gab. Denn das Foto zeigte Susi an einem Sandstrand zwischen Dünen, auf einem Badetuch liegend, braungebrannt von Kopf bis Fuß. Sie musste erst kurz vorher aus dem Wasser gekommen sein, unzählige Tropfen glitzerten noch wie winzige Glasperlen auf ihrer samtenen Haut, wobei ihr knapper roter Bikini mehr offenbarte als verdeckte und den Blick auf eine niedliche kleine Blinddarmnarbe freigab. Was für eine Frau!

Andächtig betrachtete er das Bild. Und musste unwillkürlich lächeln. Er spürte, wie ihm ein Schauer über den Rücken rieselte, ein wohliges Prickeln, das nach und nach seinen ganzen Körper durchflutete und in sanften Wellen bis in die Ritzen sämtlicher Glieder strömte, sodass er sich in seiner freudigen Erregung vorkam wie eine lebensgroße Flasche Sekt, die kurz davor war, ihren Korken abzuschießen.

O selige Erwartung!

Über den Bildband hinweg warf er einen kurzen Blick auf seine Frau, auf ihren wuchtigen Kopf mit den kleinen Öhrchen und dem breiten Specknacken, ihr rosiges Gesicht mit der aufgeworfenen Nase und dem fleischigen Mehrfachkinn – der Gegensatz war erschütternd, er hätte größer nicht sein können.

Seufzend sah er wieder vor sich, sah in seinem Bildband auf das Foto von Susi und summte in Gedanken sein Lied. Und erneut ging ihm das Herz auf.

Es war ihm in diesem Moment zumute, als säße er ausgehungert in einem Restaurant, hielte eine reich bebilderte Speisekarte in der Hand und fände, nachdem er zu Hause jahrelang nur Schweinebauch und Eisbein hätte essen müssen, ein gebratenes Täubchen mit knusprigen Schenkeln und zarten Brüstchen auf der Tageskarte.

Und dieses Täubchen, diesen zarten Leckerbissen, dachte er mit Wonne, werde ich gleich vernaschen können.

„Was grinst du denn so blöd vor dich hin?“, hörte er auf

einmal seine Frau fragen. „Hast du eigentlich nichts anderes zu tun, als ewig in diesem Alpenbuch rumzublättern?"

Er wusste nicht, was er antworten sollte, also schwieg er lieber und merkte gleichzeitig, wie er mit leichter Schadenfreude die Situation zu genießen begann. Der Reiz des Verbotenen hatte ihn gepackt, wie damals in der Schulzeit, wenn er hinter brav aufgeschlagenen Schulbüchern Fußballmagazine las. Diesmal nun konnte er sich, so lange er wollte, Susis Foto ansehen, konnte sich an ihrem Anblick ergötzen und dabei von ihr träumen – und seine Frau, nur gut drei Meter entfernt, war vollkommen ahnungslos.

„Ein bisschen Bewegung könnte dir gar nicht schaden", sagte Olga nach einer Weile und stopfte sich eine weitere Praline in den Mund. „Vor allem müsste der Rasen mal wieder gemäht werden, der ist schon voller Unkraut."

„Nun übertreib aber nicht", wagte er zu entgegnen. „Die paar Gänseblümchen und ..."

„Bei meinem Haus will ich einen Rasen haben und keine Kuhweide!", brauste Olga auf. „Du wirst also dieses verdammte Blumenzeugs da entfernen!"

„Ja, ja, schon gut, ich mach's ja."

„Am besten sofort, sonst vergisst du es wieder."

„Nein, ich vergesse es nicht", erwiderte er genervt. „Ich mach‘s nachher, wenn du zu deinem Kaffeekränzchen gehst."

„Aber ich geh ja heute gar nicht."

Die Antwort traf ihn wie ein Schlag. „Du gehst *nicht*?", fragte er fassungslos.

„Nein."

„Aber du ... du gehst doch *jeden* Samstag."

„Heute gehe ich eben nicht", wiederholte Olga und setzte hinzu: „Unser Kränzchen fällt aus."

„Das darf doch ... ich meine ... wie schade für dich."

„Mir ist es ganz recht. Im Grunde kann ich das langweilige Gequatsche der anderen sowieso nicht mehr hören. Mode und Schönheit und Styling und Diäten und der ganze Fitnesswahn, dann die verwöhnten Blagen, die bei diesen Übermüttern ständig an erster Stelle stehen, alles reingesteckt bekommen und nie genug haben können – immer dieselben Themen. Ich kenn sie schon auswendig."

„Dann ... dann könntest du doch", begann er und wusste nicht mehr weiter.

Olga sah ihn fragend an. „Was könnte ich?"

Krampfhaft suchte er nach einem passenden Vorschlag. „Du könntest ... also zum Beispiel könntest du ... einen Spaziergang machen."

„Warum sollte *ich* wohl einen Spaziergang machen?"

„Na weil ... wegen der frischen Luft halt ... und der Bewegung und so. Oder du machst einen gemütlichen Einkaufsbummel und gönnst dir was Schönes ... eine Schachtel Pralinen vielleicht. Oder Eierlikör."

Darauf traf ihn ein eisiger Blick.

Er überlegte weiter. „Und wenn du ... Du könnest doch ... deine Freundin Nicola besuchen."

„Diese ewige Besserwisserin? Die immer meint, alle müssten nach ihrer Pfeife tanzen? Die nicht mal einen Witz versteht? Der man nichts recht machen kann? Nein, danke!"

„Ach so, ja dann ... Dann bliebe vielleicht noch deine Mutter. Die würde sich über einen Besuch von dir bestimmt freuen."

„Die freut sich nie, also kann ich sie auch nächste Woche besuchen."

„Aber heute wär's doch ..."

„Zum Kuckuck noch mal! Was ist denn nur mit heute?",

rief Olga erbost und haute neben sich auf die Sofalehne.

Er tat, als wüsste er nicht, was sie meinte. „Wieso ... was soll sein?“

Seine Frau fixierte ihn mit ihren kleinen Äuglein, die noch schmaler geworden waren als sonst. „Man könnte das Gefühl haben, als wolltest du mich heute Nachmittag gerne loswerden.“

Fast hätte er unwillkürlich genickt, aber dann schüttelte er schnell den Kopf. „Nein, nein - wie kommst du darauf?“

„Es hörte sich verdammt danach an!“

„Nein ... wirklich nicht.“

„Das möchte ich dir auch nicht geraten haben“, drohte sie. „Dies hier ist schließlich *mein* Haus, und wenn es mir einmal in den Sinn kommen sollte, jemanden loszuwerden, dann, mein Lieber, wirst *du* derjenige sein, der geht.“ Sie beugte sich ein wenig vor. „Hast du das verstanden?“

Seufzend nickte er. „Ist ja nicht das erste Mal, dass du mir das sagst.“

„Ich wollte es nur noch mal erwähnen – für alle Fälle.“ Damit lehnte sie sich wieder zurück, wandte sich ihrem Eierlikör und ihren Pralinen zu und beschäftigte sich weiter mit ihrer Stickerei.

Verflixt und zugenäht, das Rendezvous mit Susi war also geplatzt! Er hatte eine derartige Mordswut im Bauch, dass er Olga hätte erwürgen können. Ihr den fetten Hals rumdrehen, mit seinen eigenen Händen – das wär‘s gewesen!

Aber aller Ärger und alle Enttäuschung halfen ja jetzt auch nicht weiter, er musste sich damit abfinden, dass sein heißersehntes Liebesabenteuer ins Wasser gefallen war.

Seine Frau weiterhin zu drängen, den Nachmittag doch noch irgendwo anders zu verbringen, hätte er nicht gewagt. Mit Sicherheit wäre sie dann noch misstrauischer geworden, als sie wahrscheinlich ohnehin schon war. Er musste daran denken, wie schnell ihr Misstrauen, war es erst einmal geweckt, in Eifersucht umschlagen konnte. Und ihre Eifersucht in Jähzorn.

Nicht lange nach seiner Hochzeit, vielleicht ein halbes Jahr später, hatte er eine solche Kettenreaktion das erste Mal zu spüren bekommen. An einem heißen Sommertag waren sie gemeinsam einkaufen gewesen. Es war Markttag, und auf dem Kornmarkt unterhalb der Nikolaikirche herrschte viel Betrieb. Seine Frau war in eine Bäckerei gegangen, um sich einige Sahnetörtchen zu kaufen, er hatte sich derweil mit den Einkaufstaschen auf eine Bank gesetzt und sich ein wenig die Leute angesehen. Das hatte er schon immer gern gemacht, wenn er irgendwo am Siegufer oder in der Oberstadt war und etwas Zeit für sich hatte. Damals nun, an jenem heißen und zunehmend schwülen Tag - man spürte, dass ein Gewitter in der Luft lag - war er von den zahlreichen Besorgungen ziemlich geschafft. Er hatte sich mit einem Taschentuch den Schweiß von der Stirn gewischt und wollte sich gerade nach einer schattigeren Bank umsehen, als er eine junge Frau bemerkte, eine sehr junge Frau, die sich, auf einem Rennrad sitzend, geschickt zwischen den vielen Marktbesuchern hindurchschlängelte. Ihr Anblick, eine erotische Augenweide sozusagen, verschlug ihm den Atem und trieb ihm bei genauerem Hinsehen die nächsten Schweißperlen auf die Stirn. Man hätte nämlich meinen können, sie wäre ein Aktmodell auf dem Weg zum Fototermin und hätte sich zu diesem Zweck bereits passend an- oder vielmehr ausgezogen. Denn außer einem bunten Stirnband um ihre langen, schwarzen Haare trug sie weiter nichts als seidige Hotpants, durch die sich ein wohlgeformter Hintern abzeichnete, und einem hauchdünnen T-Shirt, unter dem sich sanft ihr Busen hin-

und herbewegte. Nicht einmal Schuhe hatte sie an. Kein Wunder also, dass zahlreiche Männer, ebenso wie manche Frauen, sich nach ihr umdrehten, und auch Hans sah ihr fasziniert hinterher, bis sie die Kölner Straße hinunter verschwunden war.

„Verrenk dir bloß nicht den Hals!“, donnerte plötzlich Olgas Stimme hinter ihm.

Erschrocken fuhr er herum.

Olga warf die Tüte mit den Sahnetörtchen recht unsanft neben ihn auf die Bank, stemmte die Hände in die Hüften und sah ihn verächtlich an.

Er versuchte, ihrem Blick auszuweichen. „Ich ... äh ... ich habe ...“

„Lüstern geglotzt hast du!“

„Nein ... warum ... ich ...“

„Willst du etwa leugnen, dass du diesem Flittchen hinterhergegafft hast?“

„Nein ... ich meine, ich habe ... ich habe mir doch nur ... das Fahrrad angesehen.“

„Ach, nein, das Fahrrad hast du dir angesehen?“

Er nickte zaghaft.

„Muss ja ungeheuer sehenswert gewesen sein!“

Erneut brach ihm der Schweiß aus. „Ja ... wirklich … ein geil … äh, schönes Rad.“

„Und welche Farbe hatte dein geil-äh-schönes Rad?“

„Wieso welche Farbe? Ich ... ich ... es war irgendwie rot, glaube ich ... oder blau ...“

Im selben Moment machte es Klatsch!, er spürte einen brennenden Schmerz auf seiner linken Backe, und Olga zischte: „Lüg mich ja nie wieder an, hörst du?! Ich hab schließlich Augen im Kopf!“ Drohend hob sie ihre Hand. „Und solltest du dich noch einmal derart schamlos für ein anderes Weibsstück interessieren, dann kannst du was erleben, das schwöre ich dir!“

Diese Backpfeife damals auf offener Straße, vor allen Marktgängern, war ihm nicht nur furchtbar peinlich gewesen, sondern auch in böser Erinnerung geblieben, die Drohung nicht minder, und dass es keine leere Drohung war, das wusste er nur zu genau. Daher ließ er auch jetzt den Gedanken, sich unter irgendeinem Vorwand aus dem Haus zu stehlen, gleich wieder fallen. Bloß keinen Verdacht erregen!

Was aber tun, überlegte er angestrengt, während er abwechselnd auf die Uhr und zum Telefon schielte, was tun, wenn in einigen Minuten Susi anriefe?

Das Wichtigste natürlich war zuerst einmal: Auf keinen Fall durfte Olga vor ihm ans Telefon gehen. Aber da sie immer noch bequem auf dem Sofa saß, Eierlikör und Pralinen verschlang, und ansonsten ganz in ihre Stickerei versunken schien, bestand für diese Befürchtung wohl kein Anlass.

Hans brauchte also nur abwarten, um beim ersten Klingeln sofort aufzustehen und zum Hörer zu greifen. Dann konnte er sagen: „Tut mir leid, Sie müssen sich verwählt haben“, und einfach wieder auflegen, in der Hoffnung, Susi würde sich das ihre denken können.

Auf einmal, ihm kam seltsamerweise sein Freund Manni in den Sinn, hatte er eine großartige Idee. Es war wie eine Eingebung, eine unverhoffte Erleuchtung. Denn jetzt wusste er, auf welche Weise er mit Susi telefonieren, sich mit ihr, wenn auch eingeschränkt, unterhalten konnte, ohne dass seine Frau irgendetwas mitbekäme. Das heißt, sie würde schon ein wenig mitbekommen – allerdings nur den Teil des Gesprächs, den sie mitbekommen *durfte*. Die Idee war simpel und genial zugleich, und stillvergnügt begann er sich gerade auszumalen, wie er sie am besten umsetzen konnte, als er ein gekünsteltes Räuspern vernahm. Nichts Gutes ahnend, schaute er auf und blickte in das vorwurfsvolle Gesicht seiner Frau.

„Wann gehst du denn nun endlich in den Garten?“, fragte sie schroff.

„Ich ... ich weiß noch nicht“, wich er aus, „nachher vielleicht.“

„Und warum nicht sofort? Soll aus dem Rasen ne Wiese werden?“

„Nein ... nur ... ich würde mir noch erst gerne den Bildband zu Ende begucken.“

„Du kannst wohl von deinen Hügeln da anscheinend nie genug kriegen, was?“

„Ich mag sie eben“, gestand er. Und ich liebe sie, dachte er.

„Was du schon so magst.“

„Du magst deine Stickerei doch auch“, gab er zurück.

„Das ist ja wohl was anderes.“

„Aber Olga, was ist denn daran ...“

In diesem Augenblick klingelte das Telefon.

„Das wird sicher eine von unserem Kränzchen sein, die noch nicht Bescheid weiß“, sagte seine Frau mehr zu sich selbst und wippte im Sofa auch schon hin und her, um sich zu erheben.

Hans hatte den Bildband zugeklappt und war bereits aufgestanden. „Lass nur, ich geh dran“, sagte er möglichst gleichgültig, legte den Bildband auf den Wohnzimmertisch und ging zur Kommode, auf der das Telefon stand. Vorsichtig nahm er den Hörer ab, um nicht aus Versehen, wie es ihm schon mehrmals passiert war, auf die Mithörtaste zu drücken.

„Hallo?“, fragte er freundlich.

„Hallo, ich bin‘s, Susi“, kam es ebenso freundlich zurück.

Von Olga beobachtet, sagte er laut: „Ja, hallo Manni, alter Freund. Welch eine Überraschung. Lange nichts gehört voneinander."

„Was ist los? Wieso Manni? Ich bin's – Susi."

„Ja, Manni, das weiß ich doch."

Susi schien irritiert, was ja, wie Hans sich denken konnte, verständlich war.

Sekundenlang herrschte Schweigen zwischen ihnen, während er krampfhaft überlegte, wie er ihr am besten die Situation erklären konnte, ohne dass Olga misstrauisch wurde. Wie nur? Schließlich fragte er: „Bist du noch dran, Manni?"

„Hier ist nicht Manni", sagte Susi.

„Und ob. Du weißt es nur noch nicht."

„Ich weiß was nicht? Ich ... Pardon, ich hab mich wohl verwählt." Und bevor er noch reagieren konnte, machte es klick, und die Leitung war tot. Susi hatte aufgelegt.

Sprachlos stand er da und starrte auf den Hörer.

„Was wollte Manni denn?", fragte Olga barsch.

„Was er wollte? Ich weiß nicht recht ... er ... er hat wieder aufgelegt."

Seine Frau runzelte die Stirn.

„Vielleicht hat er sich versehentlich weggedrückt."

„Dann könnte er ja …"

Erneut klingelte das Telefon. „Hallo?"

„Ich bin's nochmal – Susi."

„Ja, Manni, was war denn los?"

„Tut mir leid, ich habe vorhin überhaupt nicht begriffen, worum es ging", gestand sie, „aber jetzt, denke ich, jetzt ist mir klar, wieso du mich eben ständig mit Manni angeredet hast. Offenbar kannst du im Moment nicht so sprechen, wie du willst, ich vermute mal, deine Alte ist noch in der Nähe, stimmts?"

„Da hast du vollkommen recht, Manni."
„Wann verschwindet sie denn endlich?"
„Gar nicht."
„Was heißt gar nicht? Heißt das etwa ... Hat sie denn heute Nachmittag kein Quasselkränzchen?"
„Nein, leider nicht."
„Also können wir uns nicht sehen?", wollte sie wissen. „Auch nicht irgendwo anders?"
„Nein, Manni, es geht nicht. Ich muss ... ich will nachher noch den Rasen mähen, deshalb kann ich dir heute im Hauberg nicht helfen."
„Schade, ich hatte mich schon die ganze Woche auf unsere Verabredung gefreut."
„Ich doch auch."
„Wirklich?"
„Ja sicher, was denkst du denn!"
Susi seufzte. „Ach Liebster", flüsterte sie, „wenn du wüsstest, wie viel Sehnsucht ich nach dir habe ... Und wie viel Lust ich hätte, dich jetzt zu umarmen ... zu küssen ... und dann ..."
„Und dann?"'
„Dann würde ich dich langsam, ganz, ganz langsam ausziehen, Stück für Stück ...", hauchte sie.
„Manni, bitte!"
„... und dich streicheln ... überall ... von Kopf bis Fuß ..."
„Das ist unfair, Manni."
„Wieso denn?"
„Das weißt du ganz genau."
„Nun sei doch nicht so. Gegen ein bisschen Telefonsex ist doch wohl nichts einzuwenden, oder?"
„Nein, eigentlich nicht, im Prinzip nicht ... nur ... ich kann doch jetzt nicht..."

„Ach richtig, dann macht ja auch unser verbaler Kuschelsex keinen Sinn. Obwohl er bei mir kostenlos wäre. Aber wenn du nicht kannst, du Armer …"

„Doch, natürlich könnte ich ... ich würde auch …"

Verdammt, was stammelte er sich da eigentlich für einen Mist zusammen, nur um sich nicht zu verraten?

„Soll ich dir mal sagen, was ich könnte", raunte Susi. „Oder besser, was ich dich könnte?"

„Lieber nicht."

„Ich könnte dich ... ich würde dich ... na, du weißt schon ... am liebsten ... nach Strich und Faden vergewohltätigen, bis dir die Luft ausgeht."

„Daran hatte ich allerdings auch schon gedacht."

„Tatsächlich?"

„Ja, nur umgekehrt."

Susi musste lachen. „Das glaub ich dir gerne."

„Aber leider ... geht's nun mal nicht."

„Nein, schade. Bleibt uns also nur, unser Treffen auf nächsten Samstag zu verschieben."

„Genau."

„Und damit die Vorfreude noch ein wenig zu steigern."

„Auch das."

„Hoffentlich ist deine Alte dann fort."

„Ja, hoffentlich."

„Was macht sie eigentlich im Moment? Ich nehme mal an, sie ist mit im Zimmer. Lungert sie wieder faul auf dem Sofa rum und stopft sich mit Süßigkeiten voll?"

„Ja, Manni, Olga geht's gut, danke der Nachfrage." Er warf einen Seitenblick auf seine Frau – und glaubte, ihm bliebe vor Schreck das Herz stehen: Sie hatte den Bildband auf ihrem Schoß liegen und blätterte gelangweilt darin herum.

Um Himmels Willen! Das Foto von Susi!

„Ich kann ... ich muss ... jetzt Schluss machen, Su... äh, Manni“, stotterte er, „weil ... weil ... es wird höchste Zeit, dass ich ... den Rasen mähe!“

„Was ist denn passiert?“, fragte Susi.

„Erklär ich dir ein andermal“, sagte er schnell. Aber anstatt den Hörer aufzulegen, stand er da wie gelähmt, wie jemand, der in der nächsten Sekunde ein Unglück auf sich zukommen sieht und keine Chance mehr hat, ihm auszuweichen. Mit aufgerissenen Augen starrte er auf seine Frau, starrte auf die Seiten, die sie umblätterte, und war unfähig, sich zu rühren. Auch wenn die Landschaftsaufnahmen aus seiner Sicht nun auf dem Kopf standen, erkannte er plötzlich das doppelseitige Panoramabild vom Großen Möseler, das am Anfang des Kapitels über die Zillertaler Alpen stand. Und dieses Kapitel, er wusste es mittlerweile auswendig, begann auf Seite 58!

Noch eine Seite … noch eine … und dann ... klingelte es.

Wieso klingelt es?, dachte er. Ich habe den Hörer ja noch in der Hand.

Erst als seine Frau den Bildband beiseitelegte und sich schwerfällig erhob, begriff er, und er begriff es mit einem Gefühl unsagbarer Erleichterung: Es hatte an der Haustür geklingelt!

„Das ist wahrscheinlich Jutta“, sagte sie im Hinausgehen. „Die wollte mir noch ein paar Knäuel Wolle vorbeibringen.“

Ihm fiel ein Stein vom Herzen. Ob es nun Jutta oder Nicola oder wer auch immer war, ob jemand von ihnen Wolle brachte oder Stricknadeln oder sonstwas, war ihm völlig egal. Hauptsache, das Klingeln hatte ihn in letzter Sekunde gerettet!

Seine Hand zitterte ein wenig, als er den Hörer wieder ans Ohr hielt. „Bist du noch dran?“ fragte er leise.

„Ja“, antwortete Susi, „natürlich.“

Da fiel sein Blick auf den Bildband. „Einen Moment", flüsterte er, legte den Hörer neben das Telefon, wobei er fast doch noch an die Mithörtaste gekommen wäre, und war mit einem Satz beim Sofa. Er klappte den Bildband zu, eilte zum Regal und stellte ihn zurück zwischen die anderen Bücher.

Dann ging er wieder zum Telefon. „So", flüsterte er aufatmend, „das wäre erledigt."

„Was ist denn los gewesen?", wollte Susi wissen.

Er setzte gerade an, um es ihr in wenigen Worten zu erklären, da vernahm er Gemurmel und Schritte auf dem Flur und sprach deshalb laut: „Erzähl ich dir am besten, wenn wir uns mal wiedersehen, Manni."

„Das", hörte er plötzlich Olgas dröhnende Stimme, „das kannst du auch jetzt gleich tun – bevor *wir* uns nachher unterhalten!"

Er drehte sich um zur Tür und sah, dass es nicht Jutta war, die seine Frau besuchen kam. Auch nicht Nicola. Es war auch sonst niemand für seine Frau. Im Gegenteil, der Besuch galt ihm. Und der Besucher war kein anderer als – Manni.

„Hallo, alter Junge, lange nichts gehört voneinander", begrüßte Manni ihn munter. „War gerade hier in der Gegend, will zwar später noch nach Kreuztal, in den Historischen Hauberg bei Fellinghausen, aber ich dachte mir, ich schau mal rein, um zu sehen, wie's dir so geht. Ich hoffe, es geht dir gut."

Hans stand da wie versteinert. Und musste seltsamerweise an den armen Gartenrotschwanz denken.

„Ach so, du telefonierst gerade", sagte Manni. „Mit wem sprichst du denn?"

Hans brachte kein Wort heraus.

„Na, ist ja auch egal. Sprich ruhig weiter, ich kann warten."

Olga sah Hans eine Weile giftig an, dann zischte sie: „Ich auch!“ Sie stemmte ihre fleischigen Hände in die Hüftrollen und wiederholte drohend: „Ich, mein Lieber, kann auch warten!“

Wie bedeppert stand Hans neben dem Telefon und starrte abwechselnd auf den Hörer und auf Manni. Dann richtete er langsam seinen Blick auf Olga.

„Aber ich nicht“, hörte er sich auf einmal sagen. Eigentlich ohne es zu wollen, waren ihm die Worte entfahren, und sie klangen zu seiner Verwunderung recht bestimmt. Trotzdem erschrak er ein wenig über sie. Aber nun waren sie heraus, endlich gesagt, endlich war eine lange schwelende Wahrheit ausgesprochen: Er konnte nicht mehr warten! Und er würde nicht mehr warten! Und damit, er ahnte oder vielmehr wusste es in derselben Sekunde, war eine Entscheidung gefallen. Und die war schon jetzt unwiderruflich.

„Wie bitte?“ Schnaufend zog Olga die Luft ein, ihre Augen, starr auf Hans gerichtet, verengten sich, für einen Moment schien sie aber auch etwas verunsichert, bevor sie sich wieder fasste und schneidend fragte: „Was erlaubst du dir eigentlich?“

Er musste schlucken, dann streckte er sich und sah ihr direkt ins Gesicht. „Ich erlaube mir zu gehen, ich erlaube mir, dieses ungastliche Haus und seine herrschsüchtige Besitzerin zu verlassen“, brachte er so ruhig wie möglich hervor, obwohl seine Stimme zitterte, sein Herz wild schlug und sein Gesicht brannte.

Olga, jetzt ganz die Entrüstung in Person, atmete schwer und fasste sich an den Hals, öffnete den Mund wie ein Karpfen, der auf dem Trockenen liegt, wusste aber offenbar nichts zu sagen. Hans` Entschluss hatte ihr wohl die Sprache verschlagen.

„Kannst du mich mitnehmen?“, wandte er sich an Manni. „Jetzt sofort?“

Der hatte den Wortwechsel zunächst verdutzt, dann belustigt verfolgt, nun nickte er grinsend.

„Dann packe ich schnell ein paar Sachen.“

Es gab ja nicht viel, was in diesem Haus, im Haus seiner Frau, ihm gehörte. Aber das war auch nicht mehr wichtig. Viel wichtiger war: Er fühlte sich mit einem Mal unsagbar frei – frei und erlöst von einer viel zu lang ertragenen Abhängigkeit. Leichten Schrittes ging er, immer zwei Stufen auf einmal nehmend, die Treppe hinauf. Eilig packte er seine alte Reisetasche, mit der er einmal hier eingezogen war – vor Ewigkeiten, wie ihm schien. Wieder unten, ging er zum Bücherregal, nahm den geliebten Bildband heraus und legte ihn behutsam auf seine Tasche, wobei er unwillkürlich lächeln musste.

„Dann lass uns fahren“, nickte er Manni zu.

Und an seine Frau gewandt: „Wir wollen ehrlich sein, Olga, es fing schon nicht gut an mit uns. Und es wurde in all den Jahren immer nur schlechter. Also leb wohl!“

Damit ging er zur Haustür, Manni hinter ihm her. Ohne sich noch einmal umzudrehen, gingen sie zum Auto, setzen sich hinein, sahen sich an, nickten einander zu, grinsten – dann fuhren sie davon.

Das war die Geschichte, die Hans mir an diesem Nachmittag in seiner anschaulichen Art erzählte.

Am Ende angekommen, fragte er nun augenzwinkernd: „Widde noch e Stüggche Riewekooche un e Köbbche Kaffee?“ Hin und wieder, aus keinem anderen Grund als aus Freude am Siegerländer Dialekt, verfiel er unvermittelt ins Plattschwätzen, mit Vorliebe im gemeinsamen Dienst, weil er wusste, ich ging gern darauf ein, und so antwortete ich:

„En Dong wär net schlecht, awer vo dinnem Kaffee kricht mer joa Herzklabaster.“

Wir mussten beide lachen.

Und hörten im selben Moment ein Auto vorm Haus halten, eine Autotür schlug zu, Schuhabsätze klackerten die Treppe hoch zur Haustür, sie öffnete sich, und eine gutaussehende blonde Frau kam mit schwungvollen Schritten gleich ins Wohnzimmer. Sie ging auf mich zu, streckte mir die Hand entgegen, und noch bevor Hans sie vorstellen konnte, sagte sie schon mit einem strahlenden Lächeln: „Hallo, du musst Bertram sein – ich bin Susi.“

Die wundersame Rettung

Vielleicht ist es Ihnen als Kind ähnlich ergangen. Vielleicht mussten auch Sie, weil es sich nun mal so gehörte, Sonntag für Sonntag mit Ihren Eltern in die Kirche gehen; und vielleicht haben Sie sich dann ebenso gelangweilt, wie ich mich damals gelangweilt habe, wenn draußen verlockend die Sonne schien, wenn in den Gärten der Flieder duftete und die Vögel sangen und in der muffig-kalten Kirche das Predigen und Beten und Orgelspielen und Liedersingen einfach kein Ende nehmen wollten.

Es war schon ein Kreuz: Da musste man sechs Tage in der Woche zur Schule (zu jener Zeit war der Samstag noch nicht unterrichtsfrei), und am Sonntag, dem einzigen freien Tag, an dem man hätte lange ausschlafen, in aller Ruhe frühstücken und gleich anschließend nach Herzenslust hätte spielen können – ausgerechnet an diesem Tag musste man nun doch wieder früh aufstehen, sich eilig anziehen und hastig frühstücken, nur um ja rechtzeitig, und das hieß pünktlich auf die Minute, zum Kirchgang aufbrechen zu können.

Und wofür das alles? Für nichts als Langeweile.

Aber all mein Bitten und Betteln, mich vom Kirchgang zu verschonen oder mich doch wenigstens jeden zweiten oder auch nur dritten Sonntag zu Hause zu lassen, war bei meinen Eltern auf taube Ohren gestoßen.

„Kommt ja überhaupt nicht in Frage", empörte sich meine Mutter, als ich es wieder mal versuchte. „Das wäre ja noch schöner!"

„Wär's ja auch!", sagte ich trotzig.

„Das könnte dir so passen!", fuhr mein Vater mich an. „Du willst dich hier zu Hause amüsieren, und wir sollen uns derweil in der Kirche lang... äh, ich meine ... lang hör ich mir deine ewigen Widerworte nicht mehr an!“

„Aber ich …“

„Du gehst mit zum Gottesdienst und damit basta! Und mach in der Kirche gefälligst mal ein freundlicheres Gesicht! Du hast ja wohl gehört, was der Pastor neulich gepredigt hat.“

„Nein, wieso? Was denn?“

„Na, dass es Leute gibt, besonders gewisse Schüler, die den Kirchgang anscheinend nur noch als lästige Pflichtübung ansehen – womit er, vermute ich mal, niemand anderen als unseren Herrn Sohn gemeint haben dürfte.“

Bevor ich noch etwas erwidern konnte, hörte ich Mutters weinerliche Stimme: „Dass du uns so etwas antun musst! Meinst du, wir wollen wegen dir zum Gerede der Nachbarn und des ganzen Dorfes werden?“

Verlegen sah ich zu Boden und schüttete den Kopf.

„Dann lasst uns endlich gehen“, drängte mein Vater. „Es wird mal wieder höchste Zeit.“

Trotz der elterlichen Strafpredigt war ich jedoch auch an diesem Sonntagvormittag während des Gottesdienstes nur selten bei der Sache. Eigentlich gar nicht. Wie immer saß ich zwar mit gefalteten Händen still und brav in der Bank zwischen meinen Eltern, in Gedanken war ich aber ganz woanders; denn da es nun mal keinen Fluchtweg nach draußen gab, hatte ich mich wieder sozusagen in die „entgegengesetzte“ Richtung geflüchtet, nach innen, ins Reich der Fantasie – und damit letztlich doch noch nach draußen, weit fort sogar: in ferne Länder und weit zurückliegende Zeiten.

Ein paar Tage vorher hatten wir im Geschichtsunterricht die Entdeckungsreisen der großen Seefahrer durchgenommen, daher führen mich diesmal meine Gedanken ohne Umschweife zurück ins sechzehnte und fünfzehnte Jahrhundert und in die unerforschten Weiten der sieben Meere. Und schon im nächsten Moment, ehe ich mich's versehe, ist die an einer Holzsäule befestigte Kanzel zu einem Mastkorb geworden, die Holzsäule selber zu einem Großmast; gleichzeitig hat sich das Längsschiff der Kirche in ein richtiges Schiff verwandelt, aus den Kirchgängern sind plötzlich Seeleute geworden, und ich selbst, ich selbst bin mit einem Mal der große Christoph Kolumbus, Kapitän der Santa Maria und Admiral seiner allerkatholischsten Majestäten, König Ferdinand und Königin Isabella von Spanien.

Unsere aus drei Karavellen bestehende Flotte befindet sich auf dem Weg nach China. In einiger Entfernung, jedoch immer in Sichtweite, segeln die beiden anderen Schiffe, die Nina und die Pinta. Wir schreiben den 10. Oktober 1492. An diesem Sonntagvormittag hat sich die Mannschaft, wie immer zum Gottesdienst, an Deck versammelt. Eben noch ist das fromme Lied der christlichen Seefahrt über die Reling geklungen, jetzt geht ein heimliches Flüstern durch die Reihen, und auf einmal beginnt der Matrosenchor „Wir lagen vor Madagaskar" zu singen. Die Stimmung, das spüre ich als erfahrener Kapitän sofort, ist umgeschlagen; es riecht nach Meuterei.

Angestrengt überlege ich noch, was am besten zu tun ist, da sehe ich zu meinem Schrecken, dass der Schiffspfarrer den Mastkorb bestiegen hat, und schon höre ich zu meinem noch viel größeren Schrecken, wie die Herde der Matrosen ihrem Leithammel zujubelt. Dieser verkrachte Wanderprediger muss sich offenbar zum Anführer der Aufrührer gemacht haben, sicherlich unterstützt von der selbstgerechten Bande der Missionare.

Noch bevor ich etwas unternehmen kann, hat er das Wort ergriffen. „Liebe Kreuzfahrtgemeinde, lasst uns stille werden!“, brüllt er. „Lasset uns die Santa Maria zu einem stillen Örtchen machen!“

Das Jubeln verstummt, alle schauen erwartungsvoll nach oben.

„Ihr da unten, die ihr mühselig und verladen seid, hört meine Hiobsbotschaft!“, ruft er. „Unser Geist ist willig, doch das gepökelte Fleisch ist alle. Der Schiffszwieback auch. Nur Skorbut gibt es noch, aber den wollen wir nicht. Vorige Woche haben wir uns das letzte Mal sattessen können, gestern haben wir uns die verhungerte Schiffskatze gebraten und nun haben wir gar nichts mehr. Alle Fässer sind leer, damit ist das Maß voll, und zwar endgültig, denn ein leerer Bauch navigiert nicht gern, und wer nichts zu essen hat, soll auch nicht arbeiten!“

„Jawohl, so sei es!“, stimmen die Matrosen zu. „Von jetzt an streiken wir!“

Mit einer weit ausholenden Handbewegung weist der Schiffspfarrer aufs Meer. „Nirgendwo Land!“, ruft er. „Nirgendwo eine Küste in Sicht! Und doch will uns Admiral Kolumbus immer noch sein Ei für ein U vormachen.“

„Genau das will er“, nicken die Matrosen.

„Dieser abergläubische Ketzer ist vom Teufel der Gelehrsamkeit verhext worden, sage ich euch; er ist von der fixen Idee besessen, die Erde sei eine Kugel und wir kämen ins gelobte Land, nach Indien oder, angeblich immer nur in Richtung Westen, nach Amerika.“

Verständnislose Blicke bei den Matrosen.

„In Wirklichkeit kommen wir jedoch nicht mal dorthin, dafür liegt unser Fernkurs viel zu weit südlich, und die Passatwinde treiben uns immer näher zum Äquator, geradewegs in die grüne Hölle!“

Aufgeregtes Gemurmel.

„Vielleicht habt ihr es noch nicht bemerkt, aber glaubt mir, Genossen, das Fegefeuer ist nah. Sagt doch selber: Riecht ihr nicht den Schwefelgestank? Spürt ihr nicht, wie es von Tag zu Tag heißer und heißer wird? Schwitzt ihr nicht stärker an Händen und Füßen?"

Erneutes Nicken.

„Na bitte." Der Schiffspfarrer wischt sich mit dem Ärmel seiner Soutane den Schweiß von der Stirn. „Wie nahe wir dem höllischen Feuer bereits sind, will ich euch nicht verschweigen. Heute Morgen saß ich in aller Herrgottsfrühe allein auf der Reling und verrichtete mein morgendliches Geschäft, also mein Morgengebet, da flog hinter der Hecklappe ein Schwarm fliegender Fische vorüber, mindestens hundert Stück, und ihr könnt mir glauben: Sie sahen aus wie gebratene Fischstäbchen und zogen eine duftende Rauchwolke hinter sich her."

Ungläubiges Staunen.

„Deshalb sage ich euch: Lasst uns umkehren zu den Fleischtöpfen Europas! Soll doch dieser närrische Genuese auf der Santa Maria weiter seinen Hirngespinsten nachjagen. Aber ohne uns! Wir werden mit der Pinta und der Nina zurückfahren! Von nun an werde *ich* euer Kapitän sein. Also folgt mir, Genossen, und ihr seid gerettet!"

Tosender Beifall.

Bevor dieses einfältige Pack ganz zum Gegner überläuft, gilt es, eine Entscheidung zu fällen, und zwar sofort. Als allererstes, keine Frage, muss der Schiffspfarrer überlistet werden, muss derjenige erniedrigt werden, der sich selbst erhöht hat.

„Schnell runter vom Mastkorb!" rufe ich daher in einer plötzlichen Eingebung. „Ein Sägefisch sägt den Mast an."

Der Schiffspfarrer fällt prompt auf meine List herein, steigt unverzüglich aus dem Mastkorb und kommt hastig die Wanten heruntergeklettert.

Da ich weiß, ich muss meine Autorität als Admiral und künftiger Entdecker unbedingt wiederherstellen, trete ich dem abtrünnigen Pfaffen vor aller Augen erst mal kräftig in den Hintern, bevor ich flugs die Wanten hochsteige und nun meinerseits den Mastkorb entere.

Die übertölpelten Matrosen starren verblüfft zu mir herauf und drohen ohnmächtig mit den Fäusten.

„Männer!“, rufe ich hinunter. „Männer, ihr wollt zurück nach Europa, höre ich?!“

„Jawohl, das wollen wir!“, brüllen sie.

„Kommt ja gar nicht in Frage, das wär ja noch schöner!“

„Wär‘s ja auch!“, rufen sie trotzig.

„Das könnte euch so passen!“, fahre ich sie an. „Ihr wollt euch zu Hause bei Wein, Weib und Gegröle amüsieren, und ich soll mich derweil auf hoher See langweilen, was?!“

„Aber wir ...“

„Ihr segelt weiterhin mit mir nach Westen und damit basta! Und macht an Deck gefälligst mal ein freundlicheres Gesicht! Ihr habt ja wohl gehört, was dieser Lump von einem Schiffspfarrer neulich gepredigt hat.“

„Nein, wieso? Was denn?“

„Na, dass es Seeleute gibt, besonders gewisse Schiffsjungen, die unsere Kreuzfahrt anscheinend nur noch als lästige Pflichtübung ansehen – womit er, vermute ich mal, all die Drückeberger unter euch gemeint haben dürfte.“

Und bevor die Matrosen etwas erwidern können, rufe ich gleich hinterher: „Dass ihr mir so etwas antun müsst! Meint ihr, ich will wegen euch zum Gerede Spaniens und ganz Europas werden?“

Verlegen sehen sie zu Boden und schütteln schuldbewusst

ihre verlausten Köpfe.

„Dann lasst uns endlich weitersegeln. Bis hierher sind wir schließlich gekommen, oder etwa nicht? Na also! Nur noch wenige Tage, schätze ich, vielleicht noch zwei oder drei läppische Tage, und wir werden eine neue Welt entdecken mit unbegrenzten Möglichkeiten. Nach meinen klugen Berechnungen werden wir bald die westindische Küste von China erreichen, dem Land, wo Kakao und Honig rumfließen."

Die Matrosen bekommen große Augen und lecken sich mit ihren Seezungen die trockenen Lippen.

„Sobald wir den FKK-Strand erreicht haben, werden wir die vaterländische Pflicht erfüllen, die neue Welt für unseren habgierigen König in Besitz zu nehmen; danach werden wir uns dann erst mal ordentlich die Bäuche vollschlagen", erkläre ich weiter. „Frisch gestärkt können wir anschließend nach Herzenslust brandschatzen und plündern, wir können uns die schönsten Frauen und die herrlichsten Schätze rauben, und falls uns nach alledem noch Zeit bleiben sollte, werden wir die Eingeborenen zum einzig wahren Glauben bekehren, denn wie heißt es doch so treffend: An unserem Wesen soll die Welt genesen! Das müssen selbst die Wilden begreifen. Wer sich allerdings nicht im Guten zu Gott bekehren lassen will, der wird halt umgebracht. Auf dem Wege zum Seelenheil müssen wir nun mal alle Opfer bringen, die Kirche will es so. Aber ihr könnt gewiss sein, Männer, dass wir mit all unseren kühnen Taten ewigen Ruhm ernten werden."

(Vor allem ich, male ich mir aus.)

„Bekommen wir dann auch ein Denkmal gesetzt?", fragt der eitle Chefstewart. „Vielleicht sogar mehrere?"

„Wir werden Tausende, ja Hunderte von Denkmälern bekommen; Straßen und Städte, Flüsse und ganze Länder werden nach uns benannt werden." (Jedenfalls nach mir, denke ich im Stillen.)

„Und wir werden Pioniere sein, Vorbilder für Generationen künftiger Entdecker. Nur dafür müssen wir natürlich erst mal selber was entdecken.“

„Ich fürchte, bis dahin sind wir verhungert“, jammert unser Koch, der als einziger merkwürdigerweise noch immer recht wohlgenährt aussieht.

„Zu verhungern brauchen wir sicher nicht“, wendet der Barmixer ein, „weil wir nämlich vorher lang verdurstet sind.“

„Oder in der Hölle verschmort“, meint ein anderer. „Oder abgesoffen.“

„Schluss jetzt mit diesem Altweibergeschwätz!“, fahre ich dazwischen. „Hört gefälligst auf, euch zu fürchten – bald werde ich euch speisen und tränken. Ihr müsst nur fest an meine leeren Worte glauben, denn der Glaube macht selig, und selig sind die Armen im Geiste“, vertröste ich sie. „Niemand kann zwei Herren dienen, es reicht völlig, wenn ihr wieder mir dient, mir allein! Also haltet durch oder ihr werdet zum guten Schluss der heiligen Inquisition übergeben, und zwar dem Großinquisitor persönlich, Don Sadista de los Perversos, dem Erzbischof von Sevilla. Und dann gnade euch Gott!“

Die Matrosen sehen sich fragend an, alle murmeln und reden durcheinander, bis einer von ihnen, der holländische Bootsmann und Käseverwalter Kannitverstan, zu mir heraufruft: „Bitte, Herr Admiral – was ist denn das, die heilige Institution?“

„Dass du die heilige Inquisition nicht kennst, Kannitverstan, kann ich verstehen“, antworte ich ihm. „Ist bei deinem Namen ja auch kein Wunder. Nomen est nun mal omen, darum est dann auch errare humanum, nicht wahr?“

Leider scheint er meine gelehrte Erklärung ebenso wenig zu verstehen, denn unbeeindruckt fragt er weiter: „Und was ist ein heiliger Großinzestor?"

„Und wieso werden wir uns übergeben?", will ein anderer Matrose wissen. „Wird uns dann etwa *noch* schlechter?"

„Stimmt es", ruft der nächste, „dass man bei der heiligen Transpiration ganz schön ins Schwitzen kommt?"

„Wenn du auf dem Scheiterhaufen stehst, wirst du's schon merken", erwidere ich genervt.

„Wird uns dann die Inspiration erleuchten?", fragt darauf tatsächlich dieser Armleuchter von Schiffspfarrer.

Mein Gott, von was für Idioten bin ich bloß umgeben! Um diesen Dummköpfen die Entscheidung zwischen Gehorsam und Meuterei so leicht wie möglich zu machen, versuche ich es nun auf andere Art: „Wir haben ja bedauerlicherweise in unserem Schiff keinen Platz für eine schöne, geräumige Folterkammer gehabt", erläutere ich ihnen, „deshalb konnten wir auch keinen Bordinquisitor mit auf unsere Reise nehmen. Aber im Grunde brauchen wir auch gar keinen, schließlich bin ich als Kapitän zugleich oberster Richter, unser französischer Schiffsarzt Doktor Guillotine ist zugleich oberster Henker, und ihr könnt mir glauben: Er ist ein Meister seines Fachs, ein Profi, der besser köpfen kann als jeder Stürmer von Real Madrid. Deshalb stelle ich euch jetzt eine Gewissensfrage und ich hoffe, ihr werdet sie ehrlich beantworten. Wollt ihr in ein, zwei Tagen erhobenen Hauptes an Land gehen und mit Jamaika-Rum auf unsere Entdeckung anstoßen oder aber heute schon kopflos über Bord geworfen werden, den Haien zum Fraße? Nur Mut, Männer, ihr könnt euch frei entscheiden! Leben oder Tod – was ist euch lieber?"

Die sonst so rauen Seeleute machen betretene Gesichter; sie müssen von meiner Ansprache tief beeindruckt sein. Nach einer kurzen Besprechung meldet sich der Schiffspfarrer und ruft: „Ist es gestattet, untertänigst das Leben zu wählen, Herr Admiral?“

„Verdient habt ihr es ja nicht, aber es sei euch gewährt“, verkünde ich huldvoll. „Fürs Erste jedenfalls.“

Als ich anschließend von der Kanzel herniedersteige, sehe ich in des Schiffspfarrers Triefaugen Tränen der Reue. Schluchzend zieht er seine Soutane aus und legt sie mir zu Füßen. Ebenso die Bibel. Nanu, denke ich, das ist ja gar nicht die Bibel, das ist ja ein ganz anderes Buch: „Meuterei auf der Bounty“ lese ich auf dem abgegriffenen Ledereinband, anscheinend eine Art Gebrauchsanweisung für tropische Meuterer oder so was Ähnliches. Und das auf meinem Schiff! Ehrlich empört werfe ich dem Schiffspfarrer einen vernichtenden Blick zu.

Der zuckt nur hilflos mit den Schultern und stammelt: „Das Buch ... ich … es war so spannend, Herr Admiral. Noch viel spannender als ... als sogar die Bi...“

„Ja ja, schon gut“, winke ich ab. „Ein spannendes Buch – na und? Wissen Sie nicht, was beim Prediger steht?“

Wiederum Schulterzucken.

„Viel Büchermachens ist kein Ende“, zitiere ich. „Aber andererseits heißt es auch: Nullus est liber tam malus, ut non aliqua parte prosit, nicht wahr?“ (Ich habe das lateinische Sprichwort vor längerer Zeit mühsam auswendig gelernt, um es einmal bei passender Gelegenheit schlagfertig anbringen zu können.)

„Wie bitte?“, fragt der Schiffspfarrer. „Ich verstehe nicht ganz ...“

„Kein Buch ist so schlecht, dass es nicht in irgendeiner Hinsicht nützen könnte“, übersetze ich ihm.

Der Schiffspfarrer staunt. „Das haben Sie jetzt aber schön

gesagt, Herr Admiral. Was sind Sie doch für ein kluger und schlagfertiger Mann."

„Weiß ich doch", antworte ich und klopfe dem geistlosen Geistlichen als Zeichen meiner Großmütigkeit kumpelhaft auf die Schulter.

Dankbar lächelt er mich an. Und ruft den Matrosen zu: „Liebe Genossen! Unser Aufstand war ein Fehler, das habe ich inzwischen eingesehen. Der Dümmere gibt nach, deshalb lasst uns wieder unserem klugen und kühnen Christoph Kolumbus folgen! Lasst uns auch weiterhin seiner Voraussicht und seinem unergründlichen Ratschluss vertrauen! Was unser Kapitän tut, ist wohlgetan – das soll von nun an unser Wahlspruch sein!"

„Das soll es!", brüllen die Matrosen im Chor.

„Dann lasset uns jetzt dem alten und neuen Kapitän huldigen, auf dass er uns führen möge und uns unseren Ungehorsam vergibt, wie auch ihr vergebt eurem Anstifter."

Alle senken schuldbewusst die Köpfe, einige werfen sich sogar auf die Knie und kommen zaghaft herangekrochen, um den goldenen Rettungsring an meiner Hand zu küssen. Und damit – kaum zu glauben, aber wahr – hat die Meuterei doch noch ein glückliches Ende gefunden.

Aber wie das so ist im Leben: kaum hat man die eine Gefahr heil überstanden, lauert irgendwo im Hinterhalt schon die nächste. Einen Piratenüberfall können wir gerade noch abwehren, ebenso den Angriff eines Seeungeheuers. Als kurz darauf dichte Nebelschwaden heranziehen und plötzlich ein riesiger Eisberg vor uns auftaucht, gelingt dem nervenschwachen Bootsmann dank meiner nervenstarken Führung im letzten Moment ein riskantes Ausweichmanöver; und als tückische Wasserstrudel die Santa Maria zu verschlingen drohen, müssen wir uns alle mächtig in die Riemen legen, um dem tödlichen Sog zu entkommen.

Danach allerdings ist die Schiffsbesatzung geschafft, zahlreiche Seeleute sind am Ende ihrer Kräfte. Aus den anfangs häufig betrunkenen Vollmatrosen sind nach über vier Wochen anstrengender Seefahrt ernüchterte Leichtmatrosen geworden.

„Ich finde, jeder der Männer hat jetzt einen ordentlichen Becher Rum verdient", rufe ich dem Barmixer zu, der mit grünlichem Gesicht aus dem Kombüsenfenster herausschaut.

„Aber es ist doch nichts mehr da, Herr Admiral."

„Egal, heute machen wir mal eine Ausnahme."

Die Matrosen mustern mich mit sonderbaren Blicken – was allerdings bei ihrem Zustand ja kein Wunder ist.

„Dann geht von mir aus in eure Kojoten und ruht euch aus", schlage ich vor. „Auch du, Bootsmann. Ich werde mich jetzt selbst ans Steuer stellen und schiffen."

„Sind Sie denn nicht auch müde, Herr Admiral?", fragt Jan Maat. „Sie haben doch seit Tagen nicht geschlafen."

„Ein Seeheld kennt keine Müdigkeit", antworte ich bescheiden. „Schlaf ist etwas für Schlafmützen und Nachtwächter. Meine berühmten Kollegen Heinrich der Seefahrer, Ludwig der Schwerenöter und Wilhelm der Schlaflose haben auch nur wenige Stunden Schlaf gebraucht."

„Aber eine kleine Pause würde Ihnen sicher guttun."

„Und wenn ich mich ans Ruder anbinden und mir mit Streichhölzern die Augenlider aufhalten muss – ich werde weitersegeln!"

„Und China entdecken?"

„Jawohl, ich werde China entdecken, ich werde auf einem neuen Seeweg nach Asien gelangen, sage ich dir, und sollte dieser dahergelaufene Amerigo Vespucci später etwas anderes behaupten, dann ... dann lügt er eben!"

„Was könnte dieser Amigo denn anderes behaupten, Herr Admiral?“

„Dass ich nicht Asien, sondern einen ganz anderen Kontinent entdeckt hätte, einen noch völlig unbekannten.“

„Einen neuen Kontinent? Das wäre ja wohl die dickste Lüge des Jahrhunderts.“

„Sag ich ja.“

„Und was wollen Sie dagegen unternehmen?“

„Ich werde gar nichts unternehmen, das habe ich nicht nötig. Die Geschichte wird mir schon recht geben, da verlass dich drauf.“

„Na, dann gute Nacht, Herr Admiral.“

„Gute Nacht, Jan Maat.“

Nachdem sich die letzten Matrosen schlafen gelegt haben, wird es für eine Weile recht still an Bord. Nur die Segel knattern leicht im Wind, die Taue knirschen leise, die Wellen plätschern um den Bug und das Rundgattheck. Mit einer Geschwindigkeit von etwa zehn Seemannsknoten gleitet die Santa Maria gemächlich dahin. Die eintönige Fahrt mit den einschläfernden Geräuschen bewirkt, dass mir immer öfter die Augen zufallen, Streichhölzer habe ich dummerweise keine dabei und so muss ich wohl wenig später doch tatsächlich für längere Zeit eingenickt sein, denn als ich die Augen wieder aufmache, sehe ich drei Strich Wrackbord voraus eine dunkelschwarze Wolkenwand auf mich zukommen.

Hat der vermaledeite Wetterbericht also ausnahmsweise doch mal recht gehabt!

Mit unglaublicher Schnelligkeit sind die Wolken heran, schon frischt es auf, es bläst der Wind, dann heult der Sturm, die Taue knarren, die Segel knattern, ächzend kreuzt das Schiff in der brodelnden See.

Eisern umklammere ich das Steuerruder und schiffe tapfer

weiter, obwohl es von Minute zu Minute schwieriger wird, einigermaßen den Konkurs zu halten.

Bei einem flüchtigen Blick auf die Armaturen sehe ich, dass das Barometer gefallen ist, ebenso das Thermometer; beide liegen zertrümmert auf dem Neunerdeck.

Pausenlos peitscht mir der Sturm erst Regen, dann Graupel und schließlich Hagelkörner ins Gesicht. Die Wellenberge werden höher und höher, die Wellentäler, als hätte ich's geahnt, werden tiefer und tiefer. Wie eine Walnussschale wird die Santa Maria emporgehoben und wieder hinabgeschleudert, sodass ich fast jedes Mal von der Brücke gerissen werde, hielte ich mich nicht krampfhaft am Brückengeländer fest. Ständig stürzen schwere Brecher über dem Vordeck zusammen, und ohnmächtig muss ich mit ansehen, wie nach und nach sämtliche Liegestühle und das einzige Rettungsboot über Bord gehen.

„Alle Mann an Deck – die Segel reffen!", brülle ich in das Brausen des Sturms, doch nichts geschieht, nicht eine dieser feigen Trantüten lässt sich blicken.

Das Schiff schaukelt weiter wie eine Schiffsschaukel, auf und ab, vor und zurück, hin und her, hoch und runter – ein unaufhörliches Schlingern, das von allem das Schlimmste ist, denn wie meinem englischen Geschäftsfreund Admiral Nelson wird auch mir bei Windstärke zwei bereits leicht übel, ab Windstärke zweinhalb werde ich regelmäßig seekrank. Als ich kurz auf die nach oben offene Trichterskala blicke, trifft mich beinahe der Schlag: Der Windstärkenzeiger, es nicht zu fassen, steht bei zwölfeinhalb! Das bedeutet, wir haben es nicht mehr nur mit starkem Wind, auch nicht mit schwachem Sturm, wir haben es mit einem richtigen Wirbelsturm zu tun! Einem Organ, wie es auf sächsisch heißt.

Kein Wunder also, dass mir so koddrig ist wie nie zuvor, so hundeelend, wie in meinem ganzen Leben nicht. Völlig durchnässt und durchfroren, fühle nun auch ich mich allmählich am Ende meiner Kraft. Wäre ich doch bloß zu Hause in Genua geblieben, denke ich einen schwachen Moment lang, Erbrechen und Untergang vor Augen, wäre ich bei meiner Frau und meinen Kindern und meiner Mätresse geblieben – dann könnte ich jetzt im Garten unter dem großen Olivenbaum sitzen und mit meiner angebeteten Domina genüsslich Domino spielen. Und dieses verdammte China würde ich irgendwann einmal, falls es mich dann überhaupt noch reizen sollte, bequem und gefahrlos auf dem Landweg erreichen: in nur einer Woche mit der sibirischen Eisenbahn ...

Eine tückische Flutwelle reißt mich aus meinen Grübeleien – die aufgewühlte See verlangt wieder den ganzen Mann. Mit dem sinkenden Mut der steigenden Verzweiflung halte ich Ausschau nach dem verschwundenen Rettungsboot. Dabei lenkt plötzlich ein Glitzern meinen Blick auf den heiligen Christophorus, der als silberner Anhänger am Fockmast baumelt. Der Talisman unserer Reise erinnert mich schlagartig an den alten Seemannsspruch aus dem Röchelverzeichnis, genannt „Des Schiffers Stoßgebet“. Und ohne lang zu überlegen, denn die Santa Maria hat bereits bedrohlich Schlagseite bekommen, schicke ich diesen Spruch, so laut ich nur kann, wie einen SOS-Ruf gen Himmel:

„Die Erde ist ein Jammertal,
jetzt jammer ich im Wellental.
Oh Gott, bevor ich hier versaufe,
vom Regen komme in die Traufe,
bevor im Meer ich untergeh,
ruf ich nach dir in deiner Höh‘:

Ins nasse Grab will ich nicht rein,
ich will auch immer artig sein!“

Gottergeben schließe ich daraufhin die Augen.

Und auf einmal erklingt von ferne eine wunderschöne Melodie ... zart gesungen wie von Engelszungen ... und diese himmlische Musik, sie kommt näher und näher, ist im nächsten Moment schon über mir, wird zu einem Choral mit Orgelbegleitung, ein Halleluja erschallt, dann ebbt das Brausen und Heulen ab und verstummt schließlich ganz, und in die Stille nach dem Sturm, in diese fast unwirkliche Stille hinein, höre ich eine milde Stimme sagen: „Es raste die See und wollte ihr Opfer haben, doch siehe, ich habe dich gerettet.“

Was ist passiert?

Wo bin ich?

Verwirrt schlage ich die Augen auf, schaue nach oben und erblicke – keine einzige Wolke mehr. Auch nicht den gewölbten Himmel. Stattdessen sehe ich eine gewölbte Decke über mir, und nun begreife ich: Ein Wunder ist geschehen, ein wahrhaftiges Wunder – ich bin dem Seemannstod entronnen, bin auf wundersame Weise gerettet worden, allein durch meinen festen Glauben. Wie damals der alte Jonas, der tagelang im Bauch eines Wals überlebt hat und der, als der Wal Blähungen bekam, in hohem Bogen an Land katapultiert wurde. Und wie Jonas, der sich bei der harten Landung bekanntlich zahlreiche Knochen brach und somit einen hohen Preis für seine Rettung bezahlen musste, muss auch ich für meine Rettung einen hohen Preis bezahlen. Erstens mit dem Verlust der Santa Maria, denn aus dem hölzernen Segelschiff ist ein steinernes Kirchenschiff geworden, und zweitens mit dem Verlust meiner Persönlichkeit, denn aus mir, dem großen Christoph Kolumbus, ist unversehens ein anderer geworden: Ich bin geschrumpft, fast um die Hälfte eingelaufen; ein Zwerg bin ich geworden, versetzt in eine Kirchenbank.

Dass der Glaube Zwerge versetzt, stimmt also tatsächlich! Aber nicht nur kleiner, auch jünger bin ich geworden, ein Junge bin ich, ein Schuljunge – der eingekeilt zwischen einem Mann und einer Frau, wahrscheinlich den Eltern, in einer Kirche sitzt. Und der sich soeben ein langes fantastisches Abenteuer ausgedacht hat, um der faden, einschläfernden Predigt des Pastors zu entgehen.

So hatte ich mich an jenem Sonntag also mal wieder für eine halbe Stunde aus der Kirche heraus in die weite Welt geflüchtet, war sozusagen nur körperlich anwesend geblieben, hatte den Gottesdienst aber im Grunde geschwänzt, und hatte damit Eltern wie Pastor, ohne dass sie es ahnten, einen Strich durch ihre fromme Rechnung gemacht.

Und darauf war ich wie immer sehr stolz.

An dieser Stelle könnte die Geschichte nun eigentlich zu Ende sein. Sie wäre es auch – hätte sie nicht jenen aufsehenerregenden Zwischenfall nach sich gezogen, der mich und meine Eltern, wie von Mutter befürchtet, zum Gerede des ganzen Dorfes und der Nachbardörfer machte und der als „ruchlose Tat“ ins Sündenregister der Kirchengemeinde einging. Zwar ist es mir heute noch peinlich, darüber zu berichten, trotzdem will ich schildern, was damals weiter passierte.

Ich saß also, in die Wirklichkeit zurückgekehrt, auf der harten Bank und schielte bereits ungeduldig auf Vaters Armbanduhr. Die Hände hatte ich nach wie vor brav gefaltet; das in ihnen verborgene Geldstück, das ich von meiner Mutter bekommen hatte und das für die Kollekte bestimmt war, fühlte sich schon ganz warm an. Gelangweilt sah ich mich um.

Merkwürdig, dachte ich auf einmal – der Pastor ... der schwankt ja ... Und der Altar bewegt sich ...

Die Leute vor mir, welch seltsamer Anblick, sie schienen zu schunkeln, die dicken Säulen sich gummiartig durchzubiegen – alles bewegte sich und wankte; selbst der Boden, wie eben noch in meiner Vorstellung das Deck der Santa Maria, schwankte unter meinen Füßen ...

Was war das bloß?

Ich kniff die Augen zu, zählte in Gedanken bis drei, und machte sie vorsichtig wieder auf; aber das Schlingern und Schaukeln und Schwanken ging weiter, stärker noch als zuvor.

Natürlich war es nicht der Boden der Kirche – ich selber war es, der sich, wenn auch nur leicht und ohne es zu merken, hin und herbewegt hatte, denn plötzlich bekam ich einen Knuff in die Seite und meine Mutter zischte: „Willst du wohl endlich stillhalten, du Zappelphilipp?!"

Sofort saß ich kerzengerade.

Und spürte im nächsten Moment, wie mir übel wurde. Heute denke ich, dass es wohl meine überreizte Fantasie war, die mir damals einen Streich gespielt hat. Ich hatte mich sicherlich zu sehr in meine Geschichte hineinversetzt, mich regelrecht in sie hineingesteigert, und nun wusste ich zwar vom Verstand her, dass meine fantastische Reise zu Ende war – in meinem Bauch jedoch hatte sie unüberfühlbar ihre Nachwirkungen hinterlassen, es braute sich in ihm eine Übelkeit zusammen, als wäre ich tatsächlich auf hoher See im schrecklichsten Unwetter gewesen und dabei wirklich und wahrhaftig seekrank geworden.

Für einen Augenblick hatte ich die Hoffnung, ich hätte mir die Übelkeit bloß eingebildet. Aber schon begann es mich zu würgen.

Ich muss hier raus, dachte ich nur, ich muss unbedingt raus hier und dann ab in die Büsche.

„Kann ich mal eben vor die Tür?“, raunte ich meiner Mutter zu, die mit offenem Mund andächtig der Predigt lauschte.

„Was ist?“

„Ich müsste mal raus – darf ich?“

„Wie soll ich das wissen?“, gab sie zurück. „Frag deinen Vater.“

Zaghaft zupfte ich an seinem Ärmel. „Du, Papa“, flüsterte ich, „kann ich mal nach draußen?“

Ein strafender Blick war die Antwort.

„Bitte, ich ... ich müsste ... ich muss …“

„Gar nichts musst du“, knurrte er. „Du hast dir doch nur wieder einen Vorwand ausgedacht, um dich gleich vorm Singen zu drücken.“

„Nein ... diesmal wirklich nicht. Diesmal ...“ Ich suchte vergeblich nach einer Erklärung, die sich möglichst glaubhaft angehört hätte, dann sagte ich schlicht: „Mir ist so übel.“

„In zehn Minuten, wenn die Kirche aus ist, geht‘s dir garantiert schlagartig besser“, brummte er. „Aber bis dahin gibst du gefälligst Ruhe, verstanden?!“

Betteln wäre zwecklos gewesen, das wusste ich ja; es blieb mir also nichts anderes übrig, als mich zu fügen.

Noch zehn Minuten. Eine Ewigkeit.

Ich versuchte, das Rumoren in meinem Magen zu ignorieren, mich mit anderen Gedanken abzulenken, doch es wollte nicht recht gelingen. Während ich in immer kürzeren Abständen krampfhaft schluckte, bekam ich noch mit, wie der Küster sich mit dem Klingelbeutel aufmachte, die Kollekte einzusammeln. Auch hörte ich, wie der Organist auf der Orgel den Ton angab und die Gemeinde das Lied 453 zu singen begann: „Schon bricht des Tages Glanz hervor, voll Demut fleht zu Gott empor, dass, was auch diesem Tag geschieht, vor allem Unheil er behüt ..."

Die Worte schienen mir Winke des Himmels zu sein; vielleicht bedeuteten sie gar die Rettung. Sofort faltete ich die Hände noch fester, um im Stillen zu beten: Lieber Gott, ich flehe voll Demut zu dir empor – diesmal im Ernst, nicht wie eben in der Kolumbus-Geschichte nur gespielt ... behüte mich vor Unheil, mir ist so schlecht, dass ich das Gefühl habe, ich muss jeden Moment ko... ich muss brechen, wollte ich sagen ... deshalb mach bitte ein Wunder, lass eine Tüte vom Himmel fallen, wie es sie in Flugzeugen gibt, oder schick mir was anderes, nur mach schnell, ich bitte dich, Amen!

„... ringt um des Sinnes Lauterkeit", hörte ich die Gemeinde weiter singen, „legt ab des Herzens Härtigkeit, des Fleisches Hoffart beugt und brecht ..."

Da kam es mir hoch – ich konnte es einfach nicht länger zurückhalten; verzweifelt sah ich nach oben, ob nicht von der Decke eine Tüte herabfiele, erblickte jedoch stattdessen den Küster, der mir lächelnd den schwarzsamtenen Klingelbeutel vors Gesicht hielt ...

Es war Rettung in letzter Sekunde.

„Wo die Not am größten, ist Gottes Hilfe am nächsten", hatte mir meine Mutter oft gesagt; und nun, da sich dieser Spruch an mir bewahrheitet hatte, verstand ich ihn endlich. Wenn ich auch, wie man sich denken kann, vor lauter Verlegenheit am liebsten im Fußboden versunken wäre.

Nach dem Gottesdienst erhoben Vater, Mutter und ich uns als letzte, und auch als wir wenig später die Kirche verließen, waren wir die letzten, weil meine Eltern wohl gehofft hatten, alle anderen wären dann bereits auf dem Weg nach Hause. Sie standen jedoch in Gruppen und Grüppchen, tuschelnd und schwatzend, auf dem Kirchhof beisammen, der ungeheuerliche Vorfall musste sich wie ein Lauffeuer herumgesprochen haben. Nun reckten sie alle die Hälse und schienen voller Neugier auf eine ordentliche Strafpredigt zu warten, denn jedes Gemeindemitglied, so gehörte es sich damals, hatte ja dem Pastor beim Verlassen der Kirche noch die Hand zu geben.

Den hochroten Kopf tief gesenkt, trottete ich hinter meinen Eltern her. Aus dem Augenwinkel konnte ich sehen, wie zuerst mein Vater, dann meine Mutter dem Pastor flüchtig die Hand gab. Ich selbst brachte es nicht fertig; ich stand nur da und starrte unentwegt auf meine Schuhe.

Wäre ich doch bloß Christoph Kolumbus gewesen, dachte ich, dann wäre ich jetzt wenigstens tot, und diese Schande hier wäre mir erspart geblieben.

„Dieses ... dieses Missgeschick eben, Sie müssen entschuldigen“, hörte ich auf einmal, ungewöhnlich leise, die Stimme meines Vaters. „Mein Sohn hat ... ich meine, was er getan hat ...“

„Was er getan hat, haben wir gesehen“, sagte der Pastor schroff und er sprach im Gegensatz zu meinem Vater ungewöhnlich laut, sodass alle Umstehenden es hören konnten. „Ich möchte Ihnen deshalb den gutgemeinten Rat geben, Ihren Sohn für ein paar Sonntage lieber mal zu Hause zu lassen, damit er in sich gehen und Buße tun kann. Nach seinem gelangweilten Gesichtsausdruck zu schließen, scheint er ja ohnehin nur noch mit Widerwillen in die Kirche zu kommen.“

„Bitte, Hochwürden“, hörte ich nun die weinerliche Stimme meiner Mutter, „wenn wir ihn das nächste Mal wieder mitbringen ...“

„Bevor Sie ihn das nächste Mal wieder mitbringen“, fiel der

Pastor ihr ins Wort, „sollten Sie mir jetzt schon etwas versprechen.“

„Natürlich, gern“, sagte meine Mutter. „Was denn?“

„Es könnte ja sein, dass der Gottesdienst Ihrem werten Herrn Sohn das nächste Mal wieder auf den Magen schlägt und ihm vom Predigen und Singen schlecht wird. Da fände ich es dann ganz sinnvoll – und ich glaube, unser Küster ebenfalls –, wenn Sie außer Ihrem Gesangbuch vielleicht noch eine Brechschale dabeihätten.“

Für einen Augenblick war es mucksmäuschenstill auf dem Kirchhof, bis mein Vater leise fragte: „Ist das etwa Ihr Ernst?“ Und etwas lauter: „Das ist doch wohl nicht ... Das kann doch wohl nicht Ihr Ernst sein!?“

„Selbstverständlich ist es das“, antwortete der Pastor noch lauter mit Blick auf die Umstehenden.

„Aber woher sollen wir denn ...?“ Meinem Vater verschlug es die Sprache.

Dafür fand meine Mutter sie wieder. „Entschuldigung“, meldete sie sich zaghaft. Sie faltete unwillkürlich die Hände vor der Brust und fragte fast flehentlich: „Bitte, Hochwürden ... kann es nicht auch eine einfache Tüte sein?“

Alcher Postverkehr

Wenn ich an meine Schulzeit zurückdenke, kann ich sagen, dass die vier Jahre Volksschule mir noch Freude gemacht haben.

Kein Wunder, war ich doch jedes Jahr Klassenbester und stolz auf meine Zeugnisse, in denen es nur Einser und Zweier gab. Dann kam ich nach Siegen auf das Städtische Gymnasium Am Löhrtor, damals noch ein reines Jungengymnasium, und war zu meiner großen Ernüchterung nur noch Mittelmaß, ein durchschnittlicher Schüler mit leidlichen Leistungen und schwachen Noten. Führung, Beteiligung am Unterricht sowie häuslicher Fleiß wurden ebenfalls benotet, anfangs hatte ich wenigstens da noch ein gut stehen, aber es gab auch ein Jahr, ich war sechzehn, als hinter Führung stand: nur im Ganzen gut; hinter Beteiligung am Unterricht: oft abgelenkt; hinter häuslicher Fleiß: muss verstärkt werden. Ich konnte mich zwar wieder fangen und sogar verbessern, aber über eine Zwei kam ich nie hinaus. Mein Schnitt lag bis zum Abitur zwischen zwei und drei, was mir mangels Ehrgeiz auch reichte.

Im Gymnasium gab es im ersten Stock in einem Verbindungsgang eine ganze Wand voller verschiedener Dioramen, verglaste Schaukästen mit sehr vielen einheimischen Tierarten, alle perfekt präpariert, in ihren nachgebildeten natürlichen Lebensräumen. Vom ersten Tag an war ich so angetan von dieser wunderbaren Präsentation, dass ich sie mir immer und immer wieder anschauen musste, in jeder Pause war ich da, oft, wenn die Zeit reichte, noch schnell vor Unterrichtsbeginn. Die drei großen Aquarien im Foyer um die Ecke und eine Mineraliensammlung schräg gegenüber waren weitere Blickfänge, an denen ich mich nie sattsehen konnte.

Erst während der Abschlussfahrt der Mittelstufe wurde diese Faszination noch bei Weitem übertroffen, als wir von der Jugendherberge Bonn aus, begleitet von zwei Lehrern, das Museum Alexander König besuchten, und ich staunend vor den riesigen Dioramen stand – etwas so unfassbar Schönes hatte ich noch niemals gesehen!

Anderntags machten wir eine ausgedehnte Schifffahrt auf dem Rhein und wir Siegerländer sahen zum ersten Mal die Siegmündung. Ein weiterer Ausflug galt dem Adenauerhaus in Rhöndorf und dem Drachenfels. Da konnte ich noch nicht wissen, dass ich zwanzig Jahre später die gleichen Sehenswürdigkeiten erneut aufsuchen würde, um sie für einen Bildband zu fotografieren.

Insgesamt habe ich die neun Jahre Gymnasium in eher zwiespältiger Erinnerung, was zum einen sicherlich an den Fächern lag. In den „anschaulichen" Fächern Biologie, Erdkunde und Kunst war ich durchweg gut, ebenso in Deutsch, Englisch und Sport, in den „abstrakten" wie Mathematik, Physik und Chemie, aber auch Latein, war ich gleichbleibend schlecht, Informatik war mir ein Rätsel, Religion ein Gräuel. Woran auch Zusatzunterricht, Nachsitzen, Strafarbeiten und Nachhilfestunden nichts änderten. Und das blieb so bis zum Abitur.

Unter den Lehrern gab es nicht viele, die ich in wirklich guter Erinnerung behalten habe. An erster Stelle fast zwangsläufig die Biologielehrer, unter denen es damals die einzige Frau gab, bei der wir Unterricht hatten. Sie alle erkannten und förderten meine Liebe zur Natur, sodass folgerichtig Biologie mein erstes Abiturfach wurde.

Am meisten faszinierte mich der junge Dr. Grünfeld, der jeden Tag auf einem uralten Fahrrad zur Schule kam, mit der braunen Aktentasche auf dem Gepäckträger und

Fahrradklammern an den Beinen. Mit seinen langen Haaren und seiner bunten Kleidung wirkte er eher wie ein Student oder Hippie, er galt als Alternativer und Grüner, zu einer Zeit, als es „Die Grünen“ noch gar nicht gab. Er lebte allein in einer bescheidenen Mietwohnung am Wellersberg, die Einrichtung bestand aus Möbeln vom Sperrmüll. Wir Schüler mochten seine kumpelhafte Art und seinen unkonventionellen Unterricht, dem konservativen Lehrerkollegium war genau diese antiautoritäre Einstellung ein Dorn im Auge. Wir hatten das Glück, seine letzte Abiturklasse zu sein, denn kurze Zeit später wanderte er aus nach Whitehorse in Kanada, in der Hoffnung auf ein einfaches, ruhiges Leben in der geliebten Natur. Ob er es wohl gefunden hat?

Neben weiteren freundlichen und verständnisvollen Lehrern, an die ich mich gern erinnere, weil sie mir fürs Leben etwas mitgegeben haben, mussten wir leider auch solche ertragen, die von Pädagogik wenig bis gar nichts wussten oder nichts wissen wollten, darunter kleine Tyrannen wie Micro und Fifty, die ein strenges Regiment führten und schnell in Rage gerieten. Einmal war Micro über einen Schüler, der ihn geärgert hatte, so erbost gewesen, dass er ihn anschrie: „Wenn du nu noch nicht nachlässt, dann schmeiß ich dich in die ... in die ...“, und weil ihm der Name des Flüsschens Weiß nicht einfiel, das direkt neben dem Schulgebäude herfloss, schrie er schließlich: „... in die Wupper!“ Einem anderen drohte er mal: „Gleich nehm ich meine Rechte und schlag zu – und wenn‘s den Herrn Direktor trifft!“ Und zu mir sagte er manchmal resignierend in seinem norddeutschen Dialekt: „Ou, Münker, wenn du man blouß Ahnung hättest!“

Ja, wenn – mit Ahnung konnte ich dem Lateinlehrer aber nunmal nicht dienen, mochte sich das 1,50 Meter kleine Männchen noch so sehr aufregen und wie Rumpelstilzchen herumtoben. Wozu wir ihm auch in fast jeder Stunde Gelegenheit boten. Er drangsalierte uns, und wir ärgerten und veräppelten ihn, wo wir konnten; wir sahen nur den Choleriker in ihm, der hilflos herumschrie: „Sechs Sechsen für alle, wenn ihr nu noch nicht nachlasst!“ Wir sahen aber nicht den einsamen Menschen dahinter, und das, muss ich gestehen, tut mir heute noch leid.

Was mir während der Schulstunden bei den strengen Lehrern zusätzlich zu schaffen machte, war jedoch nicht nur mangelnde Ahnung oder fehlender Wissensstoff, es war wie im Elternhaus die immerwährende unterschwellige Angst vor Bestrafung, vor körperlicher Züchtigung, auch wenn es „nur“ hin und wieder Kopfnüsse und Backpfeifen gab, der Rohrstock war zum Glück ausgemustert. Körperstrafen waren allerdings zu jener Zeit noch völlig normal, erst 1973 wurden sie in der Bundesrepublik und 1980 auch in Bayern endgültig abgeschafft.

Aber auch wir Schüler waren natürlich nicht nur Musterknaben und zahlten den unbeliebten Paukern wie Micro ihre Strenge mit einfallsreichem Schabernack heim. Ich tat mich bei Planung und Ausführung origineller Streiche besonders hervor, weil ich mich beliebt machen wollte bei den Mitschülern, denen gegenüber ich mich als Arbeiterkind, noch dazu vom Dorf, und auch meinem Sprachmischmasch von Platt und Hochdeutsch wegen, immer unterlegen fühlte. So entwickelte ich mich zwangsläufig zum Klassenclown.

Die meisten Schulkameraden kamen direkt aus Siegen, also „us d‘r Stadt“, wie es damals hieß. Deren Väter – Ärzte und Rechtsanwälte, Unternehmer und Ingenieure, Lehrer und Professoren – seien etwas Höheres, Besseres, meinten meine Eltern, und manche der Söhne meinten das offenbar auch und benahmen sich danach.

War es also ein Zufall, dass sich in der letzten Bank die Arbeitersöhne wiederfanden? Oder hatten wir uns, gleich und gleich gesellt sich ja gern, schon von Anfang an unbewusst zusammengetan?

Als wir am Tag der Einschulung der Reihe nach aufgerufen wurden und, warum auch immer, die Berufe der Eltern angeben sollten, war es mir jedenfalls nach all den außergewöhnlichen Angaben der vorherigen Schüler etwas peinlich zu gestehen, dass meine Mutter nur Hausfrau und mein Vater nur Zimmermann war. Nachdem ich mich gesetzt hatte, und der nächste Schüler im Alphabet stolz verkündete, sein Vater sei selbstständiger Architekt, sagte ich halblaut mehr zu mir selbst: „Da kann ich natürlich nicht mithalten."

Worauf mir, weil er mich wohl trösten wollte, Paul-Hermann zuflüsterte: „Der Vater von Jesus war doch auch Zimmermann, und trotzdem ist aus dem Sohn was Großes geworden."

Ich sah ihn skeptisch an. „Was Großes geworden ... ja, schon ... Aber überleg doch mal, was für ein schreckliches Ende er gehabt hat."

Paul-Hermann nickte nachdenklich. „Stimmt auch wieder."

„Und außerdem hieß sein Vater Joseph, meiner heißt Gottfried."

„Klingt doch auch recht fromm", meinte er aufmunternd.

Aber ich dachte nur: Wenn du wüsstest ...

Nach den Ferien, wenn die Klassenkameraden am ersten Schultag viel Aufregendes von ihren Reisen mit den Eltern zu berichten hatten, sich gegenseitig von Mallorca, Teneriffa, Rimini oder gar Ägypten vorschwärmten, hielt ich mich eher abseits und blieb ziemlich wortkarg, weil ich auch da nicht mithalten konnte. Wie immer hatte ich nämlich die ganzen Ferien über gearbeitet, ob Oster-, Sommer- oder

Herbstferien, nur in den Weihnachtsferien konnte ich daheimbleiben. Was habe ich damals meinen Schulfreund Karl-Erich beneidet, der mir Urlaubsgrüße aus den Bergen schickte, einmal eine Ansichtskarte von einer Pension in Mittenwald mit einem Swimmingpool! – während ich nach einer acht- oder neunstündigen Schicht in einer Fabrik ölverschmiert und müde spätnachmittags nach Hause radelte.

Nun liegt er schon seit Jahren auf dem Friedhof, und ich beneide ihn nicht mehr. Höchstens hin und wieder um den Frieden unter der Erde, während sich über der Erde die Menschen nach wie vor das Leben schwermachen.

Meinen ersten Ferienjob hatte ich mit vierzehn. Für zwei Mark in der Stunde, also etwa einem Euro, putzte ich die Maschinen und ölte alle deren beweglichen Teile in einer Fabrik in der Hommeswiese, strich in brütender Sommerhitze das ganze Blechdach mit Bitumenfarbe und wurde gelegentlich zum Bierholen nach Gasse, dem Tante-Emma-Laden von Bockseifen geschickt. Schon über drei Mark verdiente ich im Jahr darauf an der Drehbank einer Fabrik für Edelstahlflanschen und noch etwas mehr in der werkseigenen Hammerschmiede. Die schweißtreibende Arbeit, wieder im Hochsommer, war aber auch schwer genug, mussten wir doch zu dritt oder viert mit langen Eisenzangen die glühenden Rohlinge aus dem Hochofen holen und unter den großen Maschinenhammer wuchten, der mit ohrenbetäubendem Krach den Flansch in seine Form presste.

Bei einer Tiefbaufirma im Ort, ebenfalls in den heißen Wochen der Sommerferien, half ich Straßen und Plätze und einmal einen Schulhof aufzureißen und neu zu asphaltieren. Wenn ich dann nach stundenlanger Arbeit am Presslufthammer oder an der Rüttelplatte heimradelte, vibrierten meine Hände und Arme noch am Fahrradlenker.

Weitere Ferienjobs fand ich, mittlerweile schon für fünf Mark Stundenlohn, in einer Schilderfabrik, wo ich, von giftigen Dämpfen umnebelt, die Siebdruckrahmen säubern musste, und in einem Supermarkt, wo ich Kartons auspackte und Lebensmittel in Regale und Behälter einräumte, Getränkekisten stapelte und die ankommenden LKWs entlud.

Als ich endlich das Abitur in der Tasche hatte und auf die damals schon aussichtslose Idee verfiel, an der Siegener Uni ein Lehramtsstudium zu beginnen, fand ich gleich zum Sommersemester einen Job, bei dem ich zum ersten Mal richtig gut verdiente: als Briefträger bei der Deutschen Post in Freudenberg. 9,59 Mark war der Stundenlohn, fast das Doppelte meines letzten Gehalts. Was aber auch bedeutete: sechs Tage die Woche arbeiten, jeden Tag dreizehn Kilometer Rundgang zu Fuß, bei Wind und Wetter, Regen und Hitze, mit einer schweren Umhängetasche, manchmal auch zwei, um einen Bezirk von über sechshundert Haushalten mit Briefen und Karten, Zeitungen und Zeitschriften, Drucksachen und Wurfsendungen zu versorgen.

In der zweiten Woche war ich nachmittags nach einer langen Runde auf dem Rückweg zum Postamt. Die Julisonne brannte seit dem Morgen von einem blauen Himmel, ich hatte mir das schweißnasse T-Shirt ausgezogen und kam müde und hungrig und mit ausgetrockneter Kehle auf dem Posthof an. Vorm Eintritt ins Gebäude zog ich mir vorsorglich das durchgeschwitzte T-Shirt wieder an, wollte mir gerade eine Flasche Mineralwasser aus dem Kühlschrank holen, da zitierte mich der Postamtsleiter in sein Büro.

Waldemar, genannt „der schöne Waldemar“, weil er wirklich verdammt gut aussah, kannte ich seit Langem aus unserem Ort. Er kam gleich zur Sache. „Eine der Nonnen aus dem Bezirk, den du läufst, hat angerufen und sich beschwert, der

Postbote liefe halbnackt durch die Gegend, der hätte ja wohl keinen Anstand und keine Moral und sollte sich was schämen."

Ich war baff. „Wofür denn schämen? Mir war heiß, ich hab geschwitzt, hatte Durst wie ne Bergziege und ..."

„... deshalb läufst du halbnackt rum?"

„Nein, ich ... ich hatte mir doch bloß das T-Shirt ausgezogen", wehrte ich mich, „und außerdem war ich mit meiner Tour ohnehin fertig."

Waldemar winkte beruhigend ab. „Dass euch Zustellern jetzt ganz schön heiß ist unterwegs, kann ich ja verstehen, aber trotzdem – lass das Ausziehen lieber!" Er hob den Zeigefinger und fügte hinzu: „Das gilt auch für das Ende deiner Tour. Der Rückweg zum Postamt, auch ohne Briefe, gehört nunmal offiziell noch zu deiner Dienstzeit."

„Aber es kann so einer Nonne doch eigentlich piepegal sein, wie ich rumlaufe. Soll sie halt wegsehen, wenn ihr mein Anblick nicht gefällt!"

Waldemar musste grinsen. „Das ist es ja – vielleicht gefällt der Haubenlerche sogar dein Anblick, er darf ihr aber sozusagen von Rechts wegen nicht gefallen. Vielleicht ist sie auch nur neidisch auf deine sportliche Figur", meinte er augenzwinkernd. „Du bist jung und knackig, sie ist alt und schrumpelig, du hast ne Freundin, sie hat in ihrem Leben keinen abgekriegt und sich aus Frust ihren himmlischen Bräutigam erwählt. Oder sie hat dich um dein luftiges Outfit beneidet, weil sie selber unter ihrer schwarzen Tracht schwitzen muss."

Ich wollte mir endlich meine Flasche Wasser holen und wurde langsam ungeduldig. „Wenn diese Sittenrichterin ein Problem mit alledem hat, soll sie's jedenfalls behalten, ist doch nicht *mein* Problem!", sagte ich verärgert. Vielleicht zu verärgert , denn Waldemars Gesicht verfinsterte sich schlagartig.

„Es kann aber schnell zu deinem Problem werden, Freundchen.“ Er trommelte mit den Fingern auf seiner grünen Schreibtischplatte. „Wenn sich die Haubenlerche nämlich an höherer Stelle beschwert, haben wir sogar beide eins. Und darauf habe ich absolut keine Lust!“ Er lehnte sich zurück und verschränkte die Arme. „Halbnackt durch die Straßen laufen gehört sich nunmal nicht! Außerdem bist du noch in der Probezeit; soviel ich weiß, noch zwei Wochen. Also Ball flachhalten, verstanden? Sonst überleg ich mir das noch mit der Vertragsverlängerung.“ Sprachs und wandte sich demonstrativ irgendwelchen Akten zu.

Das durfte ja nicht wahr sein! Was für ein Aufstand wegen eines ausgezogenen T-Shirts. Und ausgerechnet Waldemar haute in dieselbe Kerbe. Gehört sich nicht, pah! Und das aus seinem Munde ... Gehörte es sich etwa, mit hübschen Kundinnen herumzuschäkern oder mit Kolleginnen zu flirten? Gehörte es sich, nichts anbrennen zu lassen, wenn sich eine Gelegenheit bot, hier und da ein Techtelmechtel zu haben, wie gemunkelt wurde. Es war schon merkwürdig: Manchmal verschwand er nach hastigen Telefonaten wegen irgendeiner Sache von einer Minute auf die andere und kam geraume Zeit später wohlgelaunt mit leichten Schritten und befriedigtem Gesichtsausdruck ins Postamt zurück. Welcher dringenden Sache da wohl abgeholfen worden war?

Von der dritten Woche gibt es nichts Besonderes zu berichten. Dafür umso mehr von der vierten, in der die Vertragsverlängerung anstand. Ich war inzwischen in einem neuen Bezirk angelernt worden, einem Fahrbezirk, brauchte also nicht mehr die schwere Tasche zu schleppen, was ich als angenehmen Fortschritt empfand. Ich musste nach Alchen, hatte deshalb einen VW-Bulli bekommen, schon wegen der zahlreichen, auch größeren Päckchen und Pakete, die neben Kurzpost (Standard- und Kompaktbriefe) und Langholz (Groß- und Maxibriefe sowie Zeitschriften, Zeitungen und Kataloge) ausgetragen werden mussten.

Wenn frühmorgens die Post in zwei LKWs angeliefert wurde, musste sie erst in der sogenannten Eingangsverteilung auf die sechzehn Bezirke vorverteilt werden, bevor jeder Zusteller sie in seinem Sortierspind einordnen konnte. Dazu standen immer mehrere Postler um den Ausschütttisch herum, auf dem die Postbeutel entleert wurden. (Wer sich einmal herzhaft amüsieren möchte, schlage die „Wertbeutel-Verordnung der Deutschen Bundespost“ nach.) Auch Päckchen und Pakete mussten erst grob vorsortiert werden und lagen zum Schluss in langen Reihen nebeneinander auf dem Boden, bevor sie in die Fahrzeuge eingeladen wurden. In diesen zwei Stunden der Vorbereitung ging es immer sehr lebhaft und lautstark zu, es wurde geredet und gelacht und durcheinandergerufen in einem ununterbrochenen Stimmenwirrwarr. Die lustige Truppe bestand aus acht „Auswärtigen“, vier Niederfischbachern und vier Wendenern, der Rest waren alle Freudenberger, hauptsächlich Flecker und Büscher, die meisten altgediente Postler mit Leib und Seele. Um die großen Postmengen in der knappen Zeit vor der eigentlichen Zustellung bewältigen zu können, gab es noch die „guten Seelen des Postamts“, die Frauen vom Innendienst, ohne die wir Zusteller aufgeschmissen gewesen wären, weil wir sonst erst wesentlich später auf Tour hätten gehen können. Und erst spätnachmittags zurückgekommen wären.

Am Freitagmorgen, die Frauen waren gerade gegangen, saß ich an meinem Sortierspind und ordnete meine Post, als Werner mir ein kleines, längliches Paket zuwarf. „Hier, für deinen Bezirk – Frau Müller hat sich mal wieder einen elektrischen Zappelphilipp bestellt!“, verkündete er trotz seiner näselnden Stimme so laut, dass alle es hören konnten. Und fügte ebenso laut hinzu: „Der Gemüsehändler vom Kornmarkt würde sagen: Frau Müller, für Sie hätt‘ ech hü wirrer ‘n Dill do.“

„Einen was?“, fragte ich irritiert.

„Mensch, ne Brummgurke!“, rief Erhard. „So‘n Spielzeug bestellt die sich öfter, das kennen wir schon.“

Ich wurde rot, weil mir nun dämmerte, welches „Spielzeug“ gemeint war.

„Meine Frau hat sich mal so ein Ding zum Geburtstag gewünscht“, warf Reiner in die Runde.

„Kann man verstehen“, meinte Udo mit gespieltem Ernst, „du hast ja nie Zeit.“

Alle lachten, nur Reiner nicht.

„Un?“, fragte Fritz in seinem Föschber Platt. „Hätt‘ se‘t kreije?“

„Geht dich gar nix an!“, war die knappe Antwort.

Schade, dachte ich, hätte mich ja mal interessiert, ob ... Aber etwas anderes interessierte mich noch viel mehr. „Woher wisst ihr denn überhaupt, dass in dem Paket ein …was in dem Paket drin ist, meine ich?“

Erhard erklärte es: „Flensburg und nur ein Postfach als Absender – sagt schon alles. Da glauben die Kunden an eine diskrete Zustellung, wie es so schön heißt, aber wir Postler wissen natürlich, wo der Hase im gepfefferten Bett liegt.“

Auf der Fahrt nach Alchen musste ich daran denken, dass ich schon des Öfteren Pakete mit Flensburger Postfach-Absender zugestellt hatte. Ich nahm mir vor, mir diese Kunden und Kundinnen demnächst mal genauer anzusehen. Sie würden in dem Glauben sein, ein diskretes Paket in Empfang zu nehmen – und ich würde Bescheid wissen. Bei diesem Gedanken musste ich unwillkürlich grinsen.

Kurz nach Mittag hatte ich einen großen Teil der Tour schon hinter mir, ich hatte mich beeilt, weil die Sonne wieder brannte, nun ging es noch den Berg hoch und in der letzten Querstraße lag das Haus von Frau Müller. Den Bulli stellte ich am Bordstein ab, nahm zwei Briefe und das kleine Paket heraus und eilte die Treppe hoch zum Eingang, der wegen der Hanglage wie bei den Nachbarhäusern hinter dem Haus lag, gleich darüber begann der Hauberg. Als ich, wie immer im Laufschritt, um die Ecke bog und an einem offenen Fenster vorbeikam, bemerkte ich aus dem Augenwinkel eine Bewegung, die mich unwillkürlich stoppen ließ, und sah ins Zimmer. Die Sonne blendete mich etwas, deshalb hielt ich eine Hand über die Augen und nun erkannte ich, dass es ein Schlafzimmer war, ich sah ein großes Bett und sah erst jetzt zu meinem großen Erschrecken zwei Menschen, einen halbnackten Mann und eine ganz nackte Frau in einer ... wie soll ich es ausdrücken? ... in einer ungewöhnlichen Stellung, und diese beiden, als sie mich endlich wahrnahmen, fuhren mit einem Aufschrei erschreckt auseinander, der Mann warf sich herum und drehte sein Gesicht zur Seite, die Frau starrte mich sekundenlang an, kniff die Augen zu und riss sie wieder auf.

„Was glotzen Sie denn so?“, rief sie und hielt sich die aufgeraffte Bettdecke vor die Brust.

„Ich ... äh ... ich ... habe ein Paket für Sie“, stotterte ich, aus Flensburg, hätte ich fast hinzugefügt, sagte aber: „Wenn Sie vielleicht ... zur Haustür kommen könnten?“

„Geben Sie schon her!“, befahl sie, nahm das Paket und stellte es auf die Fensterbank. „Auf Wiedersehen!“

„Auf Wiedersehen“, wiederholte ich mechanisch und

machte, dass ich zum Auto kam.

Ich saß schon im Bulli, wollte gerade weiterfahren, da fiel mir ein: obwohl so klein wie ein Päckchen, war das doch ein Nachnahmepaket – ich hatte vergessen zu kassieren! So ein Mist aber auch!

Ungehalten stieg ich wieder aus und hastete die Treppe hinauf, ging um die Hausecke und zum Schlafzimmerfenster, das immer noch offenstand.

„Entschuldigung“, sagte ich zaghaft – und bekam einen spitzen Schrei aus dem Bett zur Antwort.

„Was wollen Sie denn schon wieder?“, fuhr mich die Frau an, die Bettdecke nur noch halb vor die Brust haltend, während der Mann weiter krampfhaft das Gesicht abwandte.

„Ich ... Entschuldigung ... ich kriege noch Geld von Ihnen, ist ja eine Nachnahme“, erklärte ich. „Wäre schön, wenn Sie‘s passend hätten ...“

Das hatte sie tatsächlich, ich nahm das Geld mit dem Zahlschein in die Hand und verabschiedete mich hastig. Nur weg hier!

Ich saß aufatmend im Bulli, wollte den Zahlschein zusammen mit dem Geld in die Post-Geldbörse legen, da sah ich erschrocken: Der Zahlschein ist ja nicht unterschrieben! Die Empfangsbestätigung fehlt!

Also nochmal zurück. Wieder der zaghafte Blick ins Schlafzimmer, wieder von drinnen ein Ausruf des Erschreckens, wenn auch nicht mehr so schrill wie zuvor. Der Mann drehte sich wieder zur Seite.

„Was ist denn nun noch, verdammt?“

„Äh ... nochmals Entschuldigung ... Sie müssen den Zahlschein noch unterschreiben.“ Ich legte ihn vor sie auf die Fensterbank.

„Und womit?“

„Womit?“ Ich griff in die Seitentasche meiner Posthose. Verflixt – ich hatte den Kugelschreiber im Bulli gelassen! „Ich hole ihn schon“, rief ich im Weggehen, sprang in wenigen Sätzen die Treppe hinunter, riss die Autotür auf, nahm den Kugelschreiber vom Armaturenbrett und eilte zurück.

„Sie glauben gar nicht, wie peinlich …“

„Jaja, schon gut“, winkte sie ab und unterschrieb. Diesmal hatte sie gar keine Decke mehr vor sich gehalten, vielleicht war es ihr inzwischen egal, und so konnte ich aus dem Augenwinkel sehen, dass sie eine erregende Figur hatte.

„Entschuldigen Sie nochmal ... ich ... äh, auf Wiedersehen.“

„Hoffentlich nicht!“, rief sie hinter mir her. Und lachte sogar.

Auf dem Posthof angekommen, räumte ich wie jeden Tag die leeren Behälter und zurückgehende Pakete aus dem Bulli, nahm Geldbörse und ein paar nicht zugestellte Sendungen und ging in den großen Raum mit den Sortierspinden, wo schon die ersten zurückgekehrten Zusteller an ihren Plätzen saßen. Im Gegensatz zum morgendlichen Stimmengewirr herrschte hier nachmittags eher Ruhe, weil jeder mit seiner Rückschrift und Abrechnung beschäftigt war.

„Ihr glaubt gar nicht, was mir vorhin passiert ist“, begann ich, denn ich brannte darauf, das in Alchen Erlebte unbedingt loszuwerden.

Reiner sah von seiner Rückschrift auf. „Und was?“

„Ihr könnt euch doch an das kleine längliche Nachnahmepaket aus Flensburg erinnern?“

„Den elektrischen Zappelphilipp?“, näselte Werner.

„Genau den.“

„Und?“, wollte Erhard wissen. „Solltest du Frau Müller zur Hand gehen?“

Wie er selber lachten auch die anderen schallend über

seinen Witz. Zum Glück, dachte ich nur, waren die beiden Frauen, die einzigen Zustellerinnen im Team, noch nicht von ihrer Tour zurück.

„Oder musstest du ihr helfen, erstmal die Batterien einzuführen?“

„Was? Äh, nein ... nur ... das Fenster war offen, das vom Schlafzimmer, wohl wegen der Hitze ... und was denkt ihr, was ich da sehe?“

„Ja, was denn?“, fragte Udo zurück. „Mach‘s nicht so spannend!“

„Also ... da war ein Pärchen“, fing ich an. Und wusste nicht recht weiter. „Und die ... die waren ziemlich mit ... sich selbst beschäftigt ...“ Ich merkte, dass ich rot wurde und überlegte, wie ich das, was ich unfreiwillig mitbekommen hatte, am besten beschreiben sollte.

Da kam Dieter mir zu Hilfe mit seiner schlichten Frage: „Ham se gepoppt?“

Ich nickte. „Und ob. Also dann nicht mehr, weil ich ... ich wollte ja das Paket loswerden.“

„Un?“ fragte Fritz. „Hät dat Wiesmensch geschannd?“

„Nein, geschimpft hat sie eigentlich nur ein bisschen“, erklärte ich, „war ja auch verständlich.“

„Als Entschädigung hat sie doch die bestellte Brummgurke gekriegt“, warf Erhard ein, „die kam ja dann sozusagen gerade richtig.“

„Im Grunde schon. Nur musste ich, nachdem ich schon gegangen war, noch zweimal zurück, habe die beiden also noch zweimal unterbrochen, weil ich erst vergessen hatte zu kassieren und dann musste ich noch den Nachnahmeschein unterschreiben lassen.“

„Dat bruchteste nit!“ Gerald, mit seinem typisch breiten Grinsen im Gesicht, schüttelte den Kopf. „Un dafür häste no dem arme Pärche dreimoal ‘n Goidus ingerrubdus verschafft, du Hosbes.“

„Hä?“ Wieder verstand ich nichts.

„Mensch, Ende in der Lende!“, erklärte Udo es auf seine Weise. „Schluss mit Schuss, raus aus der Maus!“

Langsam verstand ich die Andeutungen. Und wurde noch röter als zuvor. „Auf jeden Fall war mir das Ganze furchtbar peinlich. Und die zwei taten mir richtig leid.“

„Dann sollen sie gefälligst das Fenster zumachen!“, befand Klaus, der bisher nur zugehört hatte.

„Su‘n Schinnoss“, meldete sich nochmal Gerald. „Awer wer woar eijentlich de Maan, de Müllersche lervt doch alläh?“

„Ja, der Mann ...“ Ich hatte so eine Ahnung, war mir aber nicht sicher. Erst auf der Rückfahrt über Bühl und Wilhelmshöhe war mir ein bestimmter Verdacht gekommen und nicht mehr aus dem Kopf gegangen. Trotzdem zögerte ich jetzt mit der Antwort.

„Du grinst so“, stellte Erhard fest, „kennst du den etwa?“

„Ehrlich gesagt, ich weiß es nicht genau.“

Nun waren auch die anderen erst recht neugierig geworden und standen erwartungsvoll um mich herum.

„Nun mach schon! Spuck‘s aus!“, bekam ich zu hören.

„Also“, begann ich, „es ist ... nur eine Vermutung, aber …“

„Aber?“

„Es könnte …“

Ich wurde unterbrochen, weil sich die hintere Tür öffnete.

Waldemar kam herein, mit rotem Kopf und wirrem Haar. Als er den Pulk der versammelten Zusteller sah, zuckte er kurz zusammen, kam dann auf dem Weg in Richtung seines Büros langsam auf uns zu, und als er an uns vorbeiging, sah er mir kurz in die Augen und schüttelte unmerklich den

Kopf, ich verstand und nickte unmerklich zurück. Und in diesem Moment wusste ich, dass meiner Vertragsverlängerung nichts mehr im Wege stand.

Künstlerpech

„Meinen Sie, dass Sie es wirklich schaffen werden?", fragte Karl Müller. Der Vorsitzende des Schützenvereins machte ein sorgenvolles Gesicht.

„Natürlich werde ich es schaffen." Werner Weidlich, ein kleiner, rundlicher Mann mit rosigem Gesicht und weißen Haaren, zeigte mit dem Pinsel auf sein halbfertiges Werk. „Der Hintergrund ist mir doch wohl gut gelungen, oder nicht?"

„Ja ja, das schon, aber es fehlt ja noch das komplette Wort."

„Kommt alles, immer mit der Ruhe."

„Sie haben leicht reden, Mann." Karl Müller schaute nervös auf seine Uhr. „Morgen Vormittag ist die Einweihung, und dann beginnt unser Schützenfest, das wissen Sie doch."

„Ich weiß es."

„Und wie stellen Sie sich das vor? Sie haben gerade mal den Hintergrund, aber noch nicht einen einzigen Buchstaben gemalt – und in zwei, drei Stunden wird es dunkel."

„Dann besorg ich mir eben einen Scheinwerfer."

„Und wenn Sie keinen kriegen?"

„Nehm ich eine Taschenlampe."

Karl Müller konnte es sich nur schwer vorstellen. „In der einen Hand einen Pinsel, in der anderen eine Taschenlampe – so wollen Sie im Dunkeln malen?"

„Wird schon irgendwie gehen."

„Aber haben Sie auch daran gedacht, dass die drei einzelnen Holztafeln noch zusammengesetzt und über dem Eingangstor festgeschraubt werden müssen?"

Werner Weidlich nickte. „Hab ich."

„Und stimmt denn auch die Einteilung?", bohrte Karl Müller weiter. „Ich meine, wird das alles schön gleichmäßig zu lesen sein?“

„Ja, sicher, was denken Sie denn?! Schießsportanlage ist doch leicht zu untergliedern: Schieß-sport-anlage, auf jede Tafel ein Wortteil – erst sechs, dann fünf, dann wieder sechs Buchstaben, ganz einfach. Und das Zusammensetzen und Festschrauben kann ich auch im Dunkeln noch machen. Zur Not sogar morgen früh.“

„Achten Sie aber unbedingt darauf, dass die Teile ja nicht falsch angebracht werden.“

„Nein, nein, keine Bange."

„Also nicht vertauschen oder verdrehen oder gar …“

„Zum Donnerwetter, nein!“

Karl Müller hob beschwichtigend die Hände. „Ich wollte es ja nur gesagt haben; schließlich habe ich die Verantwortung dafür, dass alle Arbeiten ordnungsgemäß ausgeführt werden. Ich will einfach nicht, dass zum guten Schluss noch was schiefläuft, nachdem alles andere bisher so gut geklappt hat.“

„Was sollte denn jetzt noch schieflaufen?“

„Ich weiß nicht“, sagte Karl Müller. „Es ist nur ... ich habe so ein ungutes Gefühl ...“

Werner Weidlich nahm einen Schluck aus seiner Bierflasche, wischte sich mit dem Handrücken über den Mund und sagte: „Hören Sie, Herr Müller, ich werde darauf achten, dass nichts vertauscht und nichts verdreht und nichts falsch angebracht wird. Ich werde die Tafeln fertig machen, und wenn es die ganze Nacht dauern sollte. Aber jetzt lassen Sie mich bitte endlich in Ruhe weitermalen.“

Karl Müller hob wieder die Hände. „Ich muss sowieso gehen.“

„Tun Sie das.“

„Gegen Abend schaue ich aber noch mal vorbei.“

„Von mir aus.“

„Ich hoffe, Sie sind dann fertig mit Ihrer Arbeit."
„Werden wir ja sehen."
„Also bis später. Und wie gesagt: Beeilen Sie sich!"
„Ja doch!"
Während Karl Müller davonschritt, wandte sich Werner Weidlich wieder seinen Holztafeln zu. „Wie ich diese dauernde Drängelei hasse!", brummte er vor sich hin. Verärgert tauchte er seinen Pinsel in die grüne Farbe – leider mit etwas zu viel Schwung diesmal, sodass der Farbtopf umkippte und die Farbe sich über Hose und Schuhe ergoss. „Verdammt, das kommt davon!", rief er aufgebracht. „Immer diese Scheißhektik. Immer dieser verflixte Termindruck! Bin ich ein Künstler oder ein Akkordarbeiter, oder was?!"
Mit einem alten Lappen versuchte er, die Farbe wegzuwischen, verschmierte sie aber nur noch mehr, bis er es fluchend aufgab. Er griff nach seiner halbvollen Bierflasche, trank sie in einem Zug aus und warf sie zu den anderen Flaschen ins Gras, bevor er aus einem Eimer eine neue Flasche herausholte, sie sogleich öffnete und einige kräftige Schlucke nahm.
Derart gestärkt ging er wieder an seine Arbeit.
Werner Weidlich, man sollte es an dieser Stelle einmal erwähnen, war Maler mit Leib und Seele. Er behauptete von sich, der beste in der näheren und weiteren Umgebung zu sein, und da er auch der einzige war, hatte diese Selbsteinschätzung durchaus ihre Berechtigung. Über der Tür zu seiner verhältnismäßig kleinen Werkstatt hing ein unverhältnismäßig großes Schild in Form einer Handpalette, „Kunstmaler" war darauf zu lesen, darunter, in kleinerer Schrift und verschnörkelten Buchstaben, „Landschafter und Porträtist". Die Bezeichnung „Anstreicher" hatte er von jeher abgelehnt, sie wäre ihm wie eine persönliche Beleidigung

vorgekommen. Dabei wusste er nur zu genau, dass die meisten Einwohner ihn auch nach über dreißig Berufsjahren eher als Handwerker denn als Künstler sahen. Er wusste ebenso, dass man ihn hinter seinem Rücken „Farbenkleckser“ und „Pinselschwinger“ oder einfach „Pinsel“ nannte, worüber er sich am meisten ärgerte, denn er war in seiner Freizeit auch Jäger und so wusste er natürlich, was vielleicht auch mancher Nichtjäger weiß – dass nämlich ausgerechnet ein gewisses Glied bei Hirsch und Rehbock mit „Pinsel“' bezeichnet wird. Was für seine lieben Mitbürger immer wieder ein willkommener Anlass war, sich auf seine Kosten zu amüsieren.

Einmal hatte er einen größeren Auftrag für einen Hausanstrich angenommen und deshalb seine Teilnahme an einer herbstlichen Treibjagd kurzfristig absagen müssen. „Werner kann heute leider nicht mitgehen“, hatte der Jagdleiter vor dem Aufbruch verkündet. Und dann zur Gaudi der versammelten Jägerschaft hinzugefügt: „Der Arme ist ziemlich beschäftigt im Moment, er hat Arbeit ohne Ende – wie ein Pinsel in der Brunftzeit.“

Ein anderes Mal war Werner Weidlich frühmorgens in die Bäckerei Körner am Alten Markt gekommen, um sich schnell ein paar Brötchen zu holen.

„Hallo Pinsel, was macht die Farbe?“, hatte ihn der dicke Bäckermeister übermütig begrüßt.

„Hallo Mehlsack, was macht die Hefe?“, hatte Werner Weidlich gekontert, mürrisch und gereizt wegen eines dringenden Termins, den er wahrscheinlich nicht würde einhalten können.

„Mensch, Werner, nun sei nicht gleich eingeschnappt“, versuchte Bäcker Körner ihn zu besänftigen, „schließlich ist Pinsel doch kein Schimpfwort.“

„Ach nein? Was soll es denn sonst sein, du

Brötchenbastler? Ein Kompliment vielleicht?"
„Warum nicht?"
„Dass ich nicht lache!"
„Aber Werner, in der Kunst ..."
„Was verstehst du denn von Kunst? Du Kunstbanause kannst doch nicht mal einen Beizpinsel von einem Plattpinsel unterscheiden."
„Da muss ich dir allerdings recht geben", sagte der Bäckermeister ruhig – und wurde plötzlich laut: „Ich kann aber einen Rasierpinsel von einem Einfaltspinsel unterscheiden!"
„Und ich kann meine Brötchen auch anderswo kaufen!", schnauzte Werner Weidlich, drehte sich auf dem Absatz um und warf mit einem „Scheißladen!" hinter sich die Türe zu.
Worauf er sich mehrere Wochen lang nicht mehr in der Bäckerei sehen ließ.
Die Wahrheit lässt sich drücken, aber nicht erdrücken, heißt ein altes Sprichwort. So war es auch bei unserem Maler: Man konnte seine Bilder belächeln oder über sie lästern, man konnte ihn selbst einen naiven Sonntagsmaler nennen – ein gewisses künstlerisches Talent konnte man ihm nicht absprechen. Wenn er beispielsweise seine idyllischen Gebirgslandschaften auf Wände und Fassaden malte, bewies er durchaus ein Gefühl für räumliche Wirkung, für Perspektive und Proportionen. Nur die Farben gerieten ihm fast immer zu kitschig; er trug halt gerne dick auf, wie auch sonst im Leben.
Bernhard Groß, der Leiter des berühmten Freilichttheaters, hatte aber gerade an dieser Art Malerei von Anfang an Gefallen gefunden, er hatte deshalb Werner Weidlich schon recht bald eine Zusammenarbeit vorgeschlagen. Man war sich einig geworden, und so kam es, dass der gelernte Anstreicher und Tapezierer sich fortan auch noch als Kulissenmaler und Bühnenbildner betätigte. Mit viel Eifer und

künstlerischem Ehrgeiz zeichnete, malte und aquarellierte er und entwarf nebenher sogar noch Plakate und Hinweisschilder.

Eines dieser Plakate, das Plakat für die letztjährige Saison, hatte auf Karl Müller großen Eindruck gemacht. Es war ihm wie die Illustration aus einem Märchenbuch erschienen, fast wie ein nachkolorierter Stich von Ludwig Richter, dem berühmten Maler der deutschen Romantik. Auf dem Plakat war ein uralter Gasthof zu sehen, umgeben von mächtigen Eichen, zwischen denen ein paar bärtige Gesellen zum Vorschein kamen, Räuber mit Gewehren und Pistolen. Der Anführer wies mit seiner Flinte in Richtung Eingang, über dem an einer verrosteten Kette ein Bierkrug baumelte. Darunter hing ein verwittertes Holzschild mit der Aufschrift „Wirtshaus im Spessart".

Was für ein altes Wirtshaus gilt, könnte doch eigentlich ebenso gut für unsere neue Schießsportanlage gelten, hatte sich Karl Müller gedacht und darum bereits auf der nächsten Vorstandssitzung die „Ausgestaltung des Eingangs zur Schießsportanlage im Silbersteinbruch" zum wichtigsten Punkt der Tagesordnung gemacht.

Es war heiß hergegangen an diesem Abend. Nach einer langen Sitzung und nach langwierigen Diskussionen, nach vielen Bieren und noch mehr Schnäpsen hatte man sich aber zum guten Schluss doch noch auf einen gemeinsamen Entwurf einigen können. Der Eingang, so war beschlossen worden, sollte aussehen wie das Tor zu einer amerikanischen Ranch: links und rechts ein Pfosten, zweieinhalb Meter hoch, darüber ein knapp vier Meter langes Querholz, an dem später die drei Holztafeln für den Namen befestigt werden konnten. Den Auftrag dazu bekam Tillmann Quendel, der ortsansässige Schreiner. Er sollte aus den Rundhölzern für die beiden

Pfosten zunächst zwei überdimensionale Gewehre schnitzen, sie dann mit den „Kolben" im Boden verankern und an den Enden der „Läufe" das Querholz verschrauben. Werner Weidlich sollte die drei meterlangen Tafeln mit wasserfester Farbe versehen und in schöner gotischer Schrift das Wort „Schießsportanlage" aufmalen.

Nun hätte Werner Weidlich die Holztafeln bequem in seiner kleinen Werkstatt bemalen können. Aber da er sich halt für einen großen Künstler hielt, lehnte er die Ateliermalerei entschieden ab. „Schließlich haben van Gogh und Konsorten auch nur draußen gepinselt, und es hat ihnen nicht geschadet", hieß seine seltsame Begründung. Dazu kam, dass er diesmal eine ungewöhnliche Idee mit sich herumtrug, die tatsächlich nur an Ort und Stelle zu verwirklichen war. Er wollte nämlich zuerst die bemoosten Felsen des Silbersteinbruchs abmalen, sie ein wenig verschwommen, aber naturgetreu auf die Tafeln übertragen, damit das Wort „Schießsportanlage" sich dann mit seinen exakt gezeichneten Buchstaben vom Bildhintergrund in plastischer Schärfe abheben konnte. Diese Idee, das hatte er sich fest vorgenommen, wollte er so gut wie nur irgend möglich in die Tat umsetzen; ein kleines, in seiner Einfachheit beeindruckendes Meisterwerk wollte er schaffen, über das die Leute noch lange reden würden.

Leider hatte er sich aber viel zu lange mit seinen Vorarbeiten aufgehalten, die abgemalten Felsen immer wieder leicht verändert, und nun, am Vorabend der Eröffnung und des Schützenfestes, war er der Einzige, der noch mitten in der Arbeit steckte. All die anderen freiwilligen Helfer waren nach und nach gegangen, zuletzt sogar Karl Müller, der Herr Vorsitzende persönlich – aber der wollte ja noch mal wiederkommen. Die meisten hatten ihn mit geistreichen

Bemerkungen und überflüssigen Ratschlägen, manche auch bloß mit einem wortlosen Grinsen oder einem Kopfschütteln alleingelassen.

Scheißbande, dachte er nur, als er mit einer neuen Flasche Bier in der Linken und einem Haarpinsel in der Rechten wieder an die Arbeit ging.

Aber wozu ärgern? Der Hintergrund war gemacht, auf der mittleren Tafel konnte man bereits die Silbe „sport“ lesen, und die restlichen Buchstaben aufpinseln, das war nun wirklich nicht die Welt. Ein paar Stündchen noch, und er würde fertig sein. Zu hetzen gab es keinen Grund.

Karl Müllers Besorgnis hatte demgegenüber eher noch zugenommen, als er einige Zeit später im Silbersteinbruch erschien, um nach dem Fortgang der Malerarbeiten zu sehen. Und was er da zu sehen bekam, war seiner Meinung nach nicht gerade viel. „Heiliger Hubertus! Weiter sind Sie noch nicht?!“, war deshalb seine erste Reaktion.

„Doch, d-das bin ich“, antwortete Werner Weidlich mit etwas schwerer Zunge. „Ich bin w-weiter, als Sie denken.“ Er zeigte auf die mittlere Tafel, die er zum Trocknen an einen der Pfosten gestellt hatte. „W-was sagen Sie dazu?“

„Jaja, nicht schlecht. Aber es fehlen ja noch zwei Teile. Und es dämmert langsam.“

„L-lassen Sie‘s dämmern, Chef. M-morgen früh ist alles f-fertig zur Eröffnung.“

„Na hoffentlich.“

„B-bestimmt, großes M-malerehrenwort.“

Karl Müller sah nachdenklich auf die leeren Bierflaschen im Gras. Zu seinem nicht geringen Schrecken zählte er sieben Stück. „Sagen Sie, Herr Weidlich, kann es sein ... ich meine, sind Sie vielleicht ... nicht mehr so ganz nüchtern?“

„Aber Herr M-müller!“ Werner Weidlich tat empört. „Ich

bin so n-nüchtern wie Sie und du und ich. Und n-nicht mehr oder weniger, damit Sie‘s n-nur wissen.“

„Das habe ich befürchtet.“

„Andererseits kann ich ein Fl-äschchen in Ehren n-nicht gut verw-wehren.“

„Habe ich mir gedacht.“

„Und außerdem bevögelt ... äh ... beflügelt so ein kl-leines Bierchen ko-kolossal den geistigen Verstand, versteh‘n Sie?“

„Ich ... ja, durchaus, Herr Weidlich, meinetwegen. Nur be-eilen Sie sich! Bitte!“

„Ich ei-eile doch sch-schon die ganze Weile.“

„Dann tun Sie das unbedingt auch weiterhin, bevor Sie ... bevor es ... noch dunkler wird, wollte ich sagen.“ Besorgt sah Karl Müller zum Himmel. „Soll ich eigentlich noch schnell einen Scheinwerfer beschaffen?“, fragte er. „Sie sehen ja sonst gleich nichts mehr.“

„Tu-un Sie das, Chef. Auf W-wiedersehen.“

„Gut, ich mach so schnell ich kann.“

„M-machen Sie, was können Sie, nur m-machen Sie keinen Scheiß.“

„Keinen was? Nein, wieso?“

„N-nur so, kl-leiner Scherz.“

„Ach so, ja dann, dann bis nachher.“ Kopfschüttelnd eilte Karl Müller davon.

Und Werner Weidlich widmete sich weiter seinem künstlerischen Werk. In der Rechten den Pinsel, in der Linken die Bierflasche, malte er geduldig und konzentriert einen Buchstaben nach dem anderen. Mochte er auch mittlerweile ziemlich angesäuselt sein, so behielt er doch eine erstaunlich ruhige Hand; nur selten gab es etwas zu verbessern oder zu überarbeiten.

Als Karl Müller eine gute Stunde später wiederkam, dämmerte es bereits. Im Schein der mitgebrachten Taschenlampe sah er gleich, dass außer der zweiten nun auch die dritte Tafel fertig war. Nur die erste war noch unbeschriftet.

„W-was sch-schleppen Sie'n da für ne m-mickrige Funzel an?", fragte Werner Weidlich.

„Einen Scheinwerfer hab ich nicht kriegen können", erklärte Karl Müller, „aber ich hoffe mal, die Taschenlampe hier tut's auch. Nur weiß ich nicht, wie lange die Batterien reichen werden."

„Eine B-batterie Bierfl-laschen, die reicht m-mir einen g-ganzen Abend", meinte der Maler grinsend.

Karl Müller überhörte den unpassenden Vergleich. Er war in die Betrachtung der beiden Tafeln vertieft, auf denen man jetzt „sport" und „anlage" lesen konnte.

„Im Grunde m-müsste das doch eigentl-lich genügen", sagte Werner Weidlich auf einmal.

„Was genügen?"

„Die b-beiden Tafeln da, die b-beiden."'

„Ich verstehe Sie immer noch nicht."

„Ja M-mensch M-müller, sportanlage, das gen-nügt doch vielleicht sch-schon, oder n-nicht doch? Was m-meinen Sie?"

„Sie sind wohl nicht ganz bei Trost", entgegnete Karl Müller. „Wie sähe das denn aus?"

„Einf-fach gut."

„Quatsch! Erstens haben Sie das s ja bereits klein geschrieben, und zweitens bliebe dann doch die linke Tafel vollkommen leer."

„Ach so, stimmt, dam-mit haben Sie gar nicht m-mal so unrecht, Chef."

„Gut, dass Sie's einsehen. Also machen Sie um Himmels

Willen weiter, ich flehe Sie an!"
„W-wird gemacht."
„Und bitte schrauben Sie die Tafeln fest, wenn Sie mit allem fertig sind."
„W-wird geschraubt."
„Und wenn möglich, hängen Sie schon mal das große weiße Laken über die Tafeln, damit der Eingang morgen Vormittag feierlich enthüllt werden kann."
„W-wird gehängt."
„Oder würde der Stoff an der Farbe festkleben?"
Werner Weidlich schüttelte den schweren Kopf. „N-nein, ich habe sch-schnelltrocknende Farbe gen-nommen, die tro-ocknet in Null K-komma einer Stunde ist die tro-ocken ist die."
„Na gut, dann decken Sie bitte alles ab, bevor Sie nach Hause gehen."
„Ist in O-ordnung, Chef. Erst m-mit Deckfarbe decken, dann Decke drüberdecken, ha-ab ich richtig verstanden?"
„Haben Sie, haben Sie. Und hoffentlich behalten Sie es sich auch."
„W-wird behalten."
„Schön. Ich muss Sie nämlich jetzt leider allein lassen, hab noch den Rest der Rede für morgen auszuarbeiten, Begrüßung der Ehrengäste, Ansprache und das alles. Wird sicherlich spät werden."
„Bei m-mir ebenf-falls. A-aber je später der A-abend, desto dunkler die Nacht, sage ich m-mir."
„Ach ja? Na, wenn Sie meinen." Karl Müller gab dem Maler die Taschenlampe. „Dann noch gutes Gelingen, Herr Weidlich. Und bringen Sie bitte die Tafeln nicht falsch an, ich beschwöre Sie."
„W-was reden Sie da immer f-für nen Scheiß, Chef? V-von

wegen f-falsch anbringen und so.“

„Wäre in Ihrem Zustand ja nun nicht ganz ausgeschlossen.“

„W-welchen Zustand denn?“

„Ihren reichlich benebelten, welchen denn sonst!“, rief Karl Müller.

„N-na hören Sie m-mal, wollen Sie m-mich hier bel-leidigen?“

„Nein, natürlich nicht, ich …“

„Sonst k-können Sie sich näml-lich Ihre Sch-scheißtafel selber bem-malen.“

„Nein, bitte ... ich ... es war nicht so gemeint, ich bin nun mal etwas nervös, weil die Zeit so drängt, und Sie ...“

„M-man darf sich eben n-nicht drängen l-lassen, man m-muss immer m-mit der Ruhe sch-schön ruhig bl-leiben muss man, dann k-kann gar nichts sch-schiefgehen, sage ich immer. Und jetzt m-muss ich endlich an m-meinem Werk weitera-arbeiten.“

„In Ordnung, Herr Weidlich, ich geh ja schon. Gute Nacht.“

„N-nacht, Chef.“

Mit den sonderbarsten Gedanken und einem etwas mulmigen Gefühl im Magen machte Karl Müller sich auf den Heimweg. „Wenn das nur gutgeht“, murmelte er vor sich hin, „wenn das nur gutgeht.“ Er warf einen kurzen Blick zurück, sah Werner Weidlich sich im schwankenden Lichtkegel der Taschenlampe an die letzte Holztafel begeben und murmelte nach einem tiefen Seufzer noch einmal: „Wenn das nur gutgeht.“

Am nächsten Tag, es war ein sonniger Sonntagmorgen, hatten sich im Silbersteinbruch schon frühzeitig die meisten Vereinsmitglieder und auch schon die ersten Besucher eingefunden; gegen zehn Uhr waren schließlich fast vierhundert

Gäste versammelt und hatten auf Holzbänken und Klappstühlen Platz genommen. Viele der jüngeren Besucher hatten sich einfach auf den Rasen gesetzt, andere standen herum und unterhielten sich miteinander.

Die ganze Anlage war über und über mit Blumensträußen, Girlanden und Fichtenästen geschmückt. An frischen Birkenzweigen flatterten bunte Bänder, in Tontöpfen und Messingkübeln standen dekorativ aufgereiht rundlich geschnittene Buchsbäumchen und blühende Hochstammrosen.

Inmitten all dieses Grüns hob sich deutlich der Eingang ab, der von einem großen weißen Tuch verhüllt war. Daneben, an einer schwarzen Stange, hing die fransenbesetzte Schützenfahne mit ihren kunstvoll gestickten Verzierungen. Links davor hatten in Reih und Glied die Schützen Aufstellung genommen, alle in ihren schmucken Uniformen: in schwarzen Schuhen und schwarzen Hosen, grünen Jacken und grünen Hüten mit weißen Federn. Ihnen gegenüber, auf einer kleinen Holztribüne, saßen die Ehrengäste: Bürgermeister und Stadtdirektor, Ortspolizist und Postamtsleiter, Arzt und Förster und die übrigen Honoratioren des Ortes. Fast alle Vereine waren vertreten, die freiwillige Feuerwehr und die Jägerschaft, der Männerchor und der Hausfrauenkreis, der Wanderklub und der Gartenbauverein, ebenso Bernhard Groß mit seiner Freilichttheatergruppe (die später, nach der Eröffnungsrede, die Apfelschussszene aus dem „Wilhelm Tell“ aufführen sollte). Ein Fotograf und ein Reporter waren ebenfalls gekommen, um für die beiden Lokalzeitungen über die Einweihung der neuen Schießsportanlage und das Schützenfest gebührend zu berichten.

Pünktlich um zehn Uhr, es erklangen gerade die Kirchenglocken, erschien Karl Müller. Geschmückt mit einer Schärpe und der Königskette ging er gemessenen Schrittes zum Eingang, blieb unter den verhüllten Tafeln stehen und sah sich einen Augenblick lang um, dann bat er mit einer Handbewegung um Ruhe.

Nachdem sich das Gemurmel gelegt hatte, begann er seine wohldurchdachte Rede: „Liebe Schützenbrüder und Schützenschwestern, sehr verehrte Gäste von nah und fern! Als Vorsitzender unseres traditionsreichen Schützenvereins ist es mir eine besondere Ehre, Sie hier im Silbersteinbruch ganz herzlich willkommen zu heißen. Wir haben uns heute an diesem strahlenden Morgen versammelt, um die neugebaute Schießsportanlage feierlich ihrer Bestimmung zu übergeben und damit zugleich das diesjährige Schützenfest einzuläuten." Er räusperte sich und erklärte weiter: „Was Sie hier vor sich sehen, ist entstanden durch die ehrenamtliche und uneigennützige Arbeit vieler fleißiger Hände. Über ein Jahr lang wurde an jedem Wochenende unermüdlich gegraben und gemauert, gepflastert und gepflanzt, gezimmert und geschreinert, angestrichen und gemalt – alles zum Wohle unseres Vereins. Den Helfern, die mit ihrem selbstlosen Einsatz zum Bau beigetragen haben, möchte ich im Namen des Vorstands schon mal an dieser Stelle meinen Dank und meine Anerkennung aussprechen."

Es wurde applaudiert, und Karl Müller sah mit einem zufriedenen Lächeln auf seine Vereinskameraden. Dann fuhr er in seiner Rede fort: „Mit besonderem Eifer haben wir uns der neuen Schützenhalle und den Schießbahnen, aber auch dem Eingangsbereich gewidmet, der nun eine Zierde der gesamten Anlage geworden ist, unsere Visitenkarte sozusagen oder unser Aushängeschild. Und wie das Aushängeschild eines guten Wirtshauses hungrige Wandergesellen einladen soll zu einem schmackhaften Mahl, so soll von jetzt an unser Eingang die Freunde des Schießsports einladen zu fairem

Wettkampf und geselligen Stunden im Kreise Gleichgesinnter. Die meisten von Ihnen wissen ja, dass diese hölzerne Pforte, man könnte fast sagen, dieser rechteckige Triumphbogen, von Schreiner Tillmann Quendel geschaffen wurde, dem Tillmann Riemenschneider unseres Ortes. Den Anstrich besorgte unser Kunstmaler Werner Weidlich, der noch am gestrigen Abend und bis tief in die Nacht hinein an seinem Werk gearbeitet hat, einsam gearbeitet hat wie Rembrandt an seiner Nachtwache. Wie man sieht, hat er es zum guten Schluss noch verhüllt – damit es heute feierlich *ent*hüllt werden kann."

Während seiner Rede hatte Karl Müller immer wieder nach dem Maler Ausschau gehalten, ihn aber nirgendwo entdecken können. Sollte das etwa ein schlechtes Omen sein?

Erneut machte sich ein mulmiges Gefühl in seinem Magen breit und eine unbestimmte Ahnung stieg in ihm hoch. Was aber konnte er anderes tun, als in seiner Ansprache fortzufahren?!

„Schreiten wir also nun zur Enthüllung", sagte er deshalb nach kurzem Zögern, „und wer, frage ich Sie, wäre dafür wohl besser geeignet als die liebliche Tochter unseres verehrten Bürgermeisters Vormhaus?"

Unter dem Beifall der Zuschauer erhob sich zaghaft eine junge Frau, die ein Dirndlkleid und einen Trachtenhut trug. Sie hatte strohblonde Haare, kurze, aber kräftige Arme und eine blasse Haut, und während sie nun langsam durch die Bankreihen nach vorne ging, stieg ihr sichtbar die Röte ins Gesicht.

„Ich seh' ein glühend Rot die schönen Wangen färben", zitierte Karl Müller und reichte ihr lächelnd die Hand. „Diesen poetischen Satz", erklärte er, „hat einmal unser großer Dichter Friedrich Schiller geschrieben. Und aus seinem unvergänglichen Meisterwerk Wilhelm Tell möchte ich einen weiteren Ausspruch hinzufügen, den wir gleichsam als Motto für den heutigen Tag nehmen sollten: Hier gilt es, Schütze, deine Kunst zu zeigen. Und damit, liebe Lisbeth, bitte ich dich im Namen aller Mitglieder, den Eingang jetzt zu enthüllen."

Wieder gab es Applaus. Des Bürgermeisters dralle Tochter, die verlegen auf ihre Trachtenschuhe gestarrt hatte, schritt wortlos zum rechten Pfosten. Sie nahm den am weitesten herunterhängenden Zipfel des Lakens in die Hand und sah unsicher zur Tribüne und zu Karl Müller. Der nickte ihr aufmunternd zu, sie zog, es gab ein hässliches Geräusch – und fast genau in der Mitte war das Laken von oben nach unten durchgerissen. Was zur Folge hatte, dass die amüsierten Zuschauer zunächst nicht mehr als „ortanlage" zu lesen bekamen.

Auch Karl Müller musste unwillkürlich lachen. „Solch ein kleines Malheur, liebe Gäste, nehmen wir Schützen zum Glück nicht schwer", verkündete er schmunzelnd. „Die Hälfte unserer neuen Anlage ist jedenfalls schon mal eingeweiht."

Worauf Bäcker Körner sich von seinem Sitz erhob und laut rief: „Dann zeig uns doch jetzt mal die andere Hälfte deiner Anlage, Lisbeth!"

Mit hochrotem Kopf ging Lisbeth Vormhaus zur linken Seite, zeigte ein schiefes Lächeln und zog mit einem kräftigen Ruck auch den Rest des Lakens herunter.

Karl Müller warf einen schnellen Blick nach oben – und atmete erleichtert auf. Keine Tafel war vertauscht, keine war verkehrt herum angebracht worden, wie er es sich in seinen schlimmsten Vorstellungen bis zu diesem Moment noch ausgemalt hatte. Und so begriff er auch nicht sofort, warum einige der Zuschauer plötzlich zu kichern und zu lachen begannen, sich gegenseitig anstießen und mit den Fingern auf den Eingang zeigten. „Da hat der Pinsel ja voll ins Schwarze getroffen!“, hörte er Bäcker Körner brüllen, „Knapp vorbei ist aber auch daneben!“, grölte ein anderer. „Ernst ist das Leben, heiter die Kunst!“ rief Bernhard Groß und bog sich vor Lachen.

Mein Gott, was haben die denn?, dachte Karl Müller verwundert, die drei Tafeln hängen doch alle richtig, nichts ist verschmiert, kein einziger Buchstabe fehlt, alles ist exakt und sauber gemalt, die Aufteilung stimmt.

Doch dann, als er noch einmal genauer hinsah und als er, während das Gelächter um ihn herum lauter und lauter wurde, ganz langsam Buchstabe für Buchstabe durchging, da erst entdeckte er, dass Werner Weidlich in seinem besoffenen Zustand doch tatsächlich das „i“ und das „e“ vertauscht hatte, und so las er, was alle anderen mittlerweile ebenfalls entziffert hatten: das furchtbare Wort „Scheißsportanlage“, das da in wunderschöner gotischer Schrift über dem neuen Eingang prangte.

Wohl dem

Diese Erfahrung werden Sie vielleicht auch gemacht haben: Nicht nur Menschen begleiten uns durch Jahre und Jahrzehnte, nicht nur Haustiere, auch Gegenstände gibt es, ganz banale Dinge, die wir mit der Zeit liebgewinnen, die uns irgendwann ans Herz gewachsen sind, und die, wenn wir uns später einmal an sie erinnern, gleichsam für einen ganz bestimmten Lebensabschnitt stehen. So jedenfalls ergeht es mir, wenn ich an mein erstes Fahrzeug denke, ein schlichtes Moped. Wobei ich durch dieses Gefährt, wie man sehen wird, an zwei gänzlich verschiedene und durch Jahre voneinander getrennte Lebensabschnitte erinnert werde.

Der erste beginnt mit einer überaus schmerzhaften Erfahrung, es ist nicht zu ändern. Meine Eltern, meine kleine Schwester und ich lebten Anfang der sechziger Jahre in einem Sägewerk, am Stadtrand von Freudenberg zwischen einer Leimfabrik und dem alten Feuerwehrhaus gelegen. Mein Vater und sein Vater, beide gelernte Zimmerleute, arbeiteten zusammen in diesem Sägewerk, meine Mutter war Hausfrau, wie die meisten Frauen und Mütter in dieser Zeit. Wir wohnten in drei kleinen Zimmern: einem Kinderzimmer für meine Schwester und mich, einem Schlafzimmer für meine Eltern und einer Küche, die gleichzeitig auch so etwas wie ein Wohnzimmer war. Ein Badezimmer gab es nicht, samstags gegen Abend stellte meine Mutter eine Zinkwanne in die Küche, dem einzigen halbwegs warmen Raum, in zwei großen Töpfen auf dem Herd machte sie Wasser heiß, dann wurde reihum gebadet. Mein Vater verdiente nicht viel, es reichte, um satt zu werden und um uns anziehen zu können, Urlaub war ein Fremdwort, ein Auto unbezahlbar.

Aber es gab ja eine günstige Alternative, anfangs ein Fahrrad, später ein Moped, in unserem Fall war es eine NSU Quickly. Heutige Marketingmanager würden angesichts einer solch simplen Wortschöpfung wohl belustigt die Köpfe schütteln, noch mehr sich über die Werbesprüche amüsieren, die damals für das Modell warben: „Nicht mehr laufen – Quickly kaufen!" hieß es oder „Wohl dem, der eine Quickly hat!" Was bei genauerem Lesen auffällt: Obwohl von der NSU-Werbeabteilung den potentiellen Kunden zunächst als DAS Quickly vorgestellt, war es schon für die ersten Besitzer und wurde es schließlich für alle DIE Quickly. Und dabei blieb es dann. In der Tatort-Folge „Müll" sieht der Kölner Kommissar Freddy Schenk eine Quickly und zitiert prompt einen weiteren Werbespruch aus dieser Zeit des Wirtschaftswunders:

Der Berg ist steil, die Sonne sticht,
der Quickly-Fahrer merkt es nicht.

Auch für NSU in Neckarsulm, Mitte der 1950er Jahre nach Stückzahlen größter Zweiradhersteller der Welt, waren die Verkaufszahlen der Quickly eine Art Wirtschaftswunder, wurden doch zwischen 1953 und 1968 fast eine Million dieser Mopeds verkauft. Ein Typ dieser Reihe, die Quickly-S2/23, wurde von 1961 bis 1963 zwanzigtausendmal gebaut. Sie hatte 50 ccm und 1,7 PS, drei Gänge, eine Doppelsitzbank, den Tacho in der Lampe, Alufelgen und Vollnabenbremsen, einen 6,6 Litertank, fuhr Zweitaktgemisch 1:25, verbrauchte 2 Liter auf 100 Kilometer und fuhr 40 km/h. Verkaufspreis 718,- DM, umgerechnet also 367,- Euro.

Und mit genau solch einem Moped kam eines Tages mein Vater angefahren. Ich weiß nicht, ob es neu oder gut gebraucht war, es sah zumindest recht neu aus. Ich weiß auch nicht, ob er stolz darauf war, ich nehme es an, bestimmt wird er froh gewesen sein, sich, wenn schon kein Auto, so doch wenigstens ein Moped leisten zu können. Aber er sagte es nicht. Man wusste ohnehin kaum, was in ihm vorging, weil er als wortkarger Ur-Siegerländer wie auch sein eigener Vater selten über das sprach, was er dachte und schon gar nicht über das, was er fühlte. Auch miteinander sprachen die beiden nur das Allernötigste, ob bei der Arbeit im Sägewerk oder zu Hause.

Zwei Siegerländer sitzen im Zug nach Köln. In Eitorf steigt ein Reisender in ihr Abteil und sagt nach einer Weile: „Schön grün draußen." Und wieder nach einiger Zeit: „Hier auch." Als er in Hennef aussteigt, sagt der eine Siegerländer zum anderen: „Wat 'n Lälles!" (Was für ein Schwätzer!)

Das war der Lieblingswitz meines Vaters, und ich glaube, das sagt viel über ihn aus. Was man dachte, behielt man für sich, das galt in den prüden fünfziger und sechziger Jahren aber nicht nur für ihn. So war „Darüber spricht man nicht" einer der Sätze, die ich am häufigsten von meiner Mutter zu hören bekam. „Das gehört sich nicht" war ein anderer, oft zitierter Spruch. Oder, auch beliebt: „Wenn Erwachsene reden, haben Kinder den Mund zu halten". Und grundsätzlich hieß es immer wieder: „Du hast zu gehorchen, sonst setzt's was!" Oder ähnlich: „Wer nicht hören will, muss fühlen!"

Und das, was da stetig angedroht wurde, sollte ich, kurz nachdem mein Vater sein Moped bekommen hatte, mal wieder am eigenen Leib zu spüren bekommen. Als ich nämlich trotz ausdrücklichem Verbot in der Nähe des neuen Gefährts mit meiner Schwester spielte, dabei aus Versehen einen kleinen Anhänger umstieß und der mit dem Ende der Deichsel eine kleine Delle in den Tank schlug.

Keine andere Szene aus Kinderzeiten hat sich so nachhaltig und unauslöschlich in meine Seele eingebrannt wie das, was danach geschah.

Ich hatte den Anhänger wieder aufgerichtet und war mit bangem Herzen ins Haus gegangen. Schuldbewusst saß ich nun am Mittagstisch mit Mutter und Schwester, rührte ohne Appetit in der Erbsensuppe, denn es war Samstag, und wartete angsterfüllt auf die Bestrafung, die unweigerlich kommen würde, die sich aber qualvoll hinauszögerte, weil ich es aus schierer Furcht vor genau dieser Bestrafung nicht fertiggebracht hatte, meine Missetat zu gestehen. Aber mein Vater hatte sie auch so entdeckt. Ich hörte schon seine schweren Stiefelschritte auf dem Flur, die Küchentür flog auf, und wie der Henker mit dem Schwert stand er da, wobei das Schwert der gefürchtete Haselnussstock war. Mit seinem eisigen Blick sah er mich wortlos an und gab mir mit einer Kopfdrehung zu verstehen, ihm zu folgen. Mir schossen die Tränen in die Augen, die Kehle schnürte sich zu und der Magen verkrampfte sich, ich fühlte mein Herz rasen und ein heißer Schauer lief mir den Rücken hinunter, ging mir durch und durch bis in den Unterleib.

Diese körperliche Reaktion hat mich im späteren Leben in ähnlich bedrohlichen Ausnahmesituationen auf genau dieselbe Weise mit genau derselben Heftigkeit überfallen, vor allem dann, wenn ich mal wieder nach einer ärztlichen Untersuchung eine unheilvolle Diagnose gestellt bekam. „Ich fühl da einen Knubbel – haben Sie den schon lange? Könnte ein Tumor sein, vielleicht bösartig.“ (Es *war* ein Tumor und bösartig war er auch.) „Ich muss Ihnen leider mitteilen, dass Sie Leukämie haben.“ (Die bis zur rettenden Stammzelltransplantation mein Leben zehn Jahre lang bestimmt hat.) „Bei Ihnen wurde ein Miller-Fischer-Syndrom festgestellt, Sie werden wahrscheinlich in kürzester Zeit vollständig gelähmt sein.“ (Was ich dann auch für viele Wochen war, künstlich beatmet auf einer Intensivstation.)

Und so ging es weiter mit Gürtelrosen, Thrombopenien, Borreliosen, alles mehrfach, zuletzt extremer Bluthochdruck.

War die eine Krankheit durch Operation, Bestrahlung, Chemotherapie oder Dauerinfusion überwunden, stand schon die nächste an, als hätte ich mir an der Haustür ein Abonnement „Seltene Erkrankungen“ aufschwatzen lassen.

An jenem bewussten Samstag folgte ich nun gottergeben meinem Vater ins sogenannte Alte Zimmer, einer düsteren, zugestaubten Rumpelkammer voller Spinnweben, mit einem morschen Holzboden, unter dem Ratten und Mäuse hausten, am Ende des langen Flurs. Wie ein Kalb auf dem Weg zur Schlachtbank kam ich mir vor, die Angst war entsetzlich. Dann wurde ich von ihm durchgeprügelt, mit seinem linken Arm hielt er mich festgeklemmt übers Knie, mit dem Stock in der rechten Hand drosch er drauflos, meist auf den Hintern, aber auch auf meine Hände, mit denen ich unwillkürlich meinen Hintern zu schützen versuchte. Ich schrie wie am Spieß, heulte Rotz und Wasser, weil mein Sitzfleisch wie Feuer brannte, aber alles Bitten und Betteln und sogar Beten halfen nichts, er schlug besinnungslos weiter, bis seine Wut verraucht war. Dann ließ er mich plötzlich los, und mit einem „Das wird dir eine Lehre sein“ ging er aus dem Zimmer.

Ich wand mich auf dem staubbedeckten Boden vor Schmerzen, rollte mich schließlich auf der Seite liegend zusammen und weinte hemmungslos, weinte über die Erniedrigung und die Ohnmacht, weinte über das Ausgeliefertsein gegenüber einem Menschen, der so viel stärker war als ich, weinte über die Ungerechtigkeit der Welt.

Irgendwann kam meine Mutter mich trösten. Mich vor meinem Vater zu beschützen, hätte sie nicht gewagt, dazu fehlte ihr der Mut. „Verlass ihn doch!“, flehte ich manchmal, ich wusste doch schon lange, wie unglücklich sie war, ich wäre sofort mit ihr mitgegangen, überallhin, nur fort von hier, dachte ich immer wieder, aber die Antwort meiner Mutter war immer die gleiche: „Und wo sollen wir hin?“

Wie die meisten Frauen ihrer Generation war sie halt „nur“ Hausfrau und Mutter, also ohne eigenen Beruf und damit ohne eigenes Einkommen, und so duldete sie in ihrer ausweglosen Abhängigkeit die Launen und Wutausbrüche ihres Ehemannes und nahm meine Bestrafungen durch ihn nicht nur wortlos hin, sie benutzte selbst einige Male den Haselnussstock, der immer griffbereit auf dem Küchenschrank lag, ließ also ihre eigene Schwäche an einem noch Schwächeren aus.

Andere waren indes noch rabiater, zumindest die Väter der Klassenkameraden, die wir kannten und mit „Onkel“ anreden mussten. Und denen wir genauso zu gehorchen hatten wie den Eltern. Sie selbst, als Kriegskinder mit ihren Nöten meist alleingelassen und lieblos erzogen, gaben nun ihre eigenen schmerzhaften Erfahrungen in gleicher Weise gedankenlos weiter. Das ist schon immer so gewesen, war die Begründung für fast alles, wie auch für die Prügelstrafe, die das herkömmliche landläufige Erziehungsmittel war, das nicht in Frage gestellt wurde. Nur die Schlagwerkzeuge waren nicht immer gleich, obwohl der Haselnussstock als Standardmodell galt, auch noch, neben dem Rohrstock, während meiner Schulzeit.

Onkel Theodor beispielsweise nahm, wenn er seine Kinder züchtigen wollte, den Ledergürtel ab, wobei er aber das Ende mit der Schnalle zum Schlagen nahm, Onkel Edwin bevorzugte ein Stück Gartenschlauch von etwa einem Meter Länge, manche Lehrer benutzten ein langes Lineal. Wobei in der Schule auch Backpfeifen und Ohrenziehen, Kopfnüsse und Haaredrehen als beliebte Strafen hinzukamen.

Von Kirche und Sonntagsschule sahen sich Eltern und Lehrer obendrein in ihrem Erziehung-durch-Strafe-Modell bestärkt.

Ich kann mich gut erinnern, dass dem Gebot, die Eltern zu ehren, nach der Ehrung Gottes die größte Bedeutung zukam. Und aus den Sprüchen Salomons wurde gepredigt: Wer seine Rute schont, der hasst seinen Sohn, wer ihn aber lieb hat, der züchtigt ihn beizeiten. Und als ich mal wagte, einen Sonntagsschullehrer zu fragen, warum immer nur die Kinder ihre Eltern ehren sollen, warum nicht auch die Eltern ihre Kinder ehren könnten, anstatt sie mit dem Stock zu schlagen, da fuhr er mich empört an, ich hätte anscheinend von meinem Vater noch nicht genug Schläge bekommen, sonst würde ich nicht so freche Fragen stellen.

Der Zeitgeist ist übermächtig, und deshalb konnten im Zeitgeist der fünfziger und sechziger Jahre Kindesmisshandlung und Kindesmissbrauch in Gesellschaft und Kirche ungestört ihr Unwesen treiben. Darüber sprach man nicht, Totschweigen war einfacher und leider auch effektiver. Und den Kindern wurde ohnehin nicht geglaubt.

Heute, wo meine Eltern unter der Erde liegen, sind all diese leidvollen Erfahrungen längst vergeben. Aber ich habe lange gebraucht dazu. Als ich im Gespräch mit dem Arzt, der meine erste Krebsdiagnose stellte, auf meine schmerzvollen Erinnerungen zu sprechen kam, als ich immer mehr fürchtete, an ihnen zu verzweifeln, schlug er mir vor: „Machen Sie doch mal eine Gesprächstherapie!“

Und damit begann meine Heilung. Ich lernte zwei außergewöhnliche Menschen kennen, erst Günter Obijon aus Kreuztal, später Inge Meißner aus Alchen, beides einfühlsame

Therapeuten, denen ich – so habe ich es damals empfunden, auch wenn es sich heute pathetisch anhören mag – mein Überleben verdanke. Denn ich weiß nicht, ob es mich noch gäbe ohne sie, ohne ihre jahrelange Begleitung in einer sehr schwierigen Lebensphase. Und dafür bin ich ihnen unendlich dankbar!

Aber genug davon. Schließen wir den ersten der beiden Lebensabschnitte, den schmerzvollen, den ich mit der Quickly verbinde, und wenden uns dem zweiten zu, den interessanteren, aufregenderen, manchmal auch unfreiwillig komischen Erlebnissen, die ich diesem Gefährt zu verdanken habe. Jawohl – verdanken. Denn die nach vielen Jahren ausgemusterte Quickly bekam niemand anderer als ich!

Mein Vater hatte sich nämlich einen gebrauchten Heinkel-Motorroller angeschafft (174 ccm, 9,5 PS, Viergang-Drehgriffschaltung, 90 km/h). Danach sollte sogar das erste Auto folgen, ein Goggomobil (250 ccm, Zweizylinder, 13,6 PS, 80 km/h).

Ich bekam die Quickly, als ich sechzehn wurde und den Führerschein der damaligen Klasse Vier beim TÜV in Siegen gemacht hatte. Schon die ersten Ausflugsfahrten erweiterten meinen Entdeckungsradius im Siegerland und der Umgebung ungemein. Vorher, mit einem uralten Rad, ebenfalls von meinem Vater ausgemustert, war ich bis Olpe und Kreuztal gekommen, einmal bis auf den Kindelsberg, meist aber war ich im einsamen Wildenburger Land unterwegs. An so manchen Samstagnachmittagen radelte ich zum Tierpark Niederfischbach und half dort beim Füttern und Ausmisten, weil von klein an Tiere mein Ein und Alles waren. Sie faszinierten mich und ich liebte sie, vielleicht weil ich vor ihnen, im Gegensatz zu den Menschen, besonders den Erwachsenen, keinerlei Angst hatte und von ihnen nie enttäuscht wurde. Auch zu Hause gab es wie auf einem kleinen Bauernhof immer irgendwelche Tiere, und ich stromerte lieber stundenlang mit dem Hund durch den Hauberg, als dass ich mich mit Klassenkameraden oder Freunden getroffen hätte.

Im ersten Frühjahr mit der Quickly fuhr ich die obere Sieg ab bis zur Quelle bei Walpersdorf, wo gerade die Märzenbecher in den sumpfigen Wiesen massenhaft in Blüte standen.

Zu dieser Zeit konnte ich mich auch beim Bund für Vogelschutz nützlich machen, als Eisvögel und Wasseramseln beringt werden sollten, die dazu in einem quer über der Sieg aufgespannten Netz gefangen wurden. Zusätzlich baute ich in Opas Werkstatt für die Wasseramseln spezielle Nistkästen, die ich unter Brücken anbrachte, für Eisvögel bastelte ich meterlange Niströhren aus Holzbeton und grub sie im Steilufer ein. Noch heute, in der eigenen Werkstatt, baue ich in den Wintermonaten gerne unterschiedliche Nisthilfen für Vögel, auch zahlreiche Hummelkästen und Fledermauskästen sind mittlerweile dazugekommen.

In meiner damaligen Naivität machte ich also noch ganz andere Erfahrungen mit Vögeln als manche Klassenkameraden vom Gymnasium Am Löhrtor, hatten die doch schon erste Freundinnen und mit ihnen die eigenen Spermien unter dem Mikroskop betrachtet, während ich an einem von mir errichteten künstlichen Horst mit dem Fernglas die Aufzucht der jungen Mäusebussarde verfolgte.

Weiter und weiter erkundete ich das Siegerland, fuhr mit der Quickly ins schöne Buchhellertal mit seinen Beständen von Lerchensporn und Gelben Buschwindröschen, beobachtete die Graureiher in der Reiherkolonie an der Siegschleife bei Scheuerfeld, neben dem Fernglas auch die erste Kamera in der Satteltasche immer dabei, und so entdeckte ich allmählich meine Liebe zur Naturfotografie.

In Betzdorf lernte ich bei einem Diavortrag Dr. Frieder Sauer kennen, selbst ein gebürtiger Betzdorfer, bereits damals ein bekannter Sachbuchautor und Fotograf, der von seinen zahlreichen und oft abenteuerlichen Fotoexpeditionen berichtete. Mit seinem Bruder Lothar, ebenfalls Schriftsteller und Fotograf, war er einmal mit seinem Moped, einer Zündapp, bis nach Griechenland und in die hinterste Türkei gefahren, immer auf Motivsuche nach seltenen Vogelarten. Zu zweit mit allem Gepäck, Zelt, Schlafsäcken und Kameraausrüstung durch halb Europa auf einem Moped! Jahre später, wir hatten regelmäßig Kontakt gehalten, fuhr ich mit ihm in einem altersschwachen Fiatbus die Rhone hinunter bis in die berühmte Camargue und den Ebro entlang bis ins Ebrodelta, um Flamingos, Störche, Reiher und andere Vögel zu fotografieren. Gemeinsam arbeiteten wir anschließend an einem Alpenbildband und veröffentlichten einen Pflanzenführer über heimische Lilien; er lieferte die Bilder, ich schrieb den Text, es wurde mein erstes Buch. Seine bescheidene und ungebundene Lebensweise, fast ständig unterwegs in allen Naturregionen Europas und der Welt, imponierten mir schon damals, und der Titel seiner Autobiographie „Der ungerade Weg“ könnte ebenso gut der Titel meiner eigenen Lebenserinnerungen sein.

Weiter ging es mit der Quickly flussabwärts die Sieg entlang. In Wissen konnte ich noch nicht ahnen, dass ich zehn Jahre später einmal am Alserberg eine Freundin haben würde mit dem ungewöhnlichen Namen Dorit und noch später einen Postkollegen mit dem gewöhnlichen Namen Bernhard. Den Sommer über erkundete ich das Windecker Ländchen mit der Ruine Windeck, besuchte den Siegtaldom in Dattenfeld, den kleinen Siegwasserfall in Schladern, die historische Stadt Blankenberg, hoch über dem Flusstal gelegen, dann

Siegburg, und einmal fuhr ich sogar bis nach Köln, zwei alte Schwarzweißfotos von Zoo und Dom habe ich noch heute. Und natürlich war als Beleg nicht nur ich, sondern auch die treue Quickly mit auf dem Bild.

Obwohl ich ein Spätzünder war, konnte es nicht ausbleiben, dass auch ich mich, trotz aller Tierliebe, irgendwann für Mädchen zu interessieren begann. Und damit bekam die Quickly eine zusätzliche Aufgabe und eine noch größere Bedeutung. Anfang der siebziger Jahre kamen sogenannte Plattenpartys in Mode, in fast allen größeren Orten der Umgebung fanden sie statt, zumeist in einer Turnhalle oder Aula oder einem Vereinshaus. In Freudenberg sorgte Discjockey Harald, genannt Atte, mit seiner riesigen Plattensammlung für gute Musik und ausgelassene Stimmung. Zu Rock'n'Roll wurde wie wild getanzt, zum Klammerblues bei schummriger Beleuchtung so eng wie möglich geschwoft und so lange wie irgend erträglich geknutscht.

Ich weiß nicht, wie es Ihnen ergangen ist, aber ich selbst bekam beim „ersten Mal" einen gehörigen Schrecken. Als ich mich nämlich einmal mit einer hübschen Blondine zu langsamer Musik eng umschlungen auf der Tanzfläche drehte, Brust an Brust, Wange an Wange, rutschte sie mir plötzlich irgendwie ins Gesicht, und ehe ich mich's versah, steckte sie mir ihre glitschige Zunge in den Mund, und diese Zunge bewegte sich auch noch selbsttätig hin und her wie ein junger Aal, der in seine Höhle schlüpfen will. Überrumpelt hielt ich die Luft an, riss die Augen auf und starrte sie an, sah aber nur verschwommen dicht vor mir zwei genüsslich geschlossene Augenlider. Ich war einfach nur geschockt, jedenfalls mehr geschockt als angenehm berührt – der Spaß daran kam erst beim zweiten Mal, denn da war ich vorbereitet. Und hatte fortan die fixe Idee: Wenn mir eine beim

Tanzen von die Zunge in den Mund schiebt, bedeutet das, die will was von mir! Und mit dieser festen Überzeugung machte ich mich manchmal schon am nächsten Tag hoffnungsvoll auf zu ihr nach Hause, steigerte mich während der Fahrt in eine erregende Vorfreude und malte mir die Überraschung aus, die ich der Auserwählten zu bereiten glaubte.

Aber nicht alle Überraschungsbesuche kamen so an wie erhofft, manche endeten schon an der Haustür.

Wie auch der erste bei meiner Jugendliebe Maria aus Niederfischbach. Auf einer Plattenparty im Gemeindehaus am Siegerländer Dom hatten wir uns kennengelernt, hatten getanzt, geschwoft, geknutscht, Adressen ausgetauscht. Als ich die Woche darauf voller Vorfreude bei ihr auftauchte, wurde ich mit einer vernichtenden Tatsache konfrontiert: Ich durfte ihr Elternhaus nicht betreten! Ich wollte es erst nicht glauben, aber es war so und nicht zu ändern. Der Grund? Maria war katholisch, ich damals noch evangelisch, und so markierte die Schwelle des Hauses für „so einen wie mich“ eine unüberwindbare Grenze. Die Eltern hätten auch ein Schild anbringen können wie an der Türe einer Metzgerei, nur etwas abgewandelt: Zutritt für Hunde und Andersgläubige verboten! Auch musste Maria auf Druck ihrer Mutter unsere junge Liebe schon nach gut einem halben Jahr voller Heimlichkeiten wieder aufgeben, ich erlebte meinen ersten heftigen Liebeskummer, und der sollte nicht der letzte sein.

Einem Freund erging es damals in Olpe nicht anders, als er von der Mutter seiner neuen Eroberung ebenfalls an der Haustür abgefertigt wurde: „Eher kömmt mir‘n Nechä oder‘n Türk int Hus als so‘n Evangelischer!“

Nach dieser deprimierenden Erfahrung lernte ich im ebenfalls katholischen Wenden die Familie Weber kennen, in deren quirlige, lebenslustige Tochter ich mich verguckt hatte.

Und siehe da: Vom ersten Tag an wurde ich herzlich aufgenommen und fühlte mich, als ich mit Eltern und Geschwistern am Küchentisch saß, gleich wohl und akzeptiert. So ging es also auch!

Bei der Mutter der zweiten Freundin, die ich zur gleichen Zeit hatte, konnte von einer herzlichen Aufnahme wiederum gar keine Rede sein. Was mit ein Grund dafür war, dass ich mich lange zwischen beiden Freundinnen nicht recht entscheiden konnte und daher erstmal weiterhin zwischen ihnen hin und her pendelte, oftmals einen Tag um den anderen. Und auf jede freute ich mich, auch hatte die Abwechslung etwas ungemein Reizvolles. Nur Regen oder Schnee konnten mich abhalten zu fahren. So war ich die meisten Tage der Woche – wohl dem, der eine Quickly hat – unterwegs auf meinem zuverlässigen Gefährt (immer den Tank vor Augen mit der kleinen Delle, die mich aber immer seltener an die schlimmste Tracht Prügel meines Lebens gemahnte).

In Sarah hatte ich mich auf den ersten Blick verknallt. Und sie sich offensichtlich auch in mich, schenkte sie mir doch schon beim Kennenlernen einen verliebten Blick nach dem anderen. Dafür sah mich ihre Mutter eher geringschätzig an, musterte mich fast feindselig von oben nach unten, als ich das erste Mal mit meinem alten Moped vor ihrem noblen Haus vorfuhr. Für ihre hübsche Tochter hatte sich die aus einer Bankiersfamilie stammende Mutter sicherlich etwas Besseres vorgestellt als ein Arbeiterkind in Parka und ausgefransten Jeans. Sie selbst legte größten Wert auf ihr Äußeres, ihre elegante Kleidung, ihre tadellose Dauerwelle, das etwas dick aufgetragene Make-up und die rotlackierten Finger- und Fußnägel sowie der Goldschmuck zeugten davon.

Etikette und Benimmregeln, gutes Auftreten und hochdeutsche Ausdrucksweise waren ihr nicht minder wichtig, und so blieb auch mir manche Zurechtweisung nicht erspart.

Einmal saßen wir am sonntäglichen Mittagstisch, da bekam ich gleich zu hören: „Man sitzt gerade beim Essen! Und legt die Unterarme nicht auf!“ Ich hatte mich noch gerader aufgerichtet als zuvor und die Ellenbogen auch weiter zurückgenommen, wollte nun die Kartoffeln schneiden, da kam der nächste Rüffel: „Man schneidet Kartoffeln nicht mit dem Messer, sondern teilt sie mit der Gabel.“ Ich wagte nicht zu widersprechen und zerteilte die Kartoffeln auf meinem Teller vorsichtig mit der Gabel. Während Sarah und ich eine Viertelstunde später noch beim Nachtisch saßen, zündete sich ihre Mutter schon eine Zigarette an. Da konnte ich es mir dann allerdings nicht mehr verkneifen zu sagen: „Es gehört sich doch eigentlich nicht, am Tisch zu rauchen, während andere noch essen, oder?“

Sie sah mich herablassend an und meinte nur: „Tja, mein Lieber, wer die Form beherrscht, kann sich darüber hinwegsetzen.“

Und darauf fiel mir mal wieder nichts ein, was ich hätte erwidern können, ich war wie so oft von ihrer spitzen Zunge schachmatt gesetzt.

Aber trotz der angespannten Atmosphäre im Haus von Sarahs Mutter, trotz der verlockenden Alternative in Wenden, wo ich weiter regelmäßig hinfuhr, trotz der warnenden inneren Stimme, die mir sagte: Das wird auf Dauer niemals gutgehen, ihr passt einfach nicht zusammen – ich konnte von Sarah nicht lassen. Allein ihr Name drückte für mich die Verheißungen des Orients aus, sie selbst, mit ihren langen, seidig glänzenden, fast blauschwarzen Haaren, den geheimnisvollen Mandelaugen, dem kirschroten Mund, ihrer sanften Stimme und der umwerfenden Figur, erschien mir wie eine Prinzessin aus Tausendundzwei Nächten. Was ich durch die rosarote Brille sah, und ich wollte gar nichts anderes sehen, war ihre außergewöhnliche Schönheit, von der ich damals noch glaubte, es gäbe sie auch in ihrem Inneren. Ich hatte bald das Gefühl, sie wäre eigentlich zu attraktiv für mich Durchschnittsmenschen, aber sie war die Erfüllung eines langgehegten Traums, die Liebe des Lebens sollte sie sein, und daran wollte ich um jeden Preis festhalten, so wie ich auch sie festhalten wollte. Wie aber hält man ein solch betörendes Geschöpf bei der Stange, fragte ich mich besorgt; ich sah ja im Big Ben, der Flecker Disco, wie gerne sie auch mit anderen flirtete, und ich kannte ihr empfängliches Herz.

In einem Spielfilm hatte ich einmal eine Szene gesehen, die sich mir nachhaltig eingeprägt hatte. Eine attraktive Frau, Marke Femme fatal, sagt zu ihrem Verehrer: „Du kannst alles mit mir machen, du darfst alles tun, ich werde dir alles verzeihen, nur nicht, dass du mich langweilst!“

Wie unheilvoll sich dieser Satz auf mich und unsere weitere Beziehung auswirken sollte, konnte ich da noch nicht ahnen.

Jedenfalls meinte ich fortan, mich für Sarah immer wieder aufs Neue interessant machen, alles tun zu müssen, um sie ja nicht zu langweilen, und ich dachte mir in meinem Liebeswahn, Freund Michael nannte es treffender Verliebtheitsverblödung, die verrücktesten Überraschungen aus, um sie nicht an irgendeinen vielleicht interessanteren Nebenbuhler zu verlieren.

Für manche dieser Verrücktheiten habe ich, wenn ich an sie zurückdenke, immer noch ein Schmunzeln übrig, weil sie originell waren und Sarahs Beifall fanden, andere waren weniger gelungen oder kamen gar nicht an, und für einige wenige müsste ich mich eigentlich heute noch schämen …

Ob ich mich nun allerdings für eine zwar ungewöhnlich originelle, aber ziemlich verkorkste Überraschung schämen sollte, von der ich noch zu berichten habe? Ich weiß es ehrlich gesagt nicht. Aber urteilen Sie selbst.

Eines Tages, es war ein Freitag, rief Sarah mich an und flüsterte aufgeregt: „Du, ich hab ne gute Nachricht, meine Mutter fährt gleich übers Wochenende weg und kommt wahrscheinlich erst Dienstag zurück. Wir hätten also sturmfreie Bude. Kommst du?"

„Bin schon unterwegs." Wohl dem, der eine Quickly hat, dachte ich und packte ein paar Sachen in meinen Rucksack.

Eine gute Stunde später war ich bei ihr. Das Moped versteckte ich um die Ecke, die Nachbarn brauchten nicht mitzubekommen, dass ich über Nacht blieb. Sarah erwartete mich schon ungeduldig. Wie immer war ich beeindruckt, als ich das Haus betrat. Soeben hatte ich mein einfaches Zuhause verlassen, die kleinen, niedrigen Räume mit abgetretenen Holzdielen und alten Möbeln, mit Ofenheizung und Plumpsklo – und trat nun durch eine solide Haustür aus Mahagoni in ein großes Treppenhaus mit dunklen Granitfliesen und Edelstahlgeländer, erhellt von einer Wand aus Glasbausteinen, die damals gerade in Mode kamen. Dann gab es einen Vorraum, links davon ein Gäste-WC – also tatsächlich ein WC nur für Gäste! –, eine moderne Küche mit einer Neonröhre an der Decke, mit weißen Einbauschränken, mit Geschirrspüler und elektrischer Kaffeemaschine (während meine Mutter das Geschirr mit der Hand abwusch und den Kaffee in einer Kanne aufbrühte), im Wohnzimmer gab es einen großen Fernseher (wir hatten ein kleines Schwarzweißgerät), es gab eine ganze Bücherwand und eine mitten im Raum stehende Polstersitzgruppe, Perserteppiche auf dem Parkett und Ölgemälde an den Wänden, man hatte einen weiten Blick durch die hohen Panoramafenster aus Isolierglas (unsere Einfachfenster waren im Winter immer mit

Eisblumen bedeckt), und es gab, für mich ein unglaublicher Luxus, im ganzen Haus Zentralheizung. Ich bestaunte und bewunderte diese gediegene Einrichtung jedes Mal aufs Neue und kam mir angesichts meines bescheidenen Zuhauses klein und unbedeutend vor. Umso mehr erfüllte es mich mit langsam erwachendem männlichem Stolz, dass gerade ich von der schönen Sarah zum festen Freund erwählt worden war.

Wir verbrachten ein wildes Wochenende. Am Montagmorgen, ich hatte kurz vorher Abitur gemacht und ein paar Tage frei, Sarah musste noch zur Schule, fragte ich, bevor sie das Haus verließ: „Was möchtest du denn auf dem Tisch haben, wenn du heute von der Schule kommst?“ Ich dachte an etwas Einfaches, das ich hätte kochen können, aber Sarah hatte anderes im Sinn.

„Auf dem Tisch?“, überlegte sie kurz, dann kam grinsend die Antwort: „Dich – nackt! Mit einer Schleife um den Bauch!“

Ich musste lachen und versprach es, für eine derartige Überraschung war ich ja jederzeit zu haben. Schade, dass ich nicht selbst darauf gekommen war.

„Und wann kommst du?“, wollte ich noch wissen.

„Wird wohl halb drei werden.“

„Gut. Dann freu dich schon mal auf was Leckeres zum Vernaschen!“

„Tu ich jetzt schon“, rief sie im Weggehen, drehte sich aber nochmal kurz um. „Wirf aber nicht den kostbaren Amor vom Tisch!“

Ich hatte mir die Porzellanfigur schon näher angesehen. Warum Sarahs Mutter ihre Neuerwerbung ausgerechnet auf den Esstisch gestellt hatte, war mir ein Rätsel, vielleicht wollte sie das ungewöhnliche Stück, selten und damit besonders kostbar, möglichst oft und nah vor Augen haben. Die Figur stammte aus der Kelsterbacher Manufaktur, war also über zweihundert Jahre alt, ein halbnackter Armor mit Bogen und Vögelchen, erst kürzlich für eigentlich zu viel Geld auf einer Auktion ersteigert.

Kurz vor halb drei machte ich mich fertig für die versprochene Überraschung. Wobei das Fertigmachen ja praktischerweise nur im Ausziehen bestand. Ich saß schon auf dem Esstisch, hatte den Amor etwas zur Seite geschoben, da fiel mir die Schleife ein.

Verdammt, jetzt konnte es knapp werden!

Nackt hastete ich durchs Haus und fand endlich in einer Schublade im Gästezimmer eine Rolle mit rotem Band, leider abgewickelt bis auf einen mageren Rest, der viel zu kurz war, um ihn um den Bauch zu binden, selbst um den Oberschenkel reichte er nicht herum. Ich fand aber schnell eine noch bessere Alternative an anderer Körperstelle und knotete die kurze Schleife mit etwas Fingerspitzengefühl fest. Natürlich nicht zu fest, versteht sich, um mir nichts abzuschnüren.

Die Draufsicht ließ mich schmunzeln – ein origineller Blickfang, lobte ich mich selber und stellte mir schon lebhaft vor, wie Sarah die Überraschung mit ihren geschmeidigen Fingern auspacken würde.

Ein Blick auf die Uhr: Es war schon kurz nach halb drei.

Bevor ich mich wieder auf den Esstisch setzte, nahm ich sicherheitshalber noch schnell den Amor herunter und stellte die Figur vorsichtig auf die Kommode, eilte zurück ins Esszimmer und saß gerade im Schneidersitz mitten auf dem Tisch, als ich auch schon hörte, wie der Schlüssel im Schloss der Haustür umgedreht wurde. Meine Spannung wuchs, meine Vorfreude noch mehr. Während ich Schritte im Flur hörte, viele Schritte, wie es mir vorkam, und ich mich über lauter werdendes Gekicher und Gemurmel im Vorraum wunderte, sah ich draußen vorm Fenster plötzlich Sarah auftauchen, offensichtlich völlig außer Atem und wild gestikulierend. Mehrmals wischte sie in meine Richtung mit den Armen durch die Luft, als wollte sie etwas verscheuchen, sah mich mit aufgerissenen Augen an und bewegte überdeutlich ihren Mund, als wollte sie mir lautlos etwas zu verstehen geben. Ich glotzte sie verständnislos an, da öffnete sich die Esszimmertür, das Gemurmel mehrerer Frauenstimmen wurde noch deutlicher, und ich hörte, noch bevor ich sie sah, Sarahs Mutter heraus: „Und hier, meine Lieben, seht ihr nun meinen neuen Amor auf dem Tisch."

Diese Peinlichkeit ist eine der letzten Erinnerungen, die ich mit der Quickly verbinde. Alles hat seine Zeit, und unaufhaltsam fraß der Rost am Moped, bis der Auspuff abfiel, der Tank mit der Erinnerungsdelle undicht wurde, und einzelne Teile trotz wiederholter Reparaturen den Geist aufgaben. Als das Moped vom Schrotthändler abgeholt wurde, dachte ich ein wenig wehmütig nochmal an so manche Fahrten durch laue Sommerabende mit Heuduft und letztem Amselgesang, an die altvertraute Strecke nach Niederfischbach und Wenden, an erste Verliebtheiten und Verrücktheiten – aber auch an ein paar Stürze, an einige eisige Heimfahrten durch düstere Winternächte, wenn mir meine Mutter zu Hause aus dem Parka helfen musste, den ich mit meinen erfrorenen Fingern nicht selber aufknöpfen konnte.

So ging nach einigen Jahren ein aufregender Lebensabschnitt zu Ende. Und mit dem ersten Auto, einem gebrauchten VW-Käfer für 1800,- DM (920 Euro) – wie mein Führerschein (800,- DM/ 409 Euro) durch Ferienarbeit selbst verdient – begann ein neuer: das Lehramtsstudium an der Uni Siegen. Wie ich auf die absurde Idee verfiel, Lehrer zu werden, als Anfang der achtziger Jahre schon von Lehrerschwemme und Einstellungsstopp die Rede war, kann ich mir bis heute nicht erklären. Nach einer Reihe von Veröffentlichungen in Zeitungen und Zeitschriften wollte ich eigentlich viel lieber weiter fotografieren und schreiben, und so arbeitete ich mich in der Unibibliothek durch sämtliche Fotobücher und Naturbücher, las alle Biographien berühmter Fotografen und Tierfilmer – und vernachlässigte darüber Pflichtvorlesungen und Seminare. Die Motivation fürs Studium ging mehr und mehr gegen Null: Wenn ich an der Uni keinen Parkplatz fand, fuhr ich wieder nach Hause. Ich ein Lehrer?, fragte ich mich immer öfter, machte im Schulzentrum Büschergrund zwar noch ein Blockpraktikum, brach aber dann nach dem Grundstudium das aussichtslose Unterfangen ab, um stattdessen freiberuflicher Fotograf und Autor zu werden.

Meine erste größere Fotoexkursion sollte mich für zwei Wochen in den Nationalpark Bayerischer Wald führen, um im Auftrag des Naturmagazins „draußen“ Bilder von Tieren, Pflanzen und Landschaften zu machen. Und als ich mit meinem 40-PS-Gefährt endlich in Richtung Süden unterwegs war, frei und neugierig und voller Vorfreude auf all die Naturschönheiten, die ich sehen und fotografieren würde, später auch endlich die Berge und das Meer, dachte ich nur: Wohl dem, der einen Käfer hat!

Freund in der Not

Eine Weihnachtsgeschichte

Das alles ist nun schon sehr lange her. Martin Bock war am 17. Dezember zwölf Jahre alt geworden; eine Woche später, an Heiligabend, passierte der Unfall mit Klaus.

An jenem Nachmittag hatte alles so harmlos begonnen wie an den Tagen vorher. Am Unterlauf der Sieg, nicht weit vor der Mündung in den Rhein, hatten sich die Kinder des nahen Dorfes wieder zum Spielen verabredet, wenn auch nur für zwei, drei Stunden diesmal. Aber es war für fast alle die beste Möglichkeit, der endlosen Warterei auf die Bescherung zu entgehen. Und auch den Eltern war es ganz recht, konnten so doch die Väter den passenden Weihnachtsbaum aus dem Wald holen (wer wäre schon auf die absurde Idee gekommen, einen zu kaufen?), konnten ihn in Ruhe schmücken, während die Mütter sich um den Festbraten kümmerten, nebenher den Hausputz erledigten und die Geschenke einpackten.

Die Kleineren waren wieder mit ihren flachen Holzschlitten oder mit Gleitschuhen erschienen, die Größeren mit Schlittschuhen und Eishockeyschlägern, einige auch mit Skiern.

Treffpunkt war wie immer die alte Pisapappel, die ihren merkwürdigen Namen nach dem schiefen Turm von Pisa hatte, weil sie ebenso mächtig wie schief war – so mächtig, dass sie alle anderen Bäume in der Umgebung weit überragte, und so bedrohlich schief, als könnte sie jederzeit umkippen und in den Fluss stürzen. Viele ihrer Wurzeln waren im Laufe der Zeit vom fließenden Wasser freigespült, das Ufer zunehmend unterhöhlt worden. Im Sommer fanden sich manchmal ein paar Mutige, die es wagten, durch dieses Gewirr hindurch zu tauchen; die meisten aber hatten Angst, sie könnten von den Wurzeln wie von Schlingpflanzen umschlungen und festgehalten werden, so dass sie (wie es ihnen zur Abschreckung die Eltern eingeredet hatten) unweigerlich ertrinken müssten.

Noch mehr Angst hatten allerdings manche Kinder vor Moby Dick, dem riesigen Wels, der in diesem Abschnitt der Sieg sein Revier hatte. Wenn im Spätherbst oder im Vorfrühling das Wasser besonders klar war und man auf Zehenspitzen langsam zum Ufer schlich, konnte man ihn hin und wieder sehen. Meist stand er dann unbeweglich zwischen den Wurzeln und lauerte auf vorbeischwimmende Fische. Alfons Maiworm, der letzte Flussfischer, der allein in seiner reetgedeckten Kate am nahen Mühlgraben wohnte, hatte einmal beobachtet, wie der Wels eine junge Stockente an den Füßen gepackt und blitzschnell unter Wasser gezogen hatte; wenig später war ihm sogar ein fast ausgewachsenes Teichhuhn zum Opfer gefallen, woraufhin sich das Gerücht verbreitet hatte (und sich hartnäckig hielt), Moby Dick könne bestimmt auch ein badendes Kind unter Wasser ziehen. Seit Jahren schon stellte Alfons Maiworm dem riesigen Fisch nach, unzählige Male hatte er bei Tag und bei Nacht versucht, ihn mit Netz, Reuse und Angel zu fangen; der schlaue Wels jedoch war bisher weder ins Netz noch in eine der Reusen gegangen, noch hatte er sich von einem der unterschiedlichen Köder am Angelhaken überlisten lassen.

Aber nun war es Winter, noch dazu Heiligabend – an Moby Dick, der sicherlich irgendwo unter dem Eis war, dachte jetzt niemand. Auch an die Bescherung dachte kaum jemand; die Kleineren waren mehr mit Schlittenfahren und Gleitschuhlaufen beschäftigt, die Größeren mit ihren Gedanken schon ganz beim bevorstehenden Eishockeyspiel. Wie immer wurde neben der Pisapappel abgezählt, damit zwei Mannschaften entstanden. Jeweils zwei Jacken, zusammengeknüllt aufs Eis gelegt, bildeten die Torpfosten. Die meisten Eishockeyschläger waren lediglich ausrangierte Spazierstöcke, Krückmänner genannt, die man zum Spielen einfach umdrehte. Zwar ließ sich mit ihnen nicht sonderlich gut der Puck führen, dafür aber konnte man um so besser die Beine des Gegners wegziehen, wenn man ihn, besonders vorm eigenen Tor, zu Fall bringen wollte. Der Puck war nichts anderes als eine kleine leere Dose, die so lange herhalten musste, bis sie nur mehr ein kieselsteingroßes, scharfkantiges Blechknäuel war und damit auch ein recht gefährliches Geschoss: Zwei gequetschte Finger, drei blutige Schienbeine, ein blaues Auge und ein ausgeschlagener Zahn waren die Bilanz des letzten Winters gewesen.

Gefährlicher an diesen Tagen war aber noch etwas ganz anderes. Ein Stück flussabwärts, die Sieg war hier ein wenig breiter, hatte sich die Eisdecke in der Mitte noch nicht ganz geschlossen. Es war ein seltsames, alljährlich wiederkehrendes Phänomen, das der alte Maiworm mit einer besonderen Unterströmung erklärte: „Wo das Wasser schneller fließen kann“, so hatte er den Kindern erzählt, „bildet sich das Eis wesentlich später als in Ufernähe, wo es durch Steine, Pflanzen und Wurzeln gebremst wird.“

Drei offene Stellen waren es diesmal, die gut sichtbar hintereinanderlagen; wie große Pfützen spiegelten sie sich in der fahlen Wintersonne. Die kleineren Kinder hielten sich ängstlich von ihnen fern, und auch die Eishockeyspieler achteten trotz ihrer wilden Jagd nach dem Dosenpuck darauf, dass sie den tückischen Löchern im Eis ja nicht zu nahe kamen.

Nun hatten sich an diesem Nachmittag durch Zufall auch

ein paar Jugendliche an der Pisapappel eingefunden. Auf Mofas und Mopeds waren sie gekommen, waren zunächst kreuz und quer über die verschneiten Wiesen und Felder geknattert und hatten sich anschließend auf dem zugefrorenen Mühlgraben ein Rennen geliefert, Eisspeedway sollte es sein, bis einer von ihnen, Johannes Dobermann, in der Nähe des Wehrs gestürzt und sein Moped mit halb abgerissenem Auspuff und verbogener Gabel an einem Weidenstumpf hängengeblieben war. Fast eine halbe Stunde lang hatten sie vergeblich versucht, die Gabel zurechtzubiegen und den Auspuff wieder anzuflicken.

„Die Karre kannste für heute wohl vergessen", meinte Cornelia Ziegeler, kurz Ziege, manchmal auch Zicke genannt, die nur zugesehen hatte.

„Wenn du mich fragst, Dobermann – am besten, du schmeißt dat Ding gleich ganz weg." Der lange Wolfgang, der von allen nur mit Wolf angeredet werden wollte, weil er sich dadurch stärker fühlen konnte, zündete sich eine Zigarette an und sah abschätzig auf das demolierte Gefährt.

Dobermann warf Wolf einen wütenden Blick zu und tippte sich an die Stirn. „Den Ofen krieg ich wieder hin", sagte er, gab aber spontan dem Hinterrad einen Tritt, als wäre das Moped selber schuld an seinem desolaten Zustand.

„Und was jetzt?", fragte der dicke Eberhard, der Sohn des Dorfmetzgers Herold, von allen nur Eber genannt.

Ja, was jetzt? Sie wussten es nicht.

Frierend standen sie in ihren dünnen Lederjacken nebeneinander, nahmen ein paar kräftige Schlucke aus ihren mitgebrachten Bierflaschen und bliesen kleine Wölkchen Zigarettenrauch in die eisige Winterluft.

„So'n öder Nachmittag", meinte Wolf und spuckte in den Schnee. „Ich finde, wir sollten abhauen und in den Krug gehen.“ Er sah in die Runde. „Was meint ihr?“

Ziege stimmte ihm zu: „Wolf hat recht. Lasst uns verschwinden, anstatt uns hier in dieser Kälte noch länger den Arsch abzufrieren.“

„Da gibt's bei dir ja nicht viel abzufrieren“, stellte Eber fest.

„Dafür bei dir ja um so mehr, vorne wie hinten“, gab Ziege gereizt zurück.

Eber schien es zu überhören und grinste nur säuerlich. „Geh‘n wir also in den Krug - besser im Warmen saufen als im Kalten frieren.“

„Guter Spruch“, fand nun auch Boxer, der zu Hause in einer Zimmerecke einen Sandsack hatte, an dem er Boxen übte. Alle fünf waren im Dorf als die Wilde Rotte verschrien. „Aber“, fügte er hinzu, „ich denke mir, dass der Krüger heute seine Kneipe dichtgemacht hat.“

„Warum das denn?“

„Na, warum wohl? Weil heute nun mal den ganzen Tag lang dieses Spießerfest gefeiert wird, Heiligabend genannt, darum.“

„Mist!“, fluchte Wolf. „Daran hab ich gar nicht gedacht.“

„Also steh‘n wir weiter hier rum in dieser Hundekälte, oder was?“, fragte Ziege.

„Weißt du was Besseres?“

Ziege zuckte mit den Schultern.

„Na bitte.“

Boxer nahm einen großen Schluck Bier und wischte sich mit dem Handrücken über den Mund. „Wenn wir schon selber keinen Spaß haben, könnten wir doch den anderen da hinten ein wenig den Spaß verderben, was meint ihr?“ Er zeigte mit der Bierflasche auf die spielenden Kinder. „Die sind mir einfach viel zu fröhlich, und das stinkt mir irgendwie.“ Er blickte von einem zum anderen. „Vermiesen wir

Ihnen doch ein bisschen ihr blödes Eishockeyspielen."

„Ja, gute Idee – die Wilde Rotte macht mal wieder Rabatz." Dobermann prostete Boxer zu. „Wir machen Brennholz aus ihren Eishockeyschlägern und damit ein richtiges Lagerfeuer zum Aufwärmen. Und dann singen wir noch 'Advent, Advent, ein Lichtlein brennt'."

„Singen ist ja wohl Quatsch, aber Aufwärmen wär nicht schlecht", meinte Ziege. „Was denkst du, Wolf?"

Der hatte gar nicht richtig zugehört. Er sah aufs Eis hinaus und betrachtete nachdenklich die offenen Stellen.

Ziege stieß ihn mit dem Ellenbogen in die Seite. „Sag doch mal: Was hältst du von nem netten Feuerchen aus lauter Eishockeyschlägern?"

„Ja ja, nicht schlecht."

„Aber?", fragte Dobermann.

„Das können wir machen, wenn's etwas dunkler ist", antwortete er zögernd. „Bis dahin ... Vielleicht könnten wir uns bis dahin aber auch noch anders aufwärmen." Eine Zeitlang betrachtete er die offenen Stellen im Eis, dann sagte er: „Ja genau - jetzt hab ich's."

„Was hast du?"

„Eine echt krasse Idee."

„Und die wäre?"

„Wir richten uns eine Rutschbahn ein."

„Hä?" Boxer tippte sich an die Stirn, Eber verdrehte die Augen, und Dobermann befand, das wäre ja wohl Kinderkram.

„Ihr wisst doch noch gar nicht, was ich meine", sagte Wolf mit einem überlegenen Grinsen.

„Und? Was meinst du?"

„Ich meine eine richtige Abenteuer-Rutschbahn – kurz, aber phänomenal. Da wird sicherlich jedem von uns ganz warm ums Herz. Oder eiskalt, je nachdem."

Ziege sah ihn fragend an. „Ich kapier gar nix."

„Du kapierst sowieso nie was."

„Na, vielleicht erklärst du's mir dann gefälligst mal!"

„Ja Mensch, wie soll ich das erklären?" Wolf hob die Schultern. „Stell dir vor ... Stell dir vor, du würdest in einem Auto mit Vollgas auf eine Klippe zurasen ... wie James Dean in dem Film ‚Denn sie wissen nicht, was sie tun' und du dürftest erst im allerletzten Moment bremsen, nicht zu früh und nicht zu spät, versteht sich. Am besten so, dass du einen Meter vor der Klippe zum Stehen kommst."

„Noch besser wär'n halber", meinte Dobermann, der offenbar gleich verstanden hatte, worum es ging.

„Oder nur ne Handbreit", unterbot ihn Eber.

„Genau. So knapp wie möglich halt."

„Ich kapier immer noch nix", sagte Ziege.

„Meine Güte, bist du ne dämliche Zicke!" Kopfschüttelnd ging Wolf zum Ufer und machte einen Schritt aufs Eis. Er drehte den Kopf und rief zurück: „Jetzt gib acht, ich werd dir zeigen, was ich meine." Er nahm ein wenig Anlauf und rutschte, rutschte geradewegs auf die größte der offenen Stellen im Eis zu, kam gut zwei Meter vorm Rand zum Stehen und drehte sich um. „Das meine ich!" rief er. „Eine neue Art Russisches Roulette sozusagen. Oder besser noch Sibirisches Roulette. Ja genau, das ist es: das Sibirische Eskimo-Roulette, soeben erfunden und hiermit offiziell vorgestellt von Zar Wolf dem Ersten. Wer zu feige ist und zu wenig Anlauf nimmt, hat verloren. Wer zu viel Anlauf nimmt, erst recht. Kapierst du's jetzt endlich?"

Ziege war offensichtlich angetan von der Idee. „Echt stark." Mehr brachte sie nicht heraus.

Auch Dobermann und die anderen nickten anerkennend.

„Direkt genial", setzte Eber hinzu und klopfte sich auf seinen dicken Bauch. Fragend sah er in die Runde. „Und wer fängt an damit? Wer roulettet zuerst?"

Wolf grinste. „Immer der, der fragt, also du."

„Von mir aus." Eber trank den letzten Schluck Bier, holte tief Luft und rülpste, wobei er die leere Flasche achtlos hinter sich warf. Dann ging er aufs Eis.

„Die Dampflok läuft an", kommentierte Ziege.

Eber warf ihr einen abschätzigen Blick zu, lief jedoch wirklich an wie eine Dampflok, schnaufte übers Eis und rutschte, aber er rutschte viel zu früh, sodass er schon drei Meter vor dem Loch zum Stillstand kam. Und da er wohl ahnte, welch spöttische Bemerkungen er nun ernten würde, rief er schnell: „Man muss sich natürlich erstmal einlaufen."

„Dein Bierbauch sollte auch mal einlaufen", stichelte Ziege. „Täte ihm sicher gut."

„Dem tut nur eins gut", konterte Eber, „und zwar, dass ich ihn regelmäßig vollllaufen lasse."

„Falls du das nächste Mal zu weit rutschst, kannst du das ja schon haben, wenn auch leider nur mit Wasser", bemerkte Boxer, als er an Eber vorbei aufs Eis ging. Mit einer Flasche Bier in der Hand und einer brennenden Zigarette im Mundwinkel spurtete er los, und seine Rutschpartie endete – die anderen hielten den Atem an, und er selbst erschrak gehörig – nur knapp einen Meter vorm Eisrand. „Das müsst ihr lahmen Anfänger erstmal nachmachen", tönte er, als er zurückkam und zufrieden feststellte, dass sich inzwischen noch weitere Zuschauer eingefunden hatten. Ein paar Kinder mit Schlitten und Gleitschuhen, die sich eigentlich auf den Heimweg machen wollten, waren nämlich am Ufer stehengeblieben und verfolgten nun mit Neugier und leichtem Schauder das seltsame Treiben.

Als nächste kamen Ziege, Dobermann und Wolf an die Reihe, dann wieder Eber und Boxer. Damit niemand kneifen konnte, behielten sie diese Abfolge bei, stachelten sich mit betont lässigen Sprüchen gegenseitig an, tranken nebenher die letzten Bierflaschen aus, und tasteten sich auf diese Weise näher und näher an den tückischen Eisrand heran. Aber je dichter sie vor ihm zum Stehen kamen, desto beklommener wurde ihnen doch allmählich zumute, weil mittlerweile jeder Fußbreit zu viel zum Einbrechen führen konnte, ja führen musste; schließlich stand einerseits der Sieger noch nicht fest, andererseits hatte niemand den Mut, diesen Wahnsinn von sich aus zu beenden, um bloß nicht vor den anderen als Spielverderber oder, schlimmer noch, als Schlappschwanz dazustehen.

Lieber also ein eiskaltes Bad riskieren als den Spott der Kumpane und der zuschauenden Kinder.

Es war inzwischen bereits etwas dämmrig geworden, und so konnte man nicht gleich erkennen, welche zwei Gestalten sich da von Lobmeyers Pferdekoppel her näherten. Die eine Gestalt kletterte etwas unbeholfen über den Zaun, die andere kroch behände unter ihm hindurch.

„Mensch, guckt mal, wer da kommt!“, rief eines der Kinder. Und ein anderes gab gleich die Antwort: „Martin und Klaus, die Unzertrennlichen.“

„Was habt ihr denn hier verloren?“, fragte Dobermann, als die beiden heranwaren.

„Ga... gar nichts, wir sind auf dem Weg nach Hause. Wir haben einen Spaziergang gemacht und Tiere beobachtet“, sagte Martin höflich.

„Soso, die lieben Tierchen habt ihr beobachtet? Habt ihr vielleicht auch den Weihnachtsmann gesehen oder das Christkind?“

„Nein ... aber ein großes Wiesel in seinem weißen Winterfell ... und einen Buntspecht. Und nun wollen wir nach Hause zur Bescherung, wir wollen auch gar nicht stören."

„Gar nicht stören will der Kleine, wie reizend", sagte Wolf spöttisch.

„Nach Hause will er, zur Mami", machte Ziege weiter, „damit er noch sein Fläschchen kriegt, bevor er in die Heia muss."

„Womöglich kriegt er zur Feier des Tages sogar die Brust, mit einem Geschenkband drumherum und einer Schleife", frotzelte Wolf, „und deshalb will er so schnell nach Hause."

Alle grölten.

Martin war rot geworden und warf einen unsicheren Blick auf Klaus, dann sahen beide verwundert aufs Eis, weil Eber gerade beim Rutschen gestürzt war und sich jetzt fluchend den dicken Hintern rieb, als er aufstand. „Was glotzt ihr denn so blöd?", schnauzte er. „Seht lieber zu, dass ihr verschwindet, bevor ich euch Beine mache!"

Martin nickte, wollte auch sofort weitergehen, aber als in diesem Moment Boxer lautstark verkündete: „Jetzt zeig ich euch allen noch mal, wie man's macht", blieb er doch unwillkürlich stehen.

Für sein Alter war Martin Bock recht klein, ein schmächtiger Junge mit dunklen Haaren und traurigen Augen, mit dünnen Beinen und noch dünneren Armen. Im Sportunterricht schaffte er am Reck nicht mal einen Felgaufschwung, über den Kasten kam er nach unzähligen Versuchen nur mit Mühe, und wenn beim Handball oder Fußball die Mannschaften aufgestellt wurden, saß er regelmäßig als Letzter auf der Turnbank, weil keine Seite ihn haben wollte. Dass er in Biologie und Geographie, in Deutsch und Kunst Klassenbester geworden war, hatte ihn bei den Mitschülern keineswegs beliebter gemacht, im Gegenteil – fortan war er als Streber und Besserwisser und Klugscheißer abgestempelt. Dass er Klavier spielen konnte, dass er eine aus dem Nest gefallene junge Ringeltaube gerettet und ganz allein großgezogen hatte, dass er Bücher übers Bergsteigen las, Gedichte freiwillig auswendig lernte, nur zur eigenen Freude, und dass er als jüngster Teilnehmer schon einen Erste-Hilfe-Kurs besucht hatte, all das interessierte sie wenig. Das Böckchen, wie er sogar von manchen Lehrern gedankenlos genannt wurde, blieb für sie ein Musterschüler und Muttersöhnchen, ein Sonderling, der, wie sie meinten, etwas Besseres sein wollte, und der deshalb als geduldiges Opfer ihrer Hänseleien und Streiche herhalten musste.

Das änderte sich erst, als Klaus in sein Leben kam und Martin, eigentlich zum ersten Mal überhaupt, einen wirklichen Freund hatte. Konnten sie auch nicht in der Schule zusammen sein, so waren sie doch für den Rest des Tages ein Herz und eine Seele, was ihnen bald den Spitznamen „die Unzertrennlichen“ eintrug. Meist verbrachten sie die Nachmittage irgendwo im Wald, stromerten an Bachufern und Hecken entlang, spürten Hasen, Rehen oder gar Füchsen nach, beobachteten am nahen See oder an der Sieg die Wasservögel, die sich dort besonders während der Zugzeit niederließen, oder aber sie besuchten Alfons Maiworm in seiner gemütlichen Fischerkate, um seinen Geschichten von Moby Dick zu lauschen.

„Ich denke, ihr wolltet verschwinden“, sagte Ziege. „Unser Spiel ist nämlich nix für Angsthasen. Also geht nach Hause, sonst verpasst ihr noch die Bescherung.“

Martin nickte zwar wieder versonnen, er hatte jedoch gar nicht richtig hingehört, weil er mit großen Augen verfolgte, wie Boxer Anlauf nahm und auf das Loch im Eis zu rutschte.

„Aber das ... das ... ist ja Wahnsinn!“, stotterte Martin, der nun endlich begriffen hatte, um was es in diesem waghalsigen Spiel ging.

„Eine Wahnsinnsrutschbahn ist das, da hast du ganz recht, Kleiner. War sozusagen eine bahnbrechende Erfindung von mir“, prahlte Wolf, „frei nach dem Motto ‘Lieber schlecht geschlittert als gut gezittert‘. Oder auch umgekehrt.“

„Aber das … das dürft ihr nicht tun!“, rief Martin. „Seid ihr denn ...“

„Ja, was sind wir denn?“, wollte Ziege wissen. „Sind wir dem ach so schlauen Böckchen etwa nicht vorsichtig genug?“

„Nein ... ich meine ... ich dachte nur ...“ Martin wusste nicht mehr weiter und schaute unsicher zu Klaus.

„Hör mal zu, kleiner Klugscheißer, wenn hier welche denken, dann sind wir das“, fuhr Wolf ihn an. „Wir denken sogar für dich mit. Wir denken zum Beispiel, vielleicht könnte so ein Musterknabe wie du uns mal vormachen, wie mutig er ist.“

„Eine hübsche Vorstellung“, meinte Dobermann grinsend.

„Eine wunderhübsche Vorstellung, in der Tat“, wiederholte Wolf. „Das hier ist nämlich nichts anderes als eine neue Art Glücksspiel, musst du wissen, genannt Sibirisches Eskimo-Roulette, und du bist nun der Glücks-Eskimo Martin Gernegroß und zeigst uns allen mal eine nette kleine Rutschpartie.“

Martin sah Wolf entgeistert an. „Ich bin doch nicht ...“

„Was bist du nicht? Du bist nicht feige, wolltest du wahrscheinlich sagen, du bist der Größte von allen, der große King, stimmt‘s?“

„Dann ist Klaus wohl der große Kong“, witzelte Eber, „und die beiden zusammen sind der große King Kong.“ Er lachte schallend über seinen Kalauer, die anderen brachen ebenfalls in Gelächter aus, und selbst die herumstehenden Kinder, die bislang recht still gewesen waren, kicherten und lachten zaghaft mit.

Martin, auf den in diesem Moment niemand so recht zu achten schien, wollte die Gelegenheit nutzen, um sich unauffällig davonzustehlen. Er räusperte sich und gab Klaus mit dem Kopf einen Wink, den der aber nicht verstand, was allerdings Wolf mitbekam, sodass er Martins Versuch gleich wieder zunichtemachte. „Sollte der große Eskimo-King etwa die Absicht haben, uns jetzt schon zu verlassen?“, fragte er.

„Lasst mich gehen“, bat Martin schwach, „ich habe euch doch nichts getan.“

„Genau, er hat euch überhaupt nichts getan“, meldete sich zwischen den Kindern ein Mädchen. Es mochte zehn oder elf Jahre alt sein, hatte braune Augen und lange, fast schwarze Haare, die zu einem Pferdeschwanz zusammengebunden waren.

Wolf drehte sich um. „Wer bist du denn?“

„Ich heiße Martina.“

„Also, Martina“, begann Wolf, „gerade das ist ja das Dumme: dass unser Eskimo-King leider noch gar nichts getan hat. Deshalb können wir ihn auch noch nicht gehen lassen. Und solltest du freche Göre dich hier noch einmal einmischen, dann darfst du das Böckchen gerne auf seiner Schlitterpartie begleiten.“

Martin sah ängstlich zu Martina und dann zu Klaus. Einen Augenblick lang spielte er mit dem Gedanken, sich einfach umzudrehen und wegzulaufen. Aber die Großen, das wusste er, würden ihn sicherlich schon nach wenigen Sekunden eingeholt haben; im Gegensatz zu Klaus war er nun mal ein schlechter Läufer, ein sehr schlechter Läufer. Hätten wir doch bloß einen anderen Weg nach Hause genommen, dachte er, den etwas längeren an Wilmes' Gehöft vorbei, dann wären Klaus und ich jetzt schon im Dorf. Aber alles „hätte“ und „wäre“ half ihm nun auch nicht weiter, sie waren halt leider hier, es war nicht zu ändern. Und als ihm das klarwurde, als ihm klarwurde, dass er keine Möglichkeit zur Flucht hatte, keine Chance, der Wilden Rotte zu entkommen, und auch keinen Vorwand würde finden können, sich zu drücken, da wusste er auf einmal: Ich werde es tun! Ich werde es einfach tun, wirklich und wahrhaftig, vor aller Augen. Ich, Martin Bock, ich mache es einfach, und dann wird mich niemand mehr einen Feigling oder Angsthasen nennen. Niemand. Niemals wieder.

Er sah aufs Eis und schätzte die Entfernung ab vom Ufer bis zum Ende der Rutschbahn. Wenn er nicht zu viel riskierte, nicht zu viel Anlauf nahm, musste er weit genug vor dem Eisrand zum Stehen kommen, einen guten Meter vielleicht, vielleicht auch mehr. Es war im Grunde genommen auch egal, wo genau er zum Stehen kam; wichtiger war, er würde jetzt allen zeigen, ein für alle Mal zeigen, dass er keine Angst hatte und kein Feigling war.

Aber – er hatte Angst, obwohl sein Entschluss feststand. Sich etwas vorzunehmen ist leicht, das Ausführen schwer, dachte er beklommen. Aber Mut bedeutet ja nicht, keine Angst zu haben, sondern trotz der Angst etwas zu wagen, hatte Alfons Maiworm mal gesagt.

Langsam, auf unsicheren Beinen, ging Martin zum Startpunkt. Zum Glück blieb Klaus neben ihm, und er dachte, wie tröstlich es doch war, wenigstens einen guten Freund in der Not an seiner Seite zu haben.

„Nu mach mal hin!“, drängte Wolf und spuckte in den Schnee. „Langsam wird's dunkel, also lass gehen. Oder sollen wir deinetwegen hier festfrieren?“

„Das Böckchen hat sicher die Hosen voll", höhnte Ziege, „aber vielleicht kriegt er ja zur Bescherung ein paar Windeln geschenkt."

„Die kann er ja dann gleich einweihen", gab Dobermann seinen Senf dazu.

Martin sah stumm geradeaus. Sein Atem ging schneller und sein Herz klopfte wie wild. Noch zögerte er.

„Feigling!", rief plötzlich eine Jungenstimme aus dem Hintergrund, und als wäre es das Stichwort gewesen für die anderen, rief es ein zweiter, ein dritter und ein vierter, weitere stimmten ein, einer klatschte dabei in die Hände, andere ahmten es nach, und bald klatschten sie fast alle, klatschten im Takt und brüllten: „Feig-ling! Feig-ling! Feig-ling!" Lauter und lauter schrien sie, in Martins Ohren brauste es, er ballte vor Wut die Fäuste und biss die Zähne zusammen, schloss für einen Moment die Augen und hole tief Luft. In der nächsten Sekunde gab er sich einen Ruck und lief los. Er lief langsam an, wurde aber rasch schneller und sauste über die blankgefegte Rutschbahn auf das Eisloch zu, acht Meter, sechs Meter, vier – dann, der Anlauf war wohl doch zu lang gewesen, ließ er sich, um zu bremsen, im letzten Moment einfach auf den Rücken fallen und blieb kurz vor dem Rand liegen, mit einem Fuß schon im eiskalten Wasser. Im selben Augenblick sauste ein Schatten an ihm vorbei, Martin zuckte erschrocken zusammen, weil ihn der Schatten an der Schulter gestreift hatte, gleichzeitig knackte es und krachte und platschte, und erst jetzt, als er vor sich ins Dämmerdunkel starrte, sah er zu seinem Entsetzen, wer da gerade am anderen Ende des Eislochs wieder an die Wasseroberfläche kam und prustend nach Luft schnappte. Es war Klaus, der offenbar aus Anhänglichkeit einfach hinterhergelaufen und mitgerutscht war, jedoch nicht mehr rechtzeitig hatte stoppen können, und der nun, nachdem er zu Martin hingeschwommen war, verzweifelt versuchte, aufs Eis zu klettern. Aber so sehr er sich auch bemühte, er fand keinen Halt; auch brach der Rand immer wieder ab, sodass Klaus nach jedem Versuch zurücksackte und für Sekunden im Wasser versank. Martin hatte sich nach seinem ersten Schrecken gleich auf den Bauch gerollt und war noch näher an Klaus herangerobbt, aber auch seine Versuche, ihm irgendwie zu helfen, schlugen fehl. Allein, das sah man sofort, konnte er es nicht schaffen.

„Warum hilft ihm denn keiner?“, hörte er hinter sich vom Ufer her eine Stimme. Es war Martina, das Mädchen von eben.

„Denkst du etwa, wir wollen auch einkrachen?“, erwiderte Ziege. „Wir sind doch nicht lebensmüde.“

Und Wolf meinte: „Ist doch seine eigene Schuld. Was musste er auch hinterherrennen?“

Obwohl seine Kräfte zusehends erlahmten, mühte sich Martin weiterhin, Klaus aufs Eis zu ziehen. Und da Klaus sich ebenfalls schon ziemlich verausgabt hatte, wuchs die Gefahr, dass er von der Strömung unter die Eisdecke gedrückt wurde.

„So helft ihm doch!“, rief Martina.

Niemand rührte sich.

Wütend stampfte Martina mit dem Fuß auf. „Tut endlich was, ihr ... ihr erbärmlichen Feiglinge!“

Wolf hob drohend die Hand. „Werd bloß nicht frech, du vorlaute Göre!“

„Dann tu ich es“, sagte Martina wie aus Trotz, und schon lief sie aufs Eis. Schnell war sie an Martin heran, warf sich schräg hinter ihm auf den Bauch und kroch vorsichtig an seine Seite.

Martin war derart verblüfft, plötzlich jemanden neben sich zu spüren, dass er Klaus einen Moment lang losließ, und als er nun erschrocken nachfassen wollte, griffen seine gefühlskalten Finger ins Leere: die Strömung hatte Klaus unters Eis gedrückt.

Martina schrie auf: „Oh Gott, er ertrinkt!"

„Wir müssen zum nächsten Loch!", rief Martin geistesgegenwärtig. „Komm mit!"

Nebeneinander robbten sie so schnell sie konnten auf dem Eis drei, vier, fünf Meter zur nächsten offenen Stelle. Es war die letzte der drei eisfreien Stellen, flussabwärts war die Eisdecke geschlossen; wenn sie Klaus also hier nicht mehr erwischten, war er verloren.

„Hoffentlich ist Moby Dick nicht da drunten", flüsterte Martina ängstlich.

Martin schluckte. „Nein, hoffentlich nicht."

Bange Sekunden vergingen. Angestrengt starrten beide auf die Wasseroberfläche, die durch die Strömung leicht gekräuselt war, und da, für einen kurzen Moment, tauchte der Kopf von Klaus tatsächlich auf. Sie griffen gleichzeitig zu, Martin fasste Klaus um den Hals, Martina packte mit der rechten Hand einfach in seine nassen Haare, und obwohl auch dabei die Eiskante ein Stück abbrach, hielten sie ihn beide mit aller Kraft fest.

„Bloß nicht loslassen!", keuchte Martin.

„Nein, nein – ich hab ihn ja."

„Gut so." Martin tauchte seinen linken Arm ganz ins eisige Wasser, fasste Klaus unter den Bauch und drückte ihn nach oben, während Martina mit beiden Händen am Kopf zerrte. Aber auch zu zweit war es nicht leicht, Klaus aus dem Wasser zu ziehen, schon gar nicht in einem Zug, denn mehrmals noch brach beim Rückwärtskriechen der Rand ab, und nur mit letzter Kraftanstrengung bekamen sie Klaus schließlich doch noch aufs Eis.

Jetzt endlich, als es im Grunde gar nicht mehr nötig war, kamen ein paar Kinder hinzu und halfen, Klaus hochzuheben und ans Ufer zu tragen. Als sie den leblosen Körper behutsam in den Schnee legten, sackte der Kopf zur Seite, und aus dem Mundwinkel lief ein dünnes Rinnsal.

Mit glasigen Augen sahen die Kinder auf Klaus. Martin stand keuchend über ihn gebeugt, die nassen Ärmel seiner Winterjacke hingen schwer nach unten und tropften. Martina hockte am Boden und weinte. Keiner sagte ein Wort, selbst die fünf Jugendlichen standen etwas betreten da und schwiegen.

Bis einer in die Stille hinein leise fragte: „Ist er ... ist er tot?"

Martin gab keine Antwort. Er war wie erstarrt.

Plötzlich rief jemand: „Mensch, der lebt ja noch! Der hat sich ja bewegt!"

„Jawohl – da, der Fuß hat gezuckt!", bestätigte ein anderer.

„Dann tut doch was!", flehte Martina. „Bitte, tut was!"

Wieder war es still für einen Augenblick.

Martin sah hilflos um sich. „Kann ihm denn niemand helfen?", fragte er verzweifelt.

Keiner reagierte.

„Dann muss eben einer ins Dorf laufen", sagte Martina. „Einer muss im Dorf Hilfe holen."

Martin winkte ab. „Dauert doch viel zu lange."

„Und wenn ich zum alten Maiworm laufe? Der wohnt ja nicht weit von hier."

„Dauert auch zu lange", meinte Martin. „Bis der hier ist, ist alles zu spät."

„Aber was sollen wir denn dann machen? Was denn?"

„Ich denke, Martin kann Erste Hilfe", meldete sich auf

einmal eines der Kinder. „Da müsste er doch eigentlich selber wissen, was zu machen ist."

Daran hatte Martin in all seiner Aufregung gar nicht gedacht. Natürlich: Erste Hilfe ... Rettung Ertrinkender ... Wiederbelebung ... wie war das noch? Seine Gedanken begannen sich zu überschlagen. Was genau war zu tun? Was zuerst? Mit welchen Handgriffen? In welcher Reihenfolge? Angestrengt versuchte er sich zu erinnern, und da fiel ihm als Erstes ein: Sicher war noch Wasser in der Lunge, das musste raus!

Er packte Klaus, drehte ihn auf den Bauch und stellte sich breitbeinig über ihn. Mit beiden Händen fasste er ihn unter der Hüfte und hob ihn ein Stück hoch, sodass sein Kopf dicht über dem Boden hin und herpendelte, und tatsächlich lief, während er Klaus ruckartig schüttelte, ein Schwall Wasser zwischen seinen blauen Lippen heraus.

„Kannst du ihn wiederbeleben?", fragte Martina, die, wie alle anderen, atemlos zugesehen hatte.

„Ich versuch es."

„Dann mach schnell", drängte sie, „sonst stirbt er."

„Ich mach ja. Erst muss ich aber hören, ob sein Herz noch schlägt." Er ließ Klaus wie einen schweren Sack zurück auf den Boden sinken, drehte ihn auf den Rücken und legte das Ohr auf seine Brust.

Nach wenigen Sekunden schon fragte Martina: „Schlägt es?"

„Ich weiß nicht ... ich ... kann nichts hören."

„Und der Puls? Vielleicht kannst du was fühlen?"

Martin tastete Klaus' Hals ab und legte Zeigefinger und Mittelfinger, etwas zittrig zwar, aber doch so, wie er es gelernt hatte, auf die Halsschlagader.

„Und?", fragte Martina ungeduldig.

„Nein, nichts ..." Martin überlegte fieberhaft, als müsse er sich auf etwas Bestimmtes besinnen, dann hob er die Hand, ballte sie zur Faust und schlug mit voller Wucht auf Klaus' Brust. Sofort fühlte er wieder nach dem Puls.

Martina sah ihn fragend an.

„Immer noch nichts. Los – Herzmassage!" Martin zog Martina am Ärmel zu sich her. „Knie dich da hin, ganz dicht an Klaus' Seite. Und jetzt mit beiden Händen gleichzeitig auf die Brust drücken", er zeigte ihr die Stelle, „hier mittendrauf, so fest es geht. Pro Sekunde musst du einmal drücken, also sechzigmal in der Minute. Zähl einfach mit, dann kommt es hin – kannst du das?"

Martina nickte zaghaft.

„Also los!"

Die Kinder und Jugendlichen, die immer noch reglos und gespannt in einem Kreis um Martin, Martina und Klaus herumstanden, machten große Augen, als Martina sich nun im Sekundentakt mit aller Kraft auf die Brust von Klaus stemmte, und sie machten noch viel größere Augen, als Martin den Kopf von Klaus nach hinten bog, mit einer Hand den Unterkiefer gegen den Oberkiefer drückte und nach einem tiefen Atemzug seinen Mund um die Nase von Klaus schloss, um die eingeatmete Luft durch die Nase in seine Lunge zu blasen. Tatsächlich, man konnte es deutlich sehen, hob sich sein Brustkorb, hob und senkte sich im Rhythmus weniger Sekunden. Anderthalb, zwei Minuten machte Martin weiter, dann tastete er erneut die Halsschlagader ab.

„Der Puls ist wieder da!" Martin schrie es fast, sodass Martina freudig erschrocken innehielt.

„Brauch ich jetzt nicht mehr zu drücken?", fragte sie unsicher.

Martin schüttelte den Kopf und setzte die Beatmung fort,

setzte sie noch minutenlang fort, bis er, selber nach Luft ringend, in einer kurzen Pause plötzlich herausstieß: „Er atmet! Er atmet von allein – nicht zu fassen!“ Und nach einem fast ungläubigen Blick auf Martina wiederholte er, als spräche er zu sich selbst: „Er atmet! Er atmet wirklich!“

Martina gab einen Freudenschrei von sich. „Er lebt also!“, jubelte sie. „Er lebt!“ Sie lachte und weinte gleichzeitig und klopfte Martin auf die Schulter. „Du hast ihn gerettet!“

Martin kniete keuchend im Schnee und brauchte einige Zeit, um wieder richtig zu Atem zu kommen, bevor er sagte: „Nicht *ich* hab ihn gerettet – *wir* haben ihn gerettet, *wir beide*.“

Martina lächelte gerührt. „Findest du?“

Martin nickte heftig und lächelte zurück.

In diesem Moment schlug Klaus die Augen auf. Eine Weile lag er bewegungslos da, drehte dann langsam den Kopf und blickte verwundert von einem zum anderen, als wollte er fragen: Wo bin ich? Was ist denn eigentlich passiert? Wieso liege ich hier? Und warum ist mir so entsetzlich kalt?

Als Martin sein Zittern bemerkte, zog er die Winterjacke aus, und nachdem er die triefenden Ärmel ausgewrungen hatte, deckte er Klaus mit der Jacke zu. „Jetzt ist alles wieder gut“, sagte er mit beruhigender Stimme und tätschelte ihn.

Martina strich Klaus über den Kopf, kraulte seine nassen Haare und sagte leise: „Sei mir nicht böse, wenn ich dir weh getan und dir ein paar Haarbüschel ausgerissen habe, aber anders hätten wir dich aus dem Eisloch bestimmt nicht rausbekommen.“

Klaus lag weiter unbeweglich da und lauschte auf Martinas Worte, dann sah er wieder zu Martin, und es schien, als würde er allmählich begreifen, was vorgefallen war.

„Wir müssen ihm auf die Beine helfen und ihn so schnell

wie möglich ins Trockene bringen“, drängte Martin nun. „Am besten gehen wir zum alten Maiworm und wärmen uns erst mal bei ihm auf, bevor wir uns auf den Heimweg machen, sonst bekommt Klaus womöglich noch eine Lungenentzündung.“

Erneut gab es ringsum staunende Gesichter, als Klaus sich mühsam aufsetzte und mit Martins und Martinas Hilfe sogar erhob. Schwer atmend und reichlich wackelig stand er da, musste mehrmals hintereinander heftig niesen und husten, dann, noch sichtbar benommen, machte er seine ersten zaghaften Schritte.

Es ging zunächst jedoch besser, als Martin gedacht hatte; Klaus war nun mal ein zäher Bursche, der sich, im Gegensatz zu ihm, auch sonst nicht so leicht unterkriegen ließ. Trotzdem nahmen ihn Martin und Martina sicherheitshalber in ihre Mitte, um ihn, falls nötig, zu stützen, und nur deshalb konnten sie ihn gerade noch auffangen, als er plötzlich taumelte und seine Beine unter ihm wegknickten.

„Ich werde ihn wohl doch tragen müssen“, beschloss Martin. Er dachte an den sogenannten Gamstragegriff vom Erste-Hilfe-Kurs, ging in die Knie, schob Kopf und Nacken unter Klaus‘ Bauch, und legte sich den treuen Freund über die Schulter.

„Wird es gehen?“, fragte Martina.

„Hätte nicht gedacht, dass er so schwer ist“, ächzte Martin, nachdem er sich mit Mühe wieder aufgerichtet hatte. „Aber bis Maiworms Kate werde ich‘s schon irgendwie schaffen.“

Martina hob die heruntergefallene Jacke auf und wickelte sie um Klaus. „Dann komm“, sagte sie, „beeilen wir uns.“

Damit zogen sie nun los, gingen ohne ein Wort an die anderen langsam zum Uferweg und an der Pisapappel vorbei in Richtung Mühlgraben. Es dauerte nicht lange, und die

Dämmerung hatte sie verschluckt.

Von den Herumstehenden, die alle wortlos hinter den dreien hergeschaut hatten, fand Eber als erster die Sprache wieder. „Puuuh!“, seufzte er. „Das war knapp, was? Hätte bös enden können, das Ganze.“

Dobermann stimmte ihm zu: „Das hätte es, in der Tat.“

„Kein Wunder – bei einer so schwachsinnigen Idee“, fand Ziege.

„Nun hört euch bloß mal diese Zicke an!“, sagte Wolf zu den anderen. „Ist es denn zu fassen?“ Und zu Ziege gewandt: „Willst du mit deinem Spatzenhirn mir etwa erklären, was ich ...“

„Reg dich ab!“, fiel Boxer ihm ins Wort. „Ziege hat ganz recht.“ Missmutig schnippte er seine Zigarettenkippe in den Schnee. „Schließlich ...“

„Was schließlich?“

„Schließlich hätte bei deinem komischen Eskimo-Roulette ja wirklich einer absaufen können, auch einer von uns.“

„Ach nee, sieh mal an. Jetzt bin ich es also wieder gewesen, oder was?“

„Natürlich du, wer denn sonst?“, zischte Ziege. „Du hast ja angefangen mit diesem Schwachsinn!“

„Und ihr? Was war mit euch? Ihr Affen habt doch alle mitgemacht! Und warum? Weil ihr die Idee geil fandet, darum!“ Wütend spuckte Wolf auf den Boden. „Und konnte man ahnen, dass Klaus einfach mitläuft, und dieser blöde Hund dabei voll ins Loch reinrutscht?“

„Ist doch jetzt egal“, meinte Eber. „Hinterher ist man immer schlauer, was soll‘s. Und zum Glück ist ja nichts passiert. Gehen wir also auf den überstandenen Schrecken erst mal einen trinken, vielleicht hat der Krug ja doch auf. Wenn nicht, gehen wir halt zu mir, ein paar Flaschen Bier müsste ich sicher noch haben.“

Dobermann zeigte auf sein kaputtes Moped. „Und was mach ich mit dem elenden Schrotthaufen da?“

„Wer seine Karre liebt, der schiebt – also schieb mal schön“, stichelte Wolf. „Wir fahren derweil schon voraus und genehmigen uns einen. Und falls wir‘s übers Herz bringen, lassen wir dir sogar ein Schlückchen übrig.“

„Was aber bei meinem Durst sehr unwahrscheinlich ist“, setzte Eber schnell hinzu und klopfte sich auf seinen dicken Bauch.

„Erstick doch an deinem Bier!“, schnauzte Dobermann ihn an. „Erstickt doch alle miteinander dran, ihr ... ich … ach, ihr könnt mich alle mal!“

Die anderen lachten nur, und während sie nun ihre Mofas und Mopeds starteten und knatternd davonfuhren und Dobermann mit seinem defekten Gefährt fluchend hinterherzockelte, machten sich endlich auch die Eishockeyspieler und die übrigen Kinder auf den Heimweg. Aufgeregt plapperten sie durcheinander, erörterten lauthals das soeben Erlebte, indem sie Wolf und die Wilde Rotte verwünschten, Martins Heldentat wie Martinas Beistand um so gehöriger rühmten und sich darin einig waren, dass sie Martin eigentlich schon immer als jemand Besonderen angesehen hatten, auf den die Klasse und sogar die ganze Schule stolz sein konnten. Von heute an erst recht. Nochmals und nochmals erzählten sie sich gegenseitig, wie alles passiert war, und erst nach geraumer Zeit erinnerten sie sich allmählich wieder daran, dass ja Heiligabend war und folglich auch zu Hause noch etwas Überraschendes und vielleicht Aufregendes auf sie wartete: die Bescherung.

Es war spät, schon ging im Osten ein fahler Mond auf.

Am Hirtenweg angelangt, entdeckten Martin und Martina

in einiger Entfernung ein kleines Licht. Erst beim Näherkommen sahen sie die Kate, die sich als schwarze Silhouette nur schwach vor dem dunklen Abendhimmel abhob; das kleine Licht entpuppte sich als brennende Kerze, die im Stubenfenster stand und ihnen wie ein Stern den Weg wies.

Immer wieder hatten sie kurz Pause gemacht, damit Martin sich für einen Moment ausruhen konnte, und immer wieder hatte Martina zum Weitergehen gedrängt. Jetzt aber, kurz vor der Holzbrücke, die über den Mühlbach führte, kaum hundert Meter vorm rettenden Ziel, schien Martin mit seiner Kraft am Ende. Ächzend lehnte er sich ans Brückengeländer.

„Ein kleines Stück noch, dann hast du's geschafft", spornte Martina ihn an.

Martin nickte schwach.

„Soll ich schon mal zur Kate vorauslaufen?", fragte Martina. „Du kannst ja langsam nachkommen."

Wieder nickte Martin – und raffte sich ein letztes Mal auf, um sich mit seiner schweren Last weiterzuschleppen.

Es dauerte einige Zeit, bis auf Martinas ungestümes Klopfen hin die Holztür geöffnet wurde, zunächst nur einen Spaltbreit, dann ganz, und Alfons Maiworm, in grauem Wollpullover, geflickten Cordhosen und ausgelatschten Filzpantoffeln, stand wie angewurzelt auf der Türschwelle und machte ein Gesicht, als könne er seinen Augen nicht trauen. „Was ... was willst du denn hier ... um diese Zeit? Hast du dich ..."

In diesem Augenblick tauchte Martin aus der Dunkelheit auf.

„Du auch?", fragte Alfons überrascht.

„Ich auch", keuchte Martin.

„Und natürlich mit Klaus, wie immer. Aber ... der ist ja klatschnass! Was ist ihm denn passiert?"

„Der wär fast ertrunken", sagte Martina. „Deshalb müssen

wir ihn schnell ins Trockene bringen, damit er keine Lungenentzündung kriegt."

„Ach so – ja dann, dann kommt mal fix rein."

In der kleinen Stube war es mollig warm. Erschöpft ließ sich Martin mit Klaus auf der Ofenbank nieder, Martina sank auf einen Holzschemel und rieb sich die kalten Hände.

„Verdammt frostig draußen, was?" Alfons nahm seinen Tabaksbeutel vom Küchentisch, setzte sich in den Schaukelstuhl und begann, seine Tonpfeife zu stopfen. „Nun erzählt aber mal, was überhaupt geschehen ist", sagte er. „Eigentlich müsstet ihr doch jetzt zu Hause vorm Weihnachtsbaum sitzen und eure Geschenke auspacken."

„Würden wir ja auch", antwortete Martina, „nur ... ich ... also, das war so, Alfons: unten am Fluss, bei der alten Pisapappel – du kennst ja die Stelle –, da hatten die Großen eine Rutschbahn ... aber keine normale Rutschbahn, sondern eine, die ganz gemein war, weil ... die lief nämlich genau auf eins der Löcher im Eis zu – genau mitten drauf zu ..."

„Nicht zu fassen!" meinte Alfons kopfschüttelnd. „Welch eine Schnapsidee!"

„Es war eher eine Bieridee", warf Martin ein.

„Jaja", bemerkte Alfons, „wie sagt doch ein Sprichwort: Wenn dem Esel zu wohl ist, geht er aufs Eis."

Martina nickte eifrig: „In diesem Fall waren's ja gleich fünf Esel, die da rumrutschten, sibirisches Rutschlett nannten sie es, und Martin sollte auch mitmachen, obwohl er gar nicht wollte, aber er musste es und …"

„Langsam, langsam", sagte Alfons. Er wandte sich an Martin: „Wieso musstest du es?"

„Die haben mich ... gezwungen", gestand Martin.

„Genau, das haben sie", redete Martina weiter, „und da ist Klaus einfach mitgelaufen, und weil er nicht mehr bremsen konnte, ist er ins Wasser gerutscht, sogar unters Eis geraten, so dass wir schon dachten ... wir dachten, er ertrinkt oder Moby Dick schnappt ihn sich ... aber Martin und ich haben ihn rausgeholt, während alle anderen nur zugeguckt haben; und dann glaubten wir erst, er wär tot, aber er lebte noch, und da haben wir ... da habe ich ... ich habe …"

„Sie hat Herzmassage gemacht", erklärte Martin.

„Jawohl, das habe ich, Alfons – er hat's mir gezeigt, wie beim Erste-Hilfe-Kurs. Und Martin hat ihn wiederbelebt mit Mund-zu-Mund-Beatmung ..."

„Mund-zu-Nase", berichtigte Martin. Und fügte hinzu: „Das war schon schwierig genug."

Alfons schmunzelte. „Kann ich mir denken."

„Wenn du das gesehen hättest ..." sagte Martina.

„Das hätte ich nur zu gerne gesehen", meinte Alfons und musste wieder schmunzeln.

Obwohl sie sich während der ganzen Zeit in normaler Lautstärke unterhalten hatten, war Klaus, der halb auf der Ofenbank, halb auf Martins Schoß lag, eingeschlafen.

Martina streichelte ihn sanft über den Kopf. „Was wäre es schön, wenn er sprechen könnte", sagte sie leise zu Martin.

„Das wär's wirklich", antwortete er, „aber ich, ich versteh ihn auch so."

„Ach ja? Und wie machst du das?"

„Das meiste kann man ihm von den Augen ablesen."

Versonnen sah Martina auf den schlafenden Klaus. „Im Moment leider nicht."

„Doch – auch jetzt, in diesem Moment", erwiderte Martin. „Wenn du nämlich genau hinguckst, kannst du sehen, dass sich die Augen unter den Lidern hin und herbewegen."

Martina beugte sich ein wenig vor. „Ja – tatsächlich!", staunte sie. „Hat das etwas zu bedeuten?"

„Und ob. Das bedeutet: Vielleicht träumt er gerade ... vom Ertrinken … oder seiner Rettung, wer weiß?!"

„Sollten wir ihn dann nicht besser wecken?", fragte Martina besorgt.

„Lass ihn ruhig schlafen, das wird ihm guttun", meinte Alfons. „Und euch, glaube ich, euch könnte sicher ein Grog oder ein heißer Tee guttun, bevor wir uns gleich gemeinsam auf den Heimweg machen zu euren Eltern. Oder wollt ihr lieber heißen Kakao? Grog ist ja wohl noch nichts für euch."

„Lieber Kakao!", riefen Martin und Martina wie aus einem Munde.

„Na schön, wird gemacht", sagte Alfons munter. „Ich hol nur schnell die Milch aus der Schnarchkammer." Er stand auf und ging nach nebenan in seinen Schlafraum, wo es immer kühl war und er deshalb in einem Schränkchen die Lebensmittel aufbewahrte.

Kaum war er verschwunden, flüsterte Martina: „He, Martin, hast du dir eigentlich schon den ulkigen Weihnachtsbaum angesehen?"

Martin nickte lächelnd.

„Irgendwie ... ungewöhnlich, findest du nicht?"

„Der sieht immer so aus, seit Jahren schon", erklärte Martin. „Für mich ist er gar nicht mehr so ungewöhnlich, aber als ich ihn das erste Mal gesehen habe, da habe ich wahrscheinlich genauso verwundert aus der Wäsche geguckt wie du jetzt."

Der Weihnachtsbaum, an dem über ein Dutzend roter Kerzen brannte, stand zwischen der Eckbank und einem klapprigen Bücherregal – eine windschiefe, dürre Schwarzerle, die vom Boden bis fast zur Decke reichte. An ihren kahlen Ästen waren mit dünnem Draht Kiefernzweige festgebunden, so dass man meinen konnte, jeder Ast wäre geschient worden, und an der Spitze, als Krönung sozusagen, steckte ein dicker brauner Rohrkolben. Geschmückt war das magere Bäumchen allerdings üppig, mit Walnüssen und Rosskastanien, mit Kiefernzapfen, Hagebutten und selbstgebastelten Strohsternen, mit kleinen verschrumpelten Äpfeln und Birnen, alle an unterschiedlich großen Angelhaken aufgehängt. Dazwischen hingen, was man als Fischer und Angler so braucht: glitzernde Wobbler und Blinker, bunte Posen und Schwimmer und viele künstliche Köder.

Martin musterte den Weihnachtsbaum und zwinkerte Martina zu. „Recht originell, oder?“

„Kann man wohl sagen“, kicherte Martina. „Passt aber irgendwie gut hier hin.“

Als Alfons mit der Milchkanne zurückkamn, schlüpften nacheinander auch zwei Katzen durch die Tür, eine grau getigerte und eine schwarze mit weißen Pfoten und einer weißen Nasenspitze.

„Nun seht euch bloß Gerlinde und Augustin an'“, schmunzelte Alfons. „Sobald ich nur ein bisschen mit der Kanne klappere, sind die beiden zur Stelle.“ Er bückte sich und streichelte sie abwechselnd, und es dauerte nicht lange, da begannen sie nach und nach behaglich zu schnurren.

Martina grinste. „Gerlinde und Augustin sind aber komische Namen für zwei Katzen.“

„Es konnte gar keine anderen geben.“ Alfons überlegte. „Eigentlich auch keine besseren.“

„Keine besseren? Was meinst du damit?“

„Ich meine damit, dass jeder Name seine ganz besondere Bedeutung hat.“

„Aha. Und welche?“

Alfons goss den Katzen, die ihm schnurrend um die Beine strichen, ein wenig Milch ins Schälchen, den Rest schüttete er in einen Emailletopf auf dem Küchenherd. Während er löffelweise den Kakao einrührte, erzählte er: „Gerlinde hab ich damals nach meiner ersten Freundin benannt, Gerlinde Zöller, weil die ... die war auch so weich und so anschmiegsam ... eine richtige Schmusekatze, kann ich euch sagen. Ich hatte sie mir seinerzeit auf dem Siegburger Weihnachtsmarkt geangelt und glaubte schon, ich hätte sie fest am Haken – bis sie dann später doch noch einem anderen ins Netz gegangen ist."

„So'n Pech", sagte Martin.

„Jaja ... damals schon", murmelte Alfons. Gedankenvoll betrachtete er die graue Katze. „Ach ja, die Gerlinde ..."

„Und Augustin?" fragte Martina weiter. „War das mal ein Freund?"

Alfons schüttelte den Kopf. „Den Kater hab ich mal mitgebracht vom Markt in Sankt Augustin und schon auf dem Nachhauseweg gegrübelt und gegrübelt, wie ich ihn denn nun nennen soll, und da hab ich ihn einfach nach der Stadt genannt, aus der ich ihn her hab."

„Nicht schlecht", meinte Martina, „passt doch perfekt."

Alfons nickte, goss den inzwischen heiß gewordenen Kakao in große Tassen und reichte sie seinen jungen Besuchern.

„Ja ja, mit den Namen ist das so ne Sache. Im Dorf, fällt mir ein, da gab's mal einen Ackergaul, der hieß Friedrich. Weil er schon als Fohlen immer so friedlich war. Und Breitenbachs alte Ziege, die bestimmt über zwanzig Jahre alt geworden ist, die hieß, glaube ich, Hermine."

„Wie unsere Klassenlehrerin", kam es Martin in den Sinn. „Das ist auch so ne alte Ziege, aber die ist schon über sechzig."

Sie mussten alle herzlich lachen.

„Und denkt mal an die Zuchtsau vom Hof Birkenbeul",

fuhr Alfons fort. „Dass sie Charlotte heißt, wisst ihr ja sicherlich, aber was ihr wohl nicht wisst: Der Bauer Bernhard hat sie so nach seiner Schwiegermutter benannt."

„Bei ihren zweieinhalb Zentnern Lebendgewicht und den dicken Schinken kein Wunder, da stimmt der Name doch", fand Martin.

Alfons musste lachen. „Das will ich meinen." Er griff sich seinen Tabaksbeutel und stopfte sich langsam und bedächtig eine neue Tonpfeife. Dann nahm er aus dem Ofen einen brennenden Span, zündete die Pfeife an und blies den Rauch genüsslich gegen die niedrige Decke.

„Es gibt übrigens noch ein Tier im Dorf mit einem ungewöhnlichen Namen", meldete sich Martin, „und zwar Sascha, Hempelmanns Rauhaardackel."

„Und Alex", fiel Martina ein, „der große Terrier von Förster Steinberg.

„Ja, seht mal an", sagte Alfons. „Und wenn ihr es recht bedenkt, ist doch eigentlich auch Klaus ein etwas ungewöhnlicher Name für einen Hund."

„Aber ein schöner Name, nicht wahr?" Martin sah lächelnd auf Klaus und kraulte ihn sanft hinter den Ohren.

„Doch, doch, ein schöner Name, natürlich. Nur ... nur klingt er halt auch so ... so menschlich."

„Klaus ist ja auch mein bester Freund."

Schmunzelnd zog Alfons an seiner Pfeife und nickte. „Das glaub ich dir gern. Und kriegt dein Freund denn auch etwas zu Weihnachten?"

„Na klar, ein neues Lederhalsband kriegt er, ein grünes."

„Das passt dann sicher gut zu seinem braunen Fell", stellte Martina sich vor.

Als hätte er diesmal mitbekommen, dass von ihm die Rede war, hob Klaus den Kopf und schlug die Augen auf.

„Was hat er doch für einen treuen Blick“, schwärmte Martina. „Man könnte sogar glauben, einen richtig dankbaren Blick.“

„Worauf Martin erklärte: „Ich hab ja gesagt, dass man ihn verstehen kann – man muss es ihm nur von den Augen ablesen.“

Am Rhein so schön

Für meine rheinländischen Freunde Peter und Michael Marz

Vorwort

Das Gala-Dinner im Festsaal des Herrenhauses neigte sich langsam dem Ende zu. Die Gäste hatten vorzüglich gespeist; es hatte Gelbes vom Lauch mit Trüffelbrot gegeben, Hummerkrabben in Limonensorbett, mariniertes Kalbskarree mit Selleriepüree und als Desert Pfirsiche in Armagnac, dazu war ein erlesener Rheingauer Riesling serviert worden. Während man sich in dezentem Tonfall miteinander unterhielt und sich den Mokka mit Petits fours munden ließ, erhob sich am Ende der festlich gedeckten Tafel der Hausherr. Das Gemurmel verstummte, noch bevor er mit einem silbernen Löffelchen an sein kristallenes Weinglas schlug. „Meine sehr verehrten Damen und Herren, liebe Gäste", begann er und blickte mit leicht gerunzelter Stirn in die Runde, „ich weiß nicht recht, wie ich die Frage, die mich beschäftigt, am besten formulieren soll, denn ich möchte keinem der Anwesenden zu nahe treten. Trotzdem halte ich es für das Klügste, Ihnen mein Anliegen so einfach wie möglich vorzutragen." Er räusperte sich und sprach in die Stille hinein: „Was ich gerne wissen möchte, ist Folgendes: Hat es euch eigentlich nicht geschmecket, dass ihr nicht rülpset und furzet?"

Was uns heute als eine unverzeihliche Geschmacklosigkeit erscheinen würde, wäre vor einigen hundert Jahren eine ganz normale Höflichkeitsfloskel gewesen, die von den Gästen mit der gleichen Höflichkeit beantwortet worden wäre; man hätte der Bitte des Hausherrn ohne zu zögern entsprochen und die gewünschten Laute mit Vergnügen von sich gegeben, um deutlich zu machen: Jawohl, es hat uns sehr gut geschmecket. So wäre es damals gewesen. Zu den natürlichen Dingen des Lebens hatten die Menschen halt noch ein ebenso natürliches Verhältnis, niemand hätte seine Gefühle hinter aufgezwungenen Umgangsformen versteckt; einen gewissen Freiherrn von Knigge mit seinen absonderlichen Benimmregeln gab es zu jener Zeit noch nicht.

Versetzen wir uns einmal für einen Augenblick ins Mittelalter. Und nehmen wir an, ein Bauer aus dem Wiedtal wäre an einem frühen Sommertag auf dem Weg zum Linzer Wochenmarkt gewesen. Nach einem über zweistündigen Fußmarsch erreicht er mit seiner schweren Kiepe auf dem Rücken endlich den Rhein, wo er plötzlich ein dringendes menschliches Bedürfnis verspürt. Er hockt sich also an den Straßenrand und gibt sich ungeniert seinem Geschäft hin. Kurz darauf kommt ein anderer Bauer aus dem Hönninger Wald des Weges – und was macht der? Er hockt sich ganz selbstverständlich neben ihn, denn auch er „muss mal", man spricht über das Wetter und die Ernte, schimpft über den Frohndienst und den Ablasshandel, und nachdem die beiden ihr Geschäft erledigt haben, ziehen sie gemeinsam weiter zum Stadttor und zum Marktplatz von Linz.

Für das, was wir heute „die Schönheit der Landschaft" nennen, dürften die zwei allerdings keinen Blick gehabt haben, sie sahen die Welt mit anderen Augen, als wir es heute tun. Es wäre deshalb müßig, darüber zu streiten, ob die sogenannte gute alte Zeit die bessere war. Jede Zeit und jedes Zeitalter hat nun mal eine gute und eine schlechte Seite, das wissen wir ja, und oft verklärt nur der sentimentale Rückblick die Vergangenheit zum verlorenen Paradies.

Trotzdem wäre eine solch haarsträubende Geschichte, wie ich sie am Rhein erlebt habe, dem Bauern aus dem Wiedtal damals nicht widerfahren. Für mich war jener Tag im August der schwärzeste Tag des Jahres. Für diejenigen, die jetzt diese Geschichte lesen, wird er vielleicht zu einer unterhaltsamen Mußestunde. Es mag komisch klingen, aber es wäre mir irgendwie eine Art Trost für das, was ich ertragen habe. Was ich nur deshalb ertragen habe, was ich ertragen musste, weil ich in unserer heutigen Zeit lebe und nicht im Mittelalter. Auch nicht im 18. Jahrhundert. Damals schienen Verdauung und Stuhlgang (über welch seltsamen Ausdruck ich mich schon als Kind gewundert habe) noch normaler Gesprächsstoff gewesen zu sein, bevor sich dieses Thema ab etwa der Mitte des 19. Jahrhunderts zu einem peinlich gemiedenen Tabu entwickelte.

Eine Episode aus Friedrich Schillers tragischer Lebens- und Leidensgeschichte erzählt davon. Der berühmte Dichter quälte sich seit langem mit massiven Verdauungsstörungen, er litt unter Darmverschlingungen, die wiederum zu entzündeten Därmen und letztlich Problemen mit dem Stuhlgang führten – ein Teufelskreis, dem er hilflos ausgeliefert war. Auf dem sogenannten Abort mühte er sich bis zur Ohnmacht ab; einmal, als gerade der Dichterkollege Johan Voß ihn besuchen kam, saß er wieder, gekrümmt von Krämpfen, auf dem hölzernen Plumpsklo. Bei diesem Anblick packte Voß das Mitleid, kurzerhand gesellte er sich zu ihm, erzählte aufmunternde Geschichten, unter anderem von einem römischen Konsul, der die Zeit auf dieser Art profanem Thron nutzte, um seine Untertanen zu empfangen. So verbrachten sie plaudernd ein paar vergnügliche Stunden, und irgendwann konnte sich Schiller endlich erleichtern, und die Qual war für diesen Tag vorüber.

In enger Gemeinschaft saßen auch die Wikinger nebeneinander auf ihren „Donnerbalken". Ich sah sie (die Donnerbalken, nicht die Wikinger) in einem norwegischen Freilichtmuseum, wo diese frühzeitlichen Plumpsklos in niedrige, mit Grassoden gedeckten Blockhütten eingebaut waren. Und bei den Römern, noch weit vor den Wikingern, gab es bereits Toiletten mit Kanalisation, zahlreiche öffentliche Latrinen, manche aus Holz, viele aus Stein oder Marmor, Großlatrinen mit sechzig oder achtzig Sitzen nebeneinander, für Groß und Klein, ohne Trennwände und ohne Geschlechtertrennung. Da saß man also auch ganz selbstverständlich zwischen völlig fremden Menschen, mit denen man sich unterhalten konnte, während man sein Geschäft erledigte. In Ruhe oder Eile. Ob groß oder klein.

Ja, so unkompliziert ging es damals zu, wenn es ums Abführen ging. Bei mir dagegen, an diesem vermaledeiten Sommertag, wurde es gleich morgens schon kompliziert – und von Stunde zu Stunde komplizierter.

Und heißer ...

Einen solch heißen Sommer hatten wir seit Jahren nicht gehabt. Wochenlang brannte die Sonne von einem blauen Himmel herab. Schon am frühen Vormittag stieg das Thermometer auf über fünfundzwanzig Grad im Schatten, nachmittags waren es regelmäßig weit mehr als dreißig Grad.

Durch die lang anhaltende Trockenzeit färbten sich vielerorts die Wiesen und Weiden gelblichbraun, die Bäume verloren frühzeitig ihr welkes Laub, der Wasserstand der Flüsse sank von Tag zu Tag. Viele Talsperren waren nur noch halbvoll Wasser – alle Freibäder und Biergärten dagegen voller Menschen, die äußerlich wie innerlich nach Erfrischung lechzten.

Wie gern hätte auch ich mich in diesen Wochen im Wasser getummelt, mich an den nahe gelegenen Badesee oder ins noch näher gelegene Freibad zurückgezogen. Oder aber mit einem Vorrat eisgekühlter Getränke und einem spannenden Buch hinter unserem Haus in den Schatten des großen Kirschbaums gelegt.

Aber leider bin ich Fotograf von Beruf und so war ich stattdessen jeden Tag von morgens bis abends unterwegs, fuhr kreuz und quer im Westerwald, im Taunus und im Rheingau herum, hauptsächlich jedoch den Mittelrhein entlang, weil ich Aufnahmen für einen neuen Bildband machen musste. Die Fotoliste bestand aus nahezu vierhundert Motiven, in erster Linie Burgen, Schlösser und Ruinen, Kirchen und Museen, Denkmäler und romantische Altstadtwinkel sowie schöne Landschaften mit blauem Himmel und weißen Wölkchen, die übliche Ansichtskartenidylle.

Zu den Sehenswürdigkeiten, die auf meiner Liste standen, gehörte auch das kleine Städtchen Leutesdorf am Rhein. An einem Freitag im August kam ich spätabends an, ziemlich erschöpft von der Hitze und einem langen Arbeitstag. Da die Sonne bereits untergegangen war, machte ich ohne Kamera noch einen kleinen Rundgang durch den Ort, um mir in Ruhe die Motive anzuschauen, die ich am nächsten Morgen fotografieren wollte. Dann verzog ich mich in meinen Campingbus. den ich auf dem Parkplatz am Rheinufer abgestellt hatte, und war, bei offenen Fenstern und trotz einiger umhersummender Mücken, recht bald eingeschlafen.

Morgens gegen acht Uhr wachte ich auf. Die Sonne stand schon über den Weinbergen. Noch war es allerdings angenehm kühl, sodass ich mir meine leichte Sommerjacke übers Hemd zog. Doch bereits jetzt spürte man, dass es wieder ein heißer Tag werden würde. Wie gern hätte ich mir gerade heute einen Ruhetag gegönnt, dachte ich seufzend, während ich lustlos auf einem Brötchen herumkaute, dazu eine Banane aß und eine halbe Flasche Mineralwasser trank. Wie schön müsste es sein, sich hier am Ufer ein schattiges Plätzchen zu suchen und mit der Geduld eines Anglers den lieben langen Tag zu faulenzen, den träge vorbeiziehenden Schleppkähnen nachzuschauen und dabei der vergangenen Rheinromantik nachzuträumen.

Aber es half ja nichts. Von den fehlenden weißen Wölkchen abgesehen, war das Wetter zum Fotografieren ideal. Ich hatte zwar schon viele Motive abfotografiert, ein Großteil der Arbeit lag aber noch vor mir, und bis zum Herbst musste ich fertig sein, weil dann im Verlag die Bildauswahl begann. Also keine Müdigkeit vorschützen, sagte ich mir, und frisch ans Werk, auch wenn es schwerfällt.

Nachdem ich gefrühstückt hatte, hielt ich jedoch erst einmal Ausschau nach einem stillen Örtchen; ein eingebautes WC, wie es damals nur die größeren Wohnmobile hatten und heute fast alle haben, gab es in meinem einfachen Campingbus nicht.

Nun weiß ich natürlich nicht, wie es Ihnen geht, aber bei mir ist es so, dass ich kurz nach dem Frühstück, fast von einer Minute auf die andere, unbedingt zur Toilette muss, manchmal sogar (was unter Umständen zugegebenermaßen recht peinlich sein kann) noch *während* des Frühstücks. Dieser Drang überfällt mich mit ungeheurer Macht, ich kann nichts dagegen tun, nichts anderes jedenfalls, als diesem Drang unverzüglich nachgeben. Das ein wenig ordinäre, aber allseits bekannte Sprichwort „Schiss am Morgen ist gewiss, und wenn es erst am Abend is" mag ja für viele Menschen seine Berechtigung haben, auf mich trifft es jedenfalls nicht zu. Jedenfalls nur sehr selten.

Meine jetzige Frau wiederum hat die erstaunliche Eigenart entwickelt, ihr großes Geschäft nicht einmal am Tag abzuwickeln, sondern quasi portionsweise über den Tag verteilt, in Etappen sozusagen, weswegen ich sie oft scherzhaft „Etaka“ nenne: Etappenkacker. Woraufhin sie dann mit überlegenem Lächeln kontert, ich sei halt bloß ein gewöhnlicher „Eimaka“ und im Grunde nur neidisch, weil ich nicht so lange einhalten könne wie sie.

Was das Einhalten betrifft, muss ich ihr leider recht geben. Schon als Kind habe ich mehr als einmal in die Hose gemacht, nur weil ich nicht schnell genug auf die Toilette kommen konnte. Und daran war eigentlich mein Großvater schuld, weil der nach dem Frühstück ständig unser gemeinsames Plumpsklo blockierte, auf dem er immer seelenruhig sein Pfeifchen rauchte und die Morgenzeitung las.

Wo also konnte ich hin?

Ich ging ein paar Schritte die Uferpromenade entlang und schaute mich um. Auf der einen Seite des langgestreckten Parkplatzes reihten sich, verbunden durch eine alte Stadtmauer, die Fachwerkhäuser und kleinen Hotels von Leutesdorf. Auf der anderen Seite, nur wenige Meter von meinem Standort entfernt, lag das Rheinufer, das in diesem Abschnitt flach abfiel und mit grobem Geröll, Sand und Kieselsteinen bedeckt war. Hier und dort wuchsen ein paar kümmerliche Weidensträucher. Außer diesen Sträuchern gab es nichts, das mir für mein morgendliches Geschäft auch nur den geringsten Sichtschutz geboten hätte. Erst in einigen hundert Metern Entfernung, neben einer alten, romantischen Villa, entdeckte ich flussabwärts am Ufer ein Dickicht. Wenigstens etwas, dachte ich halbwegs zufrieden und ging zu meinem Bus zurück.

Ich hatte gerade die Heckklappe geöffnet, um mich mit genügend Toilettenpapier zu versorgen. als ich auch schon ein allzu bekanntes Ziehen und Rumoren im Unterbauch verspürte. Verdammt! Jetzt war Eile geboten!

Bis zu dem Dickicht an der alten Villa war es zu weit, bis dahin würde ich mir längst in die Hose gemacht haben. Aber wohin, wohin? Das Rumoren im Bauch wurde von Sekunde zu Sekunde stärker, unwillkürlich kniff ich die Pobacken zusammen, trat unschlüssig von einem Fuß auf den anderen und blickte nervös um mich.

Der nächste Strauch war etwa zehn Schritte entfernt, allerdings war er kaum anderthalb Meter hoch und hatte so wenige Äste und Blätter, dass man ohne weiteres durch ihn hindurchsehen konnte. Aber ich hatte jetzt keine Wahl mehr und so hastete ich mit ein paar Sätzen über Geröll und Steine hinter den Strauch. Noch einmal sah ich mich kurz um, zum Glück war keine Menschenseele zu sehen, dann riss ich in Windeseile Hose und Unterhose herunter und saß im nächsten Augenblick wie ein Frosch in der Hocke, gerade noch rechtzeitig ...

Erleichtert atmete ich auf.

Das ist übrigens auch so eine Sache, die mich immer wieder aufs Neue verwundert, die Erleichterung und Entspannung meine ich, die sich nahezu im selben Moment ausbreitet, in dem man sein Bedürfnis endlich erledigen kann. Ich sage bewusst „man“, denn sicherlich kennen Sie das auch: je dringender das Bedürfnis, je schlimmer die vorherige Anspannung, desto größer die anschließende Erleichterung; eine regelrechte Wohltat, denke ich manchmal, gewissermaßen ein Orgasmus im Kleinen, auch wenn Ihnen dieser Vergleich etwas gewagt erscheinen mag.

Während ich nun so dahockte und in Gedanken über den Rhein hinweg aufs andere Ufer schaute, hörte ich hinter mir ein Geräusch, ein Trippeln, das rasch näherkam, ein lauter werdendes Hecheln, und schließlich, schräg hinter mir, ein tiefes Knurren. Im Zeitlupentempo drehte ich den Kopf herum und erstarrte. Unmittelbar neben dem Weidenstrauch stand ein riesiger Hund, eine Mischung aus Dobermann und Dogge vielleicht, eine rheinische Ausgabe des Hundes von Baskerville, dachte ich entsetzt. Bedrohlich fletschte er die Zähne. Mir lief es eiskalt den Rücken hinunter. Unbeweglich verharrte der Riesenköter an seinem Platz, ein wenig nach vorne gebeugt, wie ein Vorstehhund, der dem Jäger das aufgestöberte Wild anzeigt. Ich vermied es, ihm in die Augen zu sehen, um ihn nicht zu reizen, aber er knurrte und schnüffelte nach wie vor in meine Richtung und kam dabei unablässig näher.

Was sollte ich bloß machen?

Es hätte wenig Sinn gehabt wegzulaufen. Wie auch? Und wohin? Das steinige Ufer entlang?

Mein Herz klopfte mir bis zum Hals. Mit der rechten Hand tastete ich verstohlen nach einem dicken Stein. Sollte mich die Dobermanndogge angreifen, würde ich ihr den Stein an den Kopf schmeißen, nahm ich mir vor, und mich anschließend mit einem Sprung in den Rhein retten. Aber wenn ich dieses Hundevieh vor lauter Aufregung nicht träfe und es käme hinter mir her – was dann?

Ich fühlte, wie mir der Schweiß ausbrach. Obwohl ich mich immer weiter schräg nach vorn beugte, spürte ich im Nacken die Sabberschnauze näher und näher kommen. Gleichzeitig umwehte mich ein mordsmäßiger Mundgeruch, von dem mir fast schlecht wurde.

Ewigkeiten von Sekunden wartete ich bewegungslos ab, was passieren würde. Als ich vorsichtig den Kopf ein wenig zur Seite drehte, sah ich aus dem Augenwinkel, wie quer über den Parkplatz ein Mann herangekeucht kam. Er hatte einen blauen Jogginganzug an, und in seiner Hand baumelte eine dicke Hundeleine.

„Kommst du wohl hierher!“, brüllte er schon von Weitem. „Hierher, du Miststück!“

Das Knurren verstummte, der Hundekopf flog herum, und das Miststück trottete gemächlich von dannen, wenn auch nur bis zu meinem Bus. Dort schnüffelte der grässliche Köter am linken Hinterrad, hob kurz sein Bein, pinkelte an den Reifen, schnüffelte nochmals, dann rannte er schwanzwedelnd seinem nach Luft schnappenden Herrchen entgegen.

Puh! Das wäre ja zum Glück noch mal gutgegangen, dachte ich und wischte mir mit dem Ärmel meiner Sommerjacke den Schweiß von der Stirn. Vor großen Hunden hatte ich seit meiner Kindheit einen Heidenbammel, nachdem ich einmal von einem Dalmatiner angesprungen und in den Arm gebissen worden war. So laut ich konnte, hatte ich ihn angeschrien, aber erst, als ich ihn mit voller Wucht in den Bauch getreten hatte, erst dann hatte er endlich losgelassen und sich jaulend davongemacht.

Langsam sollte auch ich mich davonmachen, sagte ich mir jetzt, obwohl ich mit meiner Sitzung im Grunde genommen noch nicht ganz fertig war. Normalerweise ist es mir nämlich ein großes Bedürfnis, mein großes Bedürfnis in aller Ruhe zu verrichten. Dass ich dabei gerne in der Zeitung oder einem Buch lese, habe ich sicher von meinem Großvater. Anstatt eine Pfeife zu rauchen, trinke ich allerdings lieber eine Tasse Kaffee. Aber ich kann es ebenso wenig leiden wie er, wenn ich gestört werde, sei es dadurch, dass das Telefon läutet, sei es durch den Briefträger, den Schornsteinfeger oder den Stromableser, die alle komischerweise immer in solch unpassenden Momenten an der Haustür klingeln.

Nach dem soeben überstandenen Schrecken war mir jedoch

die Lust an der weiteren Sitzung gründlich vergangen. Es wäre ohnehin nichts mehr dabei herausgekommen. Außerdem wurde es Zeit, mich an meine Arbeit zu machen; nach den Aufnahmen in Leutesdorf standen für heute noch ein Dutzend weiterer Motive auf dem Programm, in Rheinbrohl und Bad Hönningen, Linz und Ockenfels, Erpel und Unkel, Bad Honnef und Königswinter. Natürlich waren auch Drachenfels und Drachenburg auf meiner Liste, ebenso Nibelungenhalle und Reptilienzoo. Da würde ich dann meine Aufnahmen wieder im unvermeidlichen Menschengewühl machen müssen, zwischen Hunderten von Touristen, die einem ständig ins Bild liefen, sich grinsend vor der Kamera in Positur warfen oder blöde Fragen stellten: Was fotografieren Sie denn da Schönes? Sind Sie ein richtiger Fotograf? Nehmen Sie Farbfilme oder knipsen Sie lieber in schwarz-weiß? Hat Ihre Kamera eine Blendenautomatik? Welche Filme sind denn eigentlich die besten? Wie man an all diesen Fragen sieht, war es die Zeit vor der digitalen Fotografie.

Wie gern würde ich jetzt hierbleiben, sagte ich zu mir selbst, einfach hierbleiben, an diesem „romantischen Flecken für die erholsame Verschnaufpause“, wie ich gestern Abend in einem Leutesdorfer Werbeprospekt gelesen hatte.

Ach ja, die Werbung, dachte ich, der schöne Schein – ist die Wirklichkeit nicht immer ganz anders?

„Juten Morjen!“

Ich fuhr zusammen. Schräg hinter mir, wie aus dem Boden gewachsen, stand ein kleiner, dicklicher Mann. Verschmitzt sah er mich an, als freute es ihn, dass er mir einen kleinen Schrecken eingejagt hatte. „Haben Se mich nit kommen jehört?“, fragte er schmunzelnd.

Ich schüttelte den Kopf und betrachtete ihn sprachlos. In der linken Hand hatte er eine Angel, in der rechten einen

Fischkorb und einen Campingstuhl. Abgesehen von seinem geröteten Kopf und seinen fleischigen Händen war alles andere an ihm olivgrün: Gummistiefel, Cordhose, Hemd und Weste, selbst der Filzhut, an dem zahlreiche silberne Anstecknadeln in der Sonne blinkten. Er mochte etwa zwanzig Jahre älter sein als ich, so um die Fünfzig, schien mir, vielleicht auch Mitte Fünfzig.

„Wat'n Wetterche ...“, sagte er und blickte an mir vorbei stromaufwärts in die Ferne.

Hastig zog ich meine Sommerjacke noch dichter um mich, sodass sie ringsum bis auf den Boden reichte. Nur nach vorne, zum Rhein hin, blieb sie zwangsläufig ein Stück offen. Wenn man nicht ganz genau hinsah, konnte man annehmen, ich säße auf einem größeren Stein und betrachtete die Landschaft.

„Ja, das Wetter ist schön“, sagte ich. „Wird bestimmt noch mächtig heiß heute.“

Der Angler nickte versonnen und sah sich um. „Herrlich Fleckche zum Angeln“, meinte er schließlich, wobei er mit der Angelrute auf den Platz rechts neben mir zeigte.

Der will doch wohl nicht ... Der wird sich doch wohl nicht hier breitmachen wollen, dachte ich bestürzt. Doch nicht ausgerechnet hier?!

Was aber konnte ich dagegen tun? Wie mich wehren? Meine Gedanken begannen sich zu überschlagen. Wenn der tatsächlich hierbleibt, hänge ich unweigerlich fest, schoss es mir durch den Kopf. Was dann? Wie lange angelt so einer? Eine Stunde? Zwei Stunden? Den ganzen Vormittag? Oder gar noch länger?

Welch entsetzliche Vorstellung, vielleicht stundenlang in der Hocke sitzen, stundenlang in dieser unbequemen Stellung verbringen zu müssen und sich nicht vom Fleck rühren zu können. Und das alles bei dieser sommerlichen Hitze. Nicht auszudenken, das Ganze!

„Sie jestatten doch, dat ich mich zu Ihnen jeselle", sagte der Angler und ging auch schon ein paar Schritte näher ans Ufer heran.

„Ja ... nein ... ich meine ... wollen Sie denn ... wollen Sie denn wirklich *hier* angeln?", stotterte ich.

Der Angler stiefelte etwa sieben, acht Meter am Ufer entlang flussabwärts, stellte dann seinen Korb ab, legte die Angel vorsichtig auf die Steine und setzte sich behaglich in den kurzerhand aufgeklappten Campingstuhl. „Natürlich will ich hier angeln, warum denn nit?", antwortete er. „Is doch'n schön Plätzche."

„Ja, schon, aber …"

„Wat aber?"

„Aber ... gibt's denn hier im Rhein überhaupt noch Fische?", fragte ich, mehr aus Verlegenheit, weil mir nichts anderes einfiel.

Er nickte kurz.

„In dieser Giftbrühe?"

Wieder nickte er. „Auch wenn Se dat nit jlauben, Fische jibbet jenug."

„Ach, wirklich?", fragte ich, ehrlich verwundert. „Und was für welche?"

„Aale und Rotfedern vor allem. Auch Barsche, Karpfen und Hechte. Und Zander. Vor'n paar Jahren hat mer sojar widder'n Lachs jefangen."

Das arme Tier, dachte ich, erst langsam vergiftet und dann noch geangelt werden, was für ein Ende! In einer Woge aufkommenden Mitleids nahm ich mir vor, nie wieder Fisch zu essen, jedenfalls keinen Lachs. Auch keinen Aal. Höchstens mal Fischstäbchen.

„Bin jespannt, wat hier so anbeißt", sagte der Angler. Umständlich kramte er in seinem Korb, legte verschiedene Kästchen und Schächtelchen neben sich auf den Boden und holte aus einer Plastiktüte ein halbes Brötchen hervor. Ein Stück davon biss er ab, kaute mehrmals, nahm es mit den Fingern wieder aus dem Mund und formte eine haselnussgroße Kugel daraus. Diese Kugel drückte er nun auf einen kleinen Angelhaken, knetete ein wenig daran herum, und schon war der Haken vollständig im Teig verschwunden, ein perfekter Köder. Jeder ahnungslose hungrige Fisch musste auf solch einen leckeren Happen hereinfallen, und dann – schwuppdiwupp – würde er am Haken zappeln.

„Fürs Erste werd ich mal auf Jrund angeln", erklärte der Angler. Er stand auf und ging näher ans Wasser, achtete aber darauf, dass seine Gummistiefel nicht nass wurden. In weitem Bogen warf er seine Angel aus, behielt sie jedoch nicht in der Hand, sondern legte sie in einen Ständer, den er zwischen die Steine steckte. Nun befestigte er noch einen kleinen Alustreifen an der Schnur, nahe der Rutenspitze, und drehte wie schon zuvor ein wenig an der Rolle, bis die Schnur seiner Meinung nach offenbar stramm genug war. Zufrieden mit seinem Werk setzte er sich wieder in seinen Campingstuhl, streckte die kurzen Beine von sich und sah aufs Wasser hinaus.

Ich sollte abhauen, dachte ich auf einmal, einfach abhauen, so schnell wie möglich. Wozu noch warten? Die Gelegenheit war sogar halbwegs günstig, denn der Angler schaute in die andere Richtung, stromabwärts, wo gerade ein Containerschiff in Sicht kam. Eine solche Chance würde so schnell nicht wiederkehren, sagte ich mir, also würde ich mir jetzt so unauffällig wie irgend möglich den Hintern abputzen, beim Aufstehen die Hose hochziehen und dann still und leise zu meinem Bus gehen. Und dieser olivfarbene Petrijünger würde von alledem nichts mitkriegen. Sicherheitshalber schielte ich noch mal zu ihm hinüber. Keine Gefahr, er war abgelenkt. Jetzt galt es!

„Hier steckst du also!“, dröhnte plötzlich eine Stimme hinter mir. Ich zuckte zusammen, als hätte mir jemand ins Genick geschlagen. Mit klopfendem Herzen drehte ich mich zur Seite und sah über meine Schulter hinweg auf eine reichlich beleibte Frau, die einem dicken Packesel glich. Sie hatte einen Rucksack auf, in der einen Hand einen Campingstuhl und einen Kescher, in der anderen eine große Kühltasche. Zusätzlich hatte sie sich unter den linken Arm zwei Angeln und unter den rechten einen Klapptisch geklemmt.

„Hier also steckst du!“, wiederholte sie vorwurfsvoll. „Da kann ich ja lange suchen!“ Mit finsterer Miene blickte sie auf den Angler, der sich verschüchtert umgedreht hatte und nun ein zaghaftes Lächeln zeigte.

Mein Gott, die gehören zusammen, ging es mir durch den Kopf und im selben Moment wurde mir klar, meine Chance war vertan! Jetzt gab es kein Entkommen mehr, jetzt saß ich wirklich fest! Und wie lange ich festsaß, das hatte von nun an nicht mehr ich, sondern allein dieses Anglerpaar in der Hand. Ich konnte nur hoffen, dass es nicht allzu lange dauern würde. Aber eine böse Vorahnung sagte mir: Es wird lange dauern, es wird sogar sehr lange dauern; es wird sehr heiß werden und es wird sehr, sehr lange dauern ...

Ungehalten musterte ich die Frau. Sie war etwa einen halben Kopf größer als ihr Mann, schien weit über die Fünfzig und war ebenfalls grün gekleidet, ein grünlicher, grauhaariger Packesel in zu weiten Stiefeln, zu enger Hose und viel zu enger Bluse. Das Gesicht mit der spärlich behaarten Oberlippe, der herabhängenden Unterlippe und den breiten

Nasenlöchern hatte trotz der dicken Schminke tatsächlich etwas Eselhaftes. Nur die Ponyfrisur und der kurze Pferdeschwanz passten nicht ganz zu diesem Eindruck. Auch konnte es kein armer Esel sein, denn an ihren Fingern glänzten mehrere goldene Ringe, unter dem Doppelkinn spannte sich eine Perlenkette und an ihrer Bluse prangte eine goldene Brosche in Form einer springenden Forelle.

„Vielleicht ist der Herr so gnädig und hilft mir endlich mal!“, blökte sie ihren Mann an und zeigte dabei ihr gelbliches Eselsgebiss. „Denkst du, die Schlepperei macht mir Spaß?!“

„Nä, Brunhilde, natürlich nit“, sagte der Angler und eilte herbei, um ihr den Campingstuhl, die Kühltasche und die übrige Last abzunehmen. Nur den Rucksack behielt sie auf.

Erst jetzt, als sie über Geröll und Steine in Richtung Ufer balancierte, nickte sie mir kurz zu und murmelte etwas, das vermutlich „Guten Morgen“ heißen sollte. Aber ebenso wenig wie ihr Mann schien sie zu bemerken, aus welchem Grund ich hier eigentlich in der Hocke saß. Welch ein Glück, dass meine weite Sommerjacke meinen nackten Hintern und damit den wahren Grund verdeckte.

Trotzdem saß ich – entschuldigen Sie bitte den derben Ausdruck – ganz schön in der Scheiße, wie man so sagt. Auch wenn ich genaugenommen einige Zentimeter darüber saß. Aber das spielte in diesem Fall ja keine Rolle, es kam aufs Gleiche heraus.

Während die Anglerin sich ohne ein weiteres Wort ihren Sitzplatz einrichtete, ihre Angeln fertigmachte und sie einige Meter weiter stromabwärts auswarf, sah ich ihr verdrossen zu und brütete vor mich hin.

Vor einigen Minuten hätte ich noch abhauen können. Selbst wenn der Angler sich umgedreht und sicherlich große Augen gemacht hätte bei meinem Anblick, wäre ich einfach davongegangen. Jetzt dagegen, nachdem eine Frau dazugekommen war, würde ich es nicht mehr wagen, das wusste ich. Die bloße Vorstellung, halb aufgerichtet mit halb heruntergelassener Hose von einer Frau überrascht und angestarrt zu werden, war schon schauderhaft genug. Eine solche Situation wollte ich gar nicht erst heraufbeschwören.

Dabei bin ich im Grunde genommen nicht prüde, müssen Sie wissen. Ich gehe beispielsweise regelmäßig in die Sauna (die Heimsauna, um ganz ehrlich zu sein, weil ich da für mich sein kann), ich bade auch manchmal nackt (sofern ich an einem stillen Waldsee allein bin) und sonne mich ab und zu ohne Badehose hinter unserem Haus (wo mich wegen der hohen Hecke niemand sieht). Das alles macht mir nicht das Geringste aus, im Gegenteil: Inzwischen genieße ich meine Ungeniertheit immer öfter, vor allem das Sonnenbaden „ganz mit ohne was an". Dabei ist es mir übrigens vor nicht langer Zeit einmal passiert, dass ich, auf dem Rücken liegend, bei Vogelgezwitscher und Bienengesumm eingeschlafen bin, und als ich nach fast anderthalb Stunden aufwachte, sah ich aus wie ... wie soll ich es beschreiben ... wie ein gekochter Hummer, könnte man sagen; ich blickte nämlich auf einen krebsroten Bauch und zwei krebsrote Oberschenkel, und dazwischen, noch jämmerlicher anzusehen, lag eine verbrannte Languste (wenn Sie verstehen, was ich meine).

Also wie gesagt, ich bin eigentlich nicht prüde. Aber es gibt da ein paar Erlebnisse in meinem Leben, Erlebnisse mit Frauen (seltsamerweise waren es immer Frauen) in ähnlichen Situationen wie der jetzigen, die allesamt so unerfreulich und ärgerlich, vor allem aber derart peinlich waren, dass ich sie nie vergessen werde. Manche Erlebnisse suchen mich sogar in meinen Träumen heim, ganz besonders eins, und dann schrecke ich regelmäßig aus dem Schlaf hoch, aufgeweckt von einem Schrei, der mich noch heute verfolgt.

Dieser Schrei ... ein Albtraum.

Auch jetzt musste ich gleich wieder an diesen Schrei denken; er klang mir in den Ohren wie damals, obwohl diese Geschichte nun schon etliche Jahre zurücklag. Aber trotz der langen Zeit sah ich alles wieder genau vor mir: den kleinen Ort Lahnstein an der Mündung der Lahn in den Rhein, wo meine Frau und ich in einem gemütlichen Familienhotel unseren ersten gemeinsamen Winterurlaub verbrachten. Ursprünglich hatten wir nur ein verlängertes Wochenende geplant gehabt, aber dann gefiel es uns in dieser herrlichen Gegend von Lahn, Rhein und Mosel so gut, dass wir einfach noch eine Woche länger blieben. Obwohl es Ende Dezember war, hatte es bis in die Flusstäler hinab immer noch nicht geschneit, nur auf den Höhen von Eifel und Hunsrück, Taunus und Westerwald lag ein wenig Schnee. Aber das störte uns nicht; wir wollten sowieso nicht Ski fahren, sondern in der Hauptsache spazieren gehen und wandern und uns mit dem Auto oder zu Fuß die alten Orte und die Burgen am Rhein ansehen. Die ganze Zeit über hatten wir gutes Wetter; es war kalt und sonnig, die Fernsicht von den Aussichtspunkten auf der Loreley und dem Niederwalddenkmal in der frostig-klaren Luft war überwältigend schön. An jedem Morgen zogen wir daher kurz nach dem Frühstück mit unseren Rucksäcken los oder fuhren mit dem Auto in gemächlichem Tempo die Rheinuferstraße entlang und kehrten zum Nachmittagskaffee, meistens aber erst zum Abendessen, in unser Hotel zurück.

Auf dieser Reise lernten wir Boppard, St. Goar und St. Goarshausen kennen, sahen uns Oberwesel mit der Liebfrauenkirche und der Schönburg an, Bacharach mit der Burg

Stahleck und Kaub mit der auf einer Rheininsel gelegenen Burg Pfalzgrafenstein. Unser weitester Tagesausflug führte uns bis in den Rheingau nach Rüdesheim, wo wir uns die ziemlich überlaufene Drosselgasse ansahen und das gewaltige Niederwalddenkmal bestaunten.

Auf einer unserer letzten Touren hatten wir uns das malerische Braubach und die Marksburg angesehen. Anschließend machten wir noch einen Abstecher zur Festung Ehrenbreitstein, einer der größten Bastionen Europas, die hoch über dem Rheinufer gegenüber Koblenz und der Moselmündung liegt. Außer uns besichtigten nur wenige Touristen das mächtige Bollwerk aus dem 19. Jahrhundert, was sicherlich an der Kälte und dem eisigen Wind lag. In einem der Innenhöfe begegnete uns allerdings eine ausgelassene Besuchergruppe, alles Frauen unterschiedlichen Alters, die mit einem Reisebus aus München gekommen waren und, dem Dialekt nach unschwer zu erkennen, aus Oberbayern stammten.

Ausnahmen bestätigen die Regel: Reichlich verspätet an diesem Tag (und deshalb ganz unerwartet) verspürte ich plötzlich ein immer stärker werdendes inniges Bedürfnis.

„Sieh du dir mal zehn Minuten lang die Festung allein an“, flüsterte ich meine Frau zu. „Ich muss mal dringend im Wald verschwinden.“

„Warum suchst du dir nicht eine Toilette?“, fragte meine Frau.

„Würd ich ja gern. Hab aber gesehen, dass die im Winter alle geschlossen sind.“

„Ach so, ja dann“, meinte meine Frau. Sie zeigte auf meinen Rucksack. „Hast du denn Toilettenpapier dabei?“

„Ja ja, hab ich“, sagte ich im Weggehen. „Bis gleich.“

So schnell ich konnte rannte ich zum Ausgang und zum Parkplatz, an den wenigen Autos und dem Münchener

Reisebus vorbei, bis mich hundert Meter weiter ein Geistesblitz in vollem Lauf stoppte. Das war die Rettung: Reisebusse haben doch meistens ein WC an Bord, sagte ich mir, machte auf der Stelle kehrt und lief zurück. Doch ich hatte Pech; die Türen des Busses waren abgeschlossen, und der Fahrer war nirgendwo zu sehen. Was jetzt? Bevor ich den Fahrer in der weitläufigen Anlage suche (und dann womöglich doch nicht finde), verschwinde ich nun wirklich lieber im Wald, musste ich mir sagen, und so rannte ich wiederum über den Parkplatz und an der äußeren Mauer entlang auf den bewaldeten Abhang nördlich der Festung zu. Zwischen ein paar rauhreifglitzernden Büschen sah ich mich kurz nach einem geschützten Plätzchen um, das mir einigermaßen Sichtschutz geboten hätte – da zwang es mich auch schon mit aller Macht in die Hocke.

Aufatmen. Erleichterung. Wohlgefühl.

Ich muss zugeben: Niemals vorher hatte ich ein derart beschauliches Örtchen für mein morgendliches Geschäft. Auch wenn ich es in diesem Fall ja ausnahmsweise erst am Nachmittag erledigte. Die Aussicht durch die winterkahlen Äste auf Koblenz und ins Moseltal war jedenfalls herrlich. Besonders gut gefielen mir die Romanischen Kirchen, die Moselbrücken und das Kurfürstliche Schloss. Bei meiner besinnlichen Betrachtung fiel mir auf, dass der Sockel des Kaiser-Wilhelm-Denkmals am Deutschen Eck leer war (heute sitzt wieder ein bronzener Kaiser Wilhelm auf seinem bronzenen Pferd, geleitet von einem bronzenen Engel; alle drei blicken sie rheinabwärts, zeigen also der Stadt Koblenz ihre Kehrseiten ...).

Ich hätte sicher noch länger schauen und die Aussicht genießen können. Weil ich jedoch bereits nach wenigen Sekunden eine Gänsehaut und nach wenigen Minuten einen eisigkalten Hintern hatte, beendete ich meine Sitzung wesentlich früher als sonst. Genaugenommen war ich gerade erst im Begriff, sie zu beenden, stand halb aufgerichtet da und wollte mir soeben die Unterhose hochziehen, als keine zwanzig Meter von mir entfernt, hinter einer Baumgruppe, urplötzlich eine junge Frau in Anorak, Kniebundhose und Wanderschuhen auftauchte und eilig auf mich zukam. Ich stand wie versteinert. Jetzt wird sie mich jeden Moment entdecken, dachte ich bestürzt, ohne mich zu rühren, aber seltsamerweise blickte sie über ihre Schulter hinweg unablässig in Richtung des Parkplatzes und der Festung, ging die letzten Meter sogar schräg rückwärts und schaute dabei immer wieder den bewaldeten Hang hinab.

Offenbar will sie nicht gesehen werden, überlegte ich und wunderte mich über ihr merkwürdiges Verhalten. Aber ich brauchte mich nicht lange zu wundern, denn im nächsten Augenblick, nur wenige Schritte vor mir, blieb sie stehen, sah kurz nach links und nach rechts und nach vorn (nur nicht nach hinten), dann zog sie eilig Hose und Slip herunter, raffte den Anorak hoch und hockte sich nieder.

Das war es also: Auch sie „musste mal", und zwar ebenfalls dringend, wenn auch nur „klein", wie am sanften Rauschen unschwer festzustellen war. Ich wollte gewiss nicht hinschauen, das müssen Sie mir glauben, meine innere Stimme sagte mir, ich solle gefälligst wegsehen, aber ich konnte nicht anders und starrte wie gebannt, wenn auch langsam zitternd vor Kälte, zwischen den gefrorenen Büschen hindurch auf ihr knackiges Hinterteil. Ein Anblick zum Reinbeißen, ging es mir durch den Kopf, und unwillkürlich leckte ich mir die Lippen.

Wirst du Spanner wohl endlich weggucken, meldete sich nochmals meine innere Stimme.

Klappe halten, dachte ich nur und betrachtete mit wohlwollendem Interesse und wachsender Begeisterung die prallen Pobacken, über die jetzt sichtbar eine Gänsehaut lief. Dann aber war es mit der erregenden Aussicht auch schon vorbei, die junge Frau richtete sich auf, zog sich hastig an und – drehte sich um.

Selten habe ich einen derart erschrockenen und fassungslosen Gesichtsausdruck gesehen. Eigentlich noch nie. Ich sah, wie die Frau ihre Augen zusammenkniff, um sie in der nächsten Sekunde umso weiter aufzureißen, ihr Blick glitt langsam abwärts, blieb in halber Höhe wie festgenagelt stehen, gleichzeitig öffnete sich wie in Zeitlupe ihr Mund, wurde größer und größer, und dann hörte ich diesen Schrei, diesen alles durchdringenden Schrei, der sich, als sie nun Hals über Kopf zur Festung flüchtete, zu einem schrillen Gekreische auswuchs.

Eine gute Viertelstunde später war ich wieder beim Parkplatz angelangt. Ich hatte mir absichtlich Zeit genommen, außerdem war ich sicherheitshalber in einem weiten Bogen zurückgegangen.

Zum Glück kam mir meine Frau schon durchs Feldtor entgegen, sodass ich sie nicht mehr im oberen Schlossplatz zu suchen brauchte. „Da bist du ja endlich", empfing sie mich vorwurfsvoll, „wird auch langsam Zeit."

„Es ging nicht schneller", sagte ich nur und wandte mich zum Gehen, weil ich so schnell wie möglich zu unserem Auto und nur noch wegwollte von hier.

Meine Frau jedoch hielt mich am Ärmel fest. „Hast du nicht vorhin auch was gehört?", fragte sie.

„Was gehört?"

„Nun tu doch nicht so. Dieses Schreien, meine ich."

„Welches Schreien?"

„Na, das musst du doch gehört haben!“

„Nein, ich ... ich hab nichts gehört ... ich war ja ziemlich weit weg ... da hinten“, stotterte ich. „Aber nun lass uns doch endlich fahren, mir ist kalt.“

Den letzten Satz überhörte meine Frau. „Wieso weit weg? Und wieso da hinten?“, fragte sie misstrauisch.

„Wieso, wieso? Wieso nicht?“, fragte ich verärgert zurück. „Was hast du eigentlich? Was ist denn passiert?“

Meine Frau sah mir einen unerträglich langen Moment in die Augen, als wollte sie in ihnen erkennen, ob meine Verwunderung echt war oder nur gespielt. Dann erzählte sie: „Vorhin kam eine junge Frau schreiend in die Festung gelaufen.“

„Ja und?“, fragte ich mit einem unschuldigen Lächeln.

„Lass mich doch ausreden“, sagte meine Frau und fixierte mich wieder einige Sekunden lang mit ihrem misstrauischen Blick. „Diese Frau kommt also völlig atemlos hier an, drinnen beim Hauptgraben war‘s, da trifft sie auf ihre Bekannten von der Busgruppe, und ich kriege mit, wie sie berichtet, sie wäre um ein Haar von einem Exhibitionisten überfallen worden und vielleicht sogar, wer weiß das schon, nur knapp einer Vergewaltigung entgangen. Nein, wie schrecklich!“

„Na, na, das klingt aber alles reichlich übertrieben.“

„Woher willst du das denn wissen?“

„Ich ... ich weiß nichts. Ich meine ja nur …“

„Du hättest sie sehen sollen. Am ganzen Leib hat sie gezittert, die arme Frau, was man ja verstehen kann, nach solch einem Schock.“

„Und wo ist sie jetzt?“ fragte ich.

„Sie ist natürlich bei ihrer Gruppe geblieben, allein würde sie sich hier nirgendwo mehr hintrauen, hat sie gesagt, und dann wollte sie gleich nach der Besichtigung in Koblenz zur

Polizei gehen und diesen Lustmolch anzeigen."

Das Wort „Polizei" rammte sich mir wie ein Faustschlag in den Magen, das Wort „anzeigen" setzte gleich einen zweiten Schlag hinterher, sodass mir auf einmal furchtbar übel wurde. Kein Wunder, dass mir damit auch die Freude an weiteren Erkundungen für diesen Tag abrupt vergangen war und die Rückfahrt zu unserem Hotel recht schweigsam verlief.

Am nächsten Morgen trauten wir kaum unseren Augen: Das Wetter war umgeschlagen; tiefliegende Wolken zogen von Westen her über das Rheintal und brachten Regen und Schneeschauer mit sich. Mit den Wolken schien sich auch unsere Stimmung zu verdüstern, die uns jedoch nicht davon abhielt, nach einem ausgedehnten Frühstück einen Ausflug zur Burg Stolzenfels zu machen. Eigentlich hätte mir bei der Besichtigung dieser romantischen Burganlage das Herz aufgehen müssen, aber weder die kunstvoll gewölbte Treppenhalle, weder die neugotische Kapelle und der Rittersaal, noch die grandiose Aussicht von der Schlossterrasse auf Rhein und Lahnmündung konnte ich diesmal genießen. Die Waffensammlung wirkte auf mich wie ein Warenlager voller Mordinstrumente, der Bergfried wie ein Hungerturm, die Bruchsteinmauern kamen mir vor wie Gefängniswände, ich fühlte mich bedrückt und eingesperrt und musste immerzu an die unheimliche Folterkammer in der Burg Linz denken, in der vor Jahrhunderten sicherlich unzählige arme Sünder zu falschen Geständnissen erpresst worden waren. Dass man diesen Kerker des Schreckens heutzutage auf einem gemütlichen Sonntagsausflug mit der ganzen Familie besichtigen kann, tröstete mich kein bisschen; ich sah mich schon selber im Geiste nackt auf der Streckbank liegen und hörte mich gestehen: Jawohl, gnädiger Herr Folterknecht, ich war's, ich war der Lustmolch, aber ich war's ohne böse Absicht, habt

Erbarmen, ich tu's nie wieder!

Am darauffolgenden Abend, es war der Abend vor unserer Abreise, fuhren wir noch einmal nach Koblenz. Zwar hatte ich mich zunächst heftig dagegen gesträubt, ich wäre lieber in Lahnstein geblieben und im „Wirtshaus an der Lahn“ eingekehrt, dann aber, wie so oft, hatte ich doch wieder dem Drängen meiner Frau nachgegeben. Hätte ich es bloß gelassen ...

In Koblenz angekommen, machten wir zunächst einen kleinen Rundgang durch die Altstadt. Wir schlenderten an der Kurfürstlichen Stadtburg und der mittelalterlichen Balduinbrücke vorbei, besahen uns das Komturhaus von 1216 und die wunderschöne Häusergruppe am Florinsmarkt. Am Alten Kauf- und Danzhaus von 1425, zusammen mit dem Bürresheimer Hof das heutige Mittelrheinmuseum, entdeckten wir unter einer Uhr einen steinernen Kopf, den „Koblenzer Augenroller“. Es soll sich um den Kopf des Raubritters Johann Lutter von Kobern handeln, dessen Augen sich rund um die Uhr im Sekundentakt bewegen und der beim Glockenschlag alle halbe Stunde dem Betrachter seine rote Zunge herausstreckt. Meine Frau war von dem mechanischen Meisterwerk beeindruckt, der Raubritter soll dem Scharfrichter die Zunge gezeigt haben, bevor er geköpft wurde, hatte meine Frau in einem Führer gelesen; ich aber wurde das ungute Gefühl nicht los, der Kerl streckte nur mir die Zunge heraus, als wolle er damit ohne Worte nur eines sagen: Ätsch! – auch du wirst bald geköpft!

Wenig später betraten wir das Weinhaus „Hubertus“, das älteste der Stadt, suchten uns einen freien Tisch und bestellten uns jeder einen Specksalat, einen besonderen Kartoffelsalat, von der Wirtin selbst zubereitet. Dazu gab's einen Spätburgunder, als Nachtisch Eis mit Früchten und zu guter

Letzt noch einen Kaffee. Mein seltsames Gefühl hatte sich etwas verloren, meine Stimmung sich ein bisschen gebessert, fast bedauerte ich sogar, dass unser Urlaub nun schon zu Ende ging. Musste denn alles Schöne im Leben immer so schnell vorbei sein?

Versonnen betrachtete ich meine Frau und dachte an die zurückliegenden Tage. Auf einmal, ich wusste nicht woher, drang ein Wort in meine Gedanken, ein einzelnes undeutliches Wort, das mich jedoch sofort hellhörig machte. Es war nicht an mich gerichtet, aber es konnte sich nur auf mich beziehen, das wusste ich gleich. Mir kam die herausgestreckte Zunge in den Sinn, und im nächsten Augenblick, aus einem erregten Stimmengewirr heraus, hörte ich dasselbe Wort wieder, vom Nebentisch kam es, diesmal in einem kurzen Satz, und dieser Satz lautete: „Zur Polizei bin i grennt."

Fast hätte ich den Schluck Kaffee, den ich gerade im Mund hatte, über den Tisch und meiner Frau in den Ausschnitt geprustet; stattdessen schnappte ich nach Luft, verschluckte mich dabei, und obwohl mir meine Frau ein paarmal kräftig auf den Rücken klopfte, hustete ich derart verkrampft in meine Serviette hinein, dass ich glaubte, mir würde der Kopf platzen.

Am Nebentisch war das erregte Geplapper verstummt. Mir schlug das Herz bis zum Hals, denn eine böse Vorahnung war in mir aufgestiegen. Unauffällig fuhr ich mir mit den Fingern über die Stirn und lugte verstohlen zwischen Daumen und Zeigefinger hindurch. Zwei der drei Frauen am Nebentisch sahen neugierig zu uns herüber. Die dritte saß mit dem Rücken zu mir, sodass ich sie nicht erkennen konnte, aber was ich nun an weiteren Gesprächsfetzen mitbekam, ließ aus der bösen Ahnung sehr schnell eine noch bösere Gewissheit werden.

„An gaanz a Nackerter“, entrüstete sich die Stimme von eben, „stellt euch dös amoi vor. Und sooo oan kloanes Ding hat er ghabt.“

Dummerweise konnte ich nicht sehen, was sie zeigte, aber ich sah, wie die beiden anderen Frauen sich mitleidige Blicke zuwarfen, dann aber sofort wieder ihre strengen Mienen aufsetzten.

„Ganz blaugfrorn woars“, berichtete die Erzählerin weiter, es klang sogar ein wenig Bedauern in ihrer Stimme, bevor wieder lauthals die Empörung durchschlug. „Oaber dafür gibts koa Entschudigung net, nie und nimmer, net für so oan perverses Mannsstück“, schimpfte sie. „So oaner ghört einigsperrt!“

Den beiden anderen schien das noch zu milde. „Was hoast einigsperrt?“, meinte die eine. „Kaschtriert ghört so oaner!“, worauf ihre Tischnachbarin zustimmend nickte: „Genau! Schnippschnapp und ab – und dann hoast allweil dei Ruah! So moacht mer dös!“

Vom Zuhören war mir ganz schlecht geworden. Nur raus hier, dachte ich und winkte diskret nach dem Ober.

Meine Frau hatte offenbar ebenfalls einiges mitbekommen; sie sah mich fragend an, runzelte die Stirn und zog mehrmals hintereinander die Augenbrauen zusammen. Ich tat so, als verstünde ich nicht, was sie von mir wollte, und zuckte mit den Schultern.

Wieso kam der verdammte Ober nicht herbei?

Ich saß wie auf glühenden Kohlen, wippte nervös mit den Füßen auf und ab und starrte vor mich in die halbleere Kaffeetasse, in der ich erst jetzt eine ertrinkende Fliege bemerkte, die sich zappelnd im Kreis drehte. Angestrengt sann ich über einen Ausweg nach, aber ich war unfähig, einen klaren Gedanken zu fassen. Ich kam mir vor wie die Fliege in meiner Tasse, den baldigen Untergang vor Augen, und weil sie mir leidtat, fischte ich die Fliege aus dem lauwarmen Kaffee heraus und setzte sie auf die Tischdecke.

„Die Herrschaften wollen zahlen?"

Erschrocken fuhr ich auf. Neben mir stand der Ober, der missbilligend auf die nasse Fliege blickte, unter der sich ein brauner Fleck auf der weißen Tischdecke gebildet hatte. Er verzog vorwurfsvoll das Gesicht, schüttelte den Kopf und holte seinen Rechnungsblock aus der Jackentasche. „Ist Ihnen nicht gut?" fragte er beiläufig, während er die Rechnung schrieb.

„Doch, doch", sagte ich.

„Ich meine, Sie sehen so blass aus."

„Das bedeutet nichts."

„Soll ich Ihnen vielleicht ein Glas Wasser holen?"

„Schon gut, lassen Sie nur", wehrte ich ab.

„Ich könnte Ihnen auch einen Magenbitter …"

„Nein, zum Kuckuck!", zischte ich ihn an. „Zahlen will ich, sonst nichts!"

Mit gekränkter Miene wandte er sich meiner Frau zu. „Dann eben nicht", murmelte er und knallte die Rechnung auf den Tisch. Ich bezahlte, der Ober steckte wortlos das Geld ein, drehte sich um und stelzte davon.

Wieder war es still geworden am Nebentisch. Wieder raste mein Herz. Eine Weile blieb ich noch sitzen, ohne dass ich wusste, worauf ich eigentlich wartete. Unschlüssig sah ich meine Frau an. Ihr Blick war ein einziger Vorwurf.

„Was ist?", fragte sie schließlich. „Wollen wir nicht gehen?"

Ich nickte zögernd.

„Ja, dann komm doch!", sagte sie und stand ruckartig auf. Langsam erhob auch ich mich, wobei ich gleichzeitig den

Kopf zur Seite drehte, damit die Frauen am Nebentisch mir nicht ins Gesicht sehen konnten. Dummerweise mussten wir aber ausgerechnet an ihnen vorbei zum Ausgang gehen, und gerade in dem Moment, in dem wir uns in Bewegung setzten, sagte halblaut eine Stimme neben mir: „I muaß amoi dringend aufs Klo!“ Im selben Augenblick wurde ein Stuhl zurückgeschoben, ich bekam einen Stoß in die Seite, wurde aber von einer Hand blitzschnell am Ärmel gepackt, sodass ich mich eben noch fangen konnte. „Entschuldigung!“, sagte ich ganz automatisch – und blickte in ein entsetztes Gesicht. Und als liefe die Wiederholung eines Films vor mir ab, sah ich, wie die weit aufgerissenen Augen mich fassungslos anstarrten, wie sich langsam der Mund öffnete und dieser Mund größer und größer wurde ... Nichts wie raus! Das war das Einzige, was ich denken konnte. Raus! Raus! Raus!

Ich packte meine Frau am Arm und schob sie mit aller Kraft dem Ausgang zu, aber noch vor der Türe erreichte uns ein alles durchdringender Schrei und ein nicht minder schriller Ausruf: „Do isser – der Perverse!“

Draußen zerrte ich meine Frau weiter, zu allem Unglück stolperte sie an einer Bordsteinkante und fiel der Länge nach aufs Pflaster. Ich riss sie wieder hoch, und im Laufschritt rannten wir die Straße entlang, in einigem Abstand verfolgt von einer Meute lärmender Frauen, die immerzu nach der Polizei riefen. Auf der Jagd durch die Gassen der Altstadt kamen sie uns zwei-, dreimal bedrohlich nahe, dann allerdings schienen sie mit ihrer Kondition schneller am Ende als wir, und so schafften wir es doch noch, sie kurze Zeit später abzuschütteln.

Es war unser letzter gemeinsamer Urlaub. Zu Hause angekommen, zog meine Frau zu einer Freundin und reichte die Scheidung ein. Mit einem verkappten Sittenstrolch, erklärte sie immer wieder, wollte sie nicht länger unter einem Dach leben. Verkappter Sittenstrolch, jawohl, so nannte mich meine eigene Frau!

Nun werden Sie vielleicht verstehen, warum ich mich hier am Leutesdorfer Rheinufer in mein Schicksal ergab und anstatt abzuhauen lieber sitzen oder vielmehr hocken blieb. Ich konnte nicht anders. Einmal eine solche Blamage erleben, und man ist bedient für alle Zeiten, das können Sie mir glauben.

Auch wenn der Tag erst begonnen hatte, war ich für heute ebenfalls schon bedient. Ich versuchte mich damit zu trösten, dass die Angler höchstens bis Mittag blieben; ich konnte mir schlecht vorstellen, dass sie es bei dieser Hitze sehr viel länger aushalten würden.

Wenig später schien sich meine Hoffnung sogar für einen Moment zu bestätigen.

„Diese Hitze, nein, wirklich“, stöhnte die Anglerin und wischte sich mit einem Seidentaschentuch den Schweiß von der Stirn. „Ist ja nicht zum Aushalten hier.“

Im Geiste sah ich sie schon aufbrechen, aber da sagte sie zu ihrem Mann: „Vielleicht bequemst du dich mal und holst unseren Sonnenschirm.“

„Jetzt schon?“

„Ja, jetzt schon.“

„Wenn du meinst“, sagte er seufzend und erhob sich unwillig. „Pass aber so lang auf ming Angel auf!“

„Ja ja.“

„Und wenn einer anbeißt, Brunhilde, dann is dat ming Fisch.“

„Dein Fisch, dein Fisch – von mir aus doch. Aber bei dir beißt ja sowieso keiner an.“

Der Angler wollte etwas erwidern, machte jedoch nur eine

abfällige Handbewegung und ging davon.

Dann geschah etwas Merkwürdiges. Kaum war der Angler außer Sichtweite, sprang seine Frau aus ihrem Stuhl auf und eilte zu seiner Angel, holte wildkurbelnd die Schnur ein und – ich traute meinen Augen nicht – entfernte den Köder vom Haken. (Dass ich ihr dabei sprachlos zuschaute, störte sie anscheinend nicht im Geringsten.) Im hohen Bogen warf sie die Angel wieder aus, legte sie zurück in die Halterung, und mit einem boshaften Lächeln auf ihrem Eselsgesicht setzte sie sich wieder in ihren Stuhl.

So ein raffiniertes Luder, dachte ich verblüfft. Und so ein bedauernswerter Ehemann.

Allerdings konnte sich der bedauernswerte Ehemann in wenigen Minuten wieder in seinen gemütlichen Campingstuhl setzen, wo ich ihn gar nicht mehr bedauerte, sondern nur noch beneidete, weil mir selber vom langen Hocken die Beine schmerzten, vor allem die Knie und die Oberschenkel taten mir ziemlich weh. Unauffällig rutschte ich ein wenig zurück und lehnte mich mit dem Hintern gegen einen dickeren Stein. Auf diese Weise entspannte sich meine verkrampfte Haltung etwas, und nun, da ich mehr saß als hockte, kam mir meine Lage ein bisschen erträglicher vor.

Was dagegen immer unerträglicher, zumindest immer unangenehmer wurde, waren die zahllosen Schmeißfliegen, die mich seit geraumer Zeit umschwärmten und auf meiner Jacke, meinen Schuhen und meiner heruntergelassenen Hose umherkrochen. Noch mehr krabbelten zwischen meinen Beinen herum, benutzten meine wiedergenesene Languste als Start- und Landebahn, von wo aus sie senkrecht zu ihrem neu entdeckten Futterplatz herabschwebten, dem Geschmack von Schmeißfliegen nach sicher ein vortrefflicher Schokoladenpudding. Das ständige Starten und Landen war eine verflucht kitzlige und daher lästige Angelegenheit. Leider nützte es überhaupt nichts, die Fliegen zu verscheuchen. Zwar stoben sie bei jeder meiner Bewegungen summend auseinander (wie es auch passiert, wenn man zu dicht an einem mit Fliegen bedeckten Kuhfladen vorbeigeht), aber Sekunden später kehrten sie auch schon zurück, jedes Mal ein paar mehr, schien mir. Eine Zeitlang versuchte ich es noch, dann gab ich es auf, weil ich einsehen musste: Gegen *eine* Fliege kann man etwas tun, gegen *hundert* Fliegen ist man machtlos. Das Beste war, sie einfach zu ignorieren.

Wer die Fliegen allerdings nicht ignorierte, wer sie vielmehr jetzt erst zu bemerken schien, war der Angler, der in diesem Moment mit seinem Sonnenschirm angerückt kam. Ein paar Schritte neben mir blieb er stehen, das untere Schirmende wie eine Lanzenspitze genau auf mich gerichtet.

„Wat machen eijentlich die ville Fliejen da bei Ihnen?“, bohrte er. „Ham Se vielleicht ‘n Haufen Zucker unger Ihrer Jacke oder wat?“

Einen Haufen schon, nur nicht aus Zucker, hätte ich beinah geantwortet, aber da mir auf Anhieb keine passende Erklärung einfiel, lächelte ich nur und zuckte mit den Schultern.

„Op jeden Fall sin Se‘n umschwärmter Mann“, lachte er, worauf ich es für das Beste hielt, herzlich mitzulachen.

Worauf die Fliegen wieder wie eine Wolke um mich herumschwirrten.

Der Anglerin war offensichtlich weniger nach Lachen zumute. „Kommst du nun endlich mit dem Schirm?“, rief sie ungehalten.

„Ja ja, ich komm ja“, sagte er und drehte sich auch prompt auf dem Absatz um. Aber mitten im Losgehen hielt er plötzlich inne und wandte langsam den Kopf.

Was hat er denn nun noch, dachte ich, bevor mir auffiel,

dass er mehrmals die Nase rümpfte.

„Riechen Se eijentlich nix?“, fragte er.

Ich schüttelte den Kopf.

„Hier stinkt et doch wie … wie ...“ Nach Worten suchend und wie ein Kaninchen in der Luft herumschnuppernd, kam er mit seiner Sonnenschirmlanze auf mich zu. Dann hatte er es anscheinend: „Wie aus‘m Jully stinkt et hier. Oder aus ner Kloake.“ Dabei sah er mich forschend an, als wollte er nun seine Vermutung von mir bestätigt haben.

„Der ganze Rhein ist doch eine Kloake, wenn man‘s genau nimmt“, versuchte ich abzulenken. „Was glauben Sie, was da von den Städten und Fabriken und den Chemiewerken so alles reingeleitet wird. Tonnenweise. Tag für Tag. Und das legal!“

Er winkte ab, ging aber dennoch auf meinen Ablenkungsversuch ein. „Jaja, immer sin et die angeren“, sagte er mit einem ironischen Unterton. „Aber Se müssen doch wohl zujeben, dat auch Ihr Abwasser in de Rhing fließt.“

„Worein?“

„In de Rhein, meine ich.“

„Ich wohne doch gar nicht hier“, sagte ich.

„Soso“, meinte der Angler mit einem spöttischen Grinsen. „Und wo, bitteschön, wohnen Se?“

„In einer kleinen Stadt im Siegerland“, antwortete ich wahrheitsgemäß, „Freudenberg heißt sie.“

Damit hatte er mich nun. „Ja, Mann, überlejen Se doch mal: Wenn Se im Siejerland wohnen, dann läuft Ihr Abwasser eben in de Sieg“, sagte er und machte eine kleine Pause, bevor er hinzufügte: „Und de Sieg mündet ja nu mal hinger Siegburg in de Rhing, jenau jejenüber von Bonn. Also ...?“

„Also was?“, fragte ich zaghaft, obwohl natürlich längst klar war, worauf er hinauswollte.

„Ja, wat wohl? Ich meine, dat also auch Ihr Schiss letztlich im Rhing landet.“

Ich tat, als hätte ich die Schlussfolgerung erst jetzt begriffen: „Ach, so meinen Sie das.“ Weiter wusste ich nichts zu sagen, außer nach einer Weile: „Aber die Abwässer fließen doch zunächst mal in die Kläranlage und dann erst in die Sieg.“

Der Angler nickte. „Da haben Se auch wieder recht.“ Nachdenklich sah er auf den Rhein. „Et is schon seltsam“, sagte er und schüttelte den Kopf.

„Was ist seltsam?“

„Einerseits wird dat Wasser da aus dem Rhing zu Trinkwasser aufbereitet“, er musste lachen, „so dat et jeder Anwohner, statistisch jesehn, schon mehrmals jetrunken hat, andererseits sin de Aale hier dermaßen verseucht, dat mer se jar nit mehr in den Handel bringen darf.“

„Und wenn Sie mal einen Aal fangen, was machen Sie dann damit?“, fragte ich.

„Den verschenk ich dann an nen Bekannten, den ich nit leiden kann“, antwortete er und zwinkerte mir zu. „Minge Chef kriegt auch manchmal einen.“

„Und wenn Sie was anderes fangen? Ich hab mal gelesen, die Fische aus den großen Flüssen, also aus Rhein, Main und Elbe, die würden nach Phenol oder Benzin oder nach Öl schmecken, jedenfalls mehr nach Chemie als nach Fisch. Stimmt das denn?“

„Dat stimmt schon“, sagte er. „Aber dajejen jibt et nen kleinen Trick, müssen Se wissen. Der chemische Beijeschmack verliert sich nämlich, wenn man die jefangenen Fische ne Woche lang im klaren Leitungswasser rumschwimmen lässt. Ich tu se immer in unsre Badewanne, und am Ende der Woche setz ich mich auf'n Stuhl davor und angle se noch mal. Da kann ich immer so schön zugucken, wie se anbeißen." Lächelnd sah er auf mich herab. „Nu staunen Se, wat?"

Ich staunte tatsächlich. Ich staunte so sehr, dass mir für einen Moment die Worte fehlten, und diesen Moment nutzte der Angler, um sein unterbrochenes Herumschnuppern wieder aufzunehmen. Schnüffelnd kam er einen Schritt näher.

„Ich find, hier stinkt et noch eijenartiger als aus ner Kloake", meinte er und sah mich mit einem misstrauischen Blick an. „Hier stinkt et, als wenn einer ... als hätte einer ..."

„Wie lange soll ich eigentlich noch auf den Sonnenschirm warten?", blökte da auf einmal die Anglerin. „Oder soll ich mir den noch selber aufstellen?"

„Nä nä, ich komm ja schon!", rief der Angler zurück. Und wirklich: Ohne ein weiteres Wort drehte er sich um und ging zu seiner Frau.

Erleichtert atmete ich erst einmal tief durch, wurde jedoch gleich wieder nervös, als ich bemerkte, wie der Angler mit sein Frau tuschelte, kurz in meine Richtung zeigte und beide verstohlen zu mir herüberschauten.

Ob sie womöglich ahnten, warum ich hier saß und mich die ganze Zeit nicht vom Fleck rührte?

Aber auch wenn sie es ahnten, so konnte ich nach wie vor nichts anderes tun, als weiterhin ausharren und darauf warten, dass ihre Angelei – je eher, desto besser – ein Ende haben würde. Angesichts des schattigen Plätzchens, das sie nun unter ihrem aufgespannten Sonnenschirm hatten, sah es nach einem baldigen Ende im Augenblick allerdings nicht aus.

Ich kann gar nicht beschreiben, wie sehr ich die beiden beneidete. Während sie sich behaglich in ihren Campingstühlen ausstreckten und sich mit Getränken aus der Kühltasche erfrischten, saß ich mit trockener Kehle immer noch auf glühenden Kohlen oder vielmehr über einem erkaltenden Haufen, aber dafür unter einer glühenden Sonne.

Wie spät mochte es sein? Ich hatte keine Uhr bei mir, schätzte aber nach der hochstehenden Sonne, dass es inzwischen auf Mittag zugehen musste. Keine einzige Wolke war zu sehen. Kein Lüftchen rührte sich. Außer dem Zirpen der Grillen, dem Summen der Fliegen und dem leisen Plätschern der Wellen am Ufer war kein Laut zu hören, nur hin und wieder das Tuckern der Frachtschiffe, die sich mühsam flussaufwärts schoben, als müssten auch sie gegen die lähmende Hitze ankämpfen.

Sehnsüchtig sah ich einem weißen Ausflugsdampfer nach, der sich auf der rechten Rheinseite gemächlich stromabwärts treiben ließ. Da gab es bestimmt klimatisierte Räume und bequeme Sitzgelegenheiten, da gab es mit Sicherheit auch kühle Getränke und köstliche Menüs und vor allem richtige Toiletten. Welch ein Luxus!

Wenig später kam ein weiterer Dampfer in Sicht, die Drachenfels, ein großes, rotweißes Schiff, das recht nah am Ufer vorüberfuhr. Auf dem Oberdeck spielte eine Musikgruppe „Wenn das Wasser im Rhein lauter Wein wär‘ ...“, und die Passagiere, von lauter Wein offenbar schon reichlich angesäuselt, schunkelten dazu ausgelassen auf ihren Bänken. Am Heck der Drachenfels standen ein paar jüngere Leute an die Reling gelehnt und tranken Bier. Nicht zu glauben: Bier auf einem Rheindampfer!

„He, ihr da! Ihr da am Ufer!“, brüllten sie lallend. „Prosit Heil und Petri Dank!“ Übermütig hoben sie ihre Gläser und tranken sie auf einen Zug leer.

Der Angler wollte ebenfalls seine Flasche Kölsch heben und ihnen zuprosten, doch seine Frau hielt seinen Arm fest. „Lass doch die besoffenen Quatschköpfe!“, fuhr sie ihn an.

„Merkst du nicht, dass die sich nur lustig machen wollen über uns?“

„Ach wat, jlaub ich nit“, meinte der Angler kopfschüttelnd, aber da zeigte einer der Betrunkenen auch schon mit seinem leeren Bierglas auf mich und brüllte: „He, du da mit der hellen Jacke! Weißt du eigentlich, was noch blöder ist als Angeln?“ Eine Antwort konnte ich mir sparen, denn er brüllte sie gleich hinterher: „Andern beim Angeln zugucken!“ Und als hätte er damit einen irrsinnig komischen Witz gerissen, brach er mit seinen Saufkumpanen in schallendes Gelächter aus.

„Da siehst du es, ich habe es ja gewusst“, sagte die Anglerin zu ihrem Mann, der jedoch ihre Bemerkung überhörte, weil er gerade mit seiner Angel beschäftigt war.

„Komisch“, sagte er, „der Alustreifen fehlt ja.“ Er nahm die Angel aus der Halterung und drehte vorsichtig an der Rolle.

„Hat einer angebissen?“, fragte seine Frau.

„Nä, dat net, ‘n Hänger hab ich.“

Was soll das denn heißen, dachte ich verwundert, aber dann fiel mir auf, dass der Angler an seiner Angelschnur zerrte, die wohl beim Einholen irgendwo zwischen den Steinen hängengeblieben sein musste. Das also war der „Hänger“.

So, wie es aussah, saß der Haken ziemlich fest. Der Angler ging am Ufer ein paar Schritte nach rechts, dann einige Schritte nach links, zog die Angelrute mit der Spitze mal nach der einen, mal nach der anderen Seite, zog dabei wiederholt an der Schnur, und tatsächlich bekam er sie nach einigen Versuchen auf diese Weise frei.

„Auch der Köder is ab“, stellte er nun fest. „Kein Wunder, dat immer noch nix anjebissen hät.“

Während der Angler seine Angel neu beköderte und wieder auswarf (was seine Frau ebenso erfolglos schon etliche Male getan hatte), horchte ich plötzlich auf, denn im Hintergrund schlug die Glocke der Leutesdorfer Kirche zwölf Uhr.

Hatte sie vormittags nicht geschlagen? Oder hatte ich, in meine Gedanken vertieft, das Schlagen nicht mitbekommen?

Ich schaute mich um und sah, dass mittlerweile mehrere Autos auf dem Parkplatz standen und trotz der Hitze einige Spaziergänger auf der Uferpromenade umherschlenderten. Sie gingen langsamen Schrittes in Richtung Anlegestelle, wo gerade die Drachenfels anlandete. Hoffentlich steigen die Biertrinker von eben nicht aus, dachte ich mit einem unguten Gefühl und reckte ängstlich den Hals. Aber, welch ein Glück, sie blieben alle auf dem Schiff, das nach wenigen Minuten Pause wieder ablegte und weiter rheinaufwärts fuhr. Ich blickte ihm nach, bis es hinter der nächsten Flussbiegung verschwunden war.

Sollte ich nicht auch einfach verschwinden? Nicht doch gehen? Einfach aufstehen, zu meinem Bus laufen und wegfahren? Warum, zum Teufel, ließ ich mich durch dieses wildfremde Anglerpaar und besonders diese Anglerin mit ihrem argwöhnischen Eselsgesicht davon abhalten? Warum?

Anstatt einer Antwort drängte sich in diese Fragen hinein auf einmal eine Erinnerung, wenn auch zunächst noch verschwommen. Sekunden später, ebenfalls noch undeutlich, kam mir ein ähnliches Gesicht und eine ähnliche Situation in den Sinn, und ich musste, ohne gleich eine Verbindung zu sehen, an den Ort Bad Hönningen denken. Dann sah ich im Geiste den Rhein in seiner ganzen Länge vor mir, aufgemalt auf einer ausklappbaren Landkarte, mit einer eingezeichneten Route von der Mündung in Holland bis zu den beiden Quellflüssen, dem Hinter- und dem Vorderrhein, in der Schweiz. Jetzt wusste ich es: vier Wochen Sommerurlaub, die erste lange Tour mit dem quittengelben Campingbus, sechs oder sieben Jahre musste es her sein, vielleicht auch acht; jedenfalls war es einige Zeit nach diesem verhängnisvollen Winterurlaub in Lahnstein gewesen.

Meine neue Freundin Ursel und ich waren auf einer richtigen Traumreise unterwegs. Manche Paare fuhren im Campingbus von Alaska nach Feuerland oder von Kairo nach Kapstadt, wir dagegen hatten im Vorjahr erst das Ahrtal, dann die Mosel erkundet, wenn auch nur von Trier bis Koblenz; nun wollten wir den Rhein abfahren, 1320 Kilometer an seinen Ufern entlang, allerdings gegen den Strom, von der Küste bis ins Gebirge.

Gestartet waren wir in Niew Haamstede auf Schouwen. Zog man eine gerade Linie über die drei Inseln im Rheindelta, so war dies nämlich der Ort, der am weitesten nach Westen in die Nordsee hineinragte. Von hier aus ging es am ersten Tag nach Rotterdam, wo wir die Nacht verbrachten; Die folgenden Tagestouren endeten in Nijmegen, in Wesel, Duisburg, Düsseldorf, Köln und Bonn. Am späten Nachmittag des achten Tages unserer Entdeckungsreise kamen wir in Bad Hönningen an, wo wir nach einer Kaffeepause gleich einen Spaziergang durch die Weinberge oberhalb des Ortes machten. Wir kamen bis zur Burg Arenfels, berühmt wegen ihrer angeblich 365 Fenster: eins für jeden Tag des Jahres, und mit der untergehenden Sonne, die sich kitschig schön im Rhein spiegelte, kehrten wir in den Ort und zum Campingbus zurück. Ich hatte ihn auf dem Parkplatz des Thermalbades geparkt, weil wir anderntags, vor unserer Weiterfahrt, gerne duschen und schwimmen wollten. Vor dem Schlafengehen schlenderten wir aber erst noch ein wenig durch die Gassen, genossen den lauen Sommerabend am Rheinufer und genehmigten uns zu guter Letzt in der „Brunnenschänke“ einen Schoppen Riesling. Wir waren rundherum zufrieden und in unserer weinseligen Stimmung freuten wir uns schon darauf, dass nach der Woche am Niederrhein nun endlich der romantische Mittelrhein vor uns lag.

Am nächsten Morgen frühstückten wir in aller Ruhe, gingen ins Thermalbad schwimmen, und brachen anschließend zur Weiterreise auf.

Schon damals, dachte ich jetzt, musste ich also durch Leutesdorf gekommen sein und damit an dem Platz vorbei, an dem ich nun ohne Aussicht auf Erlösung festsaß.

Aber auch auf der damaligen „Rheinfahrt" ereilte mich ein ähnliches Missgeschick, einige Kilometer weiter stromaufwärts; ob in Neuwied, in Bendorf oder Vallendar, daran konnte ich mich allerdings nicht mehr erinnern. Ich wusste nur noch, dass ich unterwegs mal wieder mit aller Dringlichkeit auf die Toilette musste, und da wir gerade an einem Schwimmbad vorbeikamen, tat ich das Naheliegende, trat auf die Bremse, parkte unmittelbar vor dem Eingang und, glücklicherweise hatte es ebenfalls schon vormittags geöffnet, rannte hinein.

Die einzige Herrentoilette in der Eingangshalle war jedoch unglücklicherweise besetzt, nur die Damentoilette war frei.

Ungeduldig ging ich vor den Türen eine Zeitlang auf und ab, dann hielt ich es nicht mehr aus. Kurzer Blick zurück zum Eingang und zur Kasse – die Kassiererin unterhielt sich gerade mit einem Badegast – und schon war ich in der Damentoilette verschwunden, gerade noch rechtzeitig, bevor meine Verdauung zum Endspurt ansetzte.

Puh! Das war Rettung in letzter Sekunde!

Aber der Rettung folgte das Fiasko. Ich hatte mich noch nicht lange niedergelassen, als mit einmal die Türklinke runtergedrückt wurde. Mit verhaltenem Atem saß ich da und lauschte. Nichts geschah. So weit ich konnte, beugte ich mich nach unten und spähte unter der Tür hindurch. Was ich erblickte, waren zwei hellbraune Sandaletten, und darin steckten zwei nackte Frauenfüße mit schlecht lackierten Zehnägeln.

Ausgerechnet jetzt musste eine Frau auf ausgerechnet diese eine Toilette wollen! So etwas konnte auch wieder nur mir passieren!

Erneut wurde die Klinke betätigt, diesmal sogar mehrfach hintereinander. Nach einer Weile· klopfte es. „Wie lange dauert das denn noch?", fragte die Frau vor der Tür.

Wenn ich sie etwas hinhalte, verschwindet sie vielleicht von allein, überlegte ich und so sagte ich mit verstellter Stimme, die wie eine Frauenstimme klingen sollte, in Wirklichkeit aber ziemlich piepsig klang: „Es dauert noch länger."

Zwei, drei Minuten lang blieb es still. Ich hoffte schon, die Frau wäre fortgegangen und beugte mich, um unter der Tür hindurchzuschauen, wieder nach unten; die Sandaletten mit den nackten Füßen standen jedoch noch immer an derselben Stelle. Nervös wippte die Fußspitze in der linken Sandalette auf und ab, wie die Schwanzspitze einer Katze, bevor sie zum Sprung auf eine Maus ansetzt. Hier und jetzt war *ich* die Maus – eine noch lebende Maus in der Falle, vor der eine Katze mit lackierten Krallen lauerte.

Ein Poltern an der Tür ließ mich hochfahren. „Wird's denn bald da drinnen?" fauchte die Frau böse. „Nun machen Sie mal endlich!"

„Ich bin ja gleich fertig", piepste ich.

„Wird auch langsam Zeit!", stichelte es von draußen. „Andere wollen auch mal rauf!"

Ich sah ein, dass ich mit meiner Hinhaltetaktik einfach nichts ausrichten konnte; also ging ich daran, meine Sitzung zu beenden, und als es wiederum an der Tür polterte, heftiger als zuvor, rief ich verärgert: „Einen Moment noch, zum Kuckuck!“

Ein spitzer Schrei war die Antwort.

Verdammt! In meinem Ärger hatte ich vergessen, meine Stimme zu verstellen. Aber das spielt im Grunde jetzt auch keine Rolle mehr, sagte ich mir.

Für die Frau vor der Tür spielte es jedoch offenbar eine große Rolle, denn sogleich zeterte sie lauthals los: „Ein Mann! In der Damentoilette ist ein Mann, der nicht rauskommen will! Hallo Kassiererin, holen Sie mal auf der Stelle den Bademeister!“

Diese lackierte Katze soll doch ihr blödes Maul halten, fluchte ich innerlich, während ich mir äußerlich in größter Eile die Hose hochzog und kurz die Spülung betätigte. Draußen in der Vorhalle war es für einen Moment still geworden, jetzt wurde es wieder lauter. Ich hörte Fußgetrappel und Gemurmel, dann zahlreiche Schritte, die rasch näherrückten, und vor der Tür entstand ein aufgeregtes Tuscheln, das nach einem scharfen „Pssst!“ aber sofort verstummte.

Vorsichtig neigte ich mich nach vorn, legte mein Ohr an die Tür und horchte. Ich vernahm ein seltsames Geräusch, ganz kurz und leise nur, trotzdem sehr nah. Ich hatte das ekelhafte Gefühl, als lauschte an der Außenseite der Tür ebenfalls jemand, nur wenige Zentimeter von meinem Ohr entfernt. Mit klopfendem Herzen ließ ich mich nieder auf die Knie, bückte mich langsam und sah unter der Tür hindurch. Der Anblick verschlug mir den Atem. Eine geschlossene Front von über einem halben Dutzend Füßen stand vor der Tür. Links vorn standen die hellbraunen Sandaletten, in denen jetzt beide Fußspitzen auf und ab wippten, in der Mitte standen zwei riesige Lederclogs, in denen sicherlich ein ebenso riesiger

Bademeister steckte; und zwischen den übrigen Füßen erblickte ich zu meinem Entsetzen ein Paar Schuhe, die ich nur allzu gut kannte: die blauen Stoffschuhe von Ursel.

Im Nu stand ich wieder kerzengerade. Da bollerte es auch schon heftig an der Tür. „Hier spricht der Bademeister!“, dröhnte eine tiefe Stimme. „Machen Sie auf und kommen Sie da raus!“

Um keinen Preis hätte ich jetzt noch die Tür öffnen und nach draußen gehen können. Was aber sollte ich tun?

Verzweifelt sah ich mich nach einem Ausweg um. Etwa einen Meter über dem Spülkasten der Toilette befand sich ein schmales Klappfenster. Ohne eine Sekunde zu überlegen, stieg ich vorsichtig auf die Klobrille und noch vorsichtiger mit einem Fuß auf den Spülkasten. So leise wie möglich versuchte ich, das Fenster zu öffnen, trotzdem quietschte eines der Scharniere ein wenig und sofort brüllte draußen vor der Tür der Bademeister los: „Machen Sie keine Dummheiten, ich warne Sie! Wenn Sie nicht unverzüglich rauskommen, komme ich rein! Ich zähle bis zehn!“ Ein lautes Bollern unterstrich seine Drohung.

Ich muss mit einem Vorwand Zeit gewinnen und den Bademeister noch eine Minute lang vertrösten, dachte ich nur, aber vor lauter Aufregung wusste ich nicht, was ich sagen sollte. Mir fiel einfach nichts ein. Flüchten – das war das einzige, woran ich denken konnte. Nur fort von hier!

„Eins! … Zwei! …“ Vor der Tür begann der Bademeister laut zu zählen.

Mit einem Ruck riss ich das Fenster ganz auf und blickte nach draußen.

„Drei! … Vier! …“, dröhnte es weiter.

Welch ein Glück: Genau vor mir lag der Parkplatz, und zwischen den Ästen einer niedrigen Birke hindurch schimmerte die gelbe Heckklappe des Campingbusses, den Ursel wohl dort geparkt haben musste, keine zwanzig Schritte entfernt.

„Fünf! … Sechs! …"

Einen Moment zögerte ich noch, weil die Fensteröffnung mir auf einmal unheimlich eng vorkam.

„Sieben! … Acht! …"

Aber ich durfte jetzt nicht mehr zögern, keine Sekunde war zu verlieren, und so streckte ich den Kopf und beide Arme nach draußen, stemmte die Ellbogen gegen die Außenwand und sprang hoch. Es gab einen entsetzlichen Krach, ich bekam einen Schlag unter die Rippen, stürzte zurück und hing eingeklemmt wie ein nasser Sack im Fensterrahmen (denn wie sich wenig später herausstellte, war der Spülkasten samt Verankerung aus der Wand gebrochen). Während ich vergeblich mit den Füßen nach einem Halt suchte, an den glatten Fliesen rutschten meine Schuhe immer wieder ab, wurde hinter mir die Tür aufgeschlossen, und zwei kräftige Hände packten meine Hosenbeine. Ich schlug aus wie ein Wilder, strampelte aus Leibeskräften, aber der eiserne Griff ließ nicht nach. Dafür ließ ziemlich schnell meine Kraft nach, und schließlich gab ich es auf.

„Hab ich dich also noch erwischt, du Analphabet! Konntest wohl nicht lesen, dass das hier ne Damentoilette ist, was?!" Die Stimme des riesigen Bademeisters überschlug sich fast.

Ich merkte, dass ich weiche Knie und einen knallroten Kopf bekam, in meinen Ohren fing es an zu rauschen, und die Worte des Bademeisters hörte ich wie durch Watte.

„Dann komm mal schön mit!", befahl er, hakte seinen dicken Zeigefinger in meinen Hemdkragen und schob mich vor sich her. Mit gesenktem Kopf stieg ich über die Trümmer des abgebrochenen Spülkastens und trat in die Vorhalle. Wie ein gefangener Verbrecher kam ich mir vor, wie ein Verurteilter, der vom Henker durch eine gaffende Menschenmenge hindurch zur Hinrichtung geführt wird.

Als ich an den blauen Stoffschuhen vorbeikam, hob ich unwillkürlich den Kopf und sah für eine Sekunde in Ursels Gesicht, das nichts als grenzenlose Verwunderung ausdrückte. Dann sah ich wieder rasch zu Boden, die empörten Blicke der übrigen Badegäste wollte ich mir ersparen.

„Und wo soll ich jetzt auf die Toilette gehen?“, rief jemand hinter uns her. Es war die Frau von eben.

„Benutzen Sie ruhig die Herrentoilette“, sagte der Bademeister, und als er meinen erstaunten Seitenblick bemerkte, fügte er schnell hinzu: „Ausnahmsweise.“

„Auf ein Männerklo soll ich? Igittigitt!“, rief die Frau entrüstet. „So was mach ich nicht – und außerdem ist es besetzt.“

„Dann gehen Sie einfach ins Badrestaurant“, schlug die Kassiererin vor, „dort gibt es ja auch noch Toiletten.“

Überrascht sah ich mich um.

„Daran haben Sie wohl nicht gedacht, was?“, fragte der Bademeister.

Ich schüttelte den Kopf. „Nein“, murmelte ich. „Wenn ich das gewusst hätte ...“

„Wäre uns einiges erspart geblieben“, fügte er hinzu.

Dass die Sache dann letzten Endes noch recht glimpflich ausging, hatte ich erstaunlicherweise ausgerechnet dem bärbeißigen Bademeister zu verdanken. Zwar schnauzte er mich in seinem Büro noch einmal gehörig an, kurz darauf jedoch war sein Zorn bereits verraucht, so dass auch ich zu Wort kommen und ihm erklären konnte, wie ich überhaupt in diese missliche Situation hineingeraten war. Geduldig hörte er mir zu, ohne mich zu unterbrechen, und schmunzelte dabei sogar hin und wieder über sein breites Gesicht. „Na, dann warten Sie mal die Rechnung ab“, sagte er am Ende unseres Gesprächs und haute mir zum Abschied mit seiner Pranke auf die Schulter, wobei ich nicht sicher war, ob er in diese versöhnliche Geste nicht doch noch eine persönliche Bestrafung hineingelegt hatte; jedenfalls tat mir noch einige Tage später die Schulter weh.

Zum Glück nahm auch Ursel, nachdem ich ihr alles erklärt hatte, mein Missgeschick mit Humor. Ich nahm es mehr mit Fassung, nach Lachen war mir weniger zumute. Als wir drei Wochen später von unserer langen Fahrt wieder nach Hause kamen, war die Rechnung bereits da – und mich traf fast der Schlag; der Summe nach musste die halbe Toilette renoviert worden sein.

Als ich den Scheck ausstellte, schrieb ich hinter Verwendungszweck: Rechnung für Spülkastenreparatur (wegen missglücktem Abgang nach geglücktem Stuhlgang). Unwillig setzte ich dann den Betrag ein. Es war mehr, als der gesamte Urlaub gekostet hatte.

Und warum, fragte ich mich, warum das alles?

Wenn ich es recht überlegte, doch nur wegen eines ganz natürlichen, wenn auch dringenden Bedürfnisses, einer ganz unnatürlichen, wenn auch allgemein akzeptierten Einteilung öffentlicher WCs in Damen- und Herrentoiletten und der daraus erwachsenen Angst, sich beim Betreten und noch mehr beim Verlassen der „falschen“ Toilette vor anderen Benutzern zu blamieren.

Und nun, es war wie verhext, steckte ich wieder in einer ähnlichen Situation. Und wieder war es dieselbe Angst, eben die Angst, mich zu blamieren, die mich davon abhielt, endlich aufzustehen und wegzugehen. Und wieder war der Grund eine Frau. Damals bei der Festung Ehrenbreitstein war es eine mit Wanderschuhen und einem göttlichen Hintern gewesen, in dem Schwimmbad eine mit Sandaletten und hässlichen Zehnägeln, und nun war es eine mit Gummistiefeln und einem argwöhnischen Eselsgesicht. Damals hatte es mich die Ehe gekostet, das andere Mal viel Geld, jetzt in dieser Hitze kostete es mich eine Menge Schweiß und Nerven. Und wer wusste, was an diesem Tag noch alles passieren würde?

Die Leutesdorfer Kirchturmuhr schlug eins. Ich sah zu den Anglern hinüber, die unbeweglich in ihren Campingstühlen saßen und stumm aufs Wasser schauten. Eine Zeitlang geschah nichts, bis plötzlich der Angler aufsprang, vorsichtig seine Angel aus der Halterung hochnahm, die Rutenspitze mit einem kurzen Ruck nach oben riss und nun, aufgeregt an der Rolle kurbelnd, die Schnur einzog.

„Ich han einen, Brunhilde, ich han einen!“, jauchzte er mit einem stolzen Blick auf seine Frau, deren Miene sich schlagartig verfinsterte.

„Noch hast du gar nichts!“, sagte sie spitz.

„Aber jleich“, frohlockte er, „jleich hab ich ihn. Und wat für einen, dat wirste sehn. Bestimmt‘n doller Bursche, ich spür dat schon am Zuch.“

Tatsächlich zog er einen Fisch aus dem Wasser, ohne große Mühe und ohne den Kescher zu benutzen, denn der tolle Bursche entpuppte sich als gut handlanges Fischchen.

„Schönes Rotauge“, sagte er zu seiner Frau.

„Das sehe ich selber“, antwortete sie, „da brauchst du dir gar nichts drauf einbilden, auf so einen mickrigen Fang.“

„Tu ich ja nit, ich freu mich doch bloß“, protestierte er schwach. Seufzend schüttelte er den Kopf. Nachdem er mit einer kleinen Zange den Haken aus dem Maul des Fisches herausgepult hatte, wandte er sich wieder an seine Frau.

„Bruni“, sagte er mit sanfter Stimme, „machste mal e Bildche von mir und minge Fang?“

„Jetzt nicht, ich muss meine Schwimmer im Auge behalten“, erwiderte sie kühl.

„Bitte, Bruni, ‘n einzijes Bild“, bettelte der Angler.

„Aber nicht jetzt.“

„Dauert doch nur nen Moment.“

„Schon gut, schon gut“, sagte sie. „Wenn du dich unbedingt lächerlich machen willst.“ Aus ihrem Rucksack kramte sie eilig eine kleine Kamera hervor, und ohne sich aus dem Schatten des Sonnenschirms herauszubewegen oder auch nur aufzustehen, hielt sie sich die Kamera vors Auge und hatte ihren Mann, der sein Fischchen zwischen zwei Fingern in die Höhe hielt, in Sekundenschnelle fotografiert. Kaum hatte sie jedoch die Aufnahme gemacht, bemerkte ich, wie sie stutzte, über die Kamera hinweg in meine Richtung glotzte und nochmals durch den Sucher sah. „Verflixter Mist!“ hörte ich sie fluchen. „Jetzt ist doch dieser Mensch da hinten mit aufs Bild geraten.“

Der Angler sagte etwas, das ich nicht verstehen konnte, ging ein paar Schritte zur Seite, und seine Frau ließ sich herab, ihn ein zweites Mal zu fotografieren. Dann drehte sich der Angler um und kam – mir wurde wieder ganz flau im Magen – schnurstracks zu mir herüber.

„Sehn Se mal“, sagte er und hielt mir den gefangenen Fisch vors Gesicht, „dat is ne ...“ Er verstummte, denn mit seiner Handbewegung hatte er eine Unmenge Fliegen aufgescheucht. „Wat die bloß von Ihnen wollen ...?“, fragte er kopfschüttelnd.

Die Frage ignorierend, starrte ich auf den Fisch, an dessen Unterkiefer mir erst jetzt etwas Merkwürdiges aufgefallen war, eine Art Wucherung oder Geschwür. „Haben Sie das schon gesehen?“ fragte ich ihn.

„Wat jesehn?“

Ich zeigte auf den Kopf des Fisches. „Na, das da.“

„Ach so, ja, dat hab ich jesehn, Blumenkohlkrankheit nennt mer so wat, kann auch sein Himbeerkrankheit, ich weiß et nit jenau.“

„Dass Fische in dieser Brühe krank werden, ist ja kein Wunder“, sagte ich mehr zu mir selbst. Und dann zu dem Angler: „Haben Sie eigentlich keine Bedenken, selbst krank zu werden, wenn Sie Ihren Fisch da essen?“

„Den ess ich ja nit, den verschenk ich doch“, sagte er. „Natürlich schneid ich vorher den Kopf ab, dann merkt keiner wat.“

Ich schaute ihn so ungläubig an, dass er lachen musste. „Ich hab unseren Bekannten schon öfter solche Fische jeschenkt, auch Rheinaale, und alle leben se noch“, gestand er schmunzelnd. „De meisten davon bekommt übrijens ming Schwiejermutter, und auch die lebt immer noch – leider.“

Wir sahen uns an, und nun musste auch ich lachen. Als ich einen kurzen Blick an ihm vorbei auf seine Frau warf, sah ich, wie sie sich gerade an der Angelrute ihres Mannes zu schaffen machte. Wieder nahm sie hastig den Köder vom Haken, warf die Angel erneut aus, dann ging sie gemächlich zu ihrem Stuhl zurück.

Da der Angler mehr mit mir beschäftigt schien, hatte er von alledem nichts mitbekommen. „Wat ich Sie noch fragen wollte ...“, begann er nach einer längeren Pause. „Ming Frau und ich rätseln schon de janze Zeit darüber, wat Se eijentlich hier machen? Seit heute morjen sitzen Se nun an dieser Stelle, rühren sich keinen Zentimeter vom Fleck und gucken immerzu auf dat Wasser da. Und dat bei der Mordshitze und den verfluchten Fliejen hier. Und noch dem seltsamen

Jestank." Er schnupperte wieder und verzog angeekelt das Gesicht. „Wie kann mer dat bloß aushalten?"

„Es geht", sagte ich, „man kann es aushalten."

„Aber warum sitzen Se denn hier?"

Angestrengt suchte ich nach einer halbwegs glaubhaften Erklärung. Und wieder fiel mir auf Anhieb nichts ein. Mir für solch eine Frage einen passenden Grund einfallen zu lassen, daran hatte ich dummerweise überhaupt nicht gedacht.

„Warum sitzen Se hier?", wiederholte der Angler. „Dat hätt ich doch zu jern jewusst."

Irgendetwas musste ich sagen. „Ich sitze hier, weil ... ich denke ... ich bin ..."

„Sicher so wat wie'n Philosoph", meinte er, „so'n platonischer Denker, vermute ich mal."

„Ein was?"

„Ein Denker halt. Einer, der sich irjendwohin zurückzieht, in ne Höhle oder auf'n hohen Berch. Oder an so nem jroßen Fluss sitzt und dann einsam herumjrübelt, über den Sinn des Lebens und so, wat weiß ich?!"

Froh darüber, dass mir dieser einfältige Mensch von sich aus eine plausible Erklärung lieferte, sagte ich: „Da haben Sie mit Ihrer Vermutung gar nicht so unrecht."

„Wusst ich et doch", sagte der Angler. „Obwohl ming Frau ja meint ...", er begann zu flüstern, „die is übrijens aus Düsseldorf, nit direkt von, aber nahbei, war fröher mal'n stramm Mädche, aber jetzt jlaubt se immer, se wär wat Besseres und se wüsste alles besser, ich lass se auch in dem Jlauben ... also ming Frau, die is der Ansicht, Sie wärn noch reichlich jung für so wat. Eijentlich vill zu jung. Deshalb meint se, Se säßen aus nem janz andren Jrund ..."

„Was hat denn das Denken mit dem Alter zu tun?", unterbrach ich ihn schnell. „Alter schützt vor Torheit nicht, heißt es schließlich. Außerdem haben die alten Philosophen auch mal jung angefangen. Manche haben sogar sehr jung angefangen, kaum dass sie laufen konnten“, redete ich weiter, „zum Beispiel war da mal … da lebte mal zum Beispiel einer ... da gab‘s einen, der war schon als Kind berühmt ... wie hieß er doch gleich ...? Ach ja, jetzt hab ich es – kennen Sie die Geschichte von dem kleinen Diogenes? Nein? Kennen Sie nicht? Sehen Sie, das dachte ich mir, dann muss ich sie Ihnen unbedingt erzählen, da werden Sie aber staunen. Es war nämlich so: Als Diogenes vier, fünf Jahre alt war, hatte ihm sein Vater zum Spielen einen Sandkasten gebaut und am Rande des Sandkastens eine Tonne aufgestellt, eine Art Holzfass, das ihm als Hütte dienen sollte. Nachdem der Vater fertig war mit seiner Arbeit, hatte sich Diogenes, um gemütlich zu faulenzen, vor die Tonne in den warmen Sand gelegt. Was kann denn der Papi sonst noch für seinen kleinen Liebling tun?, hatte der Vater gefragt, und der kleine Dreikäsehoch hatte doch tatsächlich geantwortet: Geh mir aus der Sonne!“

Der Angler sah mich empört an. „So ne fiese Möpp!“, sagte er.

„Na hören Sie mal – Diogenes war ein Genie!“, sagte ich.

„Ne fiese Möpp war dat!“

„Aber allein an dieser Geschichte kann man doch erkennen, welch großartige Gedanken ihm schon als Kind durch den Kopf gegangen sind.“

„Na ja, ich weiß nit so recht“, sagte er. „Und Ihnen? Wat jeht Ihnen hier so alles durch den Kopf?“

„Mir?“ Ich wusste auf die Schnelle nicht, was ich antworten sollte. „Ich ... Mir geht so manches durch den Kopf, wissen Sie ... Was soll ich sagen? Dieses und jenes ...“

„Ja, aber wat? Wat jenau? Zählen Se doch mal so‘n paar Jedanken oder Erkenntnisse auf.“

„Das kann ich schlecht“, antwortete ich ausweichend, „meine Gedanken sind noch alle so ungeordnet.“

„Nun zieren Se sich doch nit so! Sind Se‘n Denker oder sind Se kein Denker?“

„Doch, schon – in gewisser Weise ...“

„Also dann.“ Er ließ nicht locker. „Wat denken Se denn beispielsweise über den Rhing?“

„Über den was?“

„Über den Rhein, meine ich. Jetzt mal abjesehn davon, dat er ziemlich verdreckt is und durch die lange Trockenzeit nit so vill Wasser führt wie sonst.“

„Tja, der Rhein ...“, begann ich nach einigem Überlegen, „der Rhein … wie soll ich sagen? ... der fließt so schnell dahin...“

„Na, sooo schnell ja auch wieder nit“, unterbrach mich der Angler.

„Dann eben langsam“, erwiderte ich, „von mir aus fließt er auch langsam dahin, wie der Strom des Lebens, könnte man sagen, aber ob Rhein oder irgendein anderer Fluss, ob Donau oder Elbe ...“

„Dat is alles datselbe“, reimte der Angler schlagfertig weiter und brachte mich erneut aus dem Konzept.

„Ja schon, genau ... da haben Sie nicht ganz unrecht, schließlich laufen alle Flüsse ins Meer, wie ein weises Sprichwort sagt, und ...“

„Wat is da denn weise dran? Dat weiß doch jedes Kind, dat alle Flüsse in det Meer reinlaufen, wo sollen se denn sonst hinlaufen, etwa die Berje rauf?“

„Nein, natürlich nicht, das ginge ja gar nicht.“

„Ach nä, sieh mal an.“

„Ja, nein, jedenfalls ... Sie bringen mich ganz durcheinander mit Ihren Zwischenfragen ... jedenfalls ist Wasser nicht nur zum Waschen da, sondern auch …"

„Zum Trinken, aber nur im Notfall."

„Ja, eben, und wer den Bach nicht ehrt, ist des Stromes nicht wert, und wer zur Quelle will, muss gegen den Strom schwimmen, denn nur tote Fische schwimmen mit dem Strom."

Diesmal sagte der Angler nichts, stand nur da mit offenem Mund und zog langsam die Stirn kraus.

„So sitze ich halt seit heute Morgen hier", redete ich weiter, „versenke mich in den Anblick des Rheins, tauche sozusagen ein in den Fluss der Zeit ..."

„Wie anno dunnemals der alte Moses am Nil, wat?!"

„Ja, von mir aus … oder ..."

„Der dicke Buddha am Janges."

„Oder auch der", sagte ich seufzend.

„Oder Jesus am Jordan, wat?!"

„Also bitte! Dieser Vergleich ist doch wohl …"

„Oder Sitting Bull am Mississippi."

„Mensch, wegen mir auch Casanova am Po", rief ich genervt, „obwohl der sich ja, seinen Memoiren nach, öfter und lieber in eine andere Art Po versenkt hat."

Für einen Moment schien der Angler sprachlos. Hoffentlich habe ich ihn jetzt nicht verärgert, dachte ich, da fragte er auch schon: „Sagen Se mal, wollen Se mich hier verscheißern, oder wat?!"

„Nein, nein, natürlich nicht", widersprach ich schnell. „Ich rede manchmal etwas viel, das ist alles."

Der Angler musterte mich mit einem skeptischen Blick.

Ich setzte eine unschuldige Miene auf und zwang mich zu einem Lächeln. „Wissen Sie, wenn man so lange irgendwo herumsitzt und vor sich hin grübelt, kommen einem die seltsamsten Gedanken", erklärte ich, um ihn wieder zu besänftigen. „Da sind dann ganz ernste Überlegungen und auch ziemlich banale Einfälle drunter, von kuriosen Erinnerungen ganz zu schweigen."

Der Angler nickte langsam. „Dann is et jut", sagte er und lächelte ebenfalls. „Ich hätte da nämlich wat für Sie."

„Für mich?", fragte ich überrascht. „Was denn?"

Er beugte sich ein wenig vor. „Wat Schönes."

„Und was?"

„Ming Frau hat doch eben ein Bild von mir und mingem Fang jemacht, und nun sind Se zufällig mit auf dem Bild drauf. Wenn Se wollen, schick ich et Ihnen zu, Sie brauchen mir bloß Ihre Adresse zu jeben."

„Sehr nett", sagte ich, „nur habe ich leider nichts zum Schreiben dabei."

„Dann nehmen Se dat hier." Der Angler holte aus seiner Westentasche einen kurzen Bleistift und einen olivgrünen Notizkalender hervor. „Hier notier ich immer ming Fänge drin, wissen Se, alles mit jenauen Anjaben, Länge und Jewicht, verwendete Köder und Jröße vom Haken und wat sonst noch wichtig is."

„Ah ja, sehr interessant."

„Dat is für ming Jahresstatistik, und wenn die …" Wieder begann er zu flüstern, „wenn die besser is als die von minger Frau, dann ärjert die sich immer wie bekloppt." Er machte ein schadenfrohes Gesicht und zwinkerte mir zu, reichte mir den Kalender, und ungeachtet der aufgescheuchten Fliegen trug ich meine Anschrift ein, wobei ich mir nicht verkneifen konnte, zum Schluss noch ein Dr. phil. vor meinen Namen zu setzen. Ich war gespannt auf die Reaktion und hielt ihm den Kalender aufgeschlagen hin; er nahm ihn jedoch, ohne einen Blick hineinzuwerfen, klappte ihn zu und steckte ihn wieder ein. „Na, dann denken Se mal noch schön", sagte er und ging zu seinem Platz zurück.

„Wird langsam Zeit, dass du deinen kapitalen Fang endlich in den Setzkescher tust“, hörte ich seine Frau lästern.

„Mach ich ja“, sagte er und steckte das Rotauge auch gleich in ein durch mehrere Drahtringe gedehntes, längliches Netz, das am Uferrand befestigt war und fast ganz im Wasser lag. „Da drin bleiben de jefangenen Fische den janzen Tag lang frisch, ob tot oder lebendig!“, rief er mir zu, als er bemerkte, dass ich ihm zuschaute.

„Wenn die Fische weiterhin so schlecht beißen, bleibe ich bestimmt nicht den ganzen Tag hier“, sagte seine Frau.

Sofort hatte ich die Hoffnung, meine peinliche Lage könnte bald schon zu Ende sein.

„Am Nachmittag und jejen Abend beißen de Fische bestimmt besser“, tröstete der Angler sie – und machte damit meine Hoffnung gleich wieder zunichte.

Ich musste also doch noch länger hier hocken bleiben, es war zum Verrücktwerden. Ich musste noch länger diese Hitze aushalten und diesen entsetzlichen Durst. Noch länger diese verfluchten Fliegen ignorieren (obwohl sie einfach nicht zu ignorieren waren) und noch länger mit wundgescheuertem Hintern auf diesem dicken Stein hin- und herrutschen ... Welch ein Unglückstag!

Resigniert sah ich auf den Rhein hinaus und verfiel erneut ins Grübeln. Und je länger ich grübelte, desto absonderlicher und unwirklicher erschien mir die ganze Situation. Das glaubt mir kein Mensch, dachte ich schließlich, keiner, ganz egal, wem ich es auch erzählen sollte.

„Tolle Geschichte!“, würde man sagen. „Ist die von Roald Dahl oder von Ephraim Kishon?“

„Weder – noch“, würde ich antworten, „die ist von mir.“

„Du hast sie also selbst erfunden?“

„Leider nicht, erlebt habe ich sie, am eigenen Leibe erlebt! So eine Geschichte könnte ich gar nicht erfinden. Wozu auch?“

Ja wozu? Und wozu Erklärungen, wenn sie mir sowieso keiner glauben würde?

Obwohl – ich hatte ja zwei Zeugen, fiel mir ein. Und ich würde von dem Angler das Foto bekommen und dann würde ich allen beweisen können, dass meine Geschichte eben nicht erfunden war, so unwahrscheinlich sie sich auch anhören mochte.

Ich dachte darüber nach, was für einen Wert ein solches Beweisfoto überhaupt haben konnte, als es in meinem Gedächtnis plötzlich „klick“ machte und mir eine andere Geschichte, in den Sinn kam, die ich, obwohl sie erst einige Jahre zurücklag, bereits völlig vergessen (oder wohl eher verdrängt) hatte. Jetzt war sie auf einmal wieder da. Sie war leider ebenso wenig erfunden wie die, in der ich gegenwärtig drinsteckte, und wenn es für sie auch kein Beweisfoto gab, so hatte es zu allem Unglück nicht nur zwei, sondern sogar zwei Dutzend Zeugen gegeben.

Angefangen hatte es damit, dass Ursel eines Tages ein Programm der Volkshochschule mitgebracht hatte. Eigentlich war sie an einem Bastel- oder Töpferkurs interessiert gewesen, aber dann hatte sie beim Herumblättern etwas entdeckt, das ihr noch viel interessanter erschien, einen Wochenendkurs mit dem Thema „Warum passiert das immer nur mir? – Das Phänomen der sich selbst erfüllenden Prophezeiung“. Der zweitägige Psychologiekurs, hieß es, soll den Teilnehmern bewusst machen, warum wir in unserem Leben trotz aller guten Vorsätze immer wieder in dieselben Fehler verfallen, und er soll zeigen, wie wir es schaffen können, diese Fehler durch Einüben neuer Verhaltensweisen abzulegen.

„Wäre das eigentlich nichts für dich?“, hatte Ursel gefragt. „Dir passieren doch auch ständig so komische Sachen.“

Ich hatte zunächst keine rechte Lust gehabt und irgendeine Ausrede erfunden, aber als Ursel ein paar Tage später vorschlug, wie könnten den Kurs ja auch gemeinsam besuchen, weil er bestimmt uns beiden zugutekäme, gab ich schließlich nach und meldete uns an.

Der Kurs fand in einem Klassenraum im Erdgeschoss unserer alten Hauptschule statt. Insgesamt dreizehn Teilnehmer fanden sich ein, acht Frauen und fünf Männer, im Alter von Anfang Zwanzig bis Mitte Sechzig. Nachdem wir uns flüchtig begrüßt hatten, setzten wir uns auf die in einem Kreis aufgestellten Holzstühle, saßen dann fürs Erste ziemlich steif und befangen da und vermieden es krampfhaft, uns gegenseitig anzusehen. Einige blickten durch die großen Fenster nach draußen, andere starrten gedankenverloren vor sich auf den Fußboden, der Rest sah stumm und erwartungsvoll zur Tür, durch die wenig später der Kursleiter hereinkam. Es war ein junger Psychologe mit Namen Günter Obijon, der mit seiner freundlichen und offenherzigen Art so viel Vertrauen ausstrahlte, dass unsere Befangenheit nach einer Viertelstunde bereits zum größten Teil verfolgen war.

Der Samstag ging schnell vorüber, viel zu schnell, wie Ursel und ich und auch die anderen im Nachhinein fanden. Am Sonntagvormittag lernten wir ein sogenanntes Rollenspiel kennen, und nach einer anschließenden Diskussionsrunde fasste ich mir ein Herz und berichtete von den diversen Missgeschicken, die mir im Laufe der Zeit so passiert waren. Alle hörten mir gespannt zu, besonders Günter Obijon, der zwar einige Zwischenfragen stellte und sich ein paar Notizen machte, mich aber ansonsten in aller Ruhe erzählen ließ. Und zu erzählen gab es ja mehr als genug.

„Jetzt legen wir erst mal zehn Minuten Pause ein“, meinte Günter Obijon, als ich mit meinen Geschichten endlich fertig war. „Nachher werden wir dann gemeinsam versuchen, diesen eigenartigen Erlebnissen ein wenig auf den Grund zu gehen.“

Nur – dazu kamen wir nicht mehr, denn genau in dieser Pause passierte es wieder ...

Weil fast alle Kursteilnehmer in den Pausen als erstes zum WC eilten und daher die beiden einzigen Toiletten im Nu besetzt waren, stieg ich diesmal, denn auch ich hatte einen ziemlichen Druck auf der Blase, kurzerhand durch eines der großen, niedrigen Fenster nach draußen und verschwand um die nächste Ecke.

Aufmerksam sah ich mich um. Aber da hinter der Schule gleich der Wald begann und weit und breit kein Mensch zu sehen war, pieselte ich in Seelenruhe gegen den rissigen Betonsockel unterhalb der langen Fensterreihe. Trotzdem schaute ich währenddessen sicherheitshalber immer wieder mal zur einen, mal zur anderen Seite, abwechselnd nach links und nach rechts, wieder nach links und wieder nach rechts – bis mich ein sonderbares Gefühl mitten in der Bewegung innehalten und geradeaus schauen ließ, durch die dunklen Scheiben in einen unbeleuchteten Klassenraum hinein.

Ich brauchte ein paar Sekunden, bis ich etwas sah, und ich brauchte ein paar weitere Sekunden, bis ich begriff, was ich sah: zwei Dutzend Frauen, die bewegungslos über ihre Töpferarbeiten gebeugt standen oder saßen und mich mit offenen Mündern und großen Augen anglotzten. Ich dachte, mich träfe der Schlag, und einen Moment lang, ob Sie es nun glauben oder nicht, hatte ich die kuriose Vorstellung, ich sei zu einem zweiten „Männeken-Pis“ erstarrt, einem Gegenstück des berühmten Brüsseler Denkmals, das Tag für Tag von unzähligen Touristen aus aller Welt besucht und bestaunt wird. Aber die Töpfergruppe war nunmal keine Touristengruppe, die Frauen bestaunten mich nicht, sie drohten mir und beschimpften mich, fuchtelten wütend mit den Armen und schrien wild durcheinander. Als dann noch mit dumpfem Knall ein Klumpen Ton gegen die Fensterscheibe klatschte, löste sich endlich meine Erstarrung. Hektisch, allzu hektisch leider, riss ich den Reißverschluss meiner Hose hoch, in der nächsten Sekunde durchfuhr mich ein beißender Schmerz, und wie ein geprügelter Hund mit eingeklemmtem Schwanz stürzte ich Hals über Kopf davon.

Am Abend erfuhr ich dann von Ursel, dass die Frauen vom Töpferkurs zu Günter Obijon gekommen waren und aufgeregt von einem „schamlosen Pisser" berichtet hatten. Und da ich ja von diesem Zeitpunkt an verschwunden war, wussten natürlich alle, dass damit nur ich gemeint sein konnte.

Ich nehme an, Sie werden jetzt noch besser verstehen, warum ich mir um keinen Preis mehr eine weitere Blamage dieser Art leisten wollte. Diesmal würde ich kein Risiko eingehen; diesmal würde ich ausharren, bis die beiden Zeugen meiner Sitzung abgezogen waren, und sollte es auch bis zum Abend dauern. Davon würde mich nichts und niemand abbringen, das wusste ich. Selbst wenn jetzt am Rheinufer, direkt vor meiner Nase, ganz langsam ein Hunderteuroschein vorbeigetrieben wäre, selbst dann hätte ich mich nicht von der Stelle gerührt.

Was aber, überlegte ich, was würde ich wohl machen, wenn nun ein Fünfhunderteuroschein vorbeigeschwommen käme? Würde ich mich ins Wasser stürzen? Hätten Sie es gemacht?

Zum Glück blieb mir diese Gewissensfrage erspart, es schwamm natürlich überhaupt kein Geldschein vorbei, dafür wenig später ein Schwanenpaar mit seinen vier halbwüchsigen Jungen. Haben die es gut, dachte ich neidisch; die machen, sobald sie müssen, einfach ins Wasser – und fertig! Ob es um die Anfangsphase oder die Endphase der Verdauung geht, hat für die Schwäne wie für alle Tiere denselben Wert, für sie ist das eine so selbstverständlich wie das andere. Jedes Pferd lässt, wo es gerade geht oder steht, munter seine Pferdeäpfel fallen, und sei es auf einer königlichen Parade; jede Schafherde zieht auf ihrer Wanderung eine breite Spur verlorener Schafsköttel hinter sich her; Kühe kleckern ihre Weiden und ihre eigenen Hinterbeine voll, Katzen kacken gern auf teure Teppiche, Hunde legen ihre Tretminen am liebsten auf Bürgersteige ab, und die Tauben auf den Marktplätzen der Großstädte sorgen dafür, dass die Denkmäler berühmter Persönlichkeiten ständig weißgesprenkelte Köpfe und Schultern haben. Aber all das kümmert die Tiere kein bisschen, es ist ihnen sozusagen scheißegal. Im Zirkus habe ich sogar einmal erlebt, wie ein Elefant beim Kopfstand ungeniert einen Haufen machte und ein anderes Mal ein Löwe in hohem Bogen ungerührt ins Publikum pinkelte. Man hatte nicht den Eindruck, dass es ihnen peinlich gewesen wäre, natürlich nicht. Nur uns Menschen ist „so etwas" peinlich, weil nur uns Menschen diese unselige anerzogene Verschämtheit eigen ist, die uns fortwährend das Leben schwermacht.

Wie jetzt mal wieder mir, dachte ich resigniert.

Ich versuchte mich zu erinnern, ob mir solche komischen Geschichten schon als Kind passiert waren (schließlich prägen uns die Eindrücke und Erfahrungen in der Kindheit fürs ganze weitere Leben, hatte Günter Obijon in seinem Psychologiekurs immer wieder betont).

Als erstes sah ich sogleich wieder meinen Großvater vor mir, wie er pfeiferauchend und zeitunglesend unser damaliges Gemeinschaftsklo besetzt hielt, sodass ich eines

Morgens, als ich dringend auf die Toilette musste, nicht mehr einhalten konnte und vor der verschlossenen Klotür in die Hose gemacht hatte. Und als wäre die Scham, die ich über mein Missgeschick empfand, nicht bereits Strafe genug gewesen, hatte ich dann noch von meinem Großvater einen Rüffel und anschließend von meiner Mutter Hausarrest bekommen. Da mein Großvater die Blockaden beharrlich beibehielt, war es natürlich nur eine Frage der Zeit, bis auch ich, einige Wochen später schon, das Einhalten nicht mehr aushielt, und, einige Minuten später schon, erneut die Hosen voll hatte.

Dann musste ich an meine Kusine Bärbel denken, die einmal während einer Familienfeier zur Toilette gegangen, aber nicht wiedergekommen war. Irgendwann hatten wir endlich ihre Hilferufe vernommen. Sie war, weiß der Himmel, wie, mit dem Hintern in die Kloschüssel gerutscht und hing nun eingeklemmt in der Klobrille fest. „Hört auf zu grinsen und macht gefälligst die Augen zu!“, zeterte sie, als ihr Bruder und ich sie aus ihrer unbequemen Lage befreiten, so umständlich, wie es nur ging, versteht sich, damit wir möglichst lange unseren Spaß dabei hatten.

Auf der inneren Reise in die Vergangenheit fiel mir als Nächstes mein früherer Schulfreund ein. Er hieß Gerd, hatte immer eine heisere Stimme, einen pechschwarzen „Mecki“ (so wurde damals ein Bürstenhaarschnitt genannt) und einen zweijährigen Bruder namens Lothar. Gerd und ich spielten miteinander, so oft wir nur konnten, meistens draußen, im Winter jedoch mehr in seinem Zimmer unterm Dach, wo er ein Aquarium mit Goldfischen und außerdem eine elektrische Eisenbahn hatte. Hin und wieder machten wir auch die Hausaufgaben zusammen, Gerd half mir beim Rechnen, was aber nicht viel nützte, ich half ihm beim Schreiben und Zeichnen, derweilen Lothar in manch unbeobachtetem

Moment unsere Hefte und Schulbücher vollkritzelte.

Einmal war es darüber so spät geworden, dass ich noch zum Abendessen bleiben durfte. An dem winzigen Küchentisch hatten wir nicht alle Platz, der kleine Lothar wurde deshalb kurzerhand vor ein niedriges Tischchen auf einen alten Holzschemel gesetzt, der nach Art der Bauernmalerei über und über mit bunten Blumenmotiven verziert war; wie die meisten Schemel hatte er in der Mitte ein längliches Loch und an den Ecken vier kunstvoll gedrechselte Beine. Sitzend reichte Lothar mit seinen Füßen gerade bis auf den Boden. Er hatte nur ein kurzes, weißes Flügelhemdchen an, „fast wie ein Engelchen“, frotzelte der Vater, „ein nackiger Knabe mit lockigem Haar.“

„Und der isst jetzt brav seinen Griesbrei auf“, fügte die Mutter hinzu.

Wir hatten noch nicht lange gegessen, als ein ziemlich strenger Geruch die Küche durchzog. Verwundert sahen wir von einem zum anderen, bevor wir uns fast gleichzeitig zu Lothar umdrehten. Und siehe da: Mitten unter seinem Schemel lag, einem Schokoladenkringel nicht unähnlich, die Ursache des Geruchs. Als Lothar unsere überraschten Blicke bemerkte, zeigte er stolz unter sich, klatschte fröhlich in die Hände und rief: „Guggu, hab ich lorn!“

„Was meint er?“, fragte ich Gerd.

„Soll heißen: Guckt mal, das habe ich verloren.“

„Das Engelchen hat offensichtlich gut gezielt“, lachte der Vater, die Mutter dagegen war bereits aufgesprungen, hatte sich den kleinen Lothar geschnappt, und nun klatschte es erneut, allerdings auf Lothars nacktem Hintern. „A-a ist pfui!“, schimpfte die Mutter dazu, „A-a ist pfui!“

Lothar brüllte wie am Spieß, brüllte so herzzerreißend, dass mich das Mitleid packte und mir schlagartig der Appetit vergangen war. „Ich muss jetzt gehen“, sagte ich darum, und ohne auf eine Antwort zu warten, stand ich auf und verließ eilig das Haus.

Zwei oder drei Jahre später erweckte dann ein anderes Erlebnis zwar weniger Mitleid in mir, dafür jedoch um so mehr Schadenfreude, und das kam so: An einem heißen Sommertag waren Gerd, Lothar und ich, wie fast jeden Tag in den großen Ferien, zum Schwimmen gegangen. Damals gab es bei uns noch kein Freibad, wir brauchten auch keins, denn wir hatten am Dorfrand einen großen, wunderschönen Weiher. An seinen Ufern wuchsen Schwertlilien, Igelkolben und Sumpfbinsen, zahlreiche knorrige Eichen spiegelten sich im Wasser, in einem Astloch hatte eine Stockente ihr Nest, im nahen Fichtenwald brüteten Graureiher, Waldkauz und Mäusebussard; es war das Paradies meiner Kindheit.

An jenem bewussten Sommertag tummelten sich bereits viele Kinder im Wasser. Die meisten turnten auf dem alten Holzfloss herum, das in der Mitte des Weihers verankert war, einige paddelten auf einem dicken Stamm, andere lieferten sich in der Nähe des Bacheinlaufs die übliche Schlammschlacht. Auch Gerd und ich stürzten uns gleich ins Getümmel, Lothar durfte währenddessen mit ein paar anderen kleinen Kindern nahe am Ufer im flachen Wasser planschen.

Wie immer blieben wir alle so lange im Wasser, bis wir irgendwann mit blaugefrorenen Lippen zitternd die Böschung hinaufstiegen und uns zum Trocknen und Wärmen ins Gras legten. Dann ließen wir uns eine Zeitlang genüsslich die Sonne auf den Rücken scheinen, erzählten uns die neuesten Dorfgeschichten und schauten den anderen Kindern zu, die im Wasser auf dem dicken Stamm und dem Holzfloß spielten.

„Da, seht mal! Gockel und Zatopek kommen!“, sagte Gerd

nach einer Weile und zeigte zum Weiherdamm.

Gockel, ein Junge aus dem Nachbardorf, war fast doppelt so alt wie wir, aus unserer Sicht also schon ein „Großer". Er war ein ziemlicher Angeber, hatte keinen Freund und auch keine Freundin, aber immerzu seinen Schäferhund Zatopek dabei. Richtig hieß er Bernd, da er jedoch andauernd wie ein Gockelhahn mit vorgewölbter Brust einherstolzierte, wurde er halt nur Gockel genannt.

„Gleich zieht er wieder seine Schau ab", flüsterte Gerd, nachdem Gockel sich in der Nähe einen Platz gesucht und sein Badetuch ausgebreitet hatte.

Die Schau oder genauer gesagt der erste Teil der Schau bestand darin, dass Gockel sich zunächst einmal betont langsam und lässig auszog und sich dann in seiner knappen Badehose mit dem Leopardenmuster reckte und streckte, um seine Muskeln zu zeigen, wobei er in einem fort nach den Mädchen schielte. Anschließend stelzte er zum Rand der Uferböschung, wo er sich, Zatopek an seiner Seite, breitbeinig aufstellte und, die Hände in die Hüften gestemmt, aufs Wasser spähte.

„Wie Tarzan und Sheeta am Kongo", flüsterte Gerd.

„Genau", stimmte ich ihm zu. „Fehlt nur noch der Tarzanschrei."

„Es fehlt ja auch die Jane, die ihm an die Liane greift", meinte der dicke Rolf mit einem vieldeutigen Zwinkern.

Das verstanden nun zwar die wenigsten von uns, aber die mussten sich das Lachen dafür um so krampfhafter verbeißen, während die anderen Jungen und Mädchen sich nur sprachlos ansahen.

Gockel hatte inzwischen seinen Rundumblick beendet. Nun holte er mehrmals hintereinander tief Luft, schnaufte wie eine Lokomotive beim Anfahren, und auf einmal sprang er mit ein paar Sätzen die Böschung hinunter und hechtete mit einem Kopfsprung ins Wasser. Das war der zweite Teil seiner Schau, und der Clou daran war, dass Gockel erst wieder in der Mitte des Weihers, neben dem Holzfloß, an die Oberfläche kam, also gut zwanzig, vielleicht auch fünfundzwanzig Meter unter Wasser bleiben konnte.

„So weit tauchen wie der, das schafft keiner", schwärmte neben uns ein Mädchen, das Elke hieß.

„Ist doch alles bloß Angabe", wiegelte Gerd ab, „das ganze Affentheater von Gockel ..."

„Bist ja nur neidisch, weil du nicht mal halb so weit tauchen kannst wie Bernd", sagte Elke giftig. Sie hatte tatsächlich „Bernd" gesagt, die dumme Gans.

„Wenn ich so alt bin wie dieser Muskeldepp, dann tauch ich durch den ganzen Weiher, auch ohne Leopardenhöschen!", fauchte Gerd mit seiner heiseren Stimme zurück.

„Hört doch mal mit eurem Gezanke auf!", sagte der dicke Rolf und deutete mit dem Kopf in Richtung Weiher.

Alle sahen wir wieder auf Gockel. Der stand, nachdem er eine kurze Runde geschwommen war, ein paar Meter vom Ufer entfernt bis zur Brust im Wasser und rührte sich nicht. Nur seine Schultern, die er kurz vorher langsam hochgezogen hatte, senkten sich jetzt ebenso langsam wieder nach unten; und wenn man ganz genau hinsah, konnte man erkennen, dass auch die Oberarme sich ein wenig bewegten.

Gerd und ich blickten uns an und runzelten die Stirn. Auch die anderen Kinder wunderten sich. Und selbst Zatopek, der die ganze Zeit brav am Uferrand saß, legte den Kopf schief und äugte erwartungsvoll auf sein Herrchen.

„Was macht er bloß?", fragte Lothar endlich.

„Ich glaub, der fummelt sich da unter Wasser irgendwas zusammen", sagte der dicke Rolf trocken.

„Der konzentriert sich auf seinen nächsten Tauchgang, das tut er, aber davon versteht ihr ja nichts“, ereiferte sich Elke. „Gleich legt er los, und dann guckt ihr wieder dumm aus der Wäsche, ihr Neidhammel!“

Gockel stand immer noch reglos an derselben Stelle. Bestimmt muss er mal, dachte ich, und nun pieselt er halt ins Wasser (was nichts Besonderes war, denn das tat jeder). Aber da machte es hinter seinem Rücken plötzlich „blub“, nochmal „blub“, und wieder „blub“, und an der Wasseroberfläche schwamm, was wohl seiner Ansicht nach hätte unbemerkt untergehen sollen.

„Guckt mal, der hat was verloren!“, rief Lothar als erster und klatschte in die Hände.

„Tarzan hat kleine Kokosnüsse gemacht!“, verkündete Gerd mit heiserem Gelächter.

„Tarzan hat Affenwürste gemacht!“, brüllte der dicke Rolf, und nun prusteten auch die anderen los und grölten und klatschten und hielten sich die Bäuche vor Lachen.

Erst auf diesen Lärm hin drehte sich Gockel langsam herum, und nun starrte er wie vom Donner gerührt auf das, was vor ihm auf dem Wasser schwamm. Sekundenlang stand er bewegungslos da, dann hob er plötzlich beide Arme und haute wie wild auf seine Hinterlassenschaft ein, verzweifelt bemüht, sie unter Wasser zu bekommen. Aber es hatte einfach keinen Zweck, die Affenwürste kamen immer wieder nach oben. Und als er es schließlich aufgab und wegzuschwimmen versuchte, da trieben sie in seinem Sog noch eine Zeitlang hinter ihm her, sodass es wahrhaftig aussah, als würde er von ihnen verfolgt ...

Unter dem Gejohle der Jungen, dem Gekicher der Mädchen und dem fröhlichen Gekläffe von Zatopek watete Gockel mit puterrotem Gesicht ans Ufer und eilte die Böschung hinauf.

Hastig trocknete er sich ab, zog sich an und verschwand ohne ein Wort und ohne sich noch einmal umzudrehen, mit seinem Hund im nahen Wald.

Wir hatten noch lange unseren Spaß an diesem Nachmittag. Nur Elke hockte trübsinnig auf ihrem Badetuch und hatte Tränen in den Augen. Sie tat mir richtig leid, und weil ich sie irgendwie trösten wollte, ging ich nach einer Weile zu ihr und setzte mich neben sie ins Gras.

„Lass doch den Angeber ziehen“, sagte ich sanft. „Sieh mal, ich ... ich meine, es gibt ja auch noch andere Jungs als ausgerechnet Gockel ... äh, Bernd ...“ Ich rückte ein wenig näher an sie heran und sagte noch sanfter: „Zum Beispiel ... mich.“

Elke antwortete nicht, warf mir stattdessen einen verächtlichen Blick zu, dann zischte sie ziemlich unsanft: „Verpiss dich!“

Sie war eben doch eine dumme Gans, ich wusste es ja. Gockel (der von diesem Tag an nur noch Kackel genannt wurde) kam übrigens in jenem Sommer nicht mehr zum Baden an den Weiher. Im Dorf ging aber bald das Gerücht, er würde spätabends, wenn alle Kinder fort wären, heimlich ein paar Runden schwimmen, manchmal sogar, während Zatopek am Ufer Wache hielte, mit einem Mädchen … Elke?

Für einige Augenblicke holte mich das Glockengeläut der Leutesdorfer Kirche in die Gegenwart zurück. Drei Uhr war es jetzt. Immer noch brannte die Sonne, summten die Fliegen, quälte mich der Durst und die entsetzlich unbequeme Lage.

Wie mochte wohl mein armer Hintern aussehen?

Die Angler mit ihren dicken Hintern hingen schlaff in ihren bequemen Campingstühlen. Trotz Sonnenschirm und Getränken aus der Kühltasche machten sie einen erschöpften

Eindruck; fast konnte man meinen, sie seien eingeschlafen.

Mit dem Ärmel meiner verschwitzten Jacke wischte ich mir zum ich weiß nicht wievielten Male den Schweiß von der Stirn. Dann schloss ich seufzend die Augen, um mich aus der Misere dieses Unglückstages wieder in eine erträglichere Erinnerung zu flüchten, so wie es Papillon während seiner langen Einzelhaft getan hatte, und kaum hatte ich die Augen geschlossen, war ich erneut in meiner Kindheit.

Ich mochte damals zwölf oder dreizehn Jahre gewesen sein. An einem sonnigen Herbsttag wollte ich mit Gerd zum alljährlichen Früchtesammeln in den Wald gehen. Früchtesammeln hieß, für die vorweihnachtlichen Bastelstunden in der Schule alle möglichen Waldfrüchte zu suchen: Eicheln, Kastanien und Bucheckern, Fichten- und Kiefernzapfen, Haselnüsse und Hagebutten. Gerd lag aber zu dieser Zeit mit Masern im Bett, und so ging statt seiner diesmal Lothar mit mir.

Wir waren mit unseren halbvollen Rucksäcken schon auf dem Heimweg, als wir an der Kreuzbuche vorbeikamen, einer mächtigen alten Buche, die mitten im Wald an einer Wegkreuzung stand. Mir fiel als erstes die Unmenge von Bucheckern ins Auge, während Lothar staunend den dicken Stamm hinaufsah.

„Mensch, guck mal!“, rief er und reckte seinen kurzen Arm in die Höhe. „Da ist ja ein Bussardhorst!“

Ich blinzelte in die Baumkrone und nun sah auch ich den Horst, der sich in fast zwanzig Meter Höhe auf einem starken Seitenast befand.

„Woll‘n wir raufklettern?“, fragte Lothar sogleich.

Ich hatte im Grunde dieselbe Idee; mit Gerd wäre ich auch sicherlich ohne zu zögern losgeklettert, aber Lothar schien mir noch etwas klein für den großen Baum. „Was willst du denn da oben?“, fragte ich deshalb erst mal zurück.

„Vielleicht sind ja noch Junge im Horst."

„So'n Quatsch", sagte ich und tippte mit dem Finger an die Stirn, „die sind doch längst ausgeflogen."

„Aber ... aber vielleicht finden wir noch Eierschalen und Mäuseknochen. Oder Gewölle."

Ich schüttelte den Kopf.

„Oder vielleicht ne lebendige Haselmaus."

Ich überlegte.

„Oder'n Eichhörnchen!"

Damit hatte er mich. Haselmäuse und Eichhörnchen, das wusste ich, bauen ihre Nester gelegentlich in verlassene Greifvogelhorste, in den unteren Teil, wo es zwischen Ästen und Zweigen viele Hohlräume gibt. Angestrengt sah ich nach oben, konnte aber nichts entdecken.

Lothar hatte meinen Blick bereits als Zustimmung gedeutet und seinen Rucksack auf die Erde fallen lassen. Nun sah er mich erwartungsvoll an, denn ohne meine Hilfe konnte er nicht einmal den untersten Ast erreichen.

„Willst du wirklich da rauf?", fragte ich sicherheitshalber noch mal.

Lothars Augen leuchteten, und er nickte wie toll. „Klar will ich, was denkst du denn?! Und dann fang ich mir ne Haselmaus!"

Wenn Lothar sich etwas in den Kopf gesetzt hatte, war ihm das nicht mehr auszureden, das wusste ich schon von Gerd. So ein kleiner Bruder konnte manchmal ganz schön nervig sein.

Sollen wir wirklich da rauf? überlegte ich und sah Lothar skeptisch an. Seine Vorfreude stand ihm ins Gesicht geschrieben. Also gut, soll er seinen Willen haben, dachte ich, lehnte mich mit dem Rücken gegen den Stamm und verschränkte meine Finger zur Räuberleiter, über die Lothar auf meine Schultern kletterte, sodass er nun an den untersten Ast kam. Von da an ging es zügig weiter aufwärts, die Buche hatte viele Äste, und nur in der Mitte, wo der Abstand zwischen den einzelnen Ästen größer war, musste ich Lothar noch mal beim Klettern helfen.

Als wir wenige Meter unterhalb des Horstes waren, Lothar etwa zwei Meter schräg über mir, ruhten wir uns für einen Moment aus. Lothar stand auf einem fast waagerecht abstehenden Ast und sah mit einem merkwürdigen Gesichtsausdruck auf mich herab.

„Was ist mit dir?“, fragte ich hinauf.

„Ich weiß nicht ... ich glaube ...“ Er verzog sein Gesicht, als wollte er jeden Augenblick losheulen.

„Was glaubst du?“

„Mir ist auf einmal so komisch.“

Jetzt hat ihm der Tiefblick sicherlich den Magen umgedreht und ihm ist schwindlig geworden, dachte ich.

Aber da sagte Lothar schlicht: „Ich glaube, ich muss mal.“

„Na, dann mach doch vom Baum runter“, sagte ich.

„Ich muss aber doch groß …“

„Dann klettern wir eben wieder nach unten, ist doch kein Problem.“

„Bis unten kann ich aber nicht mehr einhalten“, jammerte er.

Nun wusste auch ich nicht weiter. „Dann hock dich halt auf den Ast, auf dem du gerade stehst“, schlug ich vor.

Lothar sah entgeistert auf mich herab. „Ist das dein Ernst?“

„Ja, natürlich ist das mein Ernst, was willst du denn sonst machen?“

Er hob die Schultern. „Wenn du wirklich meinst“, sagte er unsicher. „Du darfst aber nicht gucken.“

„Nun stell dich nicht so zimperlich an!“

„Du darfst nicht gucken“, wiederholte er. „Versprich mir das!“

„Meinetwegen – jetzt mach endlich!“

„Schwöre, dass du nicht guckst!“

„Heiliger Bimbam, ich schwöre! Bist du nun zufrieden?“

„Erst musst du die rechte Hand heben und drei Finger. Und dann sag's noch mall“

Der hat vielleicht Nerven, dachte ich. Mit der linken Hand hielt ich mich an einem Ast fest, hob meine rechte Hand feierlich in die Höhe und rief recht unfeierlich: „Ich schwöre, verdammt!“ (Zeigefinger und Mittelfinger der linken Hand hatte ich dabei hinter dem Ast heimlich überkreuzt, den Schwur also schon mal für alle Fälle ungültig gemacht.)

Bevor Lothar sich nun auf seinem Ast zaghaft umdrehte, tat ich so, als würde ich nach unten sehen; im nächsten Augenblick schielte ich jedoch zu ihm hinauf, voller Neugier und auch voller Angst, denn eine Weile fürchtete ich, er könnte jeden Moment vom Baum fallen. Schwankend und zitternd stand er auf seinem Ast, sichtlich bemüht, das Gleichgewicht zu halten. Mit der einen Hand stützte er sich gegen den glatten Stamm, mit der anderen zog er Stück für Stück die Hose herunter. Dann ging er langsam in die Hocke und setzte sich vorsichtig hin. Das Gesicht abgewendet, den Hintern in meine Richtung gestreckt, hing er schließlich auf seinem rundlichen Donnerbalken wie ein dressierter Pavian im Zirkus auf seiner Reckstange.

Auch ich ließ mich jetzt auf meinem Ast nieder, lehnte mich mit den Schultern gegen einen anderen Ast, verschränkte die Arme vor der Brust und schlug ein Bein über das andere; und so saß ich jetzt wie im Kino in der ersten Reihe, im sogenannten Nackenbrecher oder Rasiersitz, den ich allerdings wegen der einzigartigen Perspektive gegen keinen noch so bequemen Logenplatz eingetauscht hätte.

„Dass du mir ja nicht guckst!", rief Lothar noch mal; anscheinend traute er mir nicht.

„Nein, nein, ich ... ich seh mir nur die vielen Bucheckern an", log ich und starrte weiterhin wie gebannt nach oben.

Niemals zuvor hatte ich ein derart ergötzliches Bild vor Augen. So muss einem Küken zumute sein, dachte ich, einem ahnungslosen Küken im Hühnerstall, das über sich auf der Stange den weißen Hintern einer Henne erblickt, und aus diesem Hintern – plopp! – fällt ein Ei heraus. Nur dass Lothar mit hörbarer Anstrengung gleich mehrere Eier hintereinander legte, und diese Eier dunkelbraun und länglich waren und keine feste Schale hatten. Wie winzige Bomben sausten sie an mir vorbei und zwischen den Ästen hindurch in die Tiefe, und nachdem sie alle auf dem Boden aufgeschlagen waren, sah es aus, als hätte jemand einen großen Becher mit Schokoladencreme unter dem Baum ausgekippt. Da würden die anderen Jungen in meiner Klasse aber staunen, wenn ich ihnen das erzählte, freute ich mich und stellte mir schon ihre verblüfften Gesichter vor. Zunächst staunte ich jedoch selber noch eine ganze Weile über diesen seltsamen Anblick, von dem ich mich einfach nicht losreißen konnte. Schade, dass ich keine Kamera dabeihatte.

„Ich bin fertig", sagte Lothar plötzlich, „du darfst aber noch nicht gucken."

„Was ist denn nun noch?", fragte ich hinauf.

„Ich habe vergessen, mir Blätter abzureißen", antwortete Lothar und rückte langsam vom Stamm weg zur Seite.

„Bleib sitzen, ich hol dir welche!", rief ich ihm zu.

Aber Lothar konnte nicht warten. Er rutschte weiter und weiter zur Seite, reckte sich in die Höhe und streckte die linke Hand nach ein paar herunterhängenden Zweigen aus.

Zitternd zupfte er die untersten Blätter ab.

„Mensch, lass mich das doch machen!“, fuhr ich ihn an, verärgert und ängstlich zugleich.

„Du willst ja bloß gucken!“, zeterte Lothar, und weil er sich wohl vergewissern wollte, ob ich nicht doch hinsah, drehte er sich kurz um nach mir. Dabei passierte es: Von der eigenen ruckartigen Drehung aus dem Gleichgewicht gerissen, kippte er mit einem Aufschrei nach hinten ...

Entsetzt schlug ich eine Hand vors Gesicht und kniff die Augen zusammen, mit der anderen Hand umklammerte ich krampfhaft den Ast, auf dem ich saß. Oh Gott, jetzt ist er abgestürzt, dachte ich nur, jetzt liegt er zerschmettert am Boden und ist mausetot und ich muss Gerd und seinen Eltern die Todesnachricht überbringen. Das waren meine einzigen Gedanken, die mir in Sekundenschnelle wieder und wieder durch den Kopf gingen.

Aber dann wurde mir bewusst, dass ich ja gar keinen Aufschlag gehört hatte. Zögernd öffnete ich wieder die Augen. Tief unter mir, auf dem mit Laub und Bucheckern übersäten Waldboden, lag nichts anderes als die Schokoladencreme und unsere Rucksäcke. Verwundert blickte ich nach oben und sah, wie Lothar kopfunter an seinem Donnerbalken hing. Mir fiel ein Stein vom Herzen.

„Halt dich fest, ich komme!“, rief ich hinauf.

Lothar sagte nichts, die Panik in seinen Augen und seinem bleichen Gesicht sagte dagegen alles. Was hatte er für ein Glück gehabt; mit den Kniekehlen war er, als er nach hinten rutschte, an seinem Ast hängengeblieben, was er wahrscheinlich den zusammengestauchten Hosenbeinen zu verdanken hatte. Dafür konnte er sich jetzt kaum noch rühren. Als ich näherkam, versuchte er zwar angestrengt, sich aus eigener Kraft hochzuhangeln, weil ihm sein halbnackter und hilfloser Zustand sicher peinlich war, er schaffte es aber nicht.

Ich kletterte auf seinen Ast, um ihm heraufzuhelfen; vorher allerdings musste ich erst einmal genügend Blätter abreißen und ihn wie einen Säugling trockenlegen, was Lothar, den geschlossenen Augen und verzerrten Gesichtszügen nach, nur mit größtem Widerwillen über sich ergehen ließ.

Wenig später saßen wir dann einträchtig nebeneinander auf dem Ast und ruhten uns von der überstandenen Anstrengung aus. Lothar war immer noch ziemlich blass um die Nase. Ich wollte ihn ein wenig aufheitern, deshalb zeigte ich nach unten und sagte: „Guck mal – hast du verloren."

Nachdenklich sah Lothar in die Tiefe. „Sieht ja irre aus", meinte er. „Wie'n superflacher Riesenklops"

„Oder wie'n Riesenklecks Schokoladencreme", sagte ich. Mir gefiel dieser Vergleich nun mal am besten.

„Und was ist nun mit dem Horst?", fragte Lothar.

„Ach ja, der Horst – den sehen wir uns natürlich noch an. Wo wir schon mal so weit oben sind."

„Wenn wir eine Haselmaus finden, dann krieg *ich* die aber", sagte Lothar.

„Und wenn wir ein Eichhörnchen finden?"

„Dann krieg ich das auch. Das ist dafür, dass du geguckt hast. Trotz Schwören."

„Meinetwegen", sagte ich und gab Lothar die Hand. Womit mein schlechtes Gewissen bereits wieder einigermaßen beruhigt war.

Wir kletterten die restlichen Meter aufwärts, zunächst noch dicht am Stamm, dann den schrägen Seitenast entlang. Im Unterbau des Horstes war jedoch nichts zu finden. Erwartungsvoll spähten wir fast gleichzeitig über den Horstrand, aber – die flache Nistmulde war ebenfalls leer. Nicht mal

Vogelfedern lagen darin, keine Eierschalen, nichts. Enttäuscht machten wir uns an den Abstieg, zuerst ich, dann Lothar, langsam und vorsichtig, Ast für Ast. An einigen Stellen, vor allem in der Mitte der Buche, musste ich Lothar gut zureden und ihm wieder helfen, indem ich seine Füße packte und sie an die richtige Stelle setzte; anscheinend hatte er den Schreck von eben noch nicht ganz überwunden.

Als wir glücklich auf dem untersten Ast angelangt waren, erschraken wir von Neuem, denn zwischen den Rucksäcken und der Schokoladencreme stand eine ältere Frau. Sie hatte eine Strickjacke an und einen wollenen Rock und trug ein braunes Kopftuch, das unter dem Kinn zusammengeknotet war. Mit der einen Hand stützte sie sich auf einen Krückstock, in der anderen hielt sie einen mit Pilzen gefüllten Spankorb. Auch ohne schwarze Katze auf der Schulter kam sie mir vor wie die Hexe, die gerade Hänsel und Gretel überrascht hat.

Wie lange mochte sie uns schon beobachtet haben?

„Kommt gefälligst da runter!“, befahl sie mit krächzender Stimme.

Unschlüssig sahen Lothar und ich uns an.

„Wir bleiben einfach hier stehen“, flüsterte Lothar mir ins Ohr, „dann kann sie uns nichts tun.“ Ängstlich fasste er mich bei der Hand.

„Wird‘s bald, ihr Rotzbengel!“ Den Kopf noch weiter in den Nacken gelegt, sah die Frau uns böse an, und in diesem Moment erkannte ich sie erst. Es war Frau Lausieder, die Frau des Milchmanns, bei dem meine Mutter immer einkaufte. Von ihr wusste ich, was im Dorf jeder wusste, nämlich dass die olle Lausiedersche unbarmherzig fromm war und ein gefürchtetes Klatschweib obendrein. Statt Lausieder wurde sie daher meist Saulieber genannt, was bedeuten sollte, dass einem jede Sau lieber war als diese fromme Hexe.

Immer noch standen wir abwartend auf unserem Ast, gut zwei Meter über dem Erdboden, und sahen nach unten. Am liebsten hätte ich der Saulieber auf den Kopf gespuckt.

„Kommt ihr nun endlich runter?"

„Und wenn nicht ...?", fragte ich zurück.

„Ihr habt gefälligst zu gehorchen!", brüllte sie. „Sonst erzähl ich euren Eltern, was ihr hier im Wald für Schweinereien macht!"

„Dann krieg ich wieder Dresche", murmelte Lothar weinerlich.

„Meinst du, ich nicht?!", flüsterte ich. „Hör zu, wir klettern jetzt erst mal brav runter und wenn wir unten sind, schnappen wir uns unsere Rucksäcke und verduften, klar?"

Lothar nickte schwach.

„Schämt ihr Ferkel euch eigentlich nicht?", donnerte die Saulieber gleich los, als wir vor ihr auf dem Boden standen. „Einfach so vom Baum zu ka... zu ... zu machen, pfui Teufel! Was habt ihr euch bloß dabei gedacht, hä?"

„Ich dachte ... ich meinte ... ich wollte ..." Lothar suchte verzweifelt nach den richtigen Worten.

„Er musste doch mal", erklärte ich.

„Ach nee, er musste mal. Und dafür seid ihr dann extra auf den Baum geklettert, was?! Ausgerechnet auf diesen Baum!"

„Wir waren doch schon oben", sagte ich.

„Dann hättet ihr eben wieder runterklettern sollen!"

„Aber ich ... ich musste doch so nötig", jammerte Lothar. „Und bis unten hin hätte ich mir doch in die Hose gemacht."

„Jawohl", bestätigte ich, „und dann hätte er zu Hause bestimmt Dresche gekriegt."

„Ihr werdet noch viel mehr Dresche kriegen, wenn ich euren Eltern erzähle, dass ihr den heiligen Baum hier entweiht habt, schon durch eure Kletterei. Erst recht durch das da …“ Sie zeigte mit dem Krückstock auf Lothars Haufen. „Eine Schande ist das, eine einzige Schande! Eine Sünde und eine Schande, die zum Himmel stinkt!“

Was die Saulieber sich da zusammenquasselte, war mir völlig rätselhaft. Neugierig geworden fragte ich deshalb: „Was ist denn mit dem Baum?“ An unsere Rucksäcke und ans Abhauen dachte ich in diesem Moment gar nicht mehr.

„Nun tu nicht so scheinheilig, du sündiger Lümmel! Das weiß doch jeder, dass die Buche heilig ist, sonst hieße sie ja nicht Kreuzbuche, oder?!“

„Aber ich denke, das ist, weil sie hier an der Wegkreuzung steht“, wandte ich ein.

„Das hat dir wohl dein sauberer Heidenvater beigebracht“, keifte sie und war ganz rot im Gesicht vor Wut. „Von wegen Kreuzung – ein richtiges Kreuz stand mal hier, genau an dieser Stelle. Und im Grunde steht es ja noch immer hier. Nur sieht man es jetzt nicht mehr.“

„Wo ist es denn?“

„Es ist immer noch da, hör doch zu!“, krächzte sie. „Als es aufgestellt wurde, hat man gleich dahinter eine junge Buche gepflanzt, und dann wurde die Buche natürlich mit der Zeit größer und größer und immer dicker und ist immer mehr über das Kreuz drübergewuchert und am Ende ganz drumherum gewachsen. Und nun hat der Baum das ewige Leben. So ist das!“

Ich konnte es einfach nicht glauben. „Das Kreuz soll also – ganz im Baum drin sein?“, fragte ich. „So richtig mitten drin?“

„Willst du Ungläubiger etwa daran zweifeln?“, rief sie und hob drohend ihren Krückstock. „Natürlich ist es im Baum drin, wo soll es denn sonst sein, hä? Und nun habt ihr gotteslästerliche Blagen quasi auf unseren Herrgott draufgeschiss…!“

Erschrocken ließ sie ihren Spankorb fallen und hielt sich die Hand vor den Mund, während sie mit ihrem Krückstock drei Kreuze in die Luft schlug.

„Doch nicht drauf, nur dran vorbei“, verbesserte Lothar.

„Das kommt ja wohl aufs selbe raus!“

„Aber wir wussten das mit dem Baum doch gar nicht“, sagte ich. „Wie sollten wir denn …“

„Das hilft euch jetzt alles auch nicht mehr!“, fuhr sie mir dazwischen. „Deshalb werdet ihr zu Hause eurer gerechten Strafe nicht entgehen! Keiner entkommt dem Zorn Gottes!“

„Wir wollen ... ich meine, ich will das ja auch nie wieder tun“, versicherte Lothar. „Bitte, Frau Sau... äh, Lausieder, erzählen Sie doch unseren Eltern nichts von meinem ... von unserem …“

„Das könnte euch so passen“, sagte sie. „Nichts da! Die Rache ist mein, spricht der Herr, und ich werde sein Werkzeug sein, da verlasst euch drauf!“

Es hatte einfach keinen Sinn mehr, sie doch noch erweichen zu wollen. Ich machte Lothar deshalb mit den Augen ein Zeichen zum Abhauen. Er begriff auch sofort, wir sprangen zu unseren Rucksäcken, rissen sie hoch und rannten ein Stück den Weg hinunter.

Nach etwa fünfzehn Metern blieben wir stehen und sahen uns noch einmal um. Die Saulieber hatte sich gerade gebückt, um ihren Spankorb mit den Pilzen aufzuheben. In dieser Stellung konnte man sie jetzt wirklich für eine Hexe halten. Als sie bemerkte, dass wir sie beobachteten, richtete sie sich ruckartig wieder auf. „Haut bloß ab!“, schrie sie, schwang drohend ihren Krückstock wie der Racheengel sein Schwert und machte ein paar Schritte auf uns zu – wobei sie mit einem Fuß mitten in Lothars Haufen trat.

Worauf Lothar und ich uns mit schadenfrohem Gelächter auf den Heimweg machten.

Aber das Lachen versickerte bald, die Schadenfreude hielt nicht lange an. Je näher wir dem Dorf kamen, desto mulmiger wurde uns zumute. Schweigend gingen wir nebeneinander her, bis endlich die ersten Häuser zu sehen waren und Lothar unvermittelt stehenblieb.

„Wenn die olle Saulieber uns verpetzt, und das tut sie bestimmt, dann kann ich zu Hause was erleben“, sagte er bekümmert. Seine Stimme zitterte. „Was soll ich bloß tun?“

Ratlos sah ich Lothar an. Wie ein Häufchen Elend stand er da und wischte sich heimlich die Augen.

„So‘n frommes Aas“, sagte ich schließlich, um wenigstens irgendetwas zu sagen. „Und so eine quatscht immer von Gott und von Gnade und Vergebung und so was.“

„Mensch, das ist es!“, rief Lothar plötzlich, und bevor ich begriff, was er meinte, hatte er schon die Hände gefaltet, die Augen geschlossen und den Kopf auf die Brust gesenkt. „Lieber Gott im Himmel“, begann er sogleich, „ich ... ich also, lieber Gott, ich ...“ Er stockte, versuchte es noch mal, dann machte er die Augen wieder auf. „Jetzt weiß ich nicht, was ich eigentlich sagen soll.“

„Ja, kennst du denn kein Gebet?“, fragte ich.

Er schüttelte den Kopf.

„Auch kein Bittgebet aus der Sonntagsschule?“

„Ich kenn nur, was Papa immer vorm Essen runterleiert und was Mama aufsagt, wenn sie mich ins Bett gebracht hat. Aber das passt doch hier nicht.“

Nein, das passte wirklich nicht, da hatte er recht.

„Weißt du was?“, sagte ich, denn mir kam eine Idee, „ein Gebet ist doch im Grunde ein frommes Gedicht, und

Gedichte machen ist gar nicht so schwer." Ich hatte schon welche geschrieben, alle selbst ausgedacht, sogar solche, die sich am Ende gut reimten; nicht umsonst war Deutsch mein Lieblingsfach. „Also gib acht", erklärte ich weiter, „ich mach dir ein Gebet, das passt. Ich schreib's dir nachher auf und bring's dir heute Abend noch vorbei. Das kannst du dann vor dem Einschlafen aufsagen, am besten drei Mal, damit es auch wirklich hilft."

„Das willst du wirklich für mich tun?", fragte Lothar.

„Klar doch."

„Ehrenwort?"

„Großes Ehrenwort." Fast hätte ich noch 'ich schwöre' hinzugefügt, aber das ließ ich dann lieber.

„Du bist wirklich ein wahrer Freund", meinte Lothar gerührt. „Du bist doch auch mein Freund, genauso wie Gerd", sagte ich und legte einen Arm um seine Schulter.

„Dann woll'n wir uns jetzt beeilen", drängte Lothar, „wir haben nicht mehr viel Zeit, bald wird es dunkel."

Als ich wenig später zu Hause war, kramte ich aus meinem Schulranzen sofort Papier und Bleistift hervor, verzog mich auf unseren Speicher, setzte mich in einen alten Sessel und begann zu dichten. Anfangs ging es verteufelt schwer; ich konnte das Gebet ja nicht aus meiner, sondern musste es ganz aus Lothars Sicht verfassen. Und ich musste mich beeilen, weil Lothar, wie ich mir denken konnte, sicher schon ungeduldig wartete – was auch das Reimen diesmal wesentlich schwieriger machte als sonst. Aber nach über einer Stunde, nach vielen Änderungen und Streichungen, hatte ich es geschafft.

Stolz ging ich mit meinem Entwurf hinunter in die Küche. Meine Eltern waren zum Glück noch mit meiner Schwester auf dem Feld, es war also niemand da, der mich hätte stören können. Ich nahm mir ein neues Blatt Papier und schrieb das Gebet, ein ausgesprochenes Bittgebet, säuberlich ab. Mit Buntstiften malte ich dann auf den linken Rand neben die Zeilen einen schönen großen Baum mit einem Horst, in dem ein Bussard saß. Auf den Ästen spielten Haselmäuse und Eichhörnchen. Unter dem Baum standen zwei Jungen mit Rucksäcken. Auf den rechten Rand malte ich eine Hexe mit dem Stock in der Hand, einer Kiepe auf dem Rücken und lauter Fliegenpilze um sie herum.

Ganz unten lagen viele Blätter und Bucheckern, dazwischen ein kleiner brauner Fleck, und ganz oben, die Zeilen waren somit vollständig eingerahmt, kam noch ein blauer Himmel dazu und eine leuchtend gelbe Sonne mit einem gutmütigen Gesicht und einem langen weißen Bart.

Das Gebet selbst aber lautete:

Lieber Gott!
Aus tiefer Not schrei ich zu dir,
jetzt tu mal was und helfe mir!
Wir gingen im Wald so für uns hin,
nach Eicheln und Bucheckern stand uns der Sinn.
Da sahen wir einen Horst im Baum,
den wollten wir uns mal beschau‘n.
Die Buche war zwar hoch und heilig,
ich musste aber, und zwar eilig;
es drängte mächtig mir im Po,
nur fehlte mir dafür ein Klo ...
Ich habe aber, musst du wissen,
nicht auf dich ge-macht.
Und will Frau Lausieder uns verraten,
dann strafe diesen Satansbraten!
Verschon jedoch mich und meinen Freund –

wir haben's bestimmt nicht so gemeint.
Drum bitte ich dich um Erbarmen
und sage deshalb nunmehr: Amen!

Ich war, nachdem ich es mir noch einmal durchgelesen hatte, sehr angetan von meinem Werk. In der Schule hätte ich von unserer Deutschlehrerin sicher eine gute Note dafür bekommen, und fast tat es mir leid, dass ich es nur für Lothar geschrieben hatte. Aber versprochen war versprochen, und so rannte ich gleich los und brachte ihm mein einzigartiges Kunstwerk vorbei.

Am nächsten Nachmittag kreuzte zuerst bei meinen, dann bei Lothars Eltern tatsächlich die Saulieber auf, um sich lautstark und wortreich über unsere „schändliche Untat" zu ereifern. Ich musste mir daraufhin eine lange Strafpredigt anhören und wurde ohne Abendessen ins Bett geschickt, Lothar dagegen bekam eine gehörige Tracht Prügel – was für uns beide eine zum Himmel schreiende Ungerechtigkeit war; denn wäre Lothar nach dem Früchtesammeln mit gefüllter Hose zu Hause erschienen, hätte er mit Sicherheit ebenfalls Prügel bekommen. Wie er es also auch gemacht hätte, es wäre in jedem Fall falsch gewesen, einen Grund zum Bestrafen fanden die Erwachsenen ja immer. Und dass mein mühsam erdichtetes Bittgebet nicht erhört worden war, nicht mal ein bisschen, obwohl Lothar es sicherheitshalber sogar fünf Mal aufgesagt hatte, das empfand ich in meinem kindlichen Gemüt als eine bittere Enttäuschung.

Ist es nach all diesen leidigen Erfahrungen eigentlich ein Wunder, dass ich jetzt hier sitze, mir hier an dieser zufälligen Stelle am Rheinufer den Hintern wundscheuere? Ist es ein Wunder, dass ich es einfach nicht fertigbringe, mich davonzumachen, dachte ich. Nein, wenn ich es recht überlegte, ein

Wunder war es nicht. Eher ein weiteres Glied in einer Kette ähnlicher Ereignisse, wobei das Beunruhigende an der Sache war, dass diese Kette scheinbar unaufhaltsam länger wurde; in unregelmäßigen Abständen, und meist aus heiterem Himmel, kam immer wieder mal ein Glied hinzu.

Trotzdem kümmerte mich meine vertrackte Situation im Augenblick wenig. Als hätte ich einen toten Punkt überwunden, begann sich langsam eine eigenartige Gleichgültigkeit in mir auszubreiten. Der Tag war eh verpatzt, warum sich also noch irgendwelche Gedanken darum machen, wie viel Zeit nutzlos vertan war, wie viele Fototermine geplatzt waren, wie hoch der Verdienstausfall sein würde. Was spielte das alles noch für eine Rolle?

Im Grunde genommen konnte ich dieser ganzen Schön-Wetter-Fotografie mit ihren Heile-Welt-Bildern sowieso nichts Rechtes mehr abgewinnen. Schon lange nicht mehr. Mir wurde bereits übel, wenn ich nur an die „Richtlinien für Fotografen“ dachte, die ich zusammen mit dem Auftrag vom VERLAG GOLDENE HEIMAT für meine Arbeit bekommen hatte. Im sogenannten „Fotobriefing“ hieß es:

1. Alle Außenaufnahmen müssen grundsätzlich bei Sonnenschein und blauem Himmel, möglichst auch mit weißen Wölkchen, gemacht werden.
2. Im Vordergrund von Landschaftsaufnahmen sollten bunte Blumen, schöne Sträucher oder als seitliche Begrenzung blühende Obstbäume zu sehen sein, eventuell auch spielende Kinder, sofern sie sauber und hübsch gekleidet sind. Auch können niedliche Haustiere den Vordergrund auflockern, junge Hunde oder Katzen, Enten oder Gänse auf einem Teich, Hahn und Henne mit Küken, Lämmchen oder Fohlen auf einer Frühlingswiese – aber keine Schweine!

3. Sehenswerte Gebäude dürfen nur von ihrer Schauseite her fotografiert werden, dabei unbedingt mit Shiftobjektiven arbeiten, um stürzende Linien zu vermeiden. Auf keinen Fall dürfen Mülltonnen, Fahrzeuge, Verkehrsschilder, Reklametafeln, Gerüste und sonstige Hässlichkeiten mit aufs Bild kommen, ebenso wenig Fabriken, Kraftwerke, Hochspannungsmasten, Stromleitungen und Baukräne im Hintergrund zu sehen sein.
4. Ziel ist es, dem interessierten Bildbandliebhaber wie dem erholungssuchenden Feriengast intakte Naturlandschaften und fremdenverkehrsfreundliche Urlaubsorte zu präsentieren.

Wie in der Werbung: Was zählte, war nicht die Wirklichkeit, sondern bestenfalls ein kleiner Ausschnitt daraus, der schöne Schein. Und genau diese Schönfärberei war es, die mir immer öfter gegen meine Überzeugung ging.

„Aber es ist doch nunmal eine bekannte Tatsache, dass die Leute sich nichts sehnlicher wünschen, als ihrem grauen Alltag zu entfliehen“, hatte mir einmal auf meine Bedenken hin der Artdirector vom VERLAG GOLDENE HEIMAT erklärt, der für Bildauswahl und Layout zuständig war. „Die Leute suchen ein Idyll, ein Paradies, das es in Wahrheit nicht mehr gibt und vielleicht auch nie gegeben hat. Sie wollen also belogen werden, und wir, Sie und ich, wir helfen ihnen dabei. Und wenn *Sie* nicht die Bilder machen, dann macht sie eben ein anderer. So einfach ist das.“ Damit war das Thema für ihn erledigt gewesen. Und ich, ich war wieder losgefahren und hatte weiterhin fotografiert …

Ich musste erneut an den Werbeprospekt denken, den ich gestern Abend gesehen hatte und der Leutesdorf als einen „romantischen Flecken für die erholsame Verschnaufpause“ beschrieb. Einst, so hieß es, hätten sogar die Bischöfe von

Trier das lauschige Plätzchen am Rhein für ihre schöpferischen Pausen bevorzugt. In gewisser Weise hatte ja nun auch ich in Leutesdorf eine Verschnaufpause eingelegt, wenn auch gezwungenermaßen, aber als schöpferisch oder erholsam konnte man sie ja wohl beim besten Willen nicht bezeichnen. Für mich war das „lauschige Plätzchen" hier am Rheinufer nichts anderes als ein glühend heißer Flecken für die unerquickliche Zwangspause. Und auch ein Bischof, wäre er damals in meiner Lage gewesen, hätte den Ort sicher mit anderen Augen gesehen.

Ein klapperndes Geräusch ließ mich zur Seite schauen. Der Angler war gerade dabei, den Kaffeetisch zu decken. Zwischen Tellern, Tassen und Thermoskanne lagen bereits zwei riesige Stücke Apfelkuchen und Bienenstich; aus der Kühltasche kam sogar noch eine Schüssel mit Sahne hinzu. Hätte ich nicht einen so trockenen Hals gehabt, mir wäre bestimmt das Wasser im Mund zusammengelaufen.

Der Angler musste meinen schmachtenden Blick offenbar bemerkt haben. „He, Sie da!", rief er und hielt die Thermoskanne in die Höhe. „Trinken Se ne Tasse mit?"

„Ja, gerne!", rief ich und nickte heftig mit dem Kopf.

„Muss das denn sein?", hörte ich seine Frau fragen.

„Ja, Brunhilde, dat muss sein."

„Dass du dich immer gleich mit jedem Fremden verbrüdern musst", keifte sie. „Ist ja direkt peinlich."

„Mir is dat nit peinlich", sagte er im Weggehen, „So sin mir Kölner nu mal, mir kommen halt mit jedem jot us."

„Was kommen Sie?", fragte ich ihn, als er neben mir stand.

„Mit jedem gut aus", übersetzte er, „jedenfalls jeben mer uns Mühe. Dat liecht so in unsrer Frohnatur, da können mer jar nix für. Die is immer da. Also fast immer. "

„Das sehe ich", sagte ich mit einem Blick zur

Thermoskanne und der Tasse. Erst jetzt entdeckte ich zu meiner großen Freude, dass er auch ein Stück Apfelkuchen mitgebracht hatte.

„Damit der Herr der Fliejen nit verdurstet oder verhungert", meinte er augenzwinkernd, während er mir den Kaffee eingoss. Heißer Kaffee! Und das bei dieser Hitze! Aber egal, egal, egal – Hauptsache, irgendetwas Flüssiges rann meine ausgedörrte Kehle hinunter, und so trank ich in einem Zug die Tasse leer und hielt sie dem Angler wieder hin.

„Noch eine?", fragte er.

Da ich gerade einen Bissen Apfelkuchen im Mund hatte, nickte ich nur.

Langsam goss der Angler nach. Dabei begann er halblaut vor sich hin zu singen: „Trink doch eine mit, stell dich nit so ahn ... Kennen Se dat vielleicht?", fragte er. „Dat is'n Karnevalsliedche."

Ich nickte. „Kennt doch jeder", sagte ich genüsslich kauend, nahm dazu einen gehörigen Schluck Kaffee, und ehe ich mich's versah, hatte ich auch die zweite Tasse leergetrunken.

„Ich fürchte, dat muss jetzt reichen", meinte er, als ich ihm die Tasse zum dritten Mal hinhielt. Er füllte sie nur bis zur Hälfte. „Sonst jibt et Ärger mit minger Frau, verstehn Se", raunte er mir zu.

„Ich verstehe", antwortete ich. „Trotzdem vielen Dank. War eine einzigartige Wohltat, kann ich nur sagen."

„Schon jot." Er wandte sich zum Gehen, drehte sich jedoch wieder um. „Ich … ich würd Sie jern noch wat fragen", begann er zögernd.

„Ja bitte?"

„Also, wat ming Frau und ich ... wat mer beide nit so janz bejreifen, dat is, dat so'n Philosoph wie Sie … dat Se noch immer hier rumsitzen und sich womöchlich 'n Sonnenstich oder ‘n Hitzschlag holen, ‘n dicken Sonnenbrand ham Se ja schon im Jesicht.“

Erschrocken fasste ich mir an die Stirn. Sie glühte.

„Sehn Se. Und so wat nennt sich nun Denker. Sie sollten mal mehr an Ihre Jesundheit denken.“

„Da haben Sie recht.“

„Warum setzen Se sich dann nit zum Jrübeln in‘n nettes Eiscafé?“, fragte er.

„Es ... geht nicht.“

„Et jeht nit?“

„Nein, ich ... wie soll ich es erklären? ... ich kann den Ort meiner Meditation noch nicht verlassen ... Obwohl ich im Grunde genommen fertig bin mit meiner Arbeit.“

„Dat kapier ich nit.“

„Ich muss halt ausharren und warten. Warten, bis ich mich frei erheben kann ... Noch ist diese Stunde nicht gekommen, aber sie naht – wie viel Uhr ist es eigentlich?“

„Vorhin hat et fünf jeschlagen, haben Se dat nit jehört?“

„Nein, ich hab nichts gehört“, sagte ich. „Da seh‘n Sie mal, wie sehr man sich in seine Gedanken verlieren kann.“

„Und worüber haben Se so nachjedacht?“

„Über den Unterschied“, sagte ich ernst.

„Ach nä.“ Er sah mich verständnislos an. „Und welchen?“

„Über den zwischen Schein und Wirklichkeit“, versuchte ich zu erklären, „speziell über den ... den schönen Schein und die oft weniger schöne Wirklichkeit.“

„Finden Se dat Örtche hier am Rhing denn nit schön?“

„Doch, schon ... aber …“

„Also mir jefällt et hier“, fiel er mir ins Wort. „Wissen Se, ich hab irjendwann mal so ne Werbebroschüre jesehn über Leutesdorf, mit schönen Bildcher von alten Häusern und von Weinberjen, und da stand wat von nem romantischen

Fleckche drin, jot zum Verschnaufen und Pausemachen und so, und da sag ich zu minger Frau, Brunhilde, sag ich, da fahrn mer mal 'n janzen Tag lang zum Angeln hin. Und die Broschüre hat nit jelogen, muss ich sagen; de Rhing, de Schiffe, dat herrliche Wetterche, der blaue Himmel – alles wie auf den Bildcher im Prospekt. Hier kann mer sich wirklich mal so richtig vom jrauen Alltag erholen, finden Se dat nit auch?"

Unwillkürlich musste ich grinsen. „Eigentlich schon, unter anderen Umständen ... Aber so wie Sie sich hin und wieder aus der Großstadt ins Grüne flüchten, so gern fahr ich aus der Provinz ab und zu nach Köln und genieße den Trubel und die vielen Menschen und all die herrlichen Bauwerke, die romanischen Kirchen, den Dom, die Altstadt, die Museen ..."

Der Angler strahlte über sein breites Gesicht. „Is halt ne schöne Stadt", sagte er stolz.

„Das ist sie wirklich", gab ich gerne zu. „Aber auch Mainz und Wiesbaden und Koblenz gefallen mir gut, und wenn ich ehrlich sein soll, im Grunde alles, was dazwischen liegt, der ganze Mittelrhein."

Der Angler nickte eifrig. „Ich sag immer, dat is de ideale Landschaft für Herz und Jemüt. Oder kennen Se ne bessre?"

„Ich glaube …" Mir blieb die Antwort im Hals stecken, weil ich bei einem zufälligen Blick zur Seite gerade noch mitbekam, wie die Anglerin den Köder von ihres Mannes Angel abriss, die Angel erneut auswarf und zurück an ihren Platz ging.

„Jaja, ich weiß, Sie sitzen ja nun sozusagen beruflich hier!", redete der Angler weiter. „Da is dat für Sie natürlich nit unbedingt ne Erholung."

„Nein", sagte ich, „nicht unbedingt."

„Bei uns dajejen, bei minger Frau und mir, da jing die

Erholung vorhin sojar so weit, dat mer doch jlatt für'n halb Stündche einjenickt sind. Alle beide. Dat müssen Se sich mal vorstellen: Während Se hier anjestrengt Ihre jeistige Sitzung verrichtet haben, oder wie mer dat nennt, haben wir in unsren Stühlen tief und fest jeschlafen. Da hätte der jrößte Fisch anbeißen oder wer weiß wat passieren können, und wir hätten überhaupt nix mitbekommen davon. Lustig, wat?"

Ich versuchte ein Lächeln, hatte aber das Gefühl, dass nur ein schiefes Grinsen dabei herauskam. „Ja, sehr lustig."

„Wir hätten nit mal jemerkt, wenn Se uns heimlich verlassen hätten", sagte er kopfschüttelnd und musste lachen. „Schön, dat Se noch da sin, Se jefallen mer richtig, der philosophische Denker und Fliejenfreund vom Rhing – nä, watet net alles jibt."

„Tja, es gibt so vieles ... Gibt es nicht vielleicht doch noch einen Kaffee?" fragte ich.

„Nä, tut mer leid, ich muß jonn, ming Frau wird sonst unleidlich. Und außerdem muss ich mal dringend verschwinden, auf'n jewisses Örtche, Se verstehn?"

„So etwas gibt es hier?!" rief ich überrascht.

„Klar jibt et dat, jleich dahingen um de Ecke, hinger der Stadtmauer."

Das darf ja wohl nicht wahr sein, dachte ich nur.

Der Angler beugte sich ein wenig zu mir herunter. „Im Vertrauen jesagt: ming Frau, die müsste ja auch schon längst mal, aber die hat Angst, ihre beiden Angeln aus den Augen zu lassen", flüsterte er, ohne sich diesmal um die aufgescheuchten Fliegen zu kümmern. „Und wie Sie dat de janze Zeit hier ohne Toilette aushalten, dat is mir sowieso 'n Rätsel. Wie schaffen Se dat bloß?"

Ich musste nicht lange überlegen. „Wenn man den ganzen Tag nichts zu sich nimmt, braucht man eben auch nichts von sich zu geben.“

„Wer nix kaut, der nix verdaut, meinen Se.“

„Genau.“

„Dat wird sich ja nun nach Kaffee und Kuchen vielleicht ändern“, meinte er. „Also verdau‘n Se mal schön.“

Damit ging er dann.

Ich sah ihm nach, wie er über das steinige Ufer zu seinem Platz stakste. Er stellte Thermoskanne und Tasse auf den Tisch, ging zu seiner Angelrute und nahm sie hoch. Vorsichtig begann er zu kurbeln, scharf beobachtet von seiner Frau, um deren Mund sich zusehends ein spöttisches Grinsen breitmachte.

„Himmeldonnerwetter!“, fluchte der Angler, als er die Schnur eingezogen hatte und den blanken Haken sah. „Schon widder den Köder abjebissen.“ Er drehte sich um zu seiner Frau. „Haste denn nit opjepaßt, Brunhilde?“

„Natürlich habe ich aufgepasst.“

„Dann pass bitte auch de nächsten zehn Minütcher op.“ Der Angler steckte einen neuen Köder an den Haken und warf die Angel aus. „Behalt se jot im Auge, ich muss nämlich mal kurz in den Ort. Und wenn einer anbeißt ...“

„Dann ist das *dein* Fisch, ich weiß, ich weiß.“

„Ich wollt et bloß noch mal sagen.“

„Das hast du ja nun. Also – worauf wartest du noch?“

„Auf nix“, sagte der Angler, „ich jeh ja schon.“

Kaum war er fort, wiederholte sich die Szene von eben. Die Anglerin sprang auf, griff sich ihres Mannes Angel, holte die Schnur ein und machte sich an dem Köder zu schaffen. Diesmal war es etwas Längliches, Rötliches, das da am Haken baumelte, ein fetter Regenwurm, wie mir schien, und weil er schwer zu fassen war und noch schwerer abzureißen, denn er glitschte ihr immer wieder aus den Fingern, biss ihn die

Anglerin mit ihrem Eselsgebiss kurzerhand in Stücke und spuckte die Einzelteile ins Wasser.

Fast wäre mir bei diesem Anblick der Apfelkuchen wieder hochgekommen, deshalb drehte ich den Kopf schnell in eine andere Richtung.

Auf dem Rhein zogen nach wie vor in ununterbrochener Folge die Schiffe vorüber. Meist waren es Kohlefrachter oder andere Frachtschlepper, seltener Containerschiffe, Tanker oder Schubverbände. Schwer beladen, mit großem Tiefgang, tuckerten sie langsam stromaufwärts. Den Flaggen nach kamen sie hauptsächlich aus Holland, Belgien, Frankreich und England, aus der Schweiz und natürlich aus Deutschland. Fast jeder Schiffer hatte sein eigenes Auto dabei, das offenbar ebenso wichtig war wie das Rettungsboot. An der Wäscheleine, unter der Brücke oder an der Reling trockneten Hosen, Hemden und bunte Socken im leichten Fahrtwind; auf den Decks spielten Kinder und liefen Hunde herum, Frauen wuschen ab oder putzten Gemüse oder saßen im Liegestuhl und sonnten sich. Mir fiel auf, dass die meisten Schiffe weibliche Namen hatten: Kamina, Undine, Martina, Nadine, Eugenie, Regina und wie sie alle hießen. Außer den Frachtschleppern fuhren noch zahlreiche andere Schiffe vorbei, Schraubendampfer und Kabinenschiffe, Motorboote und kleine Jachten, Musikdampfer und Lotsenboote, das schwimmende Hotel France, das schnittige Tragflügelboot Rheinpfeil und einmal sogar Ruderer in einem Faltboot. Die Personenmotorschiffe, manchmal mit zwei, drei oder auch vier Decks und mehreren Restaurants, eines sogar mit einem Swimmingpool, hatten Namen wie Germania, Rhein, Carmen Sylva, Stadt Andernach und Berlin.

Auch die Drachenfels kam auf ihrem Rückweg wieder vorbei.

Die Musikgruppe auf dem Oberdeck spielte „Trink, trink, Brüderlein trink ..." Die Betrunkenen von heute Mittag standen immer noch am Heck an die Reling gelehnt, und als sie die Anglerin und mich wiederentdeckten, schwenkten sie stürmisch ihre Biergläser in der Luft und grölten und lallten alle durcheinander, sodass man kein einziges Wort verstehen konnte.

„Besoffene Bande!", brüllte die Anglerin ihnen nach. Wenig später, die Drachenfels war bereits außer Sicht, kehrte der Angler zurück. Er eilte schnurstracks zum Ufer und kontrollierte als erstes seine Angel, fluchte lautstark über den abgebissenen Köder, spießte einen neuen Wurm auf den Haken und ging einige Schritte flussabwärts, um sein Glück an einer anderen Stelle zu versuchen.

„Vielleicht sollten mer doch so langsam Schluss machen für heut, allmählich verjeht mer de Lust", sagte er, nachdem er sich wieder neben seine Frau in den Schatten des Sonnenschirms gesetzt hatte.

„Ach nein, auf einmal! Vor ein paar Stunden hieß es noch, die Fische beißen nachmittags und abends bestimmt besser. Und? Nichts war! Jetzt haben wir bald sechs Uhr, und noch immer habe ich nicht einen verdammten Fisch gefangen!"

„Is doch nit so schlimm", versuchte ihr Mann sie zu trösten.

„Kann ich mir denken, dass dir das nicht schlimm ist. Du hast ja deinen Fisch. Aber ob ich was fange, ist dir natürlich schnurzegal."

„Nun sei nit unjerecht, Brunhilde. Vor ner Woche, als mer an der Lahn waren, haste sojar vier Fische jefangen, zwei Rotaugen, 'n Barsch und nen Aal, und ich hatte nix angeres als immer nur abjefressene Köder."

„Vor einer Woche, vor einer Woche – was hat das denn mit heute zu tun?"

Der Angler seufzte und wollte etwas sagen, aber seine Frau war schneller. „Du brauchst gar nicht so demonstrativ zu seufzen. Wenn du unbedingt einpacken willst, dann tu's doch! Von mir aus kannst du ruhig gehen."

„Nä, nä", sagte der Angler, „ich bleib natürlich so lange, wie et dir jefällt, Bruni. Und ich bin sicher, du fängst heute auch noch wat, janz bestimmt, warte nur ab."

„Da bin ich aber gespannt, was das sein soll!?"

„Vielleicht wat Jroßes, wer weiß. Du musst nur Jeduld han. Wie heißt et doch so schön: Mit Jeduld und Spucke fängt mer eine Mucke. Und: Jeduld is de Kunst zu hoffen. Also wenn du de Hoffnung net aufjibst ..."

Die Anglerin winkte ab: „Verschon mich bloß mit deinen Sprüchen!"

„Ich wollt ja nur ..."

„Mich verschonen – danke!"

„Dann eben nit ... Hat ja doch kin Zweck."

Ein paar Minuten lang blieb es still bei den beiden. Bewegungslos saßen sie nebeneinander in ihren Stühlen und sahen stumm aufs Wasser. Wenig später erhob sich plötzlich der Angler und kam zu mir herüber. Da er diesmal weder was zu essen noch zu trinken mit dabeihatte, schwante mir nichts Gutes.

„Mir is da eben ne komische Idee durch den Kopp jegangen", begann er, als er neben mir stand. „Wenn mer so auf ner Toilette hockt und nachdenkt, kriegt mer ja manchmal de unmöchlichsten Einfälle, sag ich Ihnen, und vorhin, da musste ich doch seltsamerweise de janze Zeit an Sie denken."

„An mich?"

„Jenau. Ich musste nämlich daran denken, wat Se mer erzählt ham. Warum Se hier rumsitzen, meine ich. Dat Se den lieben langen Tag lang rumjrübeln und meditieren und so wat alles.“ Er machte eine Pause und musterte mich von oben herab mit einem skeptischen Blick.

Jetzt ist es aus, dachte ich, aus und vorbei. Jetzt hat der den wirklichen Grund meiner Sitzung doch noch erraten, und das ganze Ausharren und Durchhalten war für die Katz!

Da redete er auch schon weiter: „Ich sag mer zwar immer, jeder Jeck is anners, und et kann jeder tun und losse, wat er will, aber wat Sie hier machen … ich meine ... ich jlaube ... wissen Se, wat ich jlaube?“

Ich schüttelte den Kopf und mir wurde noch heißer, als mir ohnehin bereits war. Unwillkürlich sah ich mich um, als müsste ich doch wieder Ausschau halten nach einem Fluchtweg, nebenbei, fast schon mechanisch, warf ich einen Blick auf die Anglerin, die gerade die Angel ihres Mannes in der Hand hielt und nun den Wurm vom Haken beißen wollte.

„Da! Gucken Sie mal!“, sagte ich schnell.

Der Kopf des Anglers fuhr herum. „Wat is denn?“

Die Anglerin hatte sich geschickterweise so hingestellt, dass ihr Oberkörper samt Kopf hinter dem Sonnenschirm verborgen war, der Angler konnte daher von seinem Standpunkt aus nicht erkennen, was sie machte.

„Sie müssen sich bücken“, erklärte ich, „sonst sehen Sie nichts.“

Unverzüglich ging er in die Hocke. „Wat zum Teufel …“, murmelte er, bevor es ihm offenbar die Sprache verschlug.

In diesem Augenblick drehte sich auch die Anglerin zu uns um. Sie war so perplex, dass ihr vor Schreck die Angel aus der Hand fiel, gleichzeitig hörten wir einen langgezogenen Schrei und dann sahen wir, wie die Anglerin sich an den Mund fasste und hektisch an ihrer Unterlippe herumfummelte.

„Is die denn vom wilden Affen jebissen?“, sagte der Angler verwundert. Langsam erhob er sich, den Blick unverwandt auf seine Frau gerichtet. „Muss doch mal sehn, wat da passiert is“, brummte er und ging davon.

Ich konnte mir bereits denken, was passiert war. Neugierig reckte ich deshalb den Hals. Die Anglerin hielt sich stöhnend die Hand vor den Mund, ihr Mann hob wortlos seine Angel auf und geleitete seine Frau zu ihrem Sitzplatz. Und jetzt sah ich, dass meine Vermutung richtig war, dass nämlich die Anglerin sich bei dem Versuch, wieder klammheimlich den Wurm abzubeißen, gewissermaßen selbst gefangen hatte. Denn dadurch, dass ihr, von uns überrascht, die Angel aus der Hand gefallen war, hatte sich blitzschnell die Schnur gestrafft und der Angelhaken mit der Spitze und dem Widerhaken hatte sich in ihre Unterlippe gebohrt.

Nun saß sie da, heftig atmend, mit schmerzverzerrtem Gesicht. Aus ihrem halboffenen Mund heraus hing die dünne Nylonschnur mit einem rot-grünen Schwimmer und zahlreichen Bleikügelchen, sodass man meinen konnte, der Angler habe eine gefangene Seekuh vor sich in den Campingstuhl gesetzt. Wobei es sich ja in diesem Fall mehr um einen Flussesel handelte.

„Tu endlisch wasch!“, schnaubte sie ihren Mann an. „Und hör gefälligscht auf, scho blöd tschu grinschen!“

„Ich jrins doch jar nit.“

„Lüg nischt! Man schieht esch dir doch an!“

„Nä, bestimmt nit, Brunhilde, ich würd nie ...“

„Du würdescht, isch kenne disch!“

Der Angler baute sich vor seiner Frau auf und stemmte seine dicken Hände in die Hüfte. „Reden mer lieber mal von dir“, sagte er ungehalten. „Wat haste eijentlich jemacht? Ich mein, wat haste mit minger Angel jemacht, und wie um

Himmels Willen kommt der Haken in dinge Mund?"

„Frag jetscht nischt scho blöd! Schieh lieber tschu, dasch du ihn rauschbekommscht!"

„Wen? Wat? Ich? Den Haken?", fragte der Angler entsetzt.

„Natürlisch du, wer denn schonscht?"

„Dat jeht nit, dat ..."

„Und ob dasch geht!"

„Brunhilde! Dat ... dat muss'n Arzt machen. Mer müssen zu nem Arzt, ich kann dat nit."

„Quatsch hier nischt rum! Du machscht dasch! Und tschwar schofort!"

„Ich kann dat nit", wiederholte der Angler. „Der Haken steckt vill zu tief."

„Du tuscht, wasch isch dir schage und damit baschta! Alscho losch!"

Der Angler sah ängstlich auf seine Frau. „Wenn de wirklich willst ... aber ..."

„Ja doch! Nun mach endlisch!"

„Aber et wird bestimmt weh tun."

„Mein Gott, dasch kann dir doch egal schein!"

„Aber wenn ..."

„Mach jetscht!", schrie sie ihren Mann an.

„Na jot", sagte er und holte tief Luft. „Aber op deine Verantwortung."

Die Anglerin antwortete nicht. Sie hatte bereits den Kopf nach hinten gelegt, den Mund weit aufgerissen und die Augen geschlossen, als säße sie in einer Zahnarztpraxis im Patientenstuhl und sollte nun einen Zahn gezogen bekommen.

Zögernd nahm der Angler seinen Korb und stellte ihn auf den Campingtisch. Wie ein Tierarzt, der seine Instrumententasche öffnet, klappte er die Deckel auseinander und holte Schere, Pinzette, Messer und Zange heraus. Als erstes schnitt er mit der Schere die Schnur oberhalb des Schwimmers durch.

Dann griff er zur Pinzette, legte sie aber gleich wieder zurück und nahm das Messer. Nachdenklich betrachtete er es einige Sekunden lang.

Seine Frau öffnete die Augen. „Wirtsch bald?"

„Ich ... ich weiß nit so recht, womit ich den Haken am besten rausmachen soll", sagte der Angler.

„Na, mit der Tschange doch!"

„Aber Brunhilde …!" Unschlüssig sah der Angler auf das Messer in seiner Hand. Dann legte er es auf den Tisch und nahm sich die kleine Zange, mit der er am Nachmittag bereits den Haken aus dem Maul des gefangenen Rotauges herausgepult hatte. Diesmal verschwand die Zange fast zur Hälfte im Maul der Anglerin. Vorsichtig drehte der Angler die Zange ein wenig zur Seite, zum Mundwinkel hin. „Ich krieje ... ihn net ... zu fassen ...", stammelte er, „ich kriejen einfach net ... ich kann den verflixten Ha …"

„Aaaaaaaaaaaa!!!"

Entsetzt prallte der Angler zurück und starrte auf seine Zange. Sie musste leer sein, der Haken also noch drin, denn die Anglerin schrie:"Bischt du noch tschu retten? Willscht du mir die Lippe abreischen, du Idiot?!"

Der Angler wischte sich nervös die Stirn. „Ich hab doch jesagt, dat et weh tun wird." Ratlos blickte er auf seine Frau.

„Und wasch nun?" fuhr sie ihn an.

„Ich weiß et doch nit."

„Dann lasch dir gefälligscht wasch einfallen!"

Langsam wandte sich der Angler um und sah in meine Richtung.

Was guckt der denn so seltsam, dachte ich und tat so, als würde ich gedankenverloren aufs Wasser schauen. Meine

Verstellung nützte mir jedoch nichts, denn da hörte ich ihn auch schon rufen: „He, Sie da, Herr der Fliejen. Können Se mal kurz herkommen?“

Ich schaute starr aufs Wasser.

„Wat is mit Ihnen? Ham Se mich nit verstanden?“, rief er noch lauter. „Oder wollen Se mich nit verstehen?“

„Meinen Sie mich?“, fragte ich in gespielter Überraschung.

„Natürlich Sie, is doch sonst niemand da. Also, kommen Se mal?“

Ich schüttelte den Kopf.

„Bitte!“, rief er. „Se könnten mer helfen!“

„Ich kann doch … nicht weg hier!“

„Aber et is wichtig. Nur für‘n Moment.“

Wieder schüttelte ich den Kopf.

„Se werden doch wohl mal für‘n Minütche Ihre Herumdenkerei unterbrechen können!?“

„Nein, das kann ich eben nicht. Ich hab‘s Ihnen doch schon erklärt!“

„Na ja, ne Erklärung war dat ja nit jrade. Ehrlich gesagt ... ich hab sowieso nix verstanden davon, aber is ja auch ejal ... Mensch, nun kommen Se doch mal!“

„Nein, zum Kuckuck!“

„Isch dasch vielleischt der Dank für Kaffee und Kuchen?!“, lärmte auf einmal die Anglerin los. „Isch dasch der Dank?! Und für scho wasch opfert man scheinen halben Proviant, für scho ein Schubjekt, dasch nur faul in der Gegend rumschitscht und angeblisch die gantsche Tscheit philoschophiert.“

„Lass doch“, sagte der Angler, „dieser Mensch da ...“

„Isch lasch überhaupt nischtsch, diescher Mensch da kann misch mal!“, schnaubte sie ihren Mann an, um sich sogleich wieder an mich zu wenden: „Philoschoph, pah! Blödschinn!

Und dasch Bild, wo isch gemacht hab, dasch kriegen Schie nun nischt! Schie nischt!“

Verdammt, das Bild. Das Beweisfoto. Wenn ich es nicht bekam, würde mir die ganze Geschichte kein Mensch glauben.

„Ich möchte Ihnen ja gern helfen“, rief ich deshalb, „aber es geht wirklich nicht, glauben Sie mir!“

„Jaja, schon jot“, winkte der Angler ab.

„Und jetscht?“, fragte seine Frau nach einer Weile.

„Ja, Bruni, mer müssen zu nem Arzt, ich han dir dat jleich jesagt. Der Haken muss bestimmt rausjeschnitten werden. Natürlich nur mit örtlicher Betäubung“, fügte er beruhigend hinzu, „da spürste dann nix von.“

„Aber die Schpritsche …“

„Sicher – die spürste schon e bissche.“

„Wennsch denn schein musch ...“

„Ja, et muss sein.“ Der Angler klopfte seiner Frau aufmunternd auf die Schulter. „Dat wird schon widder. Ich pack jetzt erstmal schnell unsre Sachen zusammen, und du bleibst solang sitzen und ruhst dich aus von dingem Schreck.“

„Beeil disch aber!“

„Mach ich.“

Mit schmachtendem Blick musste ich nun zusehen, wie der Angler eine angefangene Flasche Kölsch auf einen Zug leertrank; eine noch halbvolle Flasche Selters sowie den restlichen Kuchen und die Sahneschüssel stellte er in die Kühltasche. Thermoskanne und Tassen, Teller, Besteck und anderen Krimskrams steckte er in den Rucksack, das Angelzubehör verstaute er in seinem Korb. Dann klappte er eilig den Tisch und einen Stuhl zusammen, lud sich den Rucksack auf, klemmte sich den Stuhl unter einen Arm und nahm Korb und Kühltasche hoch. So beladen – diesmal war er es, der wie ein

Packesel aussah –, stakste er unsicher über Geröll und Steine zum Parkplatz.

Nach ein paar Minuten kam er bereits wieder zurück, fast im Laufschritt und ziemlich außer Atem. Aber ohne sich auszuruhen, ging er sofort ans Ufer und holte die beiden Angeln seiner Frau ein. Fische waren keine an den Haken, nur die Köder waren noch dran. Der Angler legte die Angeln zu der seinen, zog den Sonnenschirm aus dem Boden und klappte ihn zusammen, ebenso den Campingtisch.

„Tut et immer noch weh?“, fragte er seine Frau, als er fertig war.

„Natürlisch tut esch weh, wasch denkscht du denn?!“

„Wat ich denke, willste wissen? Ich denke, et is schon 'ne komische Sache mit dem Haken da in dingem Mund. Wie kann der denn eijentlich ...“

„Daran ischt nur deine blöde Angel schuld!“, zischte sie ihn an. „Und jetscht komm endlisch, isch will weg hier!“ Sie war schon aufgestanden und hatte ihren Stuhl zusammengeklappt.

Der Angler schulterte den Sonnenschirm und die Angeln und griff sich mit der freien Hand den Campingtisch.

Bevor sie aufbrachen, sahen sie noch einmal zu mir herüber. „Machen Se et jot!“ rief der Angler. „Und weiterhin noch vill Spaß bei Ihrer Dauersitzung!“

„Danke!“

„Und noch‘n Tipp: Dat nächste Mal sollten Se sich besser en andres Örtche für Ihre unjewöhnliche Beschäftigung suchen.“ Ein breites Grinsen überzog sein Gesicht, bevor er mit einer seltsamen Betonung hinzufügte: „Wejen der villen Fliejen, meine ich ...“

Ich nickte und rief: „Werd ich mir merken!“

Einen Augenblick lang standen die Angler noch da, warfen

einen letzten Blick auf den Rhein, schließlich zogen die beiden olivgrünen Gestalten wie einst Don Quichotte und Sancho Pansa von dannen, Don Quichotte mit seiner Sonnenschirmlanze, Sancho Pansa mit einer dicken Backe und einer noch dickeren Unterlippe.

Dann waren sie weg, tatsächlich weg.

Und ich war endlich wieder allein.

Das heißt, ganz allein war ich nicht, denn immer noch schlenderten Spaziergänger oder fuhren Radfahrer gemächlich die Rheinanlagen entlang. Ein Ende meiner Zwangspause war also noch immer nicht abzusehen.

Manche Leute hörte ich recht nah hinter mir vorübergehen, einige blieben auch stehen und tuschelten miteinander, und so konnte ich hin und wieder ein paar Gesprächsfetzen aufschnappen: „… schon seit heute Morgen hier ... vom Fenster aus beobachtet ... wie festgewachsen ... diese Fliegen überall ... womöglich etwas plemplem ... bestimmt Sonnenstich ... müsste man melden, vielleicht Polizei rufen ...“

Was ich die ganze Zeit über so mitbekam, amüsierte mich meist. Dass aber einer der Spaziergänger sich wirklich die Mühe machen würde, die Polizei zu holen, diesen Gedanken hielt ich für so abwegig, dass er mich nicht weiter beschäftigte. Hauptsache, ich war erst einmal dieses nervige Anglerpaar los. Das Weitere würde sich schon finden.

Im Ort schlug wieder die Kirchturmuhr. Jetzt müsste es sechs Uhr sein, überlegte ich und zählte die Glockenschläge mit, aber, oh Wunder: Es war bereits sieben!

Die Sonne stand weit im Westen, sie schien mir inzwischen genau ins Gesicht, und die Reflexion auf den Wellen verstärkte noch die Helligkeit, sodass ich immerzu blinzeln musste. Hätte ich wenigstens einen Hut aufgehabt. Oder eine Sonnenbrille.

Ich kramte in meinen Jackentaschen und fand ein großes weißes Taschentuch, das ich mir auseinandergefaltet auf den Kopf legte und weit in die Stirn rückte, denn ebenso wie Hals, Nacken und Wangen glühte meine Stirn noch immer; sicherlich hatte ich mir den schlimmsten Sonnenbrand meines Lebens geholt. Mein Gott, was war ich lädiert: Meine Nase fühlte sich an wie eine Brühwurst, mein armer Hintern war zerschrammt und wundgescheuert, meine steifen Kniegelenke schmerzten noch mehr als meine verkrampften Beinmuskeln, außerdem war mir schlecht vor Hunger, und ich fühlte mich ausgetrocknet wie eine Mumie am Nilufer.

Seit ungefähr elf Stunden hockte ich nun an ein und derselben Stelle! Selbst ein Häftling hatte mehr Bewegungsfreiheit als ich. Abgesehen vom täglichen Rundgang im Gefängnishof konnte er in seiner Zelle hin und hergehen, sich auf einen Stuhl setzen oder ins Bett legen, ja sogar, wenn er mal musste, sich auf einer richtigen Toilette niederlassen, er hatte also, während er seine Strafe absaß, eine Art Freiheit, die ich nicht hatte: Er konnte sich bewegen, einfach nur bewegen, er konnte in einer kühlen Kantine essen und trinken, während ich, hungrig und durstig, in glühender Hitze, auf einem harten Stein bewegungslos festgenagelt war und die längste unfreiwillige Dauersitzung meines Lebens absaß.

Was war Freiheit doch für ein relativer Begriff.

Ich schloss die Augen, um ein wenig abzuschalten, versuchte es mit autogenem Training, aber wegen meiner verkrampften Haltung war es mir nicht möglich, mich auch nur ein bisschen zu entspannen. Damit jedoch die Zeit bis zum Dunkelwerden ein wenig schneller verging, stellte ich mir, wie ich es oft auf langen Autofahrten zwischen zwei Fototerminen tat, verschiedene Denkaufgaben, suchte möglichst viele Wörter, die mit c oder x oder q beginnen oder auf „ling“

enden und zählte auf, welche Autokennzeichen mit den dazugehörenden Städtenamen ich kenne. Zum wiederholten Male grübelte ich über die tiefsinnige Frage nach: Wenn im Wald ein Baum umfällt, und niemand ist da, der es hört – gibt es dann ein Geräusch? (Natürlich gibt es keins, aber wie mache ich das jemandem klar?)

Dann entwarf ich in Gedanken ein völlig neuartiges erotisches Bilderbuch, das allerdings meine Fantasie zu sehr erregte, konzipierte als nächstes einen „Antiwerbeprospekt“, mit dem sich die Einwohner eines wunderschönen Ortes vor Touristen schützen konnten, erarbeitete eine Fotoreportage über Angler aus Sicht eines Fisches und ersann einen ungewöhnlichen Bildband mit Luftaufnahmen vom gesamten Rhein, ausklappbar auf über zwanzig Meter Länge. Das Beste schien mir jedoch die Idee, Fotoporträts auf Klarsichtfolien herzustellen, die man überall hinkleben konnte, zum Beispiel das Porträt von Freund oder Freundin in die Ecke eines Spiegels oder einer Fensterscheibe. Andererseits konnte man ebenso gut die Sitzfläche seines Bürostuhls mit dem Porträt eines unausstehlichen Vorgesetzten versehen, um ihm jeden Tag den Hintern aufs Gesicht zu drücken. Oder das Bildnis eines persönlichen Feindes auf dem Boden von Putzeimer und Mülltonne anbringen. Oder aber, wie ich es in Gedanken mit dem Bildnis des unleidlichen Artdirctors vom VERLAG GOLDENE HEIMAT machte, direkt in die Kloschüssel kleben.

Vom Wasser her vernahm ich auf einmal Rufe. Ich blinzelte unter dem Rand meines Taschentuchs hindurch und sah einen Ausflugsdampfer, die Rheinland. An der Reling standen zahlreiche Passagiere und schauten zu mir herüber, zeigten mit den Fingern auf mich, winkten und riefen. Und, was ich erst jetzt bemerkte, reichten ein Fernglas von einem zum anderen. Ich wunderte mich, dass sie alle so aufgeregt waren. Bis ich begriff, warum: Auch wenn meine Jacke hinten herum und an den Seiten bis auf den steinigen Boden reichte, so stand sie wegen meiner angezogenen Beine nach vorne hin natürlich offen.

Den Passagieren, die ja die Sonne im Rücken hatten (anders als die Betrunkenen der Drachenfels heute Mittag), musste sich also mit Hilfe des Fernglases ein ungewöhnlicher Anblick bieten ... Diese Art Neugierde war mir denn doch zu peinlich, und um nicht noch länger begafft zu werden, nahm ich das Taschentuch vom Kopf und hielt es ausgebreitet zwischen meine Beine, bis der Dampfer ein gutes Stück weiter flussabwärts gefahren war.

Das jenseitige Ufer, das von vielen großen Sträuchern und Bäumen gesäumt wurde, lag jetzt bereits im Schatten. An dem fast vollständig bewaldeten Hang gab es keine Häuser und auch keinen einzigen Weinberg. Nur eine auf Betonpfeilern errichtete Schnellstraße und eine Eisenbahnlinie führten am Ufer entlang. Sicherlich waren heute Tausende von Autos über diese Straße gebraust, Tausende von Autofahrern hatten von bequemen Sitzen aus die sonnige Rheinlandschaft an sich vorüberziehen lassen, ebenso die Fahrgäste in den klimatisierten Reisezügen, in denen die Passagiere auf Polsterbänken saßen, sich miteinander unterhielten oder zum Fenster herausschauten, in der Zeitung blätterten oder aber im Zugrestaurant genüsslich speisten und sich ein Glas Wein genehmigten.

Wie ich sie um all diese Freiheiten beneidete.

Aber vielleicht sahen einige der Vorbeibrausenden, die auf dem Weg zur Arbeit waren oder von Termin zu Termin hetzten oder sonst etwas Dringendes zu erledigen hatten, vielleicht sahen sie ja auch den winzigen Fleck am gegenüberliegenden Ufer, erkannten in diesem Fleck einen Menschen, der da anscheinend gemütlich am Ufer saß, einen romantischen, von Weinbergen umgebenen Ort hinter sich, und dieser Mensch nahm sich offenbar Zeit für eine erholsame Verschnaufpause. Der hat's gut, mögen sie gedacht und mich um diese Freiheit beneidet haben.

Wenig später musste ich wohl eine längere Weile eingedöst sein. Ich hatte die Augen zugemacht, oder vielmehr waren sie mir zugefallen, mein Kopf war mit jedem Ausatmen ein Stückchen weiter nach vorn gesunken, bis er schließlich mit der Stirn auf meinen verschränkten Unterarmen ruhte und ich, trotz der quälend unbequemen Haltung, tatsächlich eingeschlafen war.

Jetzt wurde ich auf einmal wieder wach, weil ich in der Nähe Stimmen gehört hatte. Verschlafen sah ich mich um und erblickte am Parkplatzrand zwei grüne Gestalten. Ich bekam einen gehörigen Schrecken, glaubte ich doch im ersten Moment, die Angler seien zurückgekehrt. Dann allerdings sah ich, dass sie in Wahrheit blau waren, keine Gummistiefel, sondern Lederschuhe und außerdem Uniformen trugen, worauf mein Schrecken noch viel größer wurde, denn die vermeintlichen Angler entpuppten sich damit als Verkehrspolizisten. Sie kamen geradewegs auf mich zu, ein untersetzter, älterer Polizist, der mürrisch dreinschaute und mich mit seinem dicken Kopf auf Anhieb an einen Rottweiler erinnerte, und sein jüngerer Kollege, der mit freundlicher Miene „Guten Abend" wünschte.

Die sind also wegen mir gekommen, dachte ich sofort und hatte plötzlich einen dicken Kloß im Hals.

„Wir haben guten Abend gesagt", wiederholte der ältere Polizist eisig.

„Ja, ... n'Abend zusammen", brachte ich mühsam heraus

und schluckte.

„Schöner Ort zum Ausruhen“, meinte der jüngere Polizist lächelnd. Er sah auf den Rhein hinaus. „Und was für eine herrliche Aussicht.“

Ich nickte.

„Sitzen Sie denn schon lange hier?“

„Och ...“, sagte ich, „was heißt lange ...?“

„Hören Sie mal: *Wir* sind es, die hier Fragen stellen. Sie haben nur zu antworten, mehr nicht“, sagte der ältere Polizist mit dem Rottweilerkopf. „Also?“

„Ja?“

„Sitzen Sie schon lange hier?“

„Ich ... ich weiß nicht ... ich habe keine Uhr dabei“, stammelte ich, „so etwa ... so ein, zwei Stunden etwa.“

„Ach nein, so ein, zwei Stunden etwa, sieh mal einer an.“

„Kann auch etwas länger gewesen sein“, setzte ich verlegen hinzu.

„Ach nein, es kann also auch etwas länger gewesen sein.“

„Ja, schon ... vielleicht auch drei.“

„Ach nein, jetzt können es auf einmal schon drei Stunden gewesen sein – wie doch die Zeit vergeht.“ Der Rottweiler sprach ruhig und langsam, hatte aber einen gefährlichen Unterton in der Stimme.

„Gut möglich, ja ... durchaus ... wie gesagt, ich habe leider keine Uhr dabei und deshalb ...“

In diesem Augenblick begann die Kirchturmuhr zu schlagen.

Die beiden Polizisten sagten zunächst nichts. Der jüngere grinste, der ältere fixierte mich mit einem durchdringenden Blick, sodass ich mich abwandte und betreten auf meine Schuhspitzen sah, bis nach einer Ewigkeit die acht Glockenschläge verklungen waren.

„Soso, Sie haben also bedauerlicherweise keine Uhr dabei und wissen deshalb nicht, wie lange Sie hier sitzen“, knurrte der Rottweiler. „Und die Kirchturmuhr haben Sie natürlich auch nicht gehört, was!?“

Mir wurde immer unbehaglicher zumute. „Ich ... ich habe nicht so darauf geachtet“, antwortete ich ausweichend.

„Ach nein, Sie haben nicht so darauf geachtet?“

Ich schüttelte den Kopf. „Aber warum ... warum wollen Sie das denn eigentlich unbedingt wissen? Es ist doch ...“

„Ich sagte es schon: *Wir* stellen hier die Fragen.“

„Ja, gut, aber es ist doch nicht verboten, hier zu sitzen, oder? Ich denke ...“

„Denken ist nunmal Glücksache“, fiel mir der Rottweiler wieder ins Wort. „Und Sie sind offensichtlich ein Pechvogel. Ein kleiner Pechvogel, der die Frechheit hat, uns anzulügen.“

„Ja aber ... wieso glauben Sie denn ...“

„Wir wurden unterwegs von einem Ehepaar angehalten“, schaltete sich nun der jüngere Polizist ein, „und die Frau erzählte uns was von einem Mann, der nicht weit neben ihnen den ganzen Tag lang unbeweglich am Ufer gesessen hätte, von morgens bis abends an ein und derselben Stelle. Den sollten wir uns mal vorknöpfen, meinte sie, so einer könne ja wohl nicht ganz richtig im Kopf sein. Entschuldigen Sie, wenn ich das so wörtlich wiedergebe, aber die Frau war ziemlich aufgebracht und hatte noch ganz andere Ausdrücke auf Lager. Sie muss übrigens tierische Zahnschmerzen gehabt haben, sie hatte eine mächtig dicke Backe und eine geschwollene Unterlippe und konnte nur mehr nuscheln. Ich glaube sogar, sie hatte sich wohl selbst einen Zahn ziehen wollen, aber anscheinend ohne Erfolg, denn aus ihrem Mund hing noch ein Stück Schnur raus.“

„Das war eine Angelschnur“, sagte ich, „die Frau hatte

einen Haken im Mund.“

„Sie hatte was?“

„Einen Angelhaken im Maul“, antwortete ich. „Das war eine komische Geschichte, kann ich Ihnen sagen, es war nämlich so, dass die Anglerin ...“

„Sparen Sie sich Ihre Lügengeschichten!“, fuhr der Rottweiler mich an.

„Aber das ist nicht gelogen, ganz bestimmt nicht, ich habe es ja selbst miterlebt.“

„Interessiert uns nicht im Geringsten.“

„Lass ihn doch ruhig mal erzählen“, meinte der jüngere Polizist. „Wer hat schon jemals von einer Frau gehört, die einen Angelhaken im Mund hatte?“

„Na und? Hat man jemals von einem Menschen gehört, der den ganzen Tag lang in glühender Sonne an derselben Stelle sitzt, ein Taschentuch auf dem Kopf hat und einen Haufen Fliegen auf der Jacke?“

„Wenn du mich so fragst – ungewöhnlich ist es schon.“

„Eben.“ Der Rottweiler wandte sich wieder an mich. „Also, Freundchen, warum sitzen Sie hier? Was haben Sie den ganzen Tag gemacht?“

„Och ... eigentlich ...“, begann ich und überlegte fieberhaft, was ich am besten antworten sollte, „eigentlich … sitze ich nur so hier.“

Wie ein Hund, der die Zähne fletscht, zog er die Oberlippe hoch und blähte die Nüstern. „Was soll das heißen: eigentlich und nur so?“

„Das soll heißen ... äh, das heißt ...“

„Auf die Schnelle fällt Ihnen wohl keine passende Lügengeschichte ein, was?!“, schnauzte der Rottweiler. „Na ja, dann zeigen Sie doch mal Ihren Ausweis.“

„Aber ...“

„Nichts aber – Ihren Ausweis, und zwar ein bisschen dalli, wenn ich bitten darf!"

Nun war ich endgültig geliefert, ich fühlte es. Was konnte ich jetzt noch tun? Was sollte ich sagen? Gab es noch irgendeinen Ausweg? Unfähig, einen klaren Gedanken zu fassen, saß ich mit klopfendem Herzen da und wartete – wartete und hoffte auf ein Wunder, das nicht kam.

„Ihren Ausweis! Wird's bald?!"

„Mein Ausweis, ja ... der ... der ist im Auto, in dem gelben Bus da hinten." Ich zeigte mit dem Daumen über meine Schulter.

„Dann holen Sie ihn gefälligst!"

„Er liegt im Handschuhfach, in einer schwarzen Brieftasche", erklärte ich weiter, „die Fahrertür ist offen und …"

„Sie sollen ihn holen, Mann! Sind Sie schwerhörig, oder was?! Hat Ihnen die Sonne das Trommelfell durchgebrannt?"

Mir brach der Schweiß aus. Mit dem Taschentuch wischte ich mir über die Stirn. „Nein, nur ich ... ich kann nicht."

„Ach nein, Sie können nicht?", fragte der Rottweiler. „Und welche Lügengeschichte haben Sie sich dafür ausgedacht'? Sind Sie vielleicht festgewachsen'?"

„Nein", sagte ich schwach, „mir … mir ist schlecht. Die Hitze, Sie verstehen?!" Hilfesuchend sah ich mich nach dem jüngeren Polizisten um.

Ihn musste bei meinem Anblick das Mitleid gepackt haben, denn er sagte nur „ich geh schon" und verschwand in Richtung Bus. Der Rottweiler blickte ihm kopfschüttelnd nach. Wir hörten eine Autotür schlagen, kurz darauf kam der Polizist wieder, die Brieftasche in der Hand.

„Bist du eigentlich dem da sein Laufbursche?" knurrte der Rottweiler seinen Kollegen an.

„Aber wenn ihm doch schlecht ist", sagte er und hob die Schultern. Er klappte meine Brieftasche auf, suchte meinen Personalausweis hervor, ebenso Führerschein und Kraftfahrzeugschein, und sah sich alles in Ruhe an. „Wissen Sie übrigens, dass an Ihrem Bus die Hecktür sperrangelweit offensteht?" fragte er.

Verdattert schüttelte ich den Kopf. Wieso stand die Hecktür offen? Und wenn sie offenstand, dann doch schon den ganzen Tag, seit heute früh! Wie viele Leute waren in dieser Zeit an meinem Bus vorübergegangen (in dem schließlich meine komplette Kameraausrüstung lag)? Die Ausrüstung geklaut – das war so ungefähr das Schlimmste, was mir an diesem Unglückstag noch passieren konnte. Aber aus welchem Grund stand die Hecktür überhaupt offen, fragte ich mich erneut. Und dann fiel es mir wieder ein: Ich hatte sie aufgemacht, kurz bevor ich hierhin ans Ufer hinter den Strauch geeilt war, weil ich mir das Toilettenpapier aus dem Bus nehmen wollte.

Mechanisch fuhr ich mit den Händen in meine Jackentaschen, obwohl ich sie ja schon mehrfach an diesem Tag durchsucht und dabei festgestellt hatte, dass sie leer waren, das Toilettenpapier also noch im Bus liegen musste.

„Gib mir mal die Brieftasche!", sagte der Rottweiler zu seinem Kollegen. „Ich geh mal eben zu unserem Wagen und lass die Papiere dieses seltsamen Sitzenbleibers da überprüfen. Vielleicht ist er ja irgendwo entlaufen, wer weiß!?"

Als er außer Hörweite war, kam der jüngere Polizist ein wenig näher. „Da haben Sie sich ja wirklich ein schönes Plätzchen ausgesucht, muss ich noch mal sagen. Hier könnte ich es auch aushalten."

„Deshalb sitze ich ja hier und genieße die Aussicht."

„Aber Sie sitzen doch bestimmt nicht den ganzen Tag lang

nur so hier herum, oder?“ Er sah mich aufmunternd an. „Was ist denn nun wirklich mit Ihnen? Mir können Sie es ruhig sagen.“

Ich zögerte einen Moment, weil mir wieder bewusst wurde, in welch einer unmöglichen Lage ich mich befand und wie peinlich das Ganze war. Andererseits brauchte ich unbedingt jemanden, der mir das Toilettenpapier aus dem Bus holte.

„Also gut“, seufzte ich, auch wenn mir nicht wohl bei dem Gedanken war, „Ihnen sag ich es, aber bitte erzählen Sie Ihrem Kollegen nichts.“

„Nein, nein, keine Angst“, beruhigte er mich.

„Versprechen Sie mir das?“

„Ja ja.“

„Ganz bestimmt?“

„Ja doch, ganz bestimmt, ich schwör‘s Ihnen.“

Das hätte jetzt nicht kommen dürfen, dachte ich, weil ich dieses unvergleichliche Bild vom kleinen Lothar wieder vor mir sah, wie er damals schräg über mir auf der Kreuzbuche hockte. Nun hockte ich in der gleichen ausweglosen Situation schräg unter einem Polizisten, der lächelnd auf mich herabblickte.

„Und?“, fragte er gespannt. „Weswegen sitzen Sie denn nun hier?“

Ich zeigte auf den unteren Rand meiner Jacke. „Deswegen.“

Der Polizist sah mich stirnrunzelnd an. „Wie – deswegen?“

„Wegen dem, was da drunter ist“, half ich ihm nach.

„Hä?“

„Ja, verstehen Sie denn nicht?“

„Nein, was denn?“

„Na, dass meine Jacke etwas verbirgt.“

„Und was?“

„Ja, was wohl? Etwas ... was ich heute Morgen ... sozusagen produziert habe."

Mit offenem Mund starrte er mich an. Dann endlich schien er zu verstehen. „Sie meinen ...?"

„Ja, ich meine."

„Sie haben ...?" Er suchte weiter vergeblich nach Worten. „Da haben Sie einfach hier …"

„Ja, ich habe."

„Und dann den ganzen Tag …"

„Jawohl, den ganzen Tag."

„Nicht zu fassen!"

Es war im Grunde wirklich nicht zu fassen, er hatte vollkommen recht. Gerade ihm, einem Polizisten, der ja gewissermaßen von Berufs wegen misstrauisch zu sein hat, musste meine Erklärung als eine haarsträubende Lügengeschichte erscheinen, als eine vielleicht originelle, aber völlig unglaubwürdige Schutzbehauptung, wie man es wohl vor Gericht nennen würde. Kein Wunder also, dass er noch mal nachfragte: „Und das ist nicht gelogen?"

„Leider nein", sagte ich, „der Beweis liegt ja direkt unter mir. Sie können sich gern überzeugen."

„Nein danke, nicht nötig", wehrte er ab und verzog leicht angewidert das Gesicht. „Ich glaub's Ihnen auch so, die vielen Schmeißfliegen auf Ihrer Jacke sind mir Beweis genug – sooo viele Fliegen können ja nicht irren! Und dann erst der Sonnenbrand in Ihrem Gesicht! Außerdem glaub ich es, gerade weil Ihre Geschichte so unglaublich klingt. Plausible Erklärungen sind mir immer verdächtig, die kann man sich schnell mal zurechtlegen. Aber eine derart kuriose Geschichte wie Ihre, die muss einfach stimmen; das ist meine Meinung."

„Auch die Ihres Kollegen?", fragte ich skeptisch.

Er schüttelte den Kopf. „Das ist ein scharfer Hund; der glaubt nur, was er mit eigenen Augen vor sich sieht."

Wir hatten anscheinend den gleichen Gedanken und mussten beide lachen.

„Und die Angler?", fragte der Polizist. „Haben die denn gar nichts gemerkt in der ganzen Zeit?"

„Ich bin mir nicht sicher, aber ich glaube nicht. Die waren doch viel zu sehr mit ihrer Angelei beschäftigt", sagte ich. „Obwohl ..."

„Obwohl was?"

„Der Angler hat manchmal so merkwürdige Andeutungen gemacht. Kann durchaus sein, dass er den Braten gerochen hat."

Wieder mussten wir lachen.

Im Hintergrund, noch dreißig, vierzig Schritte entfernt, erschien plötzlich der Rottweiler.

„Hören Sie, tun Sie mir bitte einen Gefallen!", sagte ich schnell. „In meiner Hektik hab ich heute Morgen das Toilettenpapier im Bus liegenlassen. Sind Sie so gut und holen es mir? Es liegt hinter dem roten Wasserkanister."

Der Polizist grinste übers ganze Gesicht. Dann nickte er. „Wird gemacht, wir sind ja schließlich Freund und Helfer."

„Danke!" sagte ich erleichtert und dachte im Stillen: endlich mal ein wirklich netter Bulle!

Der Rottweiler mit seinem gleichbleibend griesgrämigen Gesichtsausdruck war inzwischen herangekommen. „Die Papiere sind wenigstens in Ordnung", sagte er, aber es klang, als sei er geradezu verärgert, dass es nichts zu beanstanden gab. Er reichte mir die Brieftasche und wandte sich an seinen Kollegen. „Soll der Sitzenbleiber da doch von mir aus weiterhin hocken, bis er schwarz wird, dunkelrot ist er ja schon", knurrte er mit einem abschätzigen Seitenblick auf mich.

„Also komm, lass uns fahren, mir stinkt's hier."

„Geh du ruhig zum Wagen, ich komm gleich nach!", sagte der jüngere Polizist und eilte auch schon im Laufschritt davon.

Aber der Rottweiler ging nicht zum Wagen, sondern blieb stehen, blieb einfach dickfellig stehen, ohne ein Wort zu sagen, bis der andere Polizist wiederkam.

Unauffällig schielte ich nach dem Toilettenpapier, das der Polizist hinter seinem Rücken verborgen hielt.

„Was hast du denn da?", fragte der Rottweiler ihn.

„Eine milde Gabe für den Rheinbuddha", sagte der jüngere Polizist grinsend und überreichte mir mit einer gespielten Verbeugung die Papierrolle.

Ich wäre am liebsten im Erdboden versunken in diesem Moment. Verlegen senkte ich den Kopf und starrte auf meine Schuhspitzen. Wer den Schaden hat, braucht für den Spott nicht zu sorgen – das war alles, was mir dazu einfiel. Aber ich tröstete mich: Wenigstens konnte ich bei meinem ausgeprägten Sonnenbrand nicht mehr rot werden.

Der Rottweiler hatte verwundert auf das Toilettenpapier gestarrt. „Was soll das denn bedeuten?", wollte er jetzt wissen.

„Erklär ich dir unterwegs", antwortete der jüngere Polizist, „du lachst dich kaputt, wenn du das hörst. Und die anderen Kollegen erst, die werden über unseren Sondereinsatz bestimmt staunen."

„Aber Sie haben mir doch versprochen, nichts zu erzählen", sagte ich entrüstet.

„In diesem Fall mache ich gern mal eine Ausnahme, seien Sie mir nicht bös, ich kann nicht anders", erwiderte er lachend. Er klopfte dem Rottweiler auf die Schulter. „Eines weiß ich jedenfalls seit eben: Nicht nur wir haben manchmal einen Scheiß-Job."

„Wie meinst du das?"

„Ich erzähl's dir gleich", sagte der jüngere Polizist, und so entfernten sich beide schwatzend und kichernd in Richtung Parkplatz, auf dem irgendwo ihr Streifenwagen stehen musste.

Also doch kein netter Polizist, dachte ich enttäuscht und verärgert, bis ich einige Minuten später Schritte hörte und mich umdrehte. Überrascht zog ich die Augenbrauen hoch: Der jüngere Polizist war noch einmal zurückgekommen, und das nur, um mir eine kleine Flasche Mineralwasser zu bringen.

„Die trinken unsere Chefs auch immer auf ihren Sitzungen", meinte er augenzwinkernd, „und Sie haben ja nun eine besonders lange und anstrengende Sitzung hinter sich, noch dazu eine öffentliche. Also Prost! Und machen Sie bald Feierabend!"

„Werde ich machen", sagte ich. „Sobald es dunkel ist." „Sehr vernünftig." Er sah mich wieder mit einem verschmitzten Lächeln an, tippte dann an seine Dienstmütze und verabschiedete sich.

Also doch ein netter Polizist, ich wusste es ja, dachte ich erfreut und öffnete die Flasche. Und mit einem unbeschreiblichen Genuss und in Gedanken trank ich auf alle netten Polizisten im Lande und machte die Flasche auf einen Zug leer.

Die Sonne stand jetzt schräg rheinabwärts als orangerote Feuerkugel dicht über dem Horizont. Ich sah ihr zu, wie sie langsam tiefer und tiefer sank und schließlich innerhalb weniger Minuten verschwunden war. Auf dem Wasser spiegelte sich der fahle, blauviolette Himmel. Leise plätschernd schlugen die Wellen ans Ufer und umspülten die algenbewachsenen Steine. Der Boden strahlte spürbar die Wärme ab, die er den Tag über gespeichert hatte. Und all das zusammen, das schwindende Licht, die verhaltenen Geräusche, die milde Luft und der herbe Geruch, der vom Wasser aufstieg, sowie die Aussicht auf das gegenüberliegende bewaldete Ufer und die friedlich vorüberziehenden Schiffe: Das alles versetzte mich in eine eigentümlich romantische Stimmung. Für kurze Zeit vergaß ich sogar Hunger und Durst und meinen schmerzenden Hintern.

Ich weiß nicht, wie lange ich dieser Stimmung und meinen Gedanken nachhing und wie lange ich den Anblick des Rheins in der Dämmerung genoss, bevor mir auffiel, dass ich gar keine Menschen mehr hörte. Ich sah mich um, und tatsächlich war in diesem Moment weit und breit kein Mensch zu entdecken. Auch an der Anlegestelle stand niemand. Endlich, endlich konnte ich mich also verdrücken, die Gelegenheit war günstig.

War sie es wirklich? Sicherheitshalber drehte ich mich nochmals nach allen Seiten um, ich wollte nicht noch im letzten Moment von irgendwelchen Spaziergängern überrascht werden. Aber, wahrhaftig: Die Luft war rein! Hastig riss ich mir ein paar Blätter von dem Toilettenpapier ab – und musste feststellen, dass der nette Polizist es gar nicht hätte holen brauchen; die Sonne mit ihrer austrocknenden Hitze hatte bereits ganze Arbeit geleistet.

Mühsam, unendlich mühsam, stand ich auf. Die Oberschenkel schmerzten, als hätte ich einen gewaltigen Muskelkater. Was für eine Anstrengung, die Knie durchzudrücken und die Hose hochzuziehen! Es knackte und knirschte in den Gelenken, und als ich mit weichen Knien halb aufgerichtet dastand, wurde mir plötzlich schwarz vor Augen. Benommen musste ich mich für einen Augenblick wieder hinsetzen. Beim zweiten Versuch klappte es etwas besser; langsam reckte ich meine verkrampften Glieder, bog den steifen Rücken durch zu einem Hohlkreuz und legte den Kopf weit in den Nacken. Dann ging ich, wenn auch zunächst noch recht wacklig auf den Beinen, einige Schritte am Ufer entlang bis zu dem Platz, an dem die Angler gesessen hatten.

Erst jetzt, als ich nur mehr einen Meter davorstand, entdeckte ich, dass der Angler seinen Setzkescher vergessen hatte. Das tote Rotauge darin schwamm mit dem Bauch nach oben im Wasser. Ich zog den Kescher ans Ufer, öffnete die runde Drahtklappe am vorderen Ende und ließ den Fisch mit seinen Geschwüren am Unterkiefer zurück ins Wasser plumpsen. Von den Wellen getragen, trieb er langsam davon. Das war nun sein Ende. Ein trauriges Ende, wie ich fand, weil der arme Fisch ganz umsonst geangelt worden war. Wäre er da nicht besser in einer Bratpfanne und anschließend in einem hungrigen Magen gelandet?

Die Vorstellung von etwas Essbarem erinnerte mich wieder an meinen eigenen Hunger, der allerdings von meinem Durst noch übertroffen wurde. Zweieinhalb Tassen Kaffee und eine kleine Flasche Mineralwasser an solch einem Hitzetag waren wie dreieinhalb Tropfen auf den heißen Stein gewesen. Ich ging daher zu meinem Bus, sah beim Näherkommen mit banger Ahnung auf die offenstehende Hecktür, stellte dann aber unsagbar erleichtert fest, dass die Kameraausrüstung noch vollständig an ihrem Platz lag; wenigstens in dieser Hinsicht hatte ich also Glück im Unglück gehabt.

Gewissenhaft schloss ich diesmal alle Türen ab und machte mich mit knurrendem Magen und immer noch staksigen Schritten auf die Suche nach einem Restaurant.

Schon an der Hauptstraße fand ich eins, eine gemütliche Pizzeria mit dem Namen „Weinstock“. Ich setzte mich an einen freien Tisch auf der Gartenterrasse, bestellte mir eine riesige Pizza Calzone mit üppiger Füllung (außer Fisch), einen Salat und gleich zwei große Mineralwasser auf einmal.

„Ist Ihnen nicht gut?“, fragte der Ober.

Geht das schon wieder los, dachte ich genervt, weil mir die Szene von damals im Koblenzer Weinhaus „Hubertus“ plötzlich vor Augen stand.

„Ich meine – Sie sehen so rot aus“, redete der Ober weiter.

„Kann ich mir denken“, sagte ich, „nur ist der innerliche Brand noch größer als der äußerliche.“

„Aber deshalb zwei Mineralwasser auf einmal?“

„Sie haben recht, bringen Sie mir lieber drei!“ Ich kam mir vor wie ein staubtrockener Schwamm, der unbedingt getränkt werden musste.

„Wie Sie wollen“, sagte der Ober kopfschüttelnd.

„Ja, will ich!“ sagte ich kopfnickend. „Und bitte schnell!“

Dass die Gäste an den Nebentischen zu mir herübersahen und über mich tuschelten, störte mich in diesem Moment nicht im Geringsten. Als die Pizza endlich kam, ließ ich sie mir vom ersten bis zum letzten Bissen schmecken, aß mit unbeschreiblichem Appetit und trank und trank und trank ...

Nachdem ich bezahlt hatte, machte ich noch einen kleinen Verdauungsspaziergang durch den Ort, kehrte für eine halbe Stunde in der „Traube“ ein, genehmigte mir zum Abschluss zwei Schoppen Rheinwein im „Rosenberg“, dann machte ich mich endgültig auf den Rückweg zu meinem Bus, leicht angesäuselt und deshalb wiederum mit staksigen Schritten. Aber das machte ja nichts, schließlich wollte ich mich nur noch hinlegen und ausschlafen, um am nächsten Morgen frisch ausgeruht meine Fotoarbeit wieder aufzunehmen.

Neben der Stadtmauer entdeckte ich dann zufällig das Öffentliche WC, von dem auch der Angler gesprochen hatte. Es lag keine zweihundert Meter von meinem Bus entfernt. Hätte ich schon heute Morgen davon gewusst, wäre mir einiges erspart geblieben und ich wäre mit meinen Fototerminen ein gutes Stück vorangekommen, sagte ich mir mit einem ärgerlichen Gefühl im vollen Bauch. Wieso hatte ich Dämel mich nicht bereits gestern Abend nach einem WC umgesehen, als ich in Leutesdorf nach Fotomotiven Ausschau gehalten hatte? Aber egal, Selbstvorwürfe halfen jetzt auch nichts mehr, ich musste mich damit abfinden, dass der Tag für die Katz gewesen war. Morgen jedenfalls würde ich mich nach dem Frühstück nicht wieder hinter ein mickriges Gebüsch am Rheinufer hocken müssen, das stand schon mal fest; morgen würde ich eine richtige Toilette zur Verfügung haben.

Um jedoch nicht wieder einen meiner üblichen Reinfälle zu erleben, sah ich bei dieser Gelegenheit gleich nach, ob die Toilette auch offen war; bei meinem Pech hätte ich es durchaus als fast normal empfunden, wenn sie wegen Renovierungsarbeiten oder was weiß ich für Gründen außer Betrieb gewesen wäre.

Aber die Tür war auf! Ich ging hinein und stellte fest, dass auch die inneren Türen zur Herren- und Damentoilette geöffnet waren; die morgige Sitzung war also gerettet!

Mit diesem beruhigenden Gedanken kam ich zum Parkplatz zurück. Eine Viertelstunde setzte ich mich noch auf eine Bank an der Uferpromenade und genoss die milde Abendluft. Auf dem dunklen Strom zog ein festlich beleuchteter Ausflugsdampfer vorbei, die La Paloma, deren bunte Lampionketten sich im Wasser glitzernd spiegelten. An Bord ging es hoch her, wie ich sehen konnte, auf den Decks wurde fröhlich geschunkelt und getanzt, gegessen und getrunken, gesungen und gelacht. Die Kapelle spielte gerade „Es gibt kein Bier auf Hawaii ...“, die Passagiere hoben ihre Weingläser und wiegten sich im Takt der Musik, sodass die Kellner ihre liebe Not hatten, zwischen den schwankenden Reihen hindurchzukommen und beim Servieren nichts zu verschütten. Irgendwann erklang „Warum ist es am Rhein so schön?“.

Als ginge von der weinseligen Stimmung an Bord etwas Ansteckendes aus, merkte ich, wie ich unwillkürlich mitschunkelte. Aber schon vorhin, während des Essens auf der Terrasse vom „Weinstock“, hatte mir auf dem harten Stuhl der Hintern wehgetan; jetzt spürte ich ihn erneut und wollte mich deshalb gerade erheben, da huschte dicht am Ufer ein Schatten vorüber – eine Ratte auf ihrer abendlichen Suche nach angeschwemmtem Futter. Als ich aufstand und neugierig näher ging, verharrte sie einen Moment und sah mich unbeweglich an, bevor sie blitzschnell in einem Spalt zwischen zwei großen Steinen verschwand. Auch ich zog mich jetzt zurück und verschwand in meinem Bus. Behaglich streckte ich mich auf meiner Matratze aus, ich wollte nur noch schlafen, nichts als schlafen, der Tag war schließlich anstrengend genug gewesen. Da ich allerdings nur einschlafen kann, wenn ich auf dem Rücken liege, mein armer, wundgescheuerter Hintern jedoch wieder zu schmerzen begann, sodass ich eben nicht auf dem Rücken liegen konnte, wälzte ich mich unablässig von einer Seite auf die andere und fand trotz aller Müdigkeit keine Ruhe, so sehr ich den Schlaf auch herbeisehnte.

Als um Mitternacht die Kirchturmuhr schlug, hatte ich noch immer kein Auge zugetan.

Irgendwann schlug es eins, und ich war immer noch wach. Diesmal half mir auch mein autogenes Training nicht. So fing ich denn wieder an, mir mit Gedankenspielen und Erinnerungen die Zeit zu vertreiben, und als ich dabei abermals meine Kusine Bärbel vor mir sah, wie sie damals eingeklemmt in der Klobrille gehangen hatte, fiel mir eine weitere Geschichte ein, die mir komischerweise am Nachmittag nicht in den Sinn gekommen war. Dabei hätte ich mich eigentlich sofort an sie erinnern müssen, war sie doch in mancher Hinsicht ein Gegenstück zu Bärbels damaligem Malheur. In ihrem Ablauf allerdings unvergleichlich.

Zugetragen hatte sie sich auf meinem zehnten Geburtstag, einem wahrhaft denkwürdigen Tag. Was war ich damals stolz gewesen! Endlich eine Zahl mit zwei Ziffern – welch ein Schritt zum Erwachsensein! Meine Mutter hatte eine aus vielen Sahnetupfern bestehende 10 auf die Geburtstagstorte geschrieben, die zehn Kerzen hatte ich auf Anhieb ausgepustet, und es war mir so vorgekommen, als hätte ich damit auch die Jahre meiner Kindheit für immer ausgeblasen. Meine Schulfreunde Fred und Karl-Erich hatten diesen gewaltigen Aufstieg schon im vorigen Jahr erleben dürfen, Gregor dagegen musste sich noch sechs lange Tage gedulden, bis auch er von den Fesseln der Kindheit endgültig befreit war.

Der kalte Februarnachmittag bescherte uns ein paar ausgelassene Stunden, die mit Basteln, Vorlesen und Spielen gefüllt waren. Wir wohnten zu dieser Zeit für mehrere Jahre vorübergehend in einem alten Sägewerk. Alles spielte sich bei uns in der Küche ab, weil sie als einziger Raum einen Ofen hatte und deshalb gemütlich warm war; ein Esszimmer oder Wohnzimmer gab es nicht, das gemeinsame Kinderzimmer war viel zu klein, und so wurde mein Geburtstag wie jedes Familienfest in der Küche gefeiert.

Zum Kaffeetrinken fanden sich auch meine beiden Omas ein, und meine Tante Hulda kam mit Bärbel und Lars. Als letzte erschien Tante Alma, meine unverheiratete Großtante, die ich, weil sie auch unsere Erbtante war, ein paar Tage vorher mit gekämmten Haaren, sauberen Fingernägeln und blankgeputzten Schuhen hatte besuchen müssen, um sie höflich, wie es sich gehörte, zu meinem Geburtstag einzuladen.

Tante Alma besaß eine mittelgroße Villa, viele Antiquitäten und angeblich ein dickes Bankkonto, ansonsten aber nur wenige Vorzüge. Sie hatte vielleicht zu lange allein gelebt, war im Laufe der Jahre immer extravaganter und immer schrulliger geworden, außerdem verkalkte sie zunehmend, sodass sie vieles von dem, was man ihr sagte, kurze Zeit später bereits wieder vergessen hatte. Nur meinen Geburtstag vergaß sie leider nie. Dabei hatte sie Kindern gegenüber eine spürbare Abneigung, hing aber mit einer Affenliebe an ihrem alten Mops, den sie ständig mit Süßigkeiten fütterte und vor allem an Sonntagen mit so vielen Keksen, Pralinen und Schokoladenstückchen vollstopfte, dass er sich manchmal erbrach – was Karl-Erich einstmals zu einem treffenden Zweizeiler inspiriert hatte, der in unserer Familie zu einem geflügelten Wort geworden war:

Almas oller Mops
kotzt montags morgens Schokokost

Normalerweise nahm Tante Alma ihren Mops überallhin mit. Diesmal jedoch, sicher aus Angst, wir Kinder würden ihren asthmatischen Liebling zu sehr herumscheuchen, hatte sie ihn zu Hause gelassen, sodass sie „nur auf ein einziges Tässchen Kaffee“ bleiben könne, wie sie gleich bei der Begrüßung betonte.

Als sie sich schweratmend am Kaffeetisch niederließ, knarrte bedrohlich der Stuhl unter ihrem Gewicht, denn Tante Alma war wie ihr Mops reichlich korpulent.

„Ihr solltet euch endlich mal stabilere Stühle anschaffen“, sagte sie pikiert.

„Ja, Tante Alma, entschuldige bitte, die Stühle sind nicht mehr die Neuesten, ich weiß“, stammelte meine Mutter. „Möchtest du vielleicht lieber auf der Eckbank sitzen?“

Aber Tante Alma hörte gar nicht hin. Sie nestelte in ihrer Handtasche herum, holte ein Päckchen heraus und legte es auf den Tisch. „Die kann der Junge sicher gut gebrauchen“, sagte sie zu meiner Mutter.

„Mein Geburtstagsgeschenk?“, fragte ich.

„Natürlich dein Geburtstagsgeschenk, was denn sonst?!“ Tante Alma tat verwundert. „Du hast doch heute Geburtstag, oder etwa nicht?“

„Doch, ja.“

„Na also.“

Ich gab ihr die Hand, machte einen Diener und bedankte mich artig, obwohl ich schon ahnte, dass auch dieses Päckchen enthalten würde, was Tante Almas Päckchen immer enthielten: entweder eine lange Unterhose oder gestrickte Handschuhe, Kniestrümpfe mit Zopfmuster oder Taschentücher mit Monogramm. Lustlos packte ich es aus. Zum Vorschein kamen zwei kurze graue Unterhosen, die mindestens zwei Nummern zu groß für mich waren (und die deshalb wieder mein Vater bekommen würde). „Die sind aus Baumwolle, aus reiner Baumwolle“, erklärte Tante Alma, „also richtige Baumwollschlüpfer, da hast du lange was von.“

Ich merkte, wie meine Freunde sich gegenseitig anstießen, wie sie grinsten und sich nur mühsam das Lachen verkniffen; Lothar und meine kleine Schwester dagegen begannen unverhohlen zu kichern, während meine Mutter, Tante Hulda und meine Omas sich vielsagende Blicke zuwarfen.

Schweigend starrte ich auf die Unterhosen in meiner Hand.

„Was ist?“ fragte Tante Alma und sah mich forschend an. „Gefallen Sie dir etwa nicht?“

„Doch, natürlich, Tante Alma.“

„Freust du dich denn auch?“

„Ja, Tante Alma.“

„Und wirst du sie auch immer schön anziehen?“

„Ja, Tante Alma.“

„Oder hättest du lieber eine lange Unterhose gehabt?“

„Ja, Tan..., ich meine nein, Tante Alma.“

„Na, dann ist es ja gut, dass ich mich für die kurzen entschieden habe“, sagte sie befriedigt. „Das nächste Mal bekommst du übrigens zwei Unterhemden dazu, auch aus Baumwolle. Da kannst du dich also schon jetzt drauf freuen. Du freust dich doch, oder?“

„Ja, Tante Alma.“

Nach dieser peinlichen Befragung wandte sich Tante Alma Kaffee und Kuchen zu, machte meine Mutter, Tante Hulda und erst recht meine beiden Omas mundtot mit ihrem Geschwafel und nahm von uns Kindern keinerlei Notiz mehr. Zwischen Kauen und Schlucken erzählte sie schmatzend von ihrem armen, armen Möpschen, das jetzt in dem großen, großen Haus mutterseelenallein sei und sich womöglich zu Tode ängstigte. Hastig aß sie deshalb zu Ende, das letzte Tortenstück schaffte sie nur noch zur Hälfte. Sie wollte sich lieber gleich wieder auf den Heimweg machen; der Gedanke an das arme, arme Möpschen ließ ihr einfach keine Ruhe mehr.

Schon fertig angezogen, musste meine Mutter ihr noch mal aus dem Mantel helfen, weil Tante Alma noch schnell auf die Toilette wollte. Dass ihr dieser Gang eigentlich zuwider war, wussten wir – sie musste es also sehr nötig haben.

Unsere Toilette lag nämlich außerhalb unserer Wohnung am Ende des Sägewerks. Sie war nichts anderes als ein primitives Plumpsklo, ein angebautes Bretterhäuschen ohne Heizung, ohne elektrisches Licht und ohne fließendes

Wasser, somit auch ohne Spülung. Stattdessen stand immer ein Eimer Sägemehl mit einer kleinen Schaufel zum Nachstreuen in der Ecke. Die Toilette selbst war ein großer, geschlossener Holzkasten mit einem kreisrunden Loch, das von einem schlichten Holzdeckel verschlossen wurde. Der Erbauer dieses Kastens musste ein Hüne gewesen sein oder aber eine Walküre als Frau gehabt haben, vielleicht hatte er auch nur ein schlechtes Augenmaß gehabt oder sich beim Aussägen schlichtweg verschätzt – jedenfalls besaß das Loch einen Durchmesser von gut einem halben Meter!

Wir Kinder gingen jedes Mal mit gemischten Gefühlen auf den Abtritt. Im Sommer nahm einem der durchdringende Geruch die Luft zum Atmen, im Winter, wenn durch alle Bretterritzen ein eisiger Wind zog, fror man sich fast den Hintern ab. Meine kleine Schwester wurde außerdem die Angst nicht los, sie könnte eines Tages rücklings in die schaurige Tiefe stürzen und müsste dann, so stellte sie sich ihr Ende vor, jämmerlich erstinken. Bisher waren wir jedoch noch immer heil von unseren Sitzungen zurückgekommen.

Nun geschah es aber an jenem Nachmittag, dass Tante Alma nicht zurückkam.

„Wo sie nur bleibt?“, fragte meine Mutter.

Tante Hulda zuckte mit den Schultern. „Keine Ahnung.“

„Ihr wird doch nichts zugestoßen sein?!“ Besorgt sah meine Mutter zur Küchenuhr.

„Ach was“, beruhigte Tante Hulda sie, „die nimmt sich bloß Zeit, mehr nicht.“

„Das müsste ich auch“, meldete sich auf einmal Gregor.

„Was müsstest du auch?“

„Ich meine, da müsste ich mir auch Zeit nehmen, wenn ich dreieinhalb Tortenstücke und fünf Tassen Kaffee verdrückt hätte.“

„Hast du etwa mitgezählt?“, fragte meine Mutter.

„Jawohl, ganz genau!“, verkündete Gregor stolz und verstand nicht, wieso meine Mutter ihm einen vorwurfsvollen Blick zuwarf.

„Das ist noch gar nichts“, raunte ich ihm zu, „beim letzten Mal hat sie sogar ...“

„Tante Alma kann hier essen, soviel sie will!“, fuhr meine Mutter dazwischen. „Schließlich ist sie unsere Er... , äh, ist sie unsere Großtante, wollte ich sagen.“ Sie wurde rot und lachte verlegen, wobei sie wieder nervös auf die Uhr schaute. Dann hielt sie es nicht mehr aus. „Ich seh mal nach, was los ist“, sagte sie und als sie einige Zeit später ohne Tante Alma zurückkam, wussten wir sofort, dass etwas geschehen war.

„Sie macht nicht auf“, berichtete meine Mutter mit tonloser Stimme. „Und das Komische ist, sie antwortet auch nicht.“

Tante Hulda und meine Omas sahen sich fragend an. Gregor, Fred und ich nickten uns nur zu, und wie auf ein Kommando stürzten wir nach draußen. Die anderen kamen gleich hinterher, die Neugier hatte auch sie von den Stühlen gerissen, und so standen wir nun alle versammelt vor dem Bretterhäuschen und flüsterten aufgeregt durcheinander.

„Ruhe!“, zischte meine Mutter.

Unser Geflüster verstummte schlagartig. Wir lauschten angestrengt, konnten aber nichts hören.

Bärbel gab sich einen Ruck und klopfte an die Tür. „Was ist mit dir, Tante Alma?“

Meine Mutter klopfte ebenfalls, nur heftiger. „Sag doch was!“

Sie bekam keine Antwort.

„Bist du noch da?“, rief Lars.

„Lebst du noch?“ fragte meine Schwester ängstlich.

Keine Antwort.

„Tante Alma, bitte“, flehte meine Mutter, „gib uns doch wenigstens ein Zeichen!“

Nichts rührte sich.

„Wir müssen die Tür aufbrechen“, sagte Tante Hulda.

„Am besten einrammen“, meinte Karl-Erich in seiner praktischen Art, „mit einem dicken Balken einrammen, so wie früher die Ritterburgen erstürmt wurden.“

„Um die gefangene Prinzessin aus dem finsteren Verließ zu befreien“, ergänzte Bärbel, und ihre Augen leuchteten vor Aufregung.

Wir Kinder waren Feuer und Flamme für diese Idee.

„Kommt mit, wir holen schon mal einen Balken!“, rief Fred im Weglaufen, meine Mutter jedoch erwischte ihn gerade noch am Ärmel.

„Ihr seid wohl nicht ganz bei Trost“, sagte sie. „Unser Klo wird nicht erstürmt, das wird vorsichtig aufgebrochen.“

Im Grunde hatte sie recht. Unsere düstere Toilette als Verließ – das konnte man sich noch vorstellen. Aber Tante Alma als Prinzessin? Nein, das ging beim besten Willen nicht.

Ich rannte also los und holte aus dem Werkzeugschuppen ein großes Stemmeisen, meine Mutter und Tante Hulda schoben es in den zentimeterbreiten Spalt zwischen Tür und Rahmen und zogen es langsam zu sich heran. Es knarrte und knackte, knackte immer mehr, dann krachte es, und die Tür flog nach innen auf, knallte gegen die Seitenwand, das ganze Bretterhäuschen zitterte, und eine Menge Staub rieselte herab.

Alle starrten wir gespannt ins Halbdunkel, aus dem heraus uns ihrerseits mit aufgerissenen Augen Tante Alma anstarrte. Bis zur Taille oder besser bis dahin, wo ungefähr die Taille gewesen wäre, falls Tante Alma eine gehabt hätte, war sie in dem ausgesägten Loch versunken. Das hochgeraffte Kleid hatte sie um sich herum auf dem Holzkasten ausgebreitet. Ich staunte sie an wie die „Dame ohne Unterleib“, die ich einmal auf einem Jahrmarkt gesehen hatte, wenngleich aus den Falten von Tante Almas Kleid noch die Füße hervorschauten.

„Was hast du?“, fragte meine Mutter als Erste. „Ist dir schlecht, Tante Alma?“

„Die ist festgeklemmt, das sieht man doch“, sagte ich.

„Ist mir auch schon mal passiert“, sagte Bärbel, „aber *ich* wurde gerettet.“

Jetzt erst fand auch Tante Alma ihre Sprache wieder. „Schick endlich die verdammten Gören weg!“, herrschte sie meine Mutter an. „Hier gibt es nichts zu gaffen!“

„Ihr habt gehört, was Tante Alma gesagt hat. Geht also nach drinnen und spielt schön oder esst noch ein Stück Kuchen“, erklärte meine Mutter, „wir kommen gleich nach.“

„Immer wenn es spannend ist, dürfen wir nicht dabei sein“, protestierte Bärbel und stampfte mit dem Fuß auf den Boden. „Eine Gemeinheit ist das!“

„Finde ich auch“, sagte ich. „Endlich ist an meinem Geburtstag mal was los, und nur weil Tante Alma ...“

„Ihr verschwindet jetzt, sonst setzt es was!“, drohte meine Mutter mit einer unmissverständlichen Handbewegung – worauf wir denn widerwillig und maulend den Ort des Geschehens verließen.

Während aber die anderen in die Küche zu ihren Spielen und Rätseln zurückkehrten, blieben Karl-Erich, Fred und ich ein wenig zurück, schlichen dann durch den langen Flur zum Hinterausgang, flitzten wie die Wiesel um das Sägewerk herum und gingen die letzten Meter auf Zehenspitzen zur Rückseite des Bretterhäuschens. Im Sommer hätten wir nicht so nah herankommen können, meterhoch standen hier immer die Brennnesseln; jetzt jedoch waren sie alle abgefroren, die grauen Stängel kahl und vertrocknet.

Zu dritt hockten wir nebeneinander unter den Ästen des großen Holunderstrauchs und lugten schweigend durch die Ritzen hindurch ins Innere. Viel konnten wir nicht sehen, es war später Nachmittag und schon dämmrig, aber das wenige, das wir sahen, war aufregend genug.

„Und du meinst, dir wäre irgendetwas über die Füße gekrabbelt?", hörten wir meine Mutter fragen.

„Jawohl, direkt darüber", erwiderte Tante Alma. „Vielleicht eine Maus oder eine Spinne, ich weiß nicht, was es war, ist ja auch egal. Jedenfalls hab ich vor Schreck die Beine hochgezogen und bin dabei nach hinten gekippt, in dieses verdammte Loch hinein."

„Aber warum hast du denn nicht aufgemacht?", fragte meine Mutter.

„Weil ich doch an diesen dämlichen Riegel nicht mehr herankommen konnte."

„Und warum hast du dich nicht bemerkbar gemacht?", wollte Tante Hulda wissen. „Warum hast du nichts gesagt?"

„Warum, warum? Warum wohl? Weil es mir peinlich war, darum! Es ist mir auch jetzt noch immer peinlich", schnaubte Tante Alma. „Anstatt mich also mit euren Fragen zu löchern, solltet ihr mir endlich hier raushelfen!"

„Ja, sicher, natürlich, entschuldige bitte", sagte meine Mutter, „wir werden dich sofort aus deiner unangenehmen Lage befreien." Sie beugte sich etwas zu Tante Alma herunter und fasste sie unter den rechten Arm, Tante Hulda packte den linken, und nun zogen sie, zogen nach oben und nach vorn, zogen einzeln und gemeinsam, zogen und zerrten mit aller Kraft – aber Tante Alma bewegte sich keinen Zentimeter.

„Gefangen wie ne Wildsau in der Fallgrube", flüsterte Karl-Erich, dessen Vater Jäger war.

„Und die hier hat sicher ihre zweieinhalb Zentner Lebendgewicht", fügte Fred mit seiner heiseren Stimme hinzu, „ne fette Beute."

„Aber die Beute hängt fest", sagte ich leise.

Fred nickte. „Man müsste sie mit dem Stemmeisen raushebeln", krächzte er.

„Das würde sich ja bloß verbiegen", wandte Karl-Erich ein, „und außerdem wäre der Hebel viel zu kurz." Er war nicht umsonst Klassenbester in Physik.

„Und?" Fred schien ein wenig beleidigt. „Weißt du was Besseres?"

Karl-Erich brauchte nicht lange zu überlegen. „Am besten wäre Freisprengen", flüsterte er. „Von hier aus ein Loch durch die Bretterwand bohren, eine Stange Dynamit hinein und unter Tante Almas dickem Hintern anzünden. Und dann – womm! – ab durchs Dach wie ne Rakete!"

Kichernd nickten wir uns zu: die Idee war Spitze - und die Vorstellung einfach köstlich. Das musste ich unbedingt meinem Vater erzählen; er sprach öfter davon, er würde Tante Alma am liebsten auf den Mond schießen, wenn er nur könnte.

Meine Mutter war inzwischen auf den Holzkasten geklettert. Nun stand sie breitbeinig über Tante Alma und versuchte erneut, die schwere Last hochzuziehen. Wieder zog und zerrte sie aus Leibeskräften, wieder ohne Erfolg.

„Kannst du dich denn nicht ein bisschen mehr anstrengen?", fragte Tante Alma gereizt. „Es muss doch wohl möglich sein, dass du mich aus diesem verdammten Loch herausbekommst."

Meine Mutter zuckte mit den Schultern. „Ich schaff's einfach nicht", sagte sie kleinlaut.

„Und was jetzt?"

„Keine Ahnung, ich weiß auch nicht …"

„Mir wird langsam ziemlich kalt von unten, falls dich das interessiert."

„Das tut mir leid …"

„Und schlecht Luft kriege ich auch in dieser ... in dieser beschissenen Lage."

„Ich würde dir ja gern helfen, wenn ich nur wüsste, wie!?"

„Gibt's denn hier im Sägewerk eigentlich keinen Flaschenzug?", fragte Tante Hulda. „Über der Toilette ist doch ein Balken, daran könnte man ihn vielleicht festmachen und...·

„So eine Unverschämtheit!", fuhr Tante Alma dazwischen. „Ich lass mich doch von euch nicht an einen Haken hängen wie eine Transportkiste!"

„Aber was sollen wir denn tun?"

„Wir müssen halt warten, bis Gottfried von der Arbeit kommt", sagte meine Mutter.

„Eher sterb' ich", empörte sich Tante Alma.

„Aber, Tante Alma, bitte!"

„Eher sterb' ich, als mir in dieser Lage von einem Mannsbild helfen zu lassen, das sag ich euch. In meinem ganzen Leben hat mich noch niemals ein Mann in solch einem Zustand gesehen. Da müsste ich mich ja zu Tode schämen."

„Aber Gottfried kennst du doch", entgegnete meine Mutter.

„Eben deshalb, deinen Herrn Gemahl kenne ich nur zu gut. Der kann mich sowieso nicht leiden, meinst du, ich weiß das nicht?"

„Das bildest du dir bestimmt …"

„Ich bilde mir gar nichts ein, falls du das sagen willst, und helfen lasse ich mir von diesem Menschen auch nicht, das kann niemand von mir verlangen. Diese Schande, mein Gott, nein wirklich, das überlebe ich nicht."

Meine Mutter seufzte. „Eine andere Möglichkeit gibt es

aber nicht, das musst du doch einsehen."

Tante Alma drehte den Kopf zur Seite und gab keine Antwort mehr.

„Mein Vater wird sie bestimmt rauskriegen", flüsterte ich Fred und Karl-Erich zu. „Aber bis der nach Hause kommt, dauert es noch ne ganze Weile. Bis dahin gehen wir besser nach drinnen und wärmen uns auf."

Die beiden nickten, und wir verschwanden so unbemerkt, wie wir gekommen waren.

In der Küche berichteten wir den anderen ausführlich, was wir gehört und gesehen hatten. Meine Omas waren in ein Gespräch vertieft und mit sich selbst beschäftigt, so dass sie zum Glück nicht mitbekamen, was wir besprachen.

„Wir warten jetzt so lange, bis mein Vater da ist", erklärte ich zum Schluss, „und dann schleichen wir uns hintenherum zum Abtritt und sehen uns durch die Ritzen an, wie er es schafft, das eingesunkene Schlachtschiff zu heben."

„Du meinst, wie er die Wildsau aus der Fallgrube kriegt", sagte Karl-Erich.

Fred lachte. „Die wird ganz schön wütend sein, die Wildsau."

„Aber wie wollt ihr denn überhaupt was sehen?", wandte Lars ein. „Gleich ist es doch dunkel."

„Ohne Licht kann er ja nichts machen", antwortete ich, „also wird er bestimmt eine Taschenlampe mitnehmen."

Fred war begeistert. „Dann sehen wir ja alles ganz genau."

„Jede Einzelheit", bestätigte Karl-Erich.

Und Gregor stellte zufrieden fest: „Endlich mal ein Geburtstag, an dem richtig was los ist."

Ausgerechnet an diesem Tag musste mein Vater jedoch Überstunden machen und kam deshalb erst ziemlich spät und noch mürrischer als sonst nach Hause. Von meiner Mutter mit der Hiobsbotschaft begrüßt, Tante Alma sitze seit Stunden auf dem Klo und außerdem arg in der Klemme, verdüsterte sich sein Gesicht schlagartig. „Nix als Ärger hat man mit der Mopstante – na, die kann warten.“

Und obwohl meine Mutter ihn inständig bat, keine Zeit zu verlieren, genehmigte er sich zunächst in Ruhe eine Flasche Bier, bevor er widerstrebend mit ihr zum Unglücksort ging.

Lars und Bärbel und Tante Hulda waren schon gegangen, meine Omas abgeholt worden. Fred und Lothar, die längst zum Abendessen hätten daheim sein müssen, waren wie Gregor und Karl-Erich schweren Herzens erst vor einer Viertelstunde aufgebrochen, weil sie bis zuletzt gehofft hatten, sie würden die Bergung des „halb versunkenen Schlachtschiffs“ noch miterleben. Außer meiner Schwester war also niemand mehr da, mit dem ich zusammen die bevorstehende Bergung beobachten konnte, und da meine Schwester im Dunkeln Angst hatte, blieb mir nichts anderes übrig, als mich allein zum Bretterhäuschen zu schleichen.

Diesmal hatte ich mir vorsorglich eine dicke Winterjacke angezogen und eine Wollmütze aufgesetzt, denn es war bitterkalt. Durch die breiteste Ritze hindurch sah ich, dass das Innere des Abtritts spärlich beleuchtet war. Meine Mutter hatte ein paar Kerzen angezündet, die wohl von Weihnachten übriggeblieben waren, und sie rings um Tante Alma auf die Toilette gestellt, was von meiner Warte aus den etwas unheimlichen Eindruck machte, als sei die „Dame ohne Unterleib“ gestorben und die halbe Leiche nun auf einem Holzpodest feierlich aufgebahrt worden. An der Wand standen noch ein leerer Teller, eine Tasse und eine Thermoskanne, denn zum Aufwärmen war Tante Alma von meiner Mutter die ganze Zeit über mit heißem Tee versorgt worden. Außerdem hatte sie eine Strickjacke umgelegt, eine Fellmütze aufgesetzt und ein Paar Handschuhe angezogen bekommen. Von der nicht vorhandenen Taille aufwärts musste ihr demnach recht warm sein, vielleicht sogar zu warm, und auch an den Füßen und Unterschenkeln, um die meine Mutter eine Wolldecke gewickelt hatte, brauchte sie nicht zu frieren. Dafür hing aber Tante Almas Mittelteil mit dem massigen Hinterteil immer noch unbekleidet (und inzwischen sicherlich tiefgefroren) über der eiskalten Grube.

Meine Eltern hatten bereits gemeinsam versucht, Tante Alma hochzuwuchten – vergeblich.

Mein Vater kratzte sich am Kopf. „Ich probier's mal von oben", sagte er und stieg auf die Toilette.

Tante Alma hob abwehrend die Hände. „Nein, bitte ... nicht doch … diese Schande ... nein, diese Schande!"

„Aber Gottfried will dir doch nur helfen", sagte meine Mutter sanft.

„Diese Schande nein, nein, nein", lamentierte Tante Alma weiter vor sich hin. „So was ... nein, nein ..."

Unbeeindruckt von ihrem Gejammer fasste mein Vater sie von hinten unter die Arme, ging wie ein Gewichtheber in die Knie und holte tief Luft. Dann versuchte er, sich aufzurichten.

Die Bretter des Holzkastens knarrten, mein Vater ächzte, Tante Alma stöhnte, und meine Mutter machte zu allem ein bedrücktes Gesicht. Ich fürchtete jeden Moment, mein Vater könnte mitsamt Tante Alma einkrachen, manche Bretter waren stellenweise schon etwas morsch, aber da hörte ich plötzlich ein lautes „Ratsch!" und Tante Alma schrie: „Aufhören! Sofort aufhören!"

Erschrocken ließ mein Vater los und sprang von der Toilette herunter. „Was ist denn passiert?", fragte er.

„Unterm Arm ist eine Naht an meinem Kleid aufgeplatzt,

an meinem schönen neuen Kleid, das ist passiert!“

„Die näh ich dir wieder zusammen“, tröstete meine Mutter sie, „mit der Nähmaschine ist das kein Problem.“

„Aber für deinen ungeschickten Mann ist es anscheinend ein großes Problem, mich endlich hier rauszuholen.“

Mein Vater stemmte die Hände in die Seiten und sah Tante Alma verbiestert an, sagte aber nichts.

„Hulda hatte heute Nachmittag mal daran gedacht, einen Flaschenzug zu nehmen“, flüsterte meine Mutter meinem Vater zu. „Was hältst du davon?“

Ein hämisches Grinsen überzog sein Gesicht. „Keine schlechte Idee, man könnte den Flaschenzug an dem Balken über ...“

„Das verbitte ich mir!“, fiel Tante Alma ihm ins Wort. „Ich habe schon mal gesagt, ich bin keine Kiste nicht!“

Aber sie *hat* eine Kiste, eine verdammt dicke Kiste, dachte ich, und genau deshalb hängt sie hier fest. Am liebsten wäre ich auf der Stelle in die Küche gerannt, hätte die beiden Unterhosen wieder eingepackt und dieses Geschenk dann im Klo mit einer höflichen Verbeugung Tante Alma überreicht. „Die sind aus Baumwolle“, hätte ich gesagt, „aus reiner Baumwolle, wie du ja weißt. Und solltest du heute noch aus diesem Loch befreit werden, kannst du sie gleich anziehen, am besten beide übereinander, dann wird dir sicher wieder warm. Da kannst du dich also schon jetzt drauf freuen. Du freust dich doch, oder?!“

Ich hätte diesen herrlichen Gedanken noch ein wenig weitergesponnen, wurde aber dadurch abgelenkt, dass meine Mutter auf einmal rief: „Mensch, Gottfried! Die Kerzen gehen aus!“

Tatsächlich war es drinnen etwas dunkler geworden. Angestrengt spähte ich durch die Ritzen hindurch und zählte im

Ganzen fünf schmale Kerzen, von denen drei fast abgebrannt waren.

„Wir müssen uns beeilen", mahnte meine Mutter. „Die Batterien für die Taschenlampe sind leer, und das hier waren die letzten Kerzen, die ich noch gefunden habe."

„Und was ist mit der Petroleumlampe?", fragte mein Vater.

„Das Petroleum ist doch alle", erwiderte meine Mutter.

„Und die Handlampe?"

„Dafür reicht die Verlängerungsschnur nicht aus." Meine Mutter hob die Schultern. „Und etwas anderes zum Leuchten haben wir leider nicht."

„Dann wird's wohl höchste Zeit, dass euch endlich was einfällt", rief Tante Alma gereizt. „Denkt ihr vielleicht, ich will hier übernachten?!"

Meine Mutter legte ihre Hand auf Tante Almas Arm. „Beruhige dich doch", sagte sie, obwohl sie selber zusehends unruhiger wurde, „Gottfried weiß schon, was er tut."

„Aber er tut ja nichts!", zeterte Tante Alma. „Und wahrscheinlich tut er deshalb nichts, weil er eben nichts weiß. Warum ist er überhaupt hier?"

„Gottfried tut, was er kann", sagte meine Mutter.

Tante Alma lachte: „Dass ich nicht lache!"

Mein Vater warf Tante Alma einen wütenden Blick zu, sagte aber noch immer nichts. Stattdessen sah er mit zusammengekniffenen Lippen vor sich auf den Boden, betrachtete nachdenklich den Eimer mit Sägemehl, und im nächsten Moment, als gerade eine weitere Kerze ausging, schien ihm ein Licht aufzugehen. „Bin gleich zurück", sagte er nur und eilte zur Tür hinaus. Einige Minuten später kam er wieder, einen Handbohrer und eine Stichsäge in der Hand.

„Was ... was hast du denn damit vor?", fragte Tante Alma.

„Dich raussägen, was sonst?", sagte mein Vater kühl.

„Oder hätte ich eher eine Brechstange holen sollen?“

Darauf wusste nun auch Tante Alma nichts zu antworten.

Allerdings achtete mein Vater gar nicht weiter auf sie. Er hatte, eine Handbreit neben ihrer Hüfte, schon den Bohrer angesetzt und kurbelte nun wie wild drauflos. Die Zeit drängte, nur noch zwei Kerzen gaben etwas Licht, und selbst bei diesen beiden war abzusehen, dass sie nicht mehr lange brennen würden.

„Beeil dich!“, rief meine Mutter.

„Mach ich ja, mach ich ja!“, keuchte mein Vater und kurbelte weiter, bis der Bohrer auf einmal knirschend durchs Brett stieß. Er zog den Bohrer mit einem Ruck wieder heraus und warf ihn beiseite, steckte das dünne, spitze Sägeblatt der Stichsäge ins Loch und begann zu sägen, zittrig und hektisch, mit rotem Kopf und schweißnasser Stirn. So hatte ich ihn noch nie erlebt. Normalerweise machte er alles, was er tat, sehr langsam und genau, eher übergenau und pedantisch; jetzt jedoch war er gezwungen, im Wettlauf mit der Zeit zu arbeiten, er befand sich sozusagen im Endspurt mit den beiden niederbrennenden Kerzen, von denen die eine erlosch, als er gerade das erste Brett durchgesägt hatte. Die andere flackerte ebenfalls nur mehr schwach. Mein Vater sägte verbissen vor sich hin, sägte mit letzter Anstrengung sogar noch etwas schneller, aber den Wettlauf mit der Zeit verlor er doch, denn schlagartig wurde es stockfinster. Nur das Sägen, dieses hastige „Ritschratschritschratsch“, war noch für einige Sekunden zu hören, bis es in einem gewaltigen Krach erstarb: Holz splitterte, irgendetwas schlug mit dumpfem Knall irgendwo auf, Stoff zerriss, Tante Alma schrie um Hilfe, mein Vater fluchte, und dann war es einen Moment lang totenstill – bevor ein unterdrücktes Schnaufen und Jammern zu mir drang.

„Was ist denn?“, hörte ich die ängstliche Stimme meiner Mutter.

„Ich glaub, jetzt ist sie ganz eingekracht“, antwortete mein Vater.

„Nein, nicht ganz ...“ stöhnte Tante Alma aus der Dunkelheit, „nur bis unter die Arme …“

„Na, Gott sei Dank!“, murmelte meine Mutter.

„Dann versuchen wir jetzt nochmal, sie rauszuziehen, vielleicht geht‘s ja“, sagte mein Vater. „Du fasst sie unter dem linken, ich packe sie unter dem rechten Arm.“

„Ja, ist gut.“

Es knarrte und rumorte im Bretterhäuschen, und mein Vater fragte: „Hast du sie?“

„Einen Augenblick ... ich muss mich erst hintasten“, erwiderte meine Mutter, „ich ... ja, jetzt hab ich sie.“

„Du hast meine linke Brust gepackt, das hast du, mein Arm ist nebenan!“, schrie Tante Alma. „Nein, nein, welch eine Schande!“

„Oh, entschuldige bitte ... ich ... man sieht ja nichts“, stammelte meine Mutter, „tut mir leid …“

„Was ist nun?“ drängte mein Vater. „Geht's jetzt?“

„Ich glaube, ja.“

„Also los!“ kommandierte er, und während ich mit angehaltenem Atem lauschte, begann er zu zählen: „Eins ... zwei ... dreiii!“

„Raaaatsch!“ Wieder musste an Tante Almas Kleid eine Naht gerissen sein. Aber darauf kam es ja jetzt auch nicht mehr an.

„Nochmal!“, rief mein Vater. „Zu-gleich ... zu-gleich!“

Und obwohl ich nicht damit rechnete, obwohl ich es kaum für möglich hielt, dass meine Eltern es schaffen würden – sie schafften es, tatsächlich und wahrhaftig schafften sie es, sie bekamen Tante Alma frei.

Leise verließ ich meinen Platz und sauste um das Sägewerk herum in die Küche.

Als Tante Alma, gestützt von meinen Eltern, wenig später zur Küchentür hereinwankte, saß ich längst wieder brav neben meiner Schwester am Tisch und tat, als wäre ich ganz mit meinen Geschenken beschäftigt. Meine Mutter stellte einen Stuhl vor den Herd, Tante Alma raffte ihr zerrissenes Kleid, durch das ein rosafarbenes Korsett hindurchschimmerte, und setzte sich zähneklappernd hin. Sie war aschfahl im Gesicht.

Zitternd zog sie die Handschuhe aus und nahm die Mütze vom Kopf. Meine Schwester und ich sahen ihr neugierig zu.

„Was glotzt ihr denn so?“, zischte sie uns an. „Macht ihr euch lustig über mich, weil ich friere?“

„Nein ... ich … wir …“ Meine Schwester fand nicht die richtigen Worte. Sie warf mir einen hilflosen Blick zu.

Da stach mich auf einmal der Hafer und mit scheinheiliger Höflichkeit sagte ich über den Küchentisch hinweg: „Wenn dir kalt ist, Tante Alma, leih ich dir gern meine neuen Unterhosen. Die könnten vielleicht auch dir passen.“

Meine Schwester stieß mich heimlich in die Seite und kicherte leise, meine Mutter hielt sich die Hand vor den Mund, und mein Vater drohte mir verstohlen mit erhobenem Zeigefinger. Nur Tante Alma reagierte nicht auf mein warmherziges Angebot. Sie saß reglos da, leicht zitternd und schwer atmend, murmelte etwas von ihrem armen, armen Möpschen und schien in Gedanken völlig abwesend.

„Soll ich dir zum Aufwärmen noch einen Tee machen?“, fragte meine Mutter. „Oder vielleicht einen heißen Grog?“

Tante Alma schaute kurz auf, warf meiner Mutter, als wäre die an allem schuld gewesen, einen vernichtenden Blick zu, dann sah sie wieder vor sich ins Leere, sank immer mehr in sich zusammen, die Augen fielen ihr zu, und es dauerte nicht lange, da war sie friedlich schnarchend eingeschlafen.

Das war das letzte Bild, das ich von diesem denkwürdigen Geburtstag noch in Erinnerung hatte, und es war auch das letzte Bild, das ich in dieser Nacht, in meinem Bus auf dem Parkplatz von Leutesdorf, in Gedanken vor mir sah, ehe ich endlich in einen unruhigen Schlaf sank.

Ich wurde wach, als die Sonne bereits hoch über den Weinbergen stand. Verdammt, ich hatte verschlafen! Dabei hatte ich heute zumindest einen kleinen Teil der Fototermine aufholen wollen, die ich am gestrigen Unglückstag versäumt hatte. Verärgert über mich selbst zog ich mich an und holte mir mein schlichtes Frühstück hervor: einen trockenen Butterwecken, eine schon etwas angematschte Banane und ein letzter Schluck Mineralwasser, das war fürs Erste alles.

Nachdem ich hastig gegessen und mir die Zähne geputzt hatte, wollte ich mich sicherheitshalber gleich auf den Weg zu dem öffentlichen WC an der Stadtmauer machen. Besser zu früh als zu spät, dachte ich, denn ich war noch bedient von gestern. Nichtsahnend zog ich die seitliche Schiebetür auf und – erschrak über alle Maßen. Vor mir stand die Dobermanndogge, die mich sabbernd und zähnefletschend anknurrte. Für einen Moment war ich wie gelähmt, dann warf ich blitzschnell die Tür wieder zu, kroch nach vorn auf den Beifahrersitz und beobachtete durchs Türfenster, wie der Köter langsam nach hinten tappte, am Kotflügel und am Hinterrad herumschnüffelte, gemächlich sein Bein hob und gegen den Reifen pinkelte.

Wo zum Teufel war der Besitzer?

Ich sah mich um, konnte jedoch niemanden entdecken, der Parkplatz war menschenleer. Kein Wunder, es war Sonntag, und die meisten Menschen schliefen sicher noch, vielleicht saßen manche auch schon am Frühstückstisch oder waren in der Kirche, deren Geläute mich eben so unsanft geweckt hatte.

In den Außenspiegeln und durch die Fenster beobachtete ich wieder die Dobermanndogge, die immer noch knurrend und sabbernd um den Bus herumstrich, als wäre der Bus eine riesige Dose und ich das Hundefutter darin.

Wo blieb der Mann im Jogginganzug und der Leine in der Hand? Warum kam er nicht herbei?

Er wird schon kommen, gestern ist er ja auch gekommen, sagte ich mir, nur nicht nervös werden. Aber ich spürte doch, dass mein Herz vor Aufregung schneller schlug und mir langsam flau im Magen wurde. Ich dachte an den Gang zur Toilette, dachte an meine morgendliche Sitzung, und schon, wie so oft zur unpassendsten Zeit, mahnte mich ein Ziehen im Unterbauch zur Eile. Es war zum Aus-der-Haut-fahren: Ich musste wieder dringend – und wieder saß ich fest, diesmal sogar in meinem eigenen Bus!

Wie konnte ich jetzt unbemerkt zum WC gelangen? Oder wenigstens dieses Hundevieh verscheuchen?

Ich kurbelte das Fenster ein Stück herunter und schrie aus Leibeskräften: „Verschwinde! Hau ab!! Mach, dass du fortkommst!!!"

Der mächtige Hund zuckte zusammen, rührte sich aber nicht von der Stelle. Er ließ ein tiefes Knurren hören, zog die Lefzen hoch, dann sprang er plötzlich bellend gegen die Tür. Knirschend kratzten die Krallen über den Lack und erzeugten ein widerliches Geräusch, das mir durch Mark und Bein ging. Immer wieder sprang der Hund hoch und stellte sich auf die Hinterbeine, glitt jedoch mit den Vorderpfoten an der Scheibe und der Tür ebenso oft wieder ab.

Was sollte ich bloß tun – was?

Ich war so aufgeregt, dass mir das Naheliegendste erst nach weiteren bangen Minuten einfiel: Zu dem WC brauchte ich ja einfach nur hinfahren!

Gedacht, getan. Ich startete den Bus, ließ den Motor aufheulen und drückte gleichzeitig auf die Hupe. Die Dobermanndogge machte jaulend einen Satz zur Seite und rannte davon in Richtung Anlegestelle, während ich ein paar Meter zurücksetzte und dann mit Vollgas und quietschenden Reifen quer über den Parkplatz brauste. Im Rückspiegel sah ich, dass der Hund stehengeblieben war und mir nachschaute. Ich hielt unmittelbar neben dem Tor der Stadtmauer, hinter der das öffentliche WC lag, sprang aus dem Bus, schloss die Türen ab und spurtete los. Im Laufen drehte ich mich kurz um und sah, dass die Dobermanndogge hinter mir hergerannt kam. Ich lief so schnell ich konnte – und hatte auf einmal die schauderhafte Vorstellung, das WC könnte gerade heute aus irgendeinem Grund geschlossen sein. Oh Gott – was dann? In Sekundenbruchteilen schossen mir die schlimmsten Horrorbilder durch den Kopf: WC zu, Kampf mit dem Hund oder Flucht ans Ufer, Strauch, Angler, Sonne, Hitze, Fliegen, Durst ... Aber gerade, als ich das Bellen und Hecheln bereits dicht hinter mir hörte, erreichte ich die rettende Tür, riss sie auf, stürzte hinein und schlug sie donnernd hinter mir zu.

Geschafft, ich war in Sicherheit!

Jetzt nur noch auf die Toilette, dachte ich, denn das Rumoren in meinen Gedärmen wurde schlimmer und schlimmer. Hastig öffnete ich die Tür zur Herrentoilette, die glücklicherweise offen war, ließ Hose und Unterhose herunter und setzte mich, unendlich erleichtert nach dem überstandenen Schrecken, auf die Klobrille.

Auch das war also geschafft!

Endlich konnte ich mal wieder in Ruhe meine Sitzung abhalten, nicht in Hektik und nicht in Angst, von irgendwem überrascht zu werden, nicht im Wald oder im Gebüsch, schon gar nicht am Rheinufer, sondern in einer richtigen Toilette. Eigentlich ja etwas ganz Normales, Alltägliches – aber für mich, nach fast einer Woche Freilufthäufeln, eben etwas ganz Besonderes. In solch einer Situation, Sie kennen das sicher auch, tritt eine im Grunde recht einfache Lebensweisheit zutage, dass man nämlich oft dann erst wieder etwas zu schätzen weiß, wenn man es für längere Zeit hat entbehren müssen. Und diesmal, das können Sie mir glauben, diesmal wusste ich mehr noch als sonst zu schätzen, was ich hatte. Denn diesmal war alles so, wie es sein sollte: Das WC war offen, die Herrentoilette (im Gegensatz zur Damentoilette) nicht besetzt, das Klosett und das Waschbecken und die Armaturen waren blitzsauber, es gab einen Seifenspender und einen Handfön, der ganze Raum duftete leicht nach Zitrone, und es war angenehm kühl. Alles stimmte.

Hätte ich jetzt eine Zeitung, würde ich es mir hier eine Viertelstunde lang gemütlich machen, dachte ich zufrieden, da fiel mir plötzlich auf: das Toilettenpapier fehlte ...

Das durfte ja wohl nicht wahr sein!

Ich sah mich um in der vagen Hoffnung, eine Ersatzrolle zu finden – Fehlanzeige!

Also kein Toilettenpapier. Und natürlich hatte ich selber keins dabei; es war noch in meiner Jacke, und die Jacke lag im Bus.

Ich hätte mich in den Hintern beißen können. Wieso hatte ich das Toilettenpapier nicht vorsichtshalber einfach mitgenommen?

Während ich mir den Kopf darüber zerbrach, wie ich jetzt an Papier kommen sollte, hörte ich, dass die Außentür geöffnet wurde, hörte Schritte und gleichzeitig Getrippel, hörte ein näherkommendes Hecheln und dann ein tiefes Knurren vor der Tür.

„Was ist denn?“, fragte eine männliche Stimme. „Warum knurrst du denn so?“

Ein lautes Bellen war die Antwort.

„Ja, ja, ich weiß, da ist jemand drin“, sagte die Stimme, „aber deswegen brauchst du doch nicht zu bellen.“

Der Hund winselte und schnüffelte am Türspalt. Ich saß mucksmäuschenstill und rührte mich nicht. Wieder war ein bedrohliches Knurren zu hören.

„Nun dräng doch nicht so“, sagte die Stimme, „der ist bestimmt gleich fertig da drin.“

Ich merkte, wie mir langsam heiß wurde. Unwillkürlich sah ich mich um: es gab kein Fenster für eine mögliche Flucht.

Auf einmal klopfte es, der Hund bellte, und die Stimme fragte: „Dauert‘s denn noch lange bei Ihnen? Andere Leute müssen auch mal.“

Nachwort

Jeder noch so lange Tag hat irgendwann einmal ein Ende – eine Binsenweisheit, werden Sie zu Recht sagen, und dass wir die Zeit unterschiedlich empfinden, weiß schließlich auch jeder von uns; zwei Minuten beim Zahnarzt können eine kleine Ewigkeit bedeuten, zwei Wochen Sommerurlaub dagegen nicht lange genug dauern. Auch der Tag am Rheinufer war für mich eine Ewigkeit, wie Sie sich denken können. Ich wüsste nicht, dass mir jemals ein einziger Tag so unendlich lang vorgekommen wäre. (Ein weiterer Tag auf dem WC blieb mir übrigens erspart, der Hundebesitzer erwies sich als freundlicher Rheinländer und besorgte mir eine Rolle Toilettenpapier.)

Unser Empfinden ist ja, etwas vereinfacht ausgedrückt, sowohl individuell als auch kulturell geprägt, und der Zeitgeist bestimmt mehr oder weniger unseren Geschmack; was wir gestern noch schön fanden, gefällt uns heute kaum noch und morgen gar nicht mehr – man denke an Baustile und Automodelle, Musik und Mode und Design und was nicht noch alles. Umgekehrt geht es jedoch vielen Menschen so, dass sie das, was sie in der heutigen Zeit vermissen, mit Sehnsucht in der vermeintlich guten alten Zeit suchen. Den Romantikern des 19. Jahrhunderts ging es nicht anders. Unzufrieden mit ihrer Zeit sehnten sie sich nach den Idealen der Ritterherrlichkeit, der Gotik und des Mittelalters, und so „entdeckten" sie, wie nach langem Dornröschenschlaf, den Rhein wieder, „ein Märchen aus uralten Zeiten", man wusste zwar nicht, was soll es bedeuten, aber es ging keinem mehr aus dem Sinn. Und was noch erstaunlicher sein sollte: diese vielbesungene Rheinromantik hat sich bis in die Gegenwart erhalten, Urlauber aus aller Welt schwärmen davon.

Wie mag dagegen der Bauer aus dem Wiedtal den Rhein und seine Umgebung gesehen haben? Sicher wird er jedes Mal froh gewesen sein, wenn er überhaupt heil auf dem Marktplatz von Linz ankam. Die Bauern benachbarter Gehöfte taten sich auf ihren langen, unsicheren Gängen in die Stadt, wenn möglich zusammen und nahmen Sicheln und Heugabeln mit, um sich gegen Wegelagerer, verwilderte Hunde oder Wölfe wehren zu können; gegen die Raubritterbanden mancher verfallener Burgen dürften sie allerdings kaum eine Chance gehabt haben.

Unserem Bauern mag es wichtig gewesen sein zu sehen, ob der Rhein Hochwasser hatte, ob der Marktzoll erhöht worden war und ob an diesem Vormittag wieder eine Hinrichtung auf dem Marktplatz stattfand. „Wer noch unterm Galgen lacht, sich nicht in die Hosen macht“ hieß ein allbekanntes Sprichwort, das vor allem zeigte: Der Tod wurde mitleidslos und achselzuckend hingenommen, er gehörte zum normalen Leben, war überall gegenwärtig, so, wie er heute auf Straßen und Autobahnen gegenwärtig ist, über die wir zu den Sehenswürdigkeiten der Landschaften und Städte fahren.

An jenem heißen Sommertag jedoch, als ich mich in dieser vertrackten Situation am Rheinufer befand, hatte selbst ich für die Schönheit des Rheins nicht viel übrig. Damals erfuhr ich am eigenen Leib besonders krass, wie sehr die Sichtweise vom eigenen Empfinden abhängt; wenn einem ein wundgescheuerter Hintern wehtut, vergeht einem irgendwann auch die anfängliche Freude an einer schönen Aussicht.

Fahre ich aber heute wieder an den Rhein, erfreue ich mich an seinem Anblick wie eh und je, trotz so mancher Bausünden, von denen auch diese Landschaft nicht verschont geblieben ist. Aber wer nicht erwartet, hier eine heile Ansichtskartenidylle präsentiert zu bekommen, der wird auch nicht enttäuscht werden.

In all meinen Jahren als Fotograf habe ich viele Städte und Landschaften Deutschlands und Europas bereist und fotografiert. Kaum eine Gegend jedoch, außer vielleicht den Flusstälern von Ahr und Mosel, hat mich bislang so beeindruckt und berührt wie der Mittelrhein. Und je öfter ich hierher zurückkehre, desto seltener stellt sich mir noch die Frage, warum es eigentlich am Rhein so schön ist. Inzwischen weiß ich es.

Mein Beruf brachte es mit sich, dass ich häufig unterwegs sein musste und fast immer unter Zeitdruck war, wenn ich von Fototermin zu Fototermin kreuz und quer durch die

Lande fuhr.

Oft fühlte ich mich wie ein ruheloser Wanderer, überall einsam und nirgendwo so recht zu Hause.

Kann ich mir aber zusammen mit Ursel mal einige Tage frei nehmen, fahren wir schon frühmorgens zu unserem Lieblingsplatz an den Rhein. Dann setzen wir uns ans Ufer auf eine alte Bank, schauen aufs Wasser und sehen den vorüberziehenden Schiffen nach. Wir betrachten das vertraute Städtchen auf der anderen Rheinseite, genießen die Aussicht auf die schmucken Fachwerkhäuser, die eng aneinandergeschmiegt um die romanische Kirche stehen, geschützt von der mit Efeu bewachsenen Stadtmauer. Hinter den Schieferdächern ziehen sich Weinreben in senkrechten Reihen den Hang hinauf, ein Fußweg windet sich an einigen Bildstöcken vorbei zu einer Kapelle und auf einem Felssporn schräg darüber leuchten die Mauern, Zinnen und Türme einer mittelalterlichen Burg in der Morgensonne.

Und auf einmal, obwohl ich hier weder geboren bin noch hier wohne, weil ja das Siegerland von Kindheit an meine Heimat geblieben ist, auf einmal habe ich das Gefühl, dass ich auch hier zu Hause bin. Und dann weiß ich: Darum ist es am Rhein so schön!